ro
ro
ro

MICHAEL HJORTH ist ein erfolgreicher schwedischer Produzent, Regisseur und Drehbuchautor. Er schrieb u. a. Drehbücher für die Verfilmungen der Romane von Henning Mankell.

HANS ROSENFELDT ist einer der angesehensten Drehbuchautoren Schwedens und Schöpfer der erfolgreichsten skandinavischen Serie «Die Brücke». Für die britische Fernsehserie «Marcella» erhielt er den British Screenwriters' Award. In seinem Heimatland Schweden ist er ein beliebter Radio- und Fernsehmoderator.

Ihre Sebastian-Bergman-Reihe erscheint in 34 Ländern und hat sich weltweit über 4 Millionen Mal verkauft. Alle Bände befanden sich monatelang in den Top 10 der *Spiegel*-Bestsellerlisten.

URSEL ALLENSTEIN, 1978 geboren, übersetzt u. a. Sara Stridsberg, Johan Harstad und Tove Ditlevsen. 2011 und 2020 erhielt sie den Hamburger Förderpreis, 2013 den Förderpreis der Kunststiftung NRW und 2019 den Jane Scatcherd-Preis für ihre Übersetzungen aus den skandinavischen Sprachen.

**HJORTH &
ROSENFELDT**

DIE SCHULD, DIE MAN TRÄGT

EIN FALL FÜR SEBASTIAN BERGMAN

Kriminalroman
Aus dem Schwedischen von Ursel Allenstein

ROWOHLT TASCHENBUCH VERLAG

Die schwedische Originalausgabe erschien 2023 unter dem Titel
«Skulden man bär» bei Norstedts Förlagsgrupp AB, Stockholm.

Veröffentlicht im Rowohlt Taschenbuch Verlag,
Hamburg, Dezember 2024

Redaktion Annika Ernst

Covergestaltung Hauptmann & Kompanie Werbeagentur, Zürich
Coverabbildung Johnér Images/Getty Images;
Millennium/Ilona Wellmann/plainpicture
Satz Thesis Antiqua
Gesamtherstellung CPI books GmbH, Leck
ISBN 978-3-499-00802-3

FSC www.fsc.org
MIX
Papier | Fördert
gute Waldnutzung
FSC® C083411

Der Hass.

Er durchströmte ihn, erfüllte ihn. Trieb ihn. Von dem Moment, als er erwachte, bis er, oft aus reiner Erschöpfung, einschlief und für einige Stunden unruhig schlummerte.

Der Hass.

Rein und unverfälscht.

Er trug ihn schon eine ganze Weile in sich, seit jenem schicksalhaften Tag, doch früher war sein Hass von anderen Gefühlen gedämpft oder gar überschattet worden: Trauer, Verzweiflung, Wut, Unzulänglichkeit.

Aber jetzt nicht mehr. Jetzt waren alle anderen Empfindungen verschwunden.

Es gab nur noch den Hass.

Er ging ein Risiko ein. Eine helle und laue Juninacht, eine beliebte, gut besuchte Gegend. Es schien waghalsig, die bewusstlose Frau bis zum Wasser zu tragen und anschließend, wenn sie tot war, wieder zum Auto. Jeden Moment konnte irgendjemand kommen, ihn sehen, seine sorgfältig geplante Rache zunichtemachen, ehe er überhaupt den ersten Schritt getan hätte.

Diese Frau.

Sie tat ihm aufrichtig leid.

Sie war unschuldig. Mehr noch, sie war selbst ein Opfer. Aber einige Menschen mussten leider sterben. Er bedauerte es wirklich und wünschte sich aus tiefstem Herzen, es gäbe eine andere Möglichkeit, einen anderen Weg. Die Tatsache, dass Leben erlöschen mussten, hatte ihn zögern und nach

Alternativen suchen lassen, doch es gab keine. Dies war das einzige Mittel, um jene Aufmerksamkeit zu erwecken, die ihm so wichtig war, die er brauchte.

In Film und Fernsehen war das Töten leicht. Wer Boulevardzeitungen las und True-Crime-Podcasts hörte, konnte den Eindruck gewinnen, dass so gut wie jeder Mensch in der Lage wäre, einen anderen umzubringen.

Doch das Töten war nicht leicht.

Er war dankbar, dass die Frau bewusstlos war und sich nicht wehrte, als er sie mit seinem Gummistiefel unter die Oberfläche des knapp zehn Zentimeter tiefen Wassers drückte. Er weinte, aber es half nichts, ihr Tod war notwendig.

Genau wie es im Buch stand:

«Es war wichtig, dass er verstand: Es war gegen ihn gerichtet. Der Antrieb war nicht das Töten an sich, sondern die Herausforderung, das Kräftemessen. Hinde wollte sich stellvertretend mit ihm messen. Es war die Begegnung zweier Großmeister.»

Die Begegnung zweier Großmeister.

Zwei brillante Köpfe in einem Zweikampf.

Die Frau im Kofferraum war das erste Opfer. Wie viele weitere folgen würden, hing ganz allein vom Gegner ab, wenn der denn wirklich so schlau war, wie er behauptete.

Dieser arrogante Dreckskerl.

Sebastian Bergman.

Wieder zurück.

Er hatte die Stadt bewusst gemieden und sie schon seit vielen Jahren nicht mehr besucht, nicht, seit er mit der Reichsmordkommission dort gewesen war, um einen Serienvergewaltiger zu finden, der sich später als Frau erwiesen und ihm eine Zeit lang die größte Angst seines Lebens eingejagt hatte. In den Monaten, als er glaubte, er wäre vielleicht der Vater von ...

Nein! Seine Gedanken durften gar nicht erst dorthin zurückwandern. Alles war gut gegangen. Er war Amandas Großvater, sonst nichts.

Jedenfalls biologisch gesehen. Amanda nannte ihn nur Sebastian. Valdemar war derjenige, der sich Opa nennen lassen durfte. Die Sache war kompliziert. Es stand so viel anderes zwischen ihm und Vanja.

Seiner Tochter.

Chefin der Reichsmordkommission, seit Torkel in den vorzeitigen Ruhestand versetzt worden war.

Den ersten Fall unter ihrer Leitung hatten sie ziemlich schnell gelöst, zwei Heckenschützen in Karlshamn, doch darüber sprach niemand. Ihre gesamte Arbeit wurde davon überschattet, dass sich Billy, viele Jahre Mitglied des Teams und Vanjas bester Freund, vielleicht auch ihr einziger, wie Sebastian mitunter dachte, als Serienmörder entpuppt hatte.

Deshalb war er wieder in Uppsala.

Deshalb schweiften seine Gedanken ab.

Nichts war schwerer zu verkraften als die Tatsache, dass ein Kollege, dem sie alle vertraut und den sie zu kennen geglaubt hatten, jahrelang mordend mit ihnen durch die Gegend gereist war. Nach der dramatischen Verhaftung, die Torkel und Ursula fast das Leben gekostet hätte, hatte Billy sich verändert. Er gestand die Taten ohne Umschweife, half bei der Aufklärung und berichtete detailliert, wie er vorgegangen war und wo er die Leichen versteckt hatte. Anfangs war Sebastian von dem Gefühl beschlichen worden, es wäre nur ein Spiel, um in dem bevorstehenden Gerichtsprozess ein milderes Urteil zu erhalten. Doch eine andere Strafe als lebenslange Haft war ohnehin undenkbar, und nachdem einige Zeit vergangen war, in der sie sich häufig getroffen hatten, war sich Sebastian zunehmend sicher. Billy war tatsächlich erleichtert darüber, dass man ihn überführt hatte.

Dass es vorbei war.

Er hatte die ganze Zeit gewusst, dass seine Taten falsch waren, und zwischen den Morden mit Scham und Reue gekämpft, doch sein Trieb, sein Verlangen, war zu stark gewesen. Obwohl ihm klar gewesen war, dass ihn dies alles kosten konnte, hatte er nicht widerstehen können. In einem ihrer vielen Gespräche seit Billys Verhaftung hatte er selbst zu Sebastian gesagt, als My schwanger geworden war und er Vater werden sollte, habe er beschlossen, damit aufzuhören. Weil er widerstehen konnte. Er hatte zu viel zu verlieren. Dann war er in Karlshamn gelandet, und die Gelegenheit zu einem vermeintlich perfekten Verbrechen hatte sich geboten.

Ein letztes Mal. Ein letzter Mord.

Doch nicht deshalb befanden sie sich jetzt wieder in Uppsala, sondern wegen des ersten Mordes.

Der erste Mord, das vierte Opfer.

Billy hatte bereits zwei Personen im Dienst erschossen. Nach den internen Ermittlungen war er in beiden Fällen freigesprochen worden, doch damals war zum ersten Mal in seinem Kopf die ungesunde Verknüpfung zwischen Töten und Genuss entstanden, sein Verlangen geweckt worden. Damals hatte er Geschmack gefunden an der absoluten Macht, die es bedeutete, das Leben eines anderen Menschen in Händen zu halten und es zu beenden.

Das dritte Opfer war Jennifer gewesen, eine Kollegin, mit der er eine Affäre gehabt hatte, allerdings hatte er ihren Tod nicht geplant. Billy war sich nicht einmal bewusst gewesen, was er getan hatte, ehe er sie nach einem feuchtfröhlichen Abend am nächsten Morgen fand. Ein Unfall, so nannte er es.

Das konnte man von Hugo Sahléns Ableben nicht behaupten. Der Vater des Siebzehnjährigen hatte eine Tierarztpraxis gegenüber einigen Räumen, in denen Prostituierte eine Zeit lang ihre Dienstleistungen angeboten hatten. Der geschäftstüchtige Hugo hatte sich sein Taschengeld aufgebessert, indem er die Freier und ihre Autos fotografiert, die Männer über das öffentliche Kfz-Register ausfindig gemacht und schließlich erpresst hatte. Große Summen waren es nicht gewesen, ein paar Hundertkronenscheine. Ein angemessener Betrag dafür, nicht entlarvt zu werden.

Es sei denn, man war Polizist.

Es sei denn, man war Billy Rosén.

«Hier links», drang es von der Rückbank. Die Frau am Steuer des Zivilfahrzeugs, Therese Soundso – Sebastian hatte sich ihren Nachnamen nicht gemerkt –, setzte den Blinker, damit auch der Streifenwagen hinter ihnen wusste, dass sie abbiegen wollten.

«Bist du sicher?», fragte Sebastian und drehte sich um. Hinter dem Gitter auf der Rückbank saß Billy in Handschellen und blickte aus dem Seitenfenster. Wie so oft in letzter Zeit war sein Gesicht vollkommen ausdruckslos, sein leerer Blick starr in die Ferne gerichtet. Er nickte kurz.

«Das ist ein anderer Weg als der, den Sie uns vorhin genannt haben», sagte Therese Soundso verbissen.

«Tut mir leid. Aber wir müssen hier entlang ... Ich hatte mich nicht richtig erinnert, ich war ziemlich ...» Billy verstummte. Sebastian überlegte kurz, was er wohl hatte sagen wollen. Ziemlich was?

Aufgewühlt? Erschüttert? Angefasst?

Alle Worte erschienen zu klein und zu dürftig, um das Gefühl zu beschreiben, das er gehabt haben musste, nachdem er zum ersten Mal vorsätzlich das Leben eines jungen Menschen beendet hatte. Vermutlich war er deshalb verstummt.

Die anderen Leichen waren gefunden worden. Billys Anwesenheit war dabei nicht erforderlich gewesen, Karten und ein Live-Feed mit Positionsangaben von einem Telefon der Polizisten hatten genügt, um sie an den richtigen Ort zu lotsen. Doch dort gab es keine Spur von Hugo Sahléns Leiche. Gemäß Billys Anweisungen hatten sie ergebnislos drei unterschiedliche Gebiete abgesucht und zuletzt beschlossen, sich den Weg von ihm persönlich zeigen zu lassen.

Sie hatten sich im Urwald Fiby an dem Ort versammelt, wo Billy den Jugendlichen laut eigener Aussage erwürgt hatte. Nachdem er kurz den Tathergang beschrieben hatte, so wie er sich daran erinnerte, hatten sie sich in eines der Autos gesetzt und sich von ihm dorthin lotsen lassen.

Jetzt bogen sie in einen Schotterweg mit einem Grasstreifen in der Mitte.

«Wo sind wir?», fragte Sebastian.

«Weiß nicht genau, irgendwo in Stora branden», antwortete Therese Soundso, und Sebastian hakte nicht nach, was Stora branden war, vermutlich ein Naherholungsgebiet oder Naturreservat oder etwas Ähnliches. Es war unwichtig.

«Hinter der Kurve kommt ein Sammelplatz für Notfälle», sagte Billy leise von der Rückbank. «Da können wir halten.»

Und tatsächlich. Nach der Biegung tauchte der Platz auf, und sie parkten vor dem blauen Schild. Das Auto hinter ihnen folgte.

«Er liegt ein Stück weiter da drinnen», sagte Billy und deutete auf den dichten Wald. Therese Soundso stellte den Motor ab und stieg aus. Sie öffnete die hintere Tür und half Billy. Sebastian löste seinen Sicherheitsgurt und stieß dazu. Die Polizisten aus dem anderen Auto ließen einen Hund aus einem Käfig im Kofferraum. Billy deutete noch einmal in Richtung der Bäume, und sie setzten sich schweigend in Bewegung.

Sebastian schielte zu Billy hinüber, während sie den Weg entlanggingen. Die von Torkel verursachten Verletzungen in seinem Gesicht waren verheilt, bis auf die Reste eines Veilchens, eine gelbgrüne Verfärbung neben der Nasenwurzel unter dem einen Auge. Auf dem linken Auge hatte Billy fast die gesamte Sehkraft eingebüßt, doch das merkte man ihm nicht an. Zu Prozessbeginn würde er aussehen wie immer.

Freundlich, gut gekleidet, redegewandt.

«Wie ein Mörder wirkt er nicht», würden die Leute sagen.

Doch bis dahin würden noch Monate vergehen. Die Voruntersuchung war umfangreich und zeitaufwendig. Mit ein wenig Glück würde der Prozessauftakt mit der Veröffentlichung seines Buchs zusammenfallen, hoffte Sebastian. *Mörderpolizist,* hatte eine der Boulevardzeitungen Billy getauft. Das stand in weißen Lettern auf schwarzem Grund über jedem Artikel über ihn.

Es war ein guter Name.

Ein guter Titel.

Wenn Sebastian das Buch schnell genug herausbrachte, würde es große Aufmerksamkeit erregen. Sein letztes Werk, *Die Frauen, die er kannte*, hatte sich bei Weitem nicht so gut verkauft wie die Vorgänger und weder bei den Lesern noch bei den Kritikern große Begeisterung geweckt. Dementsprechend selten trat Sebastian mittlerweile im Fernsehen oder in Podcasts auf, und niemand schien noch daran interessiert zu sein, ihn zu Vorträgen einzuladen. Er hatte auch kein großes Netzwerk, auf das er zurückgreifen konnte, oder Leute, die ihm einen Gefallen schuldeten, denn er hatte es sich mit fast allen verdorben. Jene Menschen, die ihm theoretisch hätten helfen können, mieden ihn bewusst. Geld besaß er genug, um über die Runden zu kommen, aber seiner Karriere hätte ein kleiner Aufwind gutgetan, jetzt, in der Schlussphase. Er war immerhin über sechzig ...

Seit Billys Verhaftung waren mittlerweile bald sechs Wochen vergangen, aber man konnte noch immer jeden Tag irgendwo etwas über ihn lesen. Wenn sie Hugo Sahlén jetzt fänden, würde das Medienecho erneut aufflammen. Leider wusste Billy nicht, dass seine Gespräche und Treffen mit Sebastian zu einem Buch verarbeitet werden sollten.

Er hatte ihm keine Zustimmung erteilt. Genauso wenig wie My.

Nicht, dass Sebastian die gebraucht hätte, er konnte schreiben, was und über wen er wollte. Da er Billy jedoch unter dem Vorwand traf, mit ihm unter psychologischen Aspekten herauszufinden, was passiert war, seine Gefühle zu erforschen, eine Zukunftsmöglichkeit zu finden und außerdem ein Verbindungsglied zwischen Billy und My darzustellen – die sich weigerte, ihren Mann zu treffen –, war er beinahe als Billys Therapeut einzustufen. Und als solcher durfte er nicht eine Zeile schreiben. Ob es unethisch war, interessierte ihn nicht, aber illegal sollte es keineswegs sein, er hatte keine Lust auf Anzeigen oder langwierige Gerichtsprozesse. Doch es gab keinerlei schriftliche Vereinbarung zwischen ihnen, er hatte keinen offiziellen therapeutischen Auftrag. Weder von Billy noch von My oder von der Justizvollzugsbehörde. Er war ein ... Freund.

Ein Unterstützer in schweren Zeiten.

Ein Unterstützer, der die Kasse klingeln lassen wollte.

«Wie fühlst du dich jetzt?», fragte Sebastian, als Billy nach rechts zeigte und sie den kleinen Pfad verließen, dem sie bisher gefolgt waren. Billy antwortete nicht, sondern ging einfach nur weiter, während er sich umsah. «Wie hast du dich damals gefühlt, an diesem Tag, erinnerst du dich daran?»

«Wie geht es My?», fragte Billy, anstatt Sebastian zu antworten. Das war nicht überraschend. Je mehr er sich seiner Taten bewusst wurde, je deutlicher die Konsequenzen zutage traten, desto schwieriger konnte er seine Gefühle ausdrücken. Sebastian hatte Sitzungen mit ihm im Untersuchungsgefängnis abgehalten, bei denen er kaum ein Wort gesprochen hatte.

«Du hast ihr Leben mehr oder weniger zerstört», sagte Sebastian achselzuckend. Als wüsste Billy das nicht schon.

«Aber ist alles in Ordnung mit ihr? Haben die Jungen es gut?»

«Es ist nicht alles in Ordnung, und das wird auch noch länger so bleiben.»

«Triffst du sie immer noch?»

«Ja.»

«Richtest du ihr Grüße von mir aus?»

«Das möchte sie nicht.»

Billy nickte vor sich hin und blieb stehen. Er deutete links in den Wald hinein auf einen entwurzelten Baum zwischen zwei kräftigen Kiefern, dessen Krater an den dunklen geöffneten Schlund des Riesenwals aus dem *Pinocchio*-Film erinnerte.

«Er liegt dort. Unter der Wurzel.» Die beiden Polizisten und der Hund näherten sich. «Er ist mit Steinen und Erde bedeckt.»

Der Hund schlug einige Meter entfernt an, und Therese Soundso trat einen Schritt beiseite und rief Verstärkung. Mit Grabwerkzeugen. Einer der Hundeführer stieg vorsichtig in den Krater hinein. Billy stand da und sah zu. Eine einsame Träne lief seine Wange herab. Ob er über seine eigene Situation weinte oder um das Opfer, war unmöglich festzustellen. Und Sebastian fragte auch nicht.

Wahrscheinlich wusste Billy es selbst nicht.

«Nehmen Sie Platz.»

Rosmarie Fredriksson nickte zu einem der Stühle auf der anderen Seite des Schreibtischs.

Vanja setzte sich und schlug die Beine übereinander, lehnte sich ein wenig zurück und versuchte, möglichst entspannt auszusehen, obwohl sie das Gefühl hatte, zur Schuldirektorin einbestellt worden zu sein, um sich eine Rüge abzuholen. Das war ihr als Kind allerdings nie passiert. Doch sie war auch noch nie in Rosmarie Fredrikssons Arbeitsräumen gewesen und sah sich schnell um. Ein Eckbüro. In der zweithöchsten Etage. Mit Blick auf den Kronobergsparken und die Kungsholmsgatan. Ziemlich nichtssagende Kunst an den Wänden, aber was wusste Vanja schon, vielleicht hing dort auch ein Vermögen. Auf einem kleinen Tisch neben einem der Fenster stand eine Vase mit weißen Lilien, die ihren etwas zu süßlichen Duft im ganzen Zimmer verbreiteten. Der Schreibtisch mit den beiden Stühlen. In der einen Ecke drei kleine Sessel rings um einen Sofatisch auf einem dicken, breit gemusterten Teppich. Ein Beistelltisch mit einer Kaffeemaschine. Das war vermutlich der Ort für entspanntere Besprechungen, als es diese hier zu werden versprach.

«Wie ist die Lage?»

Mit etwas Wohlwollen hätte man die Frage als einen Ausdruck von Fürsorge interpretieren können, ein aufrichtiges Interesse daran, wie es Vanja und ihrem Team nach den erschütternden Ereignissen der letzten Zeit ging, doch nichts in Rosmaries Tonfall oder Blick sprach für diese Annahme.

«In Bezug worauf?»

«Ihre Abteilung.»

«Ursula ist wieder da, wir arbeiten also unter Hochdruck, sie, Carlos und ich», antwortete Vanja mit einem kleinen Achselzucken. Was gab es denn sonst zu sagen? Billy hatte Vanja auf eine unfassbare Weise hintergangen, und er hatte versucht, Ursula umzubringen. Jeder Mensch, der auch nur ein Fünkchen Einfühlungsvermögen besaß, konnte sich also denken, wie es um ihre Abteilung stand.

«Mhm.» Rosmarie stand auf und ging zur Kaffeemaschine. «Von der Reichsmordkommission ist nicht mehr viel übrig, was?»

«Nein, wir müssen neues Personal suchen.»

«Wenn es Ihre Abteilung weiterhin geben soll. Kaffee?»

Vanja war so überrascht, dass sie nur nicken konnte.

Rosmarie drückte auf eine Taste der Kaffeemaschine, woraufhin diese mit einem derartigen Lärm Bohnen zu mahlen begann, dass jedes weitere Gespräch unmöglich war. Wobei Vanja sowieso nicht gewusst hätte, was sie sagen sollte. Also saß sie schweigend da, während die Maschine die kleine Tasse füllte, die Rosmarie ihr anschließend reichte.

«Wenn es unsere Abteilung weiterhin geben soll?», fragte sie schließlich langsam, als Rosmarie zu ihrem Platz hinter dem Schreibtisch zurückging und sich setzte.

«Angeblich gehören Sie zu den besten Ermittlern Schwedens, und dann merken Sie nicht, dass Sie einen Serienmörder in den eigenen Reihen haben? Das wirkt nicht gerade vertrauenerweckend.»

«Er konnte es gut verbergen, und er war ein Kollege, ein Freund ...» Vanja verstummte. Sie hörte, wie sie sich stärker in eine Verteidigungsrolle begab, als sie wollte. Als es nötig war. Selbst eine Bürostute wie Rosmarie musste doch wohl erkennen, dass einerseits wohl kaum jemand so gute Chancen hatte, schwere Verbrechen zu vertuschen, wie ein gut ausgebildeter, erfahrener Mordermittler, und man andererseits nicht durch die Gegend lief und seinen Kollegen irgendwelcher Taten verdächtigte, die bis dato noch gar nicht entdeckt worden waren.

«Sie sind der Nationalen Operativen Abteilung unterstellt, deren Chefin ich bin.»

«Der NOA, ich weiß», sagte Vanja und begriff, worauf das Gespräch hinauslaufen würde. Nun durfte sie selbst Zeugin jener Eigenschaft ihrer Chefin werden, die Sebastian und Torkel schon mehrmals als Rosmarie Fredrikssons herausragende Fähigkeit bezeichnet hatten: wie gut sie ihre eigene Haut retten konnte.

«Ich will ehrlich zu Ihnen sein», sagte Rosmarie, beugte sich über den Schreibtisch und sah Vanja mit einem Blick an, den sie sicher für vertrauenseinflößend hielt, wobei sie jedoch eher an eine Schlange erinnerte, die eine wehrlose kleine Maus entdeckt hatte. «Wenn eine meiner Abteilungen im Dreck steckt, werde auch ich beschmutzt.»

Vanja nickte nur, was sollte sie dazu sagen. Um nicht desinteressiert zu wirken, trank sie einen Schluck Kaffee und nickte erneut, diesmal ein wenig nachdrücklicher, um zu zeigen, dass sie den Ernst der Lage begriffen hatte.

«Aber ich hätte eine Idee, wie wir beide uns relativ unbeschadet retten könnten.»

Vanja antwortete auch darauf nicht, denn sie war sich ohnehin sicher, dass sie die Fortsetzung zu hören bekäme, ob sie wollte oder nicht.

«Wir brauchen einen Sündenbock.»

Rosmarie lehnte sich auf ihrem Stuhl zurück, während Vanja erstarrte.

«Und an wen dachten Sie?», fragte sie, obwohl sie ziemlich sicher war, die Antwort bereits zu kennen. Sie war neu, verhältnismäßig jung, in ihrer ersten Führungsrolle. Das Peter-Prinzip – ein erfolgreicher Mitarbeiter, der so lange befördert wird, bis er seine maximale Inkompetenz erreicht hat. Sie wusste nicht einmal, ob ihre Stelle ordnungsgemäß ausgeschrieben gewesen war. Sie hatte sie einfach bekommen ... als Torkel untragbar wurde. Perfekt. Verdammt! Sie würde nie wieder einen Job finden, wenn man sie für diesen Shitstorm verantwortlich machte.

«Torkel», sagte Rosmarie in einem selbstverständlichen Ton, der jede Alternative undenkbar machte. Vanja zuckte zusammen und verschüttete beinahe ihren Kaffee. Mit seinem Namen hätte sie am wenigsten gerechnet. «Wir erklären, dass all dies unter seiner Führung passiert ist», fuhr Rosmarie fort. «Und lassen auf taktvolle Weise durchsickern, dass er alkoholabhängig war und sein Urteilsvermögen getrübt.»

«Billy hat seine Verbrechen über Jahre verübt», wandte Vanja ein. «Torkels Problem begann erst, als Lise-Lotte starb.»

«Aber das war der Grund, warum er gehen musste.»

«Wir haben alle mit Billy zusammengearbeitet. Keiner hatte einen Verdacht. Nicht einmal Sebastian.»

«Sebastian, ja ...» Rosmaries Mund verzog sich, das war entweder ein zufriedenes kleines Lächeln oder eine missbilligende Grimasse. Schwer zu sagen. «Ich habe mir seine Verträge angesehen, in den Fällen, in denen es einen Vertrag gab.»

«Er arbeitete ja eher als Berater ...»

«Normalerweise schließen wir auch mit unseren Beratern

Verträge ab. Und soweit ich weiß, wurde er nie einer Sicherheitsprüfung unterzogen.»

«Torkel kannte ihn gut.»

«Trotzdem besetzen wir üblicherweise so keine verantwortungsvollen Posten, oder?»

«Nein.»

Vanja sank ein wenig auf ihrem Stuhl zusammen. Sie konnte sich genau vorstellen, wie es laufen würde. Die Medien würden alles aufstöbern, was über Torkel zu finden war, bis unendlich weit in die Vergangenheit hinein. Vanja wusste, dass er nach seiner ersten Scheidung auch eine schwierige Phase gehabt hatte. Man konnte über Rosmarie sagen, was man wollte, aber sie hatte wirklich ein beneidenswertes Talent, Sündenböcke zu finden. Jahrelanges Training, vermutete Vanja.

«Wissen Sie, was die Leute denken?», fragte Rosmarie und riss sie aus ihren Gedanken.

«Worüber?»

«Über Menschen in Führungspositionen. Vor allem auf öffentlichen Stellen ... Die Leute denken, dass sie genau wie Politiker nie zur Verantwortung gezogen werden, dass sie mit allem davonkommen. Und anstatt sie zu entlassen, werden sie sogar noch auf bessere Posten gehievt.» Sie bedachte Vanja mit einem Blick, bei dem diese tatsächlich sofort an eine Politikerin im Wahlkampf denken musste. Ein Blick, der deutlich machte, dass ihre Behauptung eine unanfechtbare Wahrheit darstellte und sie sich nicht auf Einwände einlassen würde. Vanja hatte auch keine. «Deshalb ist es an der Zeit, dass endlich jemand die Verantwortung für ein solches Führungsversagen übernimmt.»

«Torkel ist der beste Chef, den ich je hatte.» *Hundertmal besser als Sie,* hätte sie am liebsten ergänzt, hoffte jedoch, ihr Blick spräche für sich. Wenn es so war, ging es allerdings spurlos an Rosmarie Fredriksson vorüber.

«Ich gebe Ihnen eine Chance, die Reichsmordkommission und Ihren Job zu retten.»

«Und damit gleichzeitig zu verhindern, dass Sie in die Schlagzeilen geraten.» Jetzt hätte sich Vanja fast auf die Zunge gebissen. Zu hart? Zu ehrlich? Nur weil Rosmarie sich auf Torkel eingeschossen hatte, bedeutete das noch lange nicht, dass Vanja fest im Sattel saß. Doch ihre Chefin zuckte nur die Achseln.

«Oder Sie. Ich tue Ihnen einen Gefallen. Sie werden die Zukunft sein. Die junge Frau, die nach dem Machtmissbrauch des alten privilegierten Mannes aufräumt.»

«Und wenn ich diese Frau gar nicht sein will?»

Rosmarie sah Vanja an, als verstünde sie nicht, was ihre Untergebene meinte. Als wäre sie ein Kind in der Trotzphase, das sich allem rein aus Prinzip verweigerte. Sie atmete mit einem leisen Seufzer aus, den Vanja als erstes Anzeichen von Irritation wertete.

«Dann wird eine Prüfung mit größter Wahrscheinlichkeit ergeben, dass die Abteilung schlecht geführt und außer Kontrolle war. Es wird zu einer Neuorganisation kommen, nach der die Reichsmordkommission vermutlich keine eigenständige Einheit mehr sein wird.»

«Das ist Erpressung.»

Rosmarie lehnte sich erneut vor.

«Sie werden nicht bei der Reichsmordkommission bleiben, Vanja. Sie werden aufsteigen.» Zum ersten Mal glaubte Vanja, eine aufrichtige Herzlichkeit bei ihr wahrzunehmen, ein Engagement. Wie eine Mentorin, die Geheimnisse verriet, damit die Adeptin ihr volles Potenzial entfalten konnte. «Aber dann müssen Sie dieses Spiel lernen.»

«Meine Freunde zu verraten?»

«Für das zu kämpfen, was Ihnen wichtig ist.»

Vanja schwieg. Seit Amandas Geburt hatte sie andere Prioritäten, Arbeit und Karriere waren nicht mehr das Wichtigste für sie, aber natürlich war sie immer noch ehrgeizig und wollte viel erreichen. So viel wie möglich. Doch nicht um jeden Preis.

«Torkel ist mir wichtig.»

Diesmal versuchte Rosmarie nicht, ihren verärgerten Seufzer zu unterdrücken. Indem sie aufstand, machte sie unmissverständlich klar, dass die Besprechung beendet war.

«Torkel wird den Kopf hinhalten müssen», betonte sie. «Die Frage ist nur, ob er Sie und Ihre Abteilung mit in den Abgrund reißt oder nicht.»

Er war tot.

Das war der einzige Gedanke, der fieberhaft in ihrem Kopf umherkreiste.

Er war fort, für immer. Ihr Vater war tot.

Ihre Tränen begannen erneut zu fließen. Still, aber unaufhaltsam. Zwar schien es, als wären sie weniger geworden, aber ihr Schmerz und die Trauer waren unverändert stark. Und würden lange anhalten, das wusste sie. Cathy atmete mehrmals tief durch, um sich zu beruhigen. Der Schock steckte ihr noch immer in den Knochen wie ein physisches Wesen.

Als Tim nicht wie angekündigt nach Hause gekommen war, hatte sie sich Sorgen gemacht und ihn angerufen, doch er war nicht ans Handy gegangen. In ihr war die Gewissheit aufgestiegen, dass ihm etwas zugestoßen war. Denn es sah ihm nicht ähnlich, dass er sich nicht meldete, wenn er sich verspätete oder seine Pläne änderte. Eigentlich hatten sie geplant, gemeinsam Mittag zu essen, den Nachmittag in der Stadt zu verbringen und um 16 Uhr zur amerikanischen Botschaft zu gehen, um ihr Visum zu beantragen.

Doch aus alldem wurde nichts.

Gegen Mittag hatte die Polizei angerufen.

Die Beamtin hatte Cathy gefragt, ob sie mit Tim Cunningham verwandt sei. Er sei zusammengesunken in einem Hauseingang in der Nähe des Stureplan gefunden worden. Vermutlich ein Herzinfarkt, meinten die Rettungssanitäter. Sie hatten noch vor Ort seinen Tod festgestellt.

In verwirrtem Zustand war Cathy zum Karolinska-Krankenhaus gefahren, wohin man seine Leiche gebracht hatte, und auf den langen Gängen umhergeirrt, bis sie jemanden fand, der ihr weiterhelfen konnte. Schließlich war sie bis zur Rechtsmedizin gelangt, nur um dort zu erfahren, dass sie die Leiche nicht sehen durfte. Sie musste auf einen verantwortlichen Arzt warten, und selbst dann war nicht sicher, ob man es ihr gestatten würde. Die Regeln waren streng. Seither saß sie in dem tristen graublauen Wartezimmer und weinte. Es kam ihr vor wie eine Ewigkeit.

Mit einem Mal wurde ihr bewusst, dass sie nicht mehr allein war. Eine junge Familie mit zwei kleinen Kindern war hereingekommen und hatte ein Stück entfernt Platz genommen. Die Frau starrte mit rot geweinten leeren Augen in den Raum, der Mann blätterte mit den Kindern in einer *Bamse*-Zeitschrift und las ihnen gedämpft etwas vor. Sie waren wegen des Vaters der Frau oder einem anderen Angehörigen da, dachte Cathy, riss sich zusammen und brachte ihre Tränen unter Kontrolle. Nicht vor Fremden weinen. Das hatte ihre Mutter ihr beigebracht. Es gab keinen Grund, unbekannten Menschen gegenüber starke Gefühle zu zeigen. Im schlimmsten Fall könnte das als Zeichen von Schwäche gewertet werden.

Sie nickte der Frau zu und stand auf. Aus alter Gewohnheit begann sie, an dem kleinen Schmetterlingsring herumzufingern, den sie an einer Kette um den Hals trug. Sie besaß ihn, solange sie denken konnte – oder sogar noch länger. Er war in Thailand gekauft worden, an jenen Weihnachtstagen, bevor der verheerende Tsunami das Land erfasst hatte. Manchmal kam es Cathy so vor, als könnte sie sich an den Tag erinnern, an das Wasser, das Chaos, den Schrecken, aber die Bilder konnten genauso gut von den vielen Aufnahmen herrühren, die sie in verschiedenen Zusammenhängen gesehen hatte, oder von Geschichten, die ihr später erzählt worden waren. Wie etwa, dass sie den Ring auf diesem Markt gekauft hätten. Daran konnte sie sich auf keinen Fall erinnern. Doch da alle aus ihrer Familie überlebt hatten, bildete sie sich ein, der kleine Schmuck würde Glück bringen. Ihn zu berühren, beruhigte sie normalerweise. Ein billiges, mit roten und blauen Steinen besetztes Stück Neusilber, das sie immer mit Geborgenheit verband, und obwohl ihre Mutter ihr deswegen oft in den Ohren gelegen hatte, weigerte sie sich bis heute, ihn abzunehmen. Sie würde ihn niemals gegen ein teureres, erwachseneres Stück eintauschen. Der Ring bedeutete ihr etwas, das sie nicht in Wort fassen konnte.

Es war eine der wenigen Auseinandersetzungen gewesen, die ihre Mutter nie gewonnen hatte.

Cathy ging wieder zur Anmeldung zurück. Sie musste es jetzt wissen. Was war mit ihrem Vater geschehen? Sie musste ihn sehen. Wie hatte das passieren können? Sie hatten doch so große Pläne gehabt. Sie wollte in die USA und er nach ... Es war alles so verwirrend.

Draußen stand ein Mann im Anzug und sprach mit einem Pfleger. Als er Cathy sah, beendete er das Gespräch schnell und ging auf sie zu. Hatte sie ihn nicht schon einmal gesehen?

«Cathy?», fragte er und streckte ihr die Hand entgegen. «Stan Ludlow, ich bin ein Kollege deines Vaters bei Heyman & Schroder, mein tiefstes Beileid», fuhr er in gutem Englisch fort und drückte freundlich ihre Hand. Jetzt erkannte sie ihn wieder. Sie waren sich einmal kurz bei einer Firmenveranstaltung begegnet, und ihr Vater hatte oft wohlwollend von ihm gesprochen.

«Tim hatte mich als Ansprechpartner bestimmt, falls etwas passieren sollte, deshalb bin ich so schnell wie möglich gekommen. Wie geht es dir?», erkundigte er sich sanft. Sie versuchte, stark zu bleiben, aber ihre Augen liefen erneut über.

«Ich weiß nicht. Ich verstehe das Ganze nicht ...», war alles, was sie hervorbrachte.

«Du musst dir keine Sorgen machen. Wir werden dir die organisatorischen Angelegenheiten abnehmen und dich in dieser schweren Zeit unterstützen. Du bekommst jede Hilfe, die du brauchst.»

Cathy wusste nicht, was sie darauf antworten sollte. Der Mann war freundlich, aber irgendetwas an dieser ganzen Situation war merkwürdig. Heyman & Schroder waren immer im Hintergrund gewesen und hatten mehr oder weniger ihr ganzes Leben bestimmt. Jetzt traten sie einen Schritt vor, nur wenige Stunden, nachdem ihr Vater tot aufgefunden worden war.

«Danke», sagte sie mit einer gewissen Schärfe in der Stimme. «Bisher habe ich ihn nicht einmal sehen dürfen, deshalb weiß ich nicht genau, was ich brauche.»

Stan wich ein Stück zurück und lächelte entschuldigend.

«Bitte verzeih. Das klang ... als wäre ich von der Firma geschickt worden. Aber ich bin hier, weil ich es deinem Vater versprochen habe. Meinem Freund. Er wollte, dass du nicht allein bist.»

Cathy sah ihn fragend an. Sie konnte sich keinen Reim auf seine Aussage machen.

«Was soll das heißen? Er hat Sie gebeten herzukommen? Wie konnte er ... ich meine ... wie konnte er das wissen?»

Cathy verstummte. Stan wirkte gequält und antwortete nicht, aber sein Schweigen sprach für sich. Sie verstand, was es besagte, was es bedeutete – aber das war doch unmöglich!

«Wusste er, dass er sterben würde?», fragte sie schließlich leise.

Sie hoffte auf ein Nein, auf ein Kopfschütteln und ein trauriges Lächeln, das ihr bestätigte, dass es sich um ein Missverständnis handelte. Doch stattdessen nickte Stan kurz, ehe er antwortete.

«Vor ein paar Monaten war Tim bei einer Routineuntersuchung, und unser Betriebsarzt hatte ein sogenanntes Aorten-Aneurysma entdeckt, eine Erweiterung der Hauptschlagader. Es war ziemlich groß und lag an einer sehr ungünstigen Stelle.»

«Er wusste, dass er sterben würde, und hat mir nichts gesagt?»

Cathy sah den Mann auffordernd an. Jetzt hoffte sie nicht mehr auf ein Nein, sie brauchte es. Dies war zu viel, zu groß. Ungreifbar. Stan blickte sie voll Mitgefühl und Wärme an.

«Er wusste, dass das Risiko bestand. Es wurde über eine vorbeugende Operation diskutiert, aber es war ... kompliziert. Aber Tim wollte dich nicht beunruhigen, so kurz vor dem Umzug und allem.»

Cathy versuchte erfolglos, ihre widerstreitenden Gefühle zu ordnen. Zu der tiefschwarzen Trauer gesellte sich plötzlich eine Wut auf jenen Mann, den sie für den Rest ihres Lebens vermissen würde.

«Aber er wusste, dass er sterben würde?» Ihre Stimme klang härter als beabsichtigt. Stan beugte sich vor und ergriff erneut ihre Hand. Diesmal noch sanfter. Tröstender.

«Er hat an das Leben geglaubt, Cathy. Bei allem, was er tat oder nicht tat, dachte er an dich. Er hat immer das gemacht, was er für dein Bestes hielt.»

«Dann hätte er mich vielleicht fragen sollen, was ich darüber denke.»

Jetzt konnte sie die Tränen nicht mehr zurückhalten. Sie schwankte kurz, als wäre alle Kraft aus ihr gewichen. Stan schloss sie in die Arme und hielt sie fest.

Ihr Vater war erst seit wenigen Stunden tot, aber Cathy vermisste ihn schon so sehr. Wie sollte sie das ganze restliche Leben ohne ihn überstehen? Seit dem Tod ihrer Mutter waren sie stets zusammen gewesen. Überall auf der Welt, immer. Jetzt gab es niemanden mehr.

Sie war allein.

Dieses Gefühl wuchs, als sie etwas später neben ihrem Vater stand, um von ihm Abschied zu nehmen. Eine Kerze brannte auf einem Rollwagen aus rostfreiem Stahl. Tim lag nicht auf einem Bett, sondern auf einer Bahre aus kaltem, glänzendem Metall, bis zum Kinn mit einem weißen Laken bedeckt. Kein Fenster, keine Möbel. Es war kein Zimmer, kein Saal, es war ein Raum, in dem der Tod so häufig zu Gast war, dass man sich keine Mühe mehr gab, ihn bei seinen zahlreichen Besuchen angemessen zu empfangen.

Der verantwortliche Arzt hatte sie hereingelassen und bestätigt, dass Tim vermutlich an einer geplatzten Hauptschlagader gestorben war, nach der Obduktion hätten sie Klarheit. Cathy wollte nicht, dass man ihn aufschnitt, doch da man ihn im Freien und ohne eine eindeutige Todesursache gefunden hatte und er damit ein Fall für die Polizei geworden war, blieb keine andere Wahl.

Cathy bat Stan zu gehen. Sie nahm seine Visitenkarte entgegen und versprach ihm, sich zu melden, wenn sie etwas bräuchte, aber jetzt wollte sie allein sein. Nachdem er gegangen war, schob sie sich einen Stuhl heran und setzte sich neben ihren verstorbenen Vater. Eine Weile betrachtete sie ihn nur. Ihre Gedanken überschlugen sich. Sie überlegte kurz, wo eigentlich die Kleidung war, die er heute Morgen beim Verlassen des Hauses in Bromma getragen hatte. Unwichtig. Er sah friedlich aus, das beruhigte sie. Ob der Tod schnell eingetreten war? Cathy musste alles über dieses Aorten-Aneurysma nachlesen, dachte sie und berührte seine viel zu kalte Wange.

«Du hättest etwas sagen sollen», presste sie schließlich hervor.

Sie wollte weiter wütend auf ihn sein, mit Wut konnte sie umgehen, aber es gelang ihr nicht. Jetzt verstand sie sein Verhalten in der letzten Zeit besser. Alles hing damit zusammen. Dass er sich seltsam benommen hatte. Die Villa verlassen wollte. Um eine neue Stelle in einem anderen Land gebeten und für sie das Studium in den USA organisiert hatte. Er hatte ein Leben ohne sich für sie vorbereitet. Um nichts anderes war es gegangen.

Sie würde ihn so sehr vermissen.

Was sie mit ihrem Studienplatz in Yale machen sollte, würde sie später entscheiden. Heyman & Schroder konnten sich gern um alle praktischen Angelegenheiten kümmern, doch es gab noch etwas in Schweden, das ungeklärt war. Etwas Unausgesprochenes, das ihrem Vater wichtig gewesen war und das er nicht mehr hatte abschließen können. Cathy war sich sicher, dass Tim ihr etwas hatte erzählen wollen, das auf ihm lastete. Sie konnte zwar unmöglich sagen, was es war, aber sie hatte in der letzten Zeit eine Unruhe bei ihm wahrgenommen. Eine Unruhe, die sie mit diesem Psychologen verknüpfte, zu dem er plötzlich gegangen war. Und ihr Vater hatte darauf beharrt, dass sie ihn auch treffen sollte.

Sebastian Bergman.

Ein tiefer Atemzug.

Sie wusste, was sie zu sagen hatte, aber nicht, wie. Denn sie ahnte, wie es aufgenommen werden würde, und das machte es nicht leichter. Unverrichteter Dinge wieder kehrtzumachen wäre aber auch keine Lösung. Nicht nach all den Jahren ihrer Zusammenarbeit, nach allem, was er für sie getan hatte. Ein weiterer tiefer Atemzug, dann legte sie den Finger auf den Klingelknopf.

Der Riegel wurde schneller beiseitegeschoben, als sie es erwartet hätte, und als die Tür aufging, verstand sie auch, warum. Ursula.

«Hallo, du hier?»

Dieser Satz war selbst als rhetorische Frage misslungen, und Vanja war sofort klar, dass ihr ohnehin schwieriges Unterfangen in Anwesenheit ihrer Kollegin noch komplizierter werden würde.

«Ja, komm rein.» Ursula trat zur Seite und ließ sie in die Wohnung. «Torkel ist in der Küche.»

Vanja hängte ihre Jacke an die Garderobe und zog ihre Stiefel aus, ehe sie Ursula in die Wohnung folgte.

Torkel saß am Küchentisch. Obwohl seit ihrer letzten Begegnung nur ein paar Wochen vergangen waren, wirkte er kleiner und definitiv älter. Nur mehr ein Schatten jenes Mannes, der noch vor weniger als einem Jahr die Reichsmordkommission geleitet hatte. Die Folge von Trauer, Alkoholismus und schweren Verletzungen. Vanja war erstaunt gewesen, als sie gehört hatte, dass er schon aus dem Krankenhaus entlassen werden sollte. Immerhin war er von zwei Kugeln getroffen worden und hatte Verbrennungen dritten Grades an beiden Händen erlitten. Doch momentan wollte man die Patienten so schnell wie möglich wieder loswerden. Torkel bildete da keine Ausnahme. Betten und Personal waren Mangelware. Zweimal täglich kam eine Krankenschwester zu ihm und kontrollierte seine Hände, davon abgesehen musste er allein zurechtkommen. Zum Glück hatte er Ursula, die offenbar viel Zeit hier verbrachte.

Torkels Gesicht erhellte sich zu einem glücklichen Lächeln, als er sie erblickte, und er wollte aufstehen, doch stattdessen ging Vanja zu ihm und umarmte ihn an seinem Platz.

«Schön, dich zu sehen», sagte er und wies auf den Küchenstuhl gegenüber. Vanja setzte sich. Ursula blieb neben der Tür stehen. «Möchtest du etwas trinken oder essen?», fragte Torkel.

«Nein, danke.»

«Wie geht es Amanda? Und Jonathan?»

«Alles bestens. Die beiden sind quietschvergnügt.»

Torkel nickte, und dann entstand eine Pause wie eine Aufforderung an Vanja, den Anlass ihres Besuchs zu erklären. Doch sie wollte gern noch ein paar Minuten kollegialer und freundschaftlicher Plauderei genießen, ehe sie alles zerstörte.

«Wie geht es dir?», fragte sie.

Torkel zuckte die Schultern und hob seine Hände in den Baumwollhandschuhen.

«Den Umständen entsprechend ... nehme ich an. Ich bin wieder trocken.»

«Das freut mich.» Sie hatte nicht gewusst, wie es mit Torkels Alkoholsucht weitergegangen war. Ursula hatte es nicht erwähnt, und Vanja hatte nicht fragen wollen. «Und dein Körper? Deine Hände und alles?»

«Von den Schussverletzungen werde ich mich erholen. Aber die Hände ... sie werden wohl nie wieder richtige Hände werden, glauben die Ärzte.»

Vanja nickte mitleidig, und gleichzeitig stieg die Wut in ihr auf.

Verdammter Billy!

Verdammter mieser Billy!

Sie hatte sich wirklich gezwungen, nach seiner Verhaftung nicht mehr an ihn zu denken. Es schmerzte zu sehr und machte sie viel zu wütend. Von allen Personen, die sie in den letzten Jahren im Stich gelassen hatten, nicht zuletzt ihre Mutter, war dies die schlimmste Enttäuschung. Ihr bester Freund, ein Mensch, auf den sie sich hundertprozentig verlassen hatte, der sogar ihre Tochter aus der Betreuung hatte abholen und auf sie aufpassen dürfen. All diese Gedanken hatte sie erfolgreich verdrängt, aber Torkel wollte sie offensichtlich nicht so leicht davonkommen lassen.

«Besuchst du Billy?», fragte er.

«Nein.»

«Hast du seither überhaupt schon einmal mit ihm gesprochen?»

«Nein.»

«Er hat wirklich Mist gebaut ...», meinte Torkel in einem beinahe melancholischen Ton. Vanja musste sich ein höhnisches Lachen verkneifen. «Mist gebaut» war ja wohl die Untertreibung des Jahrhunderts.

«Aber wir haben ihn gekriegt», kam es von Ursula in der Tür. «Dank dir und Sebastian.»

«Siehst du Sebastian denn ab und zu?», fragte Torkel.

«Manchmal holt er Amanda von der Vorschule ab, aber

abgesehen davon haben wir keinen Kontakt.» Sie schielte kurz zu Ursula hinüber, die ihre Gedanken mit keiner Miene verriet. Irgendetwas war zwischen Sebastian und ihr vorgefallen. Etwas, das dazu geführt hatte, dass sie sich von ihm distanziert hatte. Doch Ursula hatte nichts erzählt, sie hatte noch nie gern private oder persönliche Angelegenheiten mit anderen geteilt. Vanja auch nicht, wenn sie ehrlich war.

In der Küche war es wieder still. Vanja wand sich innerlich. Torkel und Ursula wussten beide genau, dass sie nicht gekommen war, um ein Weilchen mit ihnen zu plaudern. Es wurde Zeit, ihr Anliegen vorzubringen.

«Eigentlich bin ich wegen der Sache hier», begann sie und sah die beiden an. «Der mit Billy.»

«Ach ja?» Die Aussage verriet eine gewisse Skepsis und die Ahnung, worum auch immer es ging, es würde ihnen nicht gefallen.

«Ich habe heute mit Rosmarie gesprochen ...» Die Reaktion der beiden fiel ungefähr wie erwartet aus. Ursula schnaubte verächtlich, und selbst Torkel verzog seine Lippen zu einem schiefen Grinsen, als würde es nicht einer gewissen Komik entbehren, dass alles noch schlimmer kommen konnte.

«Und was hat sie gesagt?», fragte er und beugte sich zu Vanja vor, die einen Moment zögerte. Aber es gab einfach nichts zu beschönigen.

«Sie hat vor, morgen eine Pressekonferenz zu geben und zu behaupten, dass du unaufmerksam warst und fahrlässig gehandelt hast.»

«Diese miese Ratte», murmelte Ursula. Torkel nickte nur vor sich hin, als hätte er von seiner ehemaligen Chefin nichts anderes erwartet.

«Die Journalisten werden erfahren, warum du deinen

Posten verlassen hast, dass du getrunken hast, all das ...», fuhr Vanja fort.

«Billy hat schon Jahre, bevor Torkel mit dem Trinken anfing, sein Unwesen getrieben», wandte Ursula ein.

«Ich weiß, das habe ich ihr auch gesagt.»

«Und was hast du noch gesagt?»

Vanja drehte sich zu ihr um. Hatte die Stimme ihrer Kollegin einen vorwurfsvollen Unterton? Der Blick, den Ursula ihr zuwarf, bestätigte es. Vanjas Wut flackerte erneut auf. Das alles war verdammt noch mal nicht ihre Schuld. Sie war nur die Botin.

«Ich habe gesagt, dass keiner von uns etwas ahnte, dass Billy uns alle an der Nase herumgeführt hat und es ungerecht ist, Torkel zum Sündenbock zu machen.»

«Das kann sie am besten, ihre eigene Haut retten», stellte Torkel fest.

«Wirst du bei dieser Pressekonferenz dabei sein?» Ursula wollte Vanja offensichtlich nicht so schnell aus der Verantwortung entlassen.

«Mir bleibt nicht viel anderes übrig. Ich soll über den zukünftigen Weg sprechen.»

«*Deinen* zukünftigen Weg?»

Jetzt reichte es. Sie hatte nicht vor, hier zu sitzen und sich vorwerfen zu lassen, sie ließe sich für Rosmaries Zwecke einspannen und würde Torkel als Sprungbrett für ihre eigene Karriere missbrauchen. Sie hatte getan, was sie konnte, aber sie war nun einmal nicht die höchste Chefin, daran ließ sich nichts rütteln.

«*Unseren* zukünftigen Weg. Die Alternative wäre, dass sie Torkel dennoch opfert, aber gleichzeitig auch die ganze Reichsmordkommission abschafft. Ich kann nicht erkennen, was das irgendeinem von uns nutzen sollte.»

Ursula antwortete nicht, verschränkte jedoch die Arme vor der Brust, offensichtlich wollte sie sich damit noch nicht zufriedengeben.

«Das ist nicht deine Schuld», schaltete Torkel sich mit Nachdruck ein und warf Ursula einen Blick zu. «Ich bin sicher, du hast dein Bestes gegeben. Wir kennen doch alle Rosmarie.»

«Es tut mir leid», sagte Vanja aufrichtig. «Aber du solltest besser dein Handy ausschalten und eine Weile keine Nachrichten sehen.»

«Ich komme schon zurecht. Danke für die Vorwarnung.»

«Das war das Mindeste, was ich tun konnte.»

Ihre Blicke trafen sich über dem Küchentisch, Torkel lächelte, und Vanja wurde daran erinnert, wie viel er ihr in all den Jahren bedeutet hatte, wie er sie unterstützt hatte und was für ein durch und durch feiner Mensch er war. Sie streckte sich über den Tisch und wollte seine Hände ergreifen, hielt jedoch vor den weißen Handschuhen inne.

«Es tut mir wirklich leid», wiederholte sie.

«Ich weiß.»

Vanjas Handy klingelte. Sie sah auf das Display. Eine unbekannte Nummer. Dennoch nahm sie den Anruf an. Wie sich herausstellte, war es die Polizei in Västerås.

Nachdem sie kurz mit den Kollegen vor Ort gesprochen und ein Bild vom Tatort geschickt bekommen hatte, wandte sie sich der nun eindeutig neugierigen Ursula zu.

«Wir haben zu tun.»

Als My ihm die Tür öffnete und ihn hereinließ, sah er sofort, dass nicht alles so war, wie es sein sollte. Natürlich nicht. Sie hätte eine frischgebackene Mama sein sollen, zu Hause mit ihren neugeborenen Zwillingen, in einer rosaroten Babyblase. Stattdessen versuchte sie zu verarbeiten, dass der Mann, den sie geliebt und geheiratet hatte, der Vater ihrer Kinder, für Verbrechen verantwortlich war, die ihn zum schlimmsten schwedischen Serienmörder aller Zeiten machten. Also war gar nichts so, wie es sein sollte, aber heute schien es ihr noch schlechter zu gehen als sonst. Ihr Haar hing ungewaschen und schlaff um ihr fahles Gesicht, das von den schwarzen Augenringen dominiert wurde. Es sah so aus, als hätte sie die fleckige Jogginghose nur rasch zu dem großen T-Shirt angezogen, das sie als Nachthemd trug. Mit zwei Kindern allein zu sein, wäre für jeden anstrengend, doch Sebastian hatte das Gefühl, dass es bei My um viel mehr ging als um durchwachte Nächte und Schlafmangel.

Er hatte My als Erster vom Verdacht gegen Billy erzählt, und er hatte die Ermittlungen vorangetrieben, die am Ende zu Billys Verhaftung führten. Deshalb fühlte er sich teilweise für ihre Situation verantwortlich und dafür, dass Mys ganzes Leben aus den Fugen geraten war. Das war natürlich dumm und irrational und sah ihm wirklich nicht ähnlich, doch von allen Menschen, die er kannte, war sie nichtsdestotrotz am härtesten betroffen, und manchmal war Sebastian sich nicht sicher, wie sie es im Laufe der Zeit verkraften würde. Deshalb achtete er darauf, den Kontakt zu halten. Deshalb, und weil ihre Sicht auf die Ereignisse, ihre Geschichte, wichtig sein würde für den emotionalen Teil seines nächsten Buchs.

«Möchtest du einen Kaffee?», fragte My, während er seinen Mantel aufhängte.

«Nur wenn du auch einen trinken würdest.»

«Dann gibt es keinen.»

Sie bat ihn ins Wohnzimmer, in dem erstaunlich wenig, wenn nicht gar nichts, darauf hindeutete, dass die Bewohnerin eine alleinstehende Mutter von zwei neugeborenen Zwillingen war. Keine Sachen auf dem Boden, die Zierkissen in einer ordentlichen Reihe auf dem Sofa, eine Fernbedienung und eine Unterlage auf dem Couchtisch. Frische Schnittblumen im Fenster.

«Schlafen die Jungs?», fragte Sebastian und sah sich in der stillen Wohnung um.

«Sie sind nicht hier.»

Für einen kurzen Moment hatte Sebastian das lähmende Gefühl, etwas Furchtbares wäre passiert und hinter Mys gefasster, fast abweisender Fassade verbärge sich eine Tragödie.

«Wo sind sie?», fragte er und bemerkte zu seiner eigenen Zufriedenheit, dass seine kurze Frage nichts von seiner Unruhe verriet.

«Bei meiner Mutter.» My setzte sich auf das Sofa und zog die Füße unter sich. Sie nahm eines der Kissen und umfasste es, während Sebastian im Sessel gegenüber Platz nahm. «Ich ... es wurde immer schlimmer. Ich konnte sie kaum angucken. Und erst recht nicht in den Armen halten und stillen ...»

Ihre Stimme klang, als würde sie gleich in Tränen ausbrechen, doch ihre Augen blieben trocken und fixierten ihn.

In ihrem Blick erkannte er einen Teil der alten My wieder. Entschlossen, tatkräftig, darüber im Klaren, was sie wollte.

«Es ist nicht ihre Schuld, nichts von alldem ist ihre Schuld, natürlich, aber ich kann das nicht. Es steckt so viel von ihm in ihnen, und damit kann ich nicht umgehen.»

«Gib dem Ganzen ein bisschen Zeit und ...»

«Das ist keine postpartale Depression, Sebastian», unterbrach sie ihn und beugte sich vor. «Das wird nicht vorübergehen. Er hat acht Menschen umgebracht. Weil er es wollte. Weil er es genossen hat.»

Nicht bei den drei ersten, dachte Sebastian im Stillen. *Sie haben Billy erst dazu gebracht, es zu genießen.* Aber das würde er My natürlich nicht sagen. Diese Information änderte wenig bis gar nichts.

«Aber deine Kinder sind nicht er», versuchte er sie zu beruhigen.

«Zur Hälfte schon.»

Zu einem gewissen Grad waren ihre Aversion und Unruhe begreifbar. Sebastian fand sie zwar unnötig und übertrieben, hatte aber dennoch Verständnis dafür. War Billys Tötungstrieb genetisch bedingt? Die «Schlange», von der er gesprochen hatte, als wäre sie ein beinahe physisches, lebendiges Wesen, das ihn lenkte, was war sie eigentlich? Wo kam sie her? Für Sebastian war die Antwort eindeutig. Er glaubte, genug über die menschliche Psyche zu wissen, um dafür argumentieren zu können, dass die Erfahrungen und Handlungen eines Menschen, seine Beziehungen und Erlebnisse, ihn viel mehr formten als seine Gene. Niemand war zum Mörder geboren.

«Nur deshalb werden sie aber nicht so werden wie er», sagte er daher. «Wenn du das Erbgut hinzuziehen willst, sind sie ja auch zur Hälfte du.»

«Genau, vielleicht führen sie ja nur die Gene des Lügners, Betrügers und Sexkäufers weiter?»

Diese Bitterkeit und Wut würde sie mit der Zeit verschlingen und vernichten.

«Das ist nur ein Teil seiner Persönlichkeit», erwiderte Sebastian ruhig.

«Hör auf, ihn in Schutz zu nehmen!»

«Ich nehme nicht ihn in Schutz, sondern die Jungen.»

Für einen kurzen Moment schien die Streitlust von ihr abzufallen. Sie seufzte tief, lehnte sich zurück und umklammerte ihr Kissen fester.

«Ich weiß. Ich weiß, dass sie nicht automatisch aufwachsen und zu Serienmördern werden. Das ist nicht das Problem.»

«Was ist denn dann das Problem?», fragte Sebastian mit aufrichtigem Interesse. Trotz ihrer schweren Situation – oder vermutlich gerade deswegen – waren die Gespräche mit My jene Eindrücke, die ihn derzeit am meisten beschäftigten. Billy hatte sich immer mehr verschlossen. Seine Worte schienen im selben Takt zu versiegen, in dem ihm die Folgen seines Handelns bewusst wurden. Dass sie am Morgen die Leiche von Hugo Sahlén gefunden hatten, verstärkte diesen Effekt nun noch. Auf dem Weg zurück ins Untersuchungsgefängnis hatte Billy kein Wort gesagt, sondern nur aus dem Fenster gestarrt und nicht einmal reagiert, wenn man ihn ansprach. My redete dagegen und fasste ihre Gefühle in Worte – oder versuchte es jedenfalls. Etwas an ihrer Art und Weise, mit dem Geschehen umzugehen, sich davon definieren zu lassen, kannte Sebastian allzu gut. Sollte er diesen Aspekt mit in das Buch aufnehmen? Seine eigenen Verlusterfahrungen? Dem Ganzen eine persönliche Note geben? Es wäre eine Überlegung wert, aber nicht jetzt.

«Es ist ...», begann My und hielt inne, als suchte sie nach der richtigen Formulierung. «Das Problem ist, dass sie eine konstante Erinnerung an Ereignisse sind, die ich zu vergessen versuche.»

Wie gesagt, sie waren sich ähnlich, My und er. Wie oft hatte er sich erfolglos darum bemüht, die Vorkommnisse des zweiten Weihnachtstages 2004 zu verdrängen.

Mittlerweile war es neunzehn Jahre her.

Neunzehn Jahre, in denen er es sich nicht erlaubt hatte, glücklich zu sein, weil er glaubte, es nicht zu verdienen. Einsam im Dunkeln. Tausende und Abertausende Tage, die zu einem einzigen, langen, alles erstickenden Schlamm wurden, in denen sinnlose sexuelle Eroberungen ein Werkzeug für ihn gewesen waren, um für einen kurzen Moment alles zu verdrängen, um die Nase über Wasser zu halten und zu atmen.

Jetzt hatte er das hinter sich gelassen.

Er hatte es geschafft, sich ein neues Leben aufzubauen.

Was für ihn notwendig gewesen war, würde auch für My wichtig sein.

«Die Zwillinge erinnern dich momentan daran, aber eines Tages wirst du Unterschiede machen können.» Er beugte sich vor und sah ihr in die Augen. «Was Billy dir angetan hat und was die Jungen für dich bedeuten, das werden zwei völlig getrennte Empfindungen sein.»

«Ich werde sie zur Adoption freigeben.»

Sebastian wusste nicht genau, welche Antwort er erwartet hatte, aber diese jedenfalls nicht. War das überhaupt möglich? Offenbar hatten sich die Zweifel in seinem Gesicht gespiegelt, denn My fuhr fort: «Das Gericht und das Jugendamt werden hinzugezogen, aber es geht. Wenn es dem Kindeswohl dient.»

«Und da bist du dir sicher?»

«Sie verdienen jemanden, der sie liebt.»

Die ernsthafte Überzeugung und Aufrichtigkeit in ihrer Stimme hielten Sebastian von allen weiteren Einwänden ab. Was er auch sagte, es würde sie ihre Meinung nicht ändern lassen, jedenfalls nicht heute.

«Ich möchte dich um einen Gefallen bitten», fuhr My mit fester Stimme fort.

«Und worum geht es?»

«Billy hat als Vater immer noch ein Mitspracherecht, er muss seine Zustimmung geben. Wenn du ihn das nächste Mal triffst, musst du ihn darum bitten.»

«Das wird er nicht tun.»

«Überrede ihn. Er wird ohnehin nie Teil ihres Lebens sein.»

«Wie du schon gesagt hast, er ist der Vater ...»

«Ja, ja, ja», fiel sie ihm ins Wort. «Kann sein, dass sie ihn im Gefängnis besuchen müssen, das weiß ich nicht, aber ... Er wird sie nicht kennen und keine wichtige Rolle in ihrem Leben spielen, dafür werde ich sorgen.»

«Okay, ich werde es ihm erklären.»

Ob das eine gute Idee war oder nicht, konnte man diskutieren, dachte Sebastian, beschloss aber erneut, seine Einwände nicht zu äußern. Später, wenn etwas mehr Zeit vergangen wäre, würde er kritischer hinterfragen, wie gut durchdacht ihre Entscheidung war. Ohne es genau zu wissen, vermutete er, dass eine Adoption in einem solchen Fall ein ziemlich zäher Prozess sein würde. Und wenn er Billy richtig einschätzte, würde der sich weigern und querstellen, solange es ging. Sebastian ahnte, dass Billy immer noch an der naiven Hoffnung festhielt, zwischen ihm und My würde irgendwann alles wieder halbwegs normal sein. Vielleicht glaubte er nicht, dass sie ihm verzeihen werde, aber ihn verstehen und tolerieren. Der blauäugige Wunsch, etwas aus seinem früheren Leben behalten zu dürfen. Aber Billy hatte noch nicht die My gesehen, die jetzt vor Sebastian saß.

«Du hast nicht vor, mit jemandem zu reden?», fragte er behutsam und beugte sich vor.

«Mit wem sollte ich reden?»

«Einem Therapeuten. Jemandem, der dir dabei helfen kann, das alles zu verarbeiten.»

«Ich rede doch mit dir.»

«Ich bin nicht dein Therapeut, ich bin ein Freund.»

«Ich glaube, ich brauche eher einen Freund als einen Therapeuten, aber danke für den Rat.»

Sebastians Handy brummte in der Tasche. Normalerweise hätte er es ignoriert, aber jetzt war er beinahe dankbar für die Unterbrechung. Mit einer entschuldigenden Geste zog er das Telefon hervor. Vanja. Für einen kurzen Moment dachte er, er hätte vergessen, Amanda in der Vorschule abzuholen, heute wäre sein Tag, aber erstens vergaß er das nicht, und zweitens hätte Vanja sich dann schon eher gemeldet. Allerdings rief sie nie wegen etwas an, das nicht Amanda betraf, deshalb nahm er den Anruf mit einer gewissen Besorgnis entgegen.

Zwanzig Minuten später holte sie ihn vor Mys Wohnung ab, und sie fuhren zusammen in Richtung Västerås.

Der Geruch hatte sich zwar bereits angekündigt, als sie sich näherten, aber es war dennoch ein Schock, als sie auf dem Platz vor dem Hof aus dem Auto stiegen.

«Pfui Teufel!», stieß Sebastian hervor und versuchte, nur noch durch den Mund einzuatmen.

«Eintausendsechshundert Schweine», sagte Vanja und grinste ihn an.

«Wie kann man hier arbeiten?»

«Wahrscheinlich gewöhnt man sich daran.»

«Ja, man gewöhnt sich daran, mit Schweinen zu arbeiten», sagte Ursula.

Sebastian ignorierte ihren säuerlichen Kommentar, und sie steuerten auf das große, ein Stück entfernt liegende Gebäude zu. Mehrere Streifenwagen standen in der Einfahrt und überall uniformierte Polizisten bei den Absperrungen. Ein kriminaltechnisches Team war bereits vor Ort und wurde sofort von Ursula erspäht. In der knappen Stunde, die sie gemeinsam im Auto verbracht hatten, war sie ziemlich wortkarg gewesen. Es war das erste Mal, dass sie sich seit den Geschehnissen zu Hause bei Torkel gesehen hatten. Sebastian wusste, dass sie ihn dafür verantwortlich machte, weil er sie nicht gewarnt und in diese gefährliche Situation gebracht hatte. Nicht ganz zu Unrecht, wie er wohl oder übel zugeben musste.

Er hatte auf der Rückbank Platz genommen, als sie ihn abgeholt hatten. Ursula war nicht auf die Idee gekommen, ihm den Beifahrersitz anzubieten, obwohl er fast zwanzig

Zentimeter größer war als sie. Er zog die Tür zu, und zu Beginn der Fahrt herrschte ein für Sebastian nicht ganz angenehmes Schweigen.

«Was wissen wir über die Sache in Västerås?», fragte er, als sie Stockholm hinter sich gelassen hatten und Vanja auf der E18 Richtung Westen beschleunigte.

«Das, was ich dir schon am Telefon erzählt habe und was du auf dem Foto gesehen hast, das ich dir geschickt habe.»

Das Foto, ja. Natürlich bestand die Möglichkeit, dass jemand anders gemeint war und es rein gar nichts mit ihm zu tun hatte, aber das glaubte Vanja offenbar nicht, und er selbst glaubte es auch nicht, wenn er ehrlich war.

«Ich habe im Internet gelesen, dass sie eine weitere Leiche gefunden haben», sagte Vanja hinter dem Steuer. Sie sprach also von sich aus das Thema Billy an. Da musste es ihm doch wohl erlaubt sein zu antworten?

«Ja, Hugo Sahlén», bestätigte er mit einem Seitenblick zu Ursula.

«Warst du dabei?»

«Ja.»

«Warum?»

«Er brauchte jemanden zum Reden.» Ursulas leises Schnauben verriet mit aller Deutlichkeit, was sie davon hielt.

«Seit seiner Verhaftung ist einiges mit ihm passiert», erklärte Sebastian vorsichtig.

«Bereut er es?»

Sebastian zögerte. Auf diese Frage gab es keine einfache Antwort. Kein schlichtes Ja oder Nein. Er war nicht sicher, ob Ursula an den psychologischen Faktoren interessiert war, die in Bezug auf Billy eine Rolle spielten, aber er wollte es wenigstens versuchen.

«Die Folgen bereut er definitiv. Die Taten an sich ... Sie

wurden nicht von dem Billy verübt, den wir kennen, also … er weiß selbst nicht genau, wie er dazu stehen soll.»

«Und das herauszufinden, dabei hilfst du ihm?»

«Ich versuche es.»

Zum ersten Mal seit Beginn der Fahrt drehte sie sich um und sah ihn an.

«Warum? Billy ist dir scheißegal, aber er hat mehrere Menschen verletzt, von denen du behauptest, sie wären dir nicht egal.»

«Ich weiß.»

«Also, warum? Weil du so ein gutherziger Kerl bist, der immer das Wohl der anderen im Blick hat und seinen Mitmenschen um jeden Preis helfen möchte?»

Die triefende Ironie war nicht zu überhören. Es gab wohl niemanden, der ihn so gut kannte wie Ursula. Wenn er also eine Chance haben wollte, dass ihr Verhältnis auch nur halbwegs funktionierte, konnte er nicht lügen.

Nicht bei ihr. Nie wieder.

«Ich schreibe ein Buch über ihn.»

«Weiß er davon?»

«Nein.»

«Die Geschichte glaube ich.» Ursula lachte boshaft. «Einen anderen Menschen ausnutzen, um Gewinn daraus zu schlagen, das passt schon besser zu dir.» Erneut musste er zugeben, dass sie recht hatte. Ursula drehte sich wieder nach vorn.

«Vanja geht ein ziemliches Risiko ein, indem sie dich mitnimmt. Du stehst nicht gerade auf Rosmaries Wunschliste.»

«Aber bei dem, was dort an der Wand zu sehen ist, bleibt euch wohl keine große Wahl.»

«Man hat immer eine Wahl, man kann das Richtige tun oder das Falsche.»

Auch wahr. Das Problem war nur, dass er jahrelang ständig und höchst bewusst das Falsche getan hatte, um sich selbst zu bestrafen. Denn das Richtige zu tun, konnte ihm möglicherweise ein Fünkchen Freude und Glück schenken, das er nicht verdient hatte.

«Danke», sagte er zu Vanja.

«Ich erwarte keine Dankbarkeit, aber jetzt liegt es an dir, dafür zu sorgen, dass ich es nicht bereue.»

Sebastian nickte und lehnte sich zurück. Genau diese Worte hatte Torkel benutzt, als er Sebastian vor vielen Jahren in Västerås wieder ins Team aufgenommen hatte. Das hatte er jetzt davon ...

Sie hatten die Fahrt schweigend fortgesetzt.

Jetzt wurden sie unter den Absperrungen hindurchgelassen, und ein Ermittler in Zivil kam ihnen mit ausgestreckter Hand entgegen. Er war vielleicht fünfundvierzig Jahre alt und hatte leicht angegraute Schläfen. Sneakers, Chino-Hosen, ein Hoodie und eine Daunenweste ließen ihn aussehen wie einen Mann, der gerade von einem Grillfest mit Freunden und Familie abberufen worden war.

«Hallo, Radjan Micic, ich hatte euch angerufen.»

«Was wisst ihr?», fragte Vanja, nachdem sie sich begrüßt und vorgestellt hatten.

«Der Hof wird vom Ehepaar Machado betrieben. Das Opfer wurde von der Besitzerin gefunden.» Er deutete mit dem Kopf auf eine Frau Mitte dreißig in zweckmäßiger Arbeitskleidung, die ein Stück entfernt mit einem uniformierten Beamten sprach. «Eine weibliche Person, schätzungsweise sechzig Jahre alt, bisher nicht identifiziert. Wir haben die Schweine hinausbefördert, aber als wir gehört haben, dass ihr kommt, oder besser gesagt, dass *Ursula* kommt, haben wir alles andere so belassen.»

Sebastian grinste vor sich hin. Ursula hatte noch nie großes Vertrauen in die örtliche Spurensicherung gehabt und keinesfalls gezögert, ihre diesbezügliche Meinung auch laut und deutlich kundzutun. Sie würde stolz sein, wenn sie hörte, dass man ihr zumindest in Västerås Respekt zollte. Vielleicht würde Sebastian es ihr erzählen. Er musste sich dringend ein paar Pluspunkte einheimsen.

«Waren die Eigentümer in letzter Zeit in irgendetwas verwickelt?», hörte er Vanja fragen.

«Nicht, soweit wir herausfinden konnten.»

«Okay, danke.»

«Ihr erinnert euch vielleicht nicht», sagte Radjan lächelnd. «Aber wir sind uns schon begegnet, als ihr das letzte Mal hier wart. Der Typ vom Palmlövska-Gymnasium, der seinen Freund erschossen hatte.»

Das Jahr, in dem Sebastians Mutter starb, als er nach jahrelanger Abwesenheit in seine Geburtsstadt zurückkehrte. Als er zum ersten Mal nach über einem Jahrzehnt wieder mit der Reichsmordkommission zusammenarbeite. Als er zum ersten Mal Vanja traf.

So lange her.

So viel war inzwischen passiert.

«Nein, daran erinnern wir uns nicht», sagte Sebastian und erwiderte das Lächeln. «Wir erinnern uns an den Fall, aber nicht an Sie.»

«Ich habe mit Thomas Haraldsson zusammengearbeitet ...»

«Ja, nein ... haben Sie damals irgendetwas gemacht, was uns hätte im Gedächtnis bleiben sollen?»

«Anscheinend nicht.»

Sebastian spürte Vanjas Blick mehr, als er ihn sah, ehe sie sich in einem entschuldigenden Tonfall noch einmal für die

Hilfe bedankte und sie zusammen zu der Hofbetreiberin gingen.

«Vanja Lithner, Reichsmordkommission», stellte sie sich vor, als sie näher kamen. «Und das hier ist Sebastian Bergman.»

«Der Sebastian Bergman?», fragte die Frau sofort mit einem neugierigen Blick in seine Richtung. Für einen kurzen Moment glaubte Sebastian, er wäre auf einen Fan gestoßen. Davon gab es derzeit nicht so viele, aber bei denen, die übrig geblieben waren, handelte es sich im Prinzip ausschließlich um Frauen. Er betrachtete sie etwas eingehender. Braune Augen, kurzes dunkles Haar, ungeschminkt, mit einer ziemlich durchschnittlichen Figur unter ihrer ausgebeulten Kleidung. Zu jung für ihn. Es gab eine Zeit, da hätte er vielleicht versucht, trotzdem mit ihr ins Bett zu gehen, aber jetzt nicht mehr. Nicht nach Uppsala. Außerdem musste er einsehen, dass aus ihrem Blick keine Bewunderung sprach. Sie erkannte ihn auch nicht wieder, sondern hatte lediglich die Wand auf dem Foto gemeint.

«Ja, vermutlich *der* Sebastian Bergman», gab er zu.

«Wie heißen Sie?», fragte Vanja.

«Erika Machado, meinem Mann und mir gehört der Hof.»

«Ich weiß. Erzählen Sie, was passiert ist.»

«Das habe ich doch eben schon», sagte Erika und zeigte auf den uniformierten Beamten, der sich gerade mit Micic unterhielt.

«Aber nicht mir.»

Erika verdrehte die Augen und seufzte.

«Ich bin um kurz nach vier hergekommen, in einem der Ställe war eine außergewöhnlich große Unruhe, also bin ich hineingegangen, und da lag sie. Ich habe die Polizei angerufen, und jetzt sind Sie da.»

«Wissen Sie, wer die Frau ist?»

«Ich habe sie kaum gesehen, aber ich glaube nicht.»

«Waren Sie allein hier, ohne Angestellte?»

«Die arbeiten nur zwischen sechs und zwei.»

«Danach ist niemand mehr auf dem Hof?»

Erika schüttelte den Kopf.

«Dann steht nur noch die Fütterung am Abend an, und die ist automatisiert.»

«Was hatten Sie dann hier zu tun?», warf Sebastian ein.

«Heute Morgen gab es Probleme mit einer der Futteranlagen, und ich wollte die Technik noch einmal überprüfen.»

«Haben Sie irgendeine Idee, warum die Tote bei Ihnen liegt?»

«Nein, keine.»

«Ist in letzter Zeit nichts Ungewöhnliches vorgefallen?»

«Nein.»

Vanja sah sich auf dem Platz vor dem riesigen Gebäude um, das eher an einen Hangar erinnerte als an einen Stall.

«Haben Sie Kameras?»

«Einige außen, drinnen nicht. Ab und zu bekommen wir ungebetenen Besuch von Tierschutzaktivisten und Veganern ...»

«Wird das Material irgendwo gespeichert?»

«Die Kameras werden durch Bewegung aktiviert. Wenn sie anspringen, wird das Material auch gespeichert.»

«Können Sie sehen, ob sie aktiviert wurden?»

«Ja, natürlich.»

«Bitte halten Sie sich in der Nähe, es kann sein, dass wir Ihnen noch weitere Fragen stellen müssen»

Erika nickte, und Vanja ging auf das Gebäude zu. Sebastian folgte ihr.

Wie erwartet, war der Gestank drinnen noch schlimmer.

Als hätte man ein dreckiges altes Katzenklo in Ammoniak getränkt und sich anschließend darin erleichtert. Sebastian musste gegen seinen Brechreiz ankämpfen.

Und überall waren Schweine.

Ein wogendes Meer aus Schweinerücken füllte die ganze Länge des Gebäudes. Grunzend, schreiend, schnüffelnd, liegend, schlafend. Ein Verschlag nach dem anderen lag in langen Reihen auf beiden Seiten des Betongangs, den sie jetzt entlanggingen. Metallzäune, die an Sicherheitsabsperrungen erinnerten, hielten den Gang frei und trennten die Tiere voneinander. Eine Reihe von Leuchtstoffröhren in der Mitte der Decke erhellte den Raum leidlich, aber die Ställe neben den Außenwänden befanden sich in einem ständigen Halbdunkel. Keine Fenster. Wellblech an der Decke, nackte Rohre, die kreuz und quer verliefen. Hatte das Gebäude von außen wie ein Hangar ausgesehen, wurde beim Betreten sofort klar, worum es sich handelte.

Eine Industrie. Eine Fabrik.

Sebastian aß Speck, Schinken und Schnitzel, aber es löste doch etwas in ihm aus, all diese Tiere – die sozial, treu und intelligenter waren als die meisten Hunde, wie er in einem Artikel gelesen hatte – so dicht zusammengedrängt zu sehen, ohne eine andere Beschäftigung, als auf den Tod zu warten.

Sie setzten den Weg zu dem leeren Stall fort, der linker Hand an der Schmalseite des Gebäudes lag. Mehrere Rüssel wurden neugierig hervorgestreckt, als sie vorbeigingen. Am Ziel angekommen, blieben sie stehen und nahmen die Szene in sich auf.

Die Frau lag mitten im Stall rücklings auf dem Betonboden. Sie trug ein weinrotes T-Shirt, eine helle Hose, Stoffschuhe und Strümpfe.

Tiefe Wunden leuchteten rot an ihren Armen, Händen

und im Gesicht. An der rechten Hand fehlten einige Finger. Ursula hockte in ihrer weißen Schutzkleidung neben ihr. Die lokalen Kriminaltechniker arbeiteten rings um sie herum.

«Sie muss irgendwann zwischen zwei und vier Uhr hier gelandet sein», sagte Vanja, an niemand Speziellen gerichtet.

«Aber sie ist schon länger tot», hielt Ursula fest.

«Und wie viel länger?»

«Ich weiß es nicht, aber definitiv länger.»

Obwohl Ursula mit dem Rücken zu ihr saß, deutete Vanja auf die Verletzungen der Leiche.

«Die Wunden?»

«Sind nach dem Tod hinzugekommen. Die Schweine haben sie angefressen.»

Vanja zog eine Grimasse, vor allem die fehlenden Finger machten diese Tatsache noch makabrer. Sie hoffte, man wusste, welche Schweine genau an der Leiche gewesen waren, damit sie nicht geschlachtet und verkauft werden würden. Aber das war nicht ihr Problem, außer Ursula wollte die verschwundenen Körperteile finden und untersuchen.

«Ich dachte, das wäre ein Mythos. Dass Schweine Menschen fressen.»

«Anscheinend nicht.»

«Glaubst du, sie ist hier gestorben?»

«Nein.» Ursula trat ein Stück zur Seite und drückte leicht auf den Brustkorb des Opfers. Im kalten Schein der Leuchtröhren sah Vanja, wie ein Rinnsal einer klaren Flüssigkeit an der Wange der Toten hinabrann. «Sie ist ertrunken.»

«Und wurde hier abgelegt. Dafür muss es doch einen Grund geben.»

Sie würden das Ehepaar Machado und seine Angestellten gründlicher unter die Lupe nehmen müssen. Prüfen, ob sie bedroht wurden, ob sie früher einmal in irgendetwas verwickelt gewesen waren und ob sie die tote Frau gekannt hatten ...

«Und dafür auch.»

Vanja drehte sich um. Sebastian war einige Schritte vorausgegangen und stand vor etwas, das aussah wie ein einfacher kleiner Verschlag in der hinteren Ecke des Gebäudes. Grobe Holzplanken bildeten die Wände, die einfache Tür war mit einem Riegel versehen.

LÖS DAS HIER, SEBASTIAN BERGMAN

Große rote Buchstaben auf der sonst ungestrichenen Wand. Vanja gesellte sich zu ihm.

«Ist das Blut?»

«Farbe.» Sebastian deutete auf einen Eimer mit roter Farbe, der geöffnet auf dem Boden vor der Wand stand. Ein Pinsel lag quer darüber.

«Was bedeuten die Zahlen?»

Sebastian sah in die Richtung, in die Vanja zeigte.

304136

«Keine Ahnung. Eine Telefonnummer?»

«Und wessen Telefonnummer?»

Sebastian zuckte die Achseln. Er wusste es nicht. Natürlich war der Fall schrecklich, eine tote Frau, von der die Schweine geschmaust hatten. Aber er musste sich trotzdem eingestehen, dass dieser Fundort sein Interesse weckte. Ein Täter, der so etwas inszenierte, war ganz nach seinem Geschmack.

Dabei gab es eigentlich keinen Grund zur Freude darüber, dass er persönlich involviert war. Das hatte er schon einmal erlebt. Edward Hinde hatte Ralph Svensson manipuliert und dazu gebracht, Frauen umzubringen, mit denen Sebastian eine sexuelle Beziehung gehabt hatte. Von diesem Fall handelte auch sein Buch *Die Frauen, die er kannte.*

Aber die Frau aus dem Schweinefall kannte er nicht.

Glaubte er jedenfalls, denn er erkannte sie nicht wieder.

Wenn das Opfer unbekannt war, ging es also nur um die Herausforderung. Jemand testete ihn und wollte sich mit ihm messen. Die Frau, der Ort, die Ziffern, all das sollten Hinweise für ihn sein, um ein Rätsel zu lösen. Das triggerte ihn. Er stand vor der Wand mit der Aufforderung und den Ziffern und vor der Toten im Schweinestall und fühlte sich so lebendig wie schon lange nicht mehr.

Nach ein paar Stunden in der Villa in Bromma wusste Cathy, dass sie die richtige Entscheidung getroffen hatte. Sie wollte wirklich nicht in Schweden bleiben. Die Villa, die ihr fester Bezugspunkt gewesen war, ihr Zuhause, war dennoch mit zahlreichen Einrichtungsgegenständen bestückt, zu denen Cathy keinerlei Bezug hatte. Abgesehen von ein paar persönlichen Kleinigkeiten hatte Heyman & Schroder für alles gesorgt, was sie brauchten, als sie eingezogen waren. Doch ohne ihren Vater war das Haus nur ein Ort, der sie an ihre Einsamkeit erinnerte.

Sie hatte beschlossen, zu dem einzig wirklichen Zuhause zurückzukehren, das sie je gehabt hatte. In jene Stadt, in die sie selten, aber doch regelmäßig zurückgekommen waren. Melbourne. Dort konnte sie darüber nachdenken, was aus Yale und ihrem Studium werden sollte. Verlorener und einsamer als hier konnte sie sich ohnehin nicht fühlen. Und ihre Großmutter lebte in der australischen Metropole. In den letzten Jahren hatten sie sich nicht sonderlich oft getroffen. Meistens hatten sie Kontakt über Bildschirme oder Telefone gehabt, und seit der Beerdigung ihrer Mutter hatten sie sich nicht mehr persönlich gesehen. Sie rannten sich also nicht gerade gegenseitig die Türen ein, aber immerhin war es ihre Großmutter. In Stockholm hatte sie niemanden.

Es gab eine Liste mit ein paar Dingen, die sie regeln musste. Bei den meisten konnte Stan ihr helfen. Die Villa hatte Heyman & Schroder gemietet, und sie selbst würde keine finanzielle Not leiden. Sie war überzeugt, dass das Testament detailliert und durchdacht sein würde. Entscheidungsprozesse waren das Spezialgebiet ihres Vaters gewesen, deshalb hatte seine Firma ihn um die ganze Welt geschickt.

Eine Sache, die ganz oben auf der Liste stand und die sie nicht delegieren konnte, war dieser Sebastian Bergman.

Allerdings konnte sie nicht verstehen, wie ihr Vater ausgerechnet auf diesen Mann gekommen war. Es war eine Sache, dass er eine Therapie brauchte und sich jemanden gesucht hatte, mit dem er reden konnte. Aber Sebastian Bergman? Cathy hatte ihn gegoogelt und herausgefunden, dass er ein mehr oder weniger bekannter Kriminalpsychologe war, zu Kontroversen reizte und häufig mit der schwedischen Polizei zusammengearbeitet hatte, was jetzt aber nicht mehr der Fall zu sein schien. Jedenfalls sorgte er derzeit nicht für Schlagzeilen. Seine Aussagen waren provokant und selbstsicher, bisweilen fast arrogant. Vor einigen Jahren hatte er zwei Bücher über Edward Hinde geschrieben, einen der schlimmsten schwedischen Serienmörder, und anschließend über einen Trittbrettfahrer. Er hatte eine Art Talkshowsofa-Fehde mit irgendeinem anderen Kriminalpsychologen mit einem unaussprechlichen Doppelnamen gehabt, die damit endete, dass der Doppelnamen-Psychologe öffentlich vernichtet worden war.

Je mehr sie über Sebastian Bergman las, desto weniger verstand sie, warum Tim zu ihm gegangen war. Ihr Vater hatte beruflich mit multinationalen Konzernen, Umstrukturierungen und Managementfragen zu tun gehabt – warum hatte er sich plötzlich für einen derartigen B-Promi interessiert, einen Kriminalpsychologen, der auf Serienmörder spezialisiert war? Die einzige offenkundige Gemeinsamkeit zwischen den beiden war, dass Bergman genau wie ihre Eltern und sie an Weihnachten 2004 in Thailand gewesen war. Er hatte Frau und Tochter im Tsunami verloren. Das war natürlich tragisch, erklärte aber trotzdem nicht Tims Wahl. Aber der hatte unbedingt gewollt, dass sie Bergman traf. Er hatte es mehrfach gesagt und versucht, ein neues Treffen zu vereinbaren, nachdem das erste nicht zustande gekommen war. Doch Sebastian Bergman war schwer erreichbar gewesen, und wenn Tim und er dann tatsächlich einmal telefoniert hatten, gab es immer irgendeinen Vorwand, warum er sie nicht sehen konnte. Jetzt bekam Cathy das Gefühl, dass der plötzliche Umzug nach Schweden nach dem Tod ihrer Mutter etwas mit diesem Psychologen zu tun gehabt haben könnte. Aber inwiefern? Ihr Vater hatte sich nach Claires Tod verändert. So viel stand fest. Ob das alles irgendwie zusammenhing?

Diese Frage konnte nur einer beantworten.

Cathy fuhr mit dem Auto zur Grev Magnigatan. Tim hatte Sebastians Telefonnummer und Adresse sowie den Türcode in seinem Telefon gespeichert. Zuvor hatte sie versucht, den Mann anzurufen, doch die Mailbox war sofort angesprungen, und sie wollte nicht einfach nur eine Nachricht hinterlassen. Dazu war die Situation zu kompliziert. So viele Fragezeichen. Sie würde nur wirres Zeug von sich geben, deshalb beschloss sie, auf gut Glück hinzufahren.

Der Treppenaufgang war stilvoll und mit einem Kristallleuchter an der Decke bestückt. Das untere Östermalm war eine vornehme und exklusive Wohngegend, das war ihr nicht entgangen.

Der Türcode funktionierte.

Cathy nahm den Aufzug nach oben. Als sie ausstieg, sah sie gleich die Tür mit dem Namen Bergman. Sie hielt inne und richtete ihre Bluse, ehe sie klingelte. Schließlich wollte sie einen guten Eindruck machen, ordentlich und zuverlässig aussehen.

Sie war Tim Cunninghams Tochter. Ihr Vater hatte gewollt, dass sie sich trafen. Deshalb war sie hier.

Was sie anschließend sagen wollte, wusste sie noch nicht. Hoffentlich konnte Sebastian ein wenig Licht ins Dunkel bringen. Ein letzter tiefer, konzentrierter Atemzug, dann klingelte sie.

Von drinnen waren keine Geräusche zu hören. Die Tür blieb geschlossen. Sekunden verstrichen, eine halbe Minute. Cathy klingelte erneut und noch einige Male, ehe sie einsehen musste, dass niemand zu Hause war.

Mit einem enttäuschten Seufzer stieg sie die Treppe wieder hinab.

Cathy bemerkte die Frau nicht, die eine halbe Treppe weiter oben stand und sie durch das Gitter des Aufzugschachts beobachtete.

Eine Frau, der es nicht gefiel, was sie da sah.

Ellinor Bergkvist spürte, wie die Eifersucht sie beschlich. Die musste sie in den Griff kriegen. Ihr Sebastian war ein Mann, der Frauen gefiel, das wusste sie. Deshalb hatte sie verständlicherweise Konkurrenz. Vor allem jetzt, nachdem sie eine Zeit lang nicht da gewesen war. Er brauchte eine Frau in seinem Leben. Das musste sie akzeptieren und damit umgehen. Aber sie wusste auch, was sie miteinander verbunden hatte. In der kurzen Zeit hatten sie eine allumfassende, himmelstürmende Liebe erlebt. Eine Liebe, von der andere Menschen allenfalls in Büchern lasen. Und einer solchen Liebe konnte und durfte niemand im Weg stehen.

Ellinor folgte der jungen Frau mit dem Blick, als sie die Treppen hinabverschwand. Kurz darauf waren ihre Schritte verhallt. Wer war sie? Was wollte sie? Was bedeutete sie Sebastian? So jung, fast noch ein Kind ...

Du liebes bisschen, jetzt musste sie sich aber zusammennehmen.

Alles würde gut werden.

Allerdings hatte diese junge Frau lange vor der Tür gestanden und ihre Kleidung zurechtgezupft, ehe sie geklingelt hatte. Sie hatte sich schön machen wollen. Begehrenswert. Das war kein gutes Zeichen. Andererseits schien es nicht so, als würden die beiden sich bereits gut kennen, denn die Frau hatte eine gewisse Nervosität ausgestrahlt, als sie dort klingelte. Ein frühes Beziehungsstadium. Zu früh für einen eigenen Schlüssel.

Ellinor hatte einen eigenen Schlüssel gehabt.

Ihre Gedanken schwirrten umher. Wild. Berauschend. Wie immer, wenn es um Sebastian ging.

Tief atmen. Sie musste sich beruhigen. Viel zu lang war sie von ihm getrennt gewesen, hatte ihn vermisst und sich nach ihm gesehnt. Natürlich war sie da ein wenig überempfindlich. Doch sie musste sich zwingen, ihre Gefühle zu beherrschen, denn sie wusste, was sie sonst erwartete.

Sie war auf Bewährung freigekommen.

Aber sie hatte auch Kontaktverbot. Wenn ihr Bewährungshelfer wüsste, dass sie nur fünf Meter von Sebastians Tür entfernt saß, hätte sie ein Problem. Sie hatten schon gezeigt, wozu sie fähig waren, um Sebastian und sie voneinander zu trennen. Nicht nur die vielen haltlosen Vorwürfe und die Haftstrafe. Auch all ihre Briefe waren ungeöffnet zurückgekommen. Obendrein war sie gezwungen gewesen, ihre Telefongespräche vorher anzumelden, und dann kamen sie doch nie zustande. Sie taten alles, was sie konnten, um einen Keil zwischen sie beide zu treiben. Die Behörden.

Seit sie aus der Haftanstalt Lövhaga entlassen worden war, wohnte sie in einem kleinen Zimmer in einem Wohnheim in Solna zusammen mit lärmenden, vulgären, stinkenden jungen Frauen, die sie zutiefst verachtete. Aber bald würde sie wieder mit dem Mann ihres Lebens vereint sein. Und in einer großen Wohnung in Östermalm wohnen. Nur dank dieser Gewissheit stand sie das alles durch.

Sie brauchte ein wenig Zeit allein mit Sebastian. Das war alles. Damit sie es ihm erklären konnte. Er hatte die Situation vollkommen missverstanden. Hatte zu sehr auf alle anderen gehört und sie wider besseren Wissens verstoßen. Vielleicht hatte ihn die Kraft der Gefühle beängstigt. Eine Liebe wie die ihre, eine Flamme, die so hell loderte, so heiß, konnte durchaus furchterregend sein, aber er hätte dennoch nicht um ein Kontaktverbot ersuchen müssen.

Sie beide gehörten zusammen. Für immer. Untrennbar.

Ellinor musste ihn nur dazu bringen, das auch zu verstehen.

Ja, sie hatte die Kollegin bei ihm zu Hause angeschossen. Aber das war keine Absicht gewesen, sie hatte ja nicht einmal gewusst, dass die Frau da war. Die Kugel war für ihn gedacht gewesen. Ein *crime passionnel,* wie die Franzosen sagen würden. Ein Zeichen dafür, dass die Leidenschaft so stark in ihr brannte, dass sie den Verstand übertrumpfte. Wenn Sebastian einen Schritt zurücktrat, würde er die Tat als den Liebesbeweis erkennen, der sie tatsächlich gewesen war.

Sie bewegte sich zu seiner schönen Wohnungstür hinab. Es war unwürdig, hier draußen herumzuschleichen, sie musste einen Weg finden, um hineinzugelangen. Sie erinnerte sich daran, wie herrlich es war, dort drinnen umherzugehen. Hier konnte sie sich um so vieles kümmern. Es fanden sich zahllose Möglichkeiten, ihr gemeinsames Leben gemütlicher und angenehmer zu machen. Dabei gab es nichts, was sie nicht für ihn tun würde. Nichts.

Sie erreichte die Tür, legte zärtlich die Hand darauf und streichelte mit den Fingern den neuen Spion.

«Ich bin nach Hause gekommen, Liebling», flüsterte sie.

Sie hatte unruhig geschlafen und war am Morgen früh aufgewacht. Nach dem gestrigen Tag fanden ihr Körper und ihr Kopf keine Ruhe. Jonathan würde Amanda in die Vorschule bringen, und sie umarmte die beiden länger als gewöhnlich, ehe sie aufbrachen. Als wollte sie an dem festhalten, was tatsächlich gut war, vor diesem Arbeitstag, dem sie ohne jede Hoffnung entgegensah. Sie spazierte zum Büro, um nachdenken und sich wappnen zu können. Die Chancen für die Reichsmordkommission hatten bereits schlecht gestanden, *bevor* sie eine ermordete Frau auf einer Schweinefarm gefunden hatten, hinter der Sebastians Name mit Großbuchstaben an die Wand gepinselt war.

Die Wahrscheinlichkeit, dass sie dies überstehen würden, war gering.

Vor der Pressekonferenz trafen sie sich in Rosmaries Büro, um alles noch einmal schnell durchzugehen. Vanja konnte nicht genau sagen, wie es Rosmarie gelang, aber ihre gesamte Erscheinung vermittelte Selbstsicherheit, Tatkraft und Kompetenz. Sollte die Presse nach der Konferenz eine Person infrage stellen, dann auf keinen Fall Rosmarie.

Gemeinsam gingen sie nach unten. Viele Leute waren gekommen, obwohl der Termin frühmorgens war und man ihn erst kurzfristig bekannt gegeben hatte. Doch alles, was mit der Reichsmordkommission und dem *Mörderpolizisten* zusammenhing, wirkte verlockend. Umso mehr, nachdem sie am Vortag die Leiche von Hugo Sahlén gefunden hatten.

Rosmarie begrüßte die Anwesenden und brachte einleitend ihr Verständnis für die Wut und Enttäuschung über die Verwicklung der Reichsmordkommission in derartige Ereignisse sowie die allgemeine Kritik daran zum Ausdruck. Polizisten, die Verbrechen begingen, noch dazu schwere Verbrechen, schwächten in der Tat das Vertrauen in die Polizei und schadeten ihrem Ansehen. Und Verbrechen von einem solchen Ausmaß, wie es hier der Fall war, seien natürlich geradezu verheerend.

Wie hatte es dazu kommen können?

Die übrige Zeit nutzte Rosmarie dazu, Torkel auf unbarmherzige Weise durch den Dreck zu ziehen. Mangelnde Kompetenz, Gefälligkeiten, Alkoholprobleme, Dienstvergehen. Sie nahm kein Blatt vor den Mund. Hätte Vanja es nicht besser gewusst, sie hätte geglaubt, Torkel wäre Schwedens schlechtester Chef gewesen. Schließlich beendete Rosmarie ihre Ausführung mit einer Lobeshymne auf seine Nachfolgerin. Erst als Vanja ihre Stelle angetreten habe, sei es endlich gelungen, Billy das Handwerk zu legen.

Das stimmte, aber es war nicht ihr Verdienst.

Torkel und Sebastian hatten den Fall vorangetrieben, wohingegen sie selbst bis zuletzt nicht daran glauben wollte.

Als Vanja das Wort erhielt, beschloss sie, gar nicht auf Torkel einzugehen, sondern nur das zukünftige Vorgehen darzulegen. Vertrauen wiederherstellen, Demut vor der Aufgabe, Transparenz gegenüber den Vorgesetzten, bla, bla, bla. Die meisten Fragen, die im Anschluss gestellt wurden, beantwortete Rosmarie, allerdings beendete sie die Fragerunde schon nach wenigen Minuten, bedankte sich für das Kommen und verließ den Raum mit Vanja im Schlepptau. Keiner der Journalisten protestierte, sie eilten eifrig davon. Wahrscheinlich, um noch mehr Belastendes über Torkel herauszufinden, vermutete Vanja.

«In Anbetracht der Umstände lief das doch gut, finden Sie nicht?», fragte Rosmarie rhetorisch, als sie wieder in ihrem Büro waren.

«Vermutlich ja.»

«Jetzt müssen wir mal sehen, wie sich die Lage entwickelt.» Sie ging zur Kaffeemaschine auf dem Beistelltisch und drückte auf den Knopf, ohne Vanja etwas anzubieten.

«Haben Sie meine Mail bekommen?»

«Über die Schweinefarm? Ja.»

«Ich möchte Sebastian wieder im Team haben.»

Die Reaktion fiel wie erwartet aus: eine Art wütendes Unverständnis. Rosmarie hatte der Presse soeben erklärt, dass Sebastian Bergmans Einmischung in die Arbeit der Reichsmordkommission belastend gewesen sei, womöglich sogar ein Dienstvergehen, und jetzt wollte Vanja ihn zurückholen?

«Der Mord scheint in irgendeiner Weise eine Botschaft an ihn zu sein», erwiderte Vanja ruhig, nachdem Rosmarie keine weiteren Varianten mehr für «Nein», «Auf keinen Fall» und «Kommt nicht infrage» einzufallen schienen.

«Umso mehr ein Grund, ihn rauszuhalten.»

«Wir werden gezwungen sein, mit ihm zu reden, ihm Beweismittel zu zeigen, Theorien zu besprechen. Er wird Informationen haben, die uns fehlen.»

«Nein.»

«Also gut. Aber wenn wir ihn nicht einstellen? Wenn er nicht offiziell zum Team gehören wird?» Zum ersten Mal reagierte Rosmarie nicht sofort abwehrend. «Wir könnten seinen Namen ganz aus den Ermittlungen heraushalten.»

Rosmarie nahm ihren Kaffee und ging wieder zurück zum Schreibtisch.

«Sonst wird er im schlimmsten Fall seine eigenen Ermittlungen anstellen», fügte Vanja hinzu und hoffte, das wäre als Argument ausreichend. «Und dann haben wir ihn gar nicht mehr unter Kontrolle.»

Rosmarie trank einen kleinen Schluck von ihrem Kaffee und stellte die Tasse auf dem Schreibtisch ab. Dann fixierte sie Vanja.

«Wir haben keinerlei Spielraum für Fehler.»

«Ich weiß, und ich habe Torkel jedes Mal verflucht, wenn er das gesagt hat, aber ich glaube, mit Sebastian haben wir eine größere Chance, den Fall zu lösen.»

Rosmarie dachte nach. Vermutlich überlegte sie gerade, ob dieser Plan in irgendeiner Weise negativ auf sie selbst zurückfallen könnte.

«Arbeiten Sie informell mit ihm zusammen und lösen Sie den Fall. Aber bitte keine weiteren Skandale oder Schlagzeilen», sagte sie schließlich.

«Ja, natürlich.»

«Und außerdem möchte ich Ihr Team mit zwei weiteren Leuten verstärken.»

«Was? Warum?»

«Sie haben doch selbst gesagt, dass Sie neues Personal finden müssten.» Rosmarie öffnete die Arme. «Und das habe ich schon für Sie erledigt.»

Vanja betrat den Konferenzraum, den sie in all den Jahren nur «den Raum» genannt hatten. Ursula und Sebastian saßen sich an dem ovalen Tisch gegenüber. Sie schienen nicht in irgendein Gespräch vertieft gewesen zu sein. Vielmehr herrschte eisiges Schweigen. Ursulas Blick war auf die Mappe vor ihr gerichtet. Carlos Rojas – der bei zweiundzwanzig Grad Raumtemperatur einen Wollpullover und eine exklusive Daunenweste trug – stand neben der Tafel, die fast die ganze Schmalseite des Raums einnahm, und hängte Fotos des Fundortes auf. Sebastians Name in triefender roter Farbe. **LÖS DAS HIER, SEBASTIAN BERGMAN**. Der Hangar, die Schweine, die tote Frau in mehreren Nahaufnahmen. Ein größeres Bild der Ziffern **304136**.

«Na, das lief ja super», sagte Ursula so neutral, dass man unmöglich heraushören konnte, ob sie es ironisch meinte oder nicht. Vanja ging von Ersterem aus. Für Torkel war dieser Morgen eine Katastrophe gewesen, und Torkel bedeutete Ursula viel. Sehr viel sogar.

«Bitte nicht jetzt», sagte sie, während sie einen der Stühle heranzog und sich setzte.

«Die Lage ist folgende», begann sie, lehnte sich vor und legte die Hände auf den Tisch. «Ich habe mit Rosmarie gesprochen. Wir werden weiterhin für diese Ermittlungen verantwortlich sein. Trotz allem. Aber Sebastians Name muss aus der Presse herausgehalten werden. Offiziell gehört er nicht mehr zur Reichsmordkommission. Wir können uns keine neuen Schlagzeilen leisten.» Sie sah ihn nachdrücklich an. «Nach alldem mit Billy darf nichts mehr schiefgehen. Ich will also keine Dummheiten deinerseits, hast du das verstanden?»

«Auf jeden Fall.»

«Wir sind so kurz davor, abgeschafft zu werden», fuhr sie fort und vermaß wenige Millimeter zwischen Daumen und Zeigefinger.

«Schon verstanden. Keine Dummheiten.»

Sebastian wirkte vollkommen aufrichtig. Aber das hatte natürlich nichts zu bedeuten.

In dem Moment klopfte es an der Tür, und noch ehe jemand «Herein» gerufen hatte, wurde sie von einer elegant gekleideten, dunkelhaarigen Frau Mitte dreißig geöffnet, die eine natürliche Autorität ausstrahlte. Hinter ihr tauchte ein älterer Mann auf, der in seinem rosa Polohemd aussah, als käme er direkt vom Golfplatz.

«Hallihallo, Reichsmordkommission, da wären wir!», sagte der Mann ein wenig zu laut und fröhlich und hob die Hand zum Gruß. Vanja lächelte ihren neuen Mitarbeitern angestrengt zu.

«Ich bin noch gar nicht dazu gekommen, das zu erwähnen ... Wir haben Verstärkung von der Abteilung für Schwerverbrechen erhalten. Roger Hansson und Lena Gutestam kennt ihr ja schon.»

Die Neuankömmlinge winkten gut gelaunt und nahmen nebeneinander Platz an Sebastians Seite des Tischs. Vanja folgte ihnen mit dem Blick. Das Team war tatsächlich unterbesetzt, deshalb war es eigentlich kein Problem, dass sie Unterstützung von Hansson und Gutestam bekamen.

Wenn es Vanjas eigener Vorschlag gewesen wäre.

Doch so konnte sie nicht anders, als zu mutmaßen, dass die beiden einen Deal mit Rosmarie hatten. Sollten sie das Team wirklich verstärken oder vielmehr unterwandern? Roger kannte sie, er war in Ordnung, kompetent, aber faul. Lena Gutestam hingegen war ein aufsteigender Stern. Die Gerüchte besagten, sie habe einen messerscharfen Verstand und sei mühelos durch ihre Ausbildung geglitten. Sie war erst vor ein paar Monaten in die Abteilung Schwerverbrechen gekommen. Ob Rosmarie sie mit der Reichsmordkommission vertraut machen wollte, falls Vanja versagte und sie jemanden brauchte, der übernahm?

Das wirkte weit hergeholt und unwahrscheinlich.

Jetzt sollte sie sich wirklich zusammenreißen, sonst wurde sie noch paranoid. Sie musste die Ereignisse der letzten

Zeit abschütteln. Nach vorn blicken. Die Kontrolle wiedererlangen.

«Dürfen wir nicht mehr allein spielen, oder warum brauchen wir diese beiden Aufpasser?», fragte Ursula mit einem Blick auf die beiden Neuzugänge.

Offenbar gingen ihre Gedanken in dieselbe Richtung wie Vanjas. Sie musste sich ein Grinsen verkneifen und versuchte stattdessen, ihre Kollegin streng anzusehen.

«Ursula, wir brauchten Verstärkung.»

«Wir wissen, dass ihr ein paar personelle Engpässe habt», warf Roger Hansson ein und hob beschwichtigend die Hände. «Wir wurden gebeten, einzuspringen und euch zu helfen, sonst nichts. Ihr behaltet das Ruder in der Hand.»

Vanja glaubte ihm. Sie hatte gehört, dass Roger Hansson schon lange darauf aus war, bei der Reichsmordkommission mitzuarbeiten. Jetzt hatte er die Chance, seine Fähigkeiten unter Beweis zu stellen und Vanja zu beeindrucken, die ja nach wie vor die Chefin war. Er würde es garantiert nicht riskieren, auf ihrer schwarzen Liste zu landen.

«Und ihr seid herzlich willkommen. Wir wollten gerade anfangen, den aktuellen Stand durchzugehen», erklärte sie, nachdem sie Ursula so diskret wie möglich ein amüsiertes Lächeln zugeworfen hatte.

«Wir haben euer gestriges Protokoll gelesen», sagte Lena Gutestam.

«Gut, dann seid ihr ja über die Hintergründe im Bilde. Carlos?»

Carlos trat vor und zeigte auf die Bilder an der Wand.

«Das Opfer heißt Susanne Nordmark, fünfundsechzig Jahre alt. Geschieden, wohnhaft in Rågsved, zwei erwachsene Kinder, die beide im Ausland leben. Bewegte Vergangenheit. Sie war eine ehemalige Drogenabhängige und bis 2015 immer wieder in verschiedenen Suchthilfeeinrichtungen und Haftanstalten. Danach taucht sie nicht mehr in den Registern auf. Laut dem Sozialamt, das ihre Grundsicherung zahlte, war sie clean.»

«Wissen wir, ob sie in irgendeiner Weise bedroht war?»

«Nein, wir haben nichts gefunden. Keine Anzeigen oder Klagen, nichts.»

Vanja wandte sich an Sebastian.

«Erkennst du sie wieder?»

Sebastian schüttelte langsam den Kopf.

«Sie ist in meinem Alter», sagte er nach einer Weile. «Wo kommt sie ursprünglich her?»

«Västerås», antwortete Carlos.

«Und wo da?»

Carlos ging zurück zu seinem Tisch, öffnete die Mappe, die er dort liegen hatte, und blätterte schnell durch die wenigen Seiten.

«Bjurhovda. Bis zur zehnten Klasse ging sie in die Myringeskolan und dann aufs Palmlövska-Gymnasium. Mit neunzehn Jahren zog sie nach Stockholm.»

Vanja erstarrte. Es war vielleicht nicht ganz verwunderlich, dass die Frau aus Västerås stammte und dort gefunden worden war, wenn der Mörder eine Verbindung zu Sebastian herstellen wollte. Västerås war seine Geburtsstadt. Aber dass Susanne auch noch Schülerin an der Palmlövska gewesen war, jener Internatsschule, die Sebastians Vater gegründet hatte und an der er selbst Schüler gewesen war, erschien ... beunruhigend.

«Wann genau war sie auf der Palmlövska?», fragte Vanja.

«Äh ... von 1974 bis 1977.»

Sebastian wurde plötzlich blass. Er stand auf, um vorzugehen und die Bilder von Nahem zu betrachten. Ursula beobachtete ihn. Lena Gutestam warf Roger Hansson einen fragenden Blick zu, bekam jedoch nur ein Achselzucken zur Antwort.

«Dann waren wir gleichzeitig dort», stellte Sebastian fest. «Aber ich erkenne sie nicht wieder. Gibt es kein Foto von ihr, als sie jünger war?»

«Eines habe ich hier», sagte Carlos und zog ein anderes Bild aus der Mappe. «Im Alter von einundzwanzig Jahren, als sie zum ersten Mal von der Polizei in Norrmalm aufgegriffen worden war.» Er ging vor und reichte Sebastian das kleinere Foto.

«Sie war in meiner Parallelklasse», stellte Sebastian fest, nachdem er es einige Sekunden betrachtet hatte.

«Also kennst du sie?», fragte Vanja müde. Falls sie vorher noch die leisesten Zweifel gehabt hatte, waren sie jetzt verflogen. Sie hatten einen neuen Fall, bei dem der Täter seine Opfer danach aussuchte, dass sie eine Verbindung zu Sebastian hatten. Dieser Mann machte sie wahnsinnig. Ja, er war ihr Vater und hatte sich in den letzten Jahren am Riemen gerissen. Aber trotzdem, was zum Teufel ...!

«Sie war Zeugin Jehovas, oder besser gesagt, ihre Eltern waren es», sagte Sebastian und fixierte weiter das Foto, als könnte es seinem Gedächtnis auf die Sprünge helfen. «Ich kannte sie kaum, aber daran erinnere ich mich. Sie hatte nicht viele Freiheiten zu Hause.»

«Warst du mit ihr im Bett?»

Sebastian warf Vanja einen beinahe gekränkten Blick zu. Sie erwiderte ihn, ohne zu blinzeln. Diese Frage hatte sie stellen müssen. Vor allem jetzt, mit den beiden Neuen im Raum. Sie ging davon aus, dass alle im Präsidium Ralph Svensson kannten. Verdammt, Sebastian hatte ja sogar ein Buch über den Fall geschrieben.

«Jetzt hör aber auf.»

«Ich bin gezwungen, das zu fragen. Es wäre schließlich nicht das erste Mal.»

«Nein, war ich nicht», antwortete Sebastian leise.

«Würdest du dich wirklich daran erinnern, wenn es anders gewesen wäre?», fragte Ursula.

«Wenn ich damals neunzehn war, ja, dann würde ich mich erinnern.»

Es wurde still. Vanja schielte zu den Neuen hinüber. Hansson saß zurückgelehnt und mit verschränkten Armen da, ohne irgendeine Reaktion zu zeigen, während Lena Gutestam sich verwundert zu fragen schien, wo sie hier gelandet war. *Willkommen bei der Reichsmordkommission,* dachte Vanja.

Carlos räusperte sich und legte die Hand auf seine aufgeschlagene Mappe.

«Ihr Vater und ihre Brüder leben noch in Västerås, und ich habe auch die Adresse ihrer Wohnung in Rågsved. Wenn wir vorher anrufen, kann uns jemand mit dem Schlüssel dort empfangen.»

«Okay, gut, vielen Dank», sagte Vanja und sah ihn wohlwollend an. Carlos war als Letzter zu dem Team gestoßen, aber ein richtiges Arbeitstier. Er machte nicht viel Aufhebens um sich, ging jedoch effektiv und methodisch vor und schien damit zufrieden zu sein, einen guten Job zu machen, ohne große Aufstiegspläne zu haben. Innerhalb kürzester Zeit war er zu einem wertvollen Mitarbeiter geworden, und wenn die Erfahrung mit Billy nicht gewesen wäre, würde sie ihm restlos vertrauen.

«Habt ihr irgendetwas über diese Zahlenkombination herausgefunden?», fragte Lena und deutete auf die sechs Ziffern an der Wand.

«Nein, wir wissen nicht, was das ist», antwortete Carlos. «Wenn man sie googelt, kommt man auf Türklinken, Knäufe, Pumpen, Keilriemen, Abschleppseile ... lauter Artikelnummern.»

Für einen Sekundenbruchteil ertappte Vanja sich bei dem Gedanken, Billy doch zu vermissen. Er hatte solche Aufgaben immer am schnellsten gelöst. Carlos konnte Billy in vielerlei Hinsicht ersetzen, aber er war nicht zu der technischen Magie imstande, die Billy in seinen guten Momenten bewiesen hatte. Vanja wurde aus ihren Gedanken gerissen, als Lena sich Sebastian zuwandte.

«Und dir sagen sie auch nichts? Wenn die Tat eine Verbindung zu dir hat?»

«Das hat sie, aber leider sagen mir die Zahlen nichts», antwortete Sebastian.

«Hilft uns das Opfer weiter?», fragte Hansson an Ursula gerichtet.

«Nein, eigentlich nicht.» Ursula schüttelte den Kopf. «Sie ist ertränkt worden. Die blauen Flecken in ihrem Nacken deuten darauf hin, dass sie unter Wasser gedrückt wurde. Wahrscheinlich hat jemand auf ihr gestanden. Sie muss seit über zehn Stunden tot gewesen sein, als wir sie gefunden haben, die Leichenstarre war schon vollständig eingetreten. Wir haben draußen im Schlamm auf dem Wendeplatz Spuren gefunden, wo sie entlanggeschleift wurde. Also kam der Mörder vermutlich mit dem Auto.»

«Die Kameras?»

«Nichts, aber sie haben auch nicht jeden Eingang überwacht.»

«Und das wusste der Mörder?»

«Vielleicht, oder er hatte einfach nur Glück.»

«Bisher gibt es nichts, was auf die Eigentümer oder die

Angestellten hinweist, aber ich suche weiter», erklärte Carlos.

«Okay. Wir machen Folgendes», sagte Vanja in einem Ton, der das Ende der Sitzung ankündigte. «Roger und Lena, ihr fahrt nach Rågsved, durchsucht die Wohnung und redet mit den Nachbarn. Carlos und ich übernehmen den Vater. Wir versuchen, mehr über die Jahre an der Palmlövska herauszufinden, weil da eine Verbindung zu Sebastian besteht.»

Alle nickten und begannen aufzubrechen.

«Und was mache ich?», fragte Sebastian, der noch neben der Wand stand und zusah, wie die anderen ihre Sachen zusammenpackten, zum Einsatz bereit.

«Ich weiß nicht. Über diese Zahlen nachdenken, vielleicht.»

«Er kann gerne mit uns mitfahren», sagte Lena Gutestam. Vanja sah sie erstaunt an. «Wenn es bei dem Fall um ihn geht, ist es doch gut, ihn kennenzulernen.»

Sebastian warf Vanja einen fragenden Blick zu. Sie nickte.

«Prima Idee», sagte sie lächelnd. *Gut, Sebastian Bergman kennenzulernen,* dachte sie für sich. Arme Lena, sie hatte wirklich keine Ahnung ...

Carlos Roja fuhr in einem gleichmäßigen Tempo von hundertzehn Stundenkilometern auf der E18 Richtung Westen. Der Verkehr floss ungehindert dahin. Genau wie seine Gedanken. Er war allein im Auto. Rosmarie Fredriksson hatte sich Vanja für eine kurze Besprechung mit der Polizeiführung geschnappt. Carlos war Rosmarie vorher noch nie begegnet, hatte den Bemerkungen der anderen jedoch entnommen, dass sie eher eine aalglatte Politikerin als eine handfeste Polizistin war. Gleichzeitig verstand er, dass die Führungsebene beunruhigt war. Die Ereignisse der letzten Zeit suchten ihresgleichen in der schwedischen Kriminalgeschichte.

Ein Polizist als Mörder.

Ausgerechnet in der Reichsmordkommission.

Vanja tat ihm aufrichtig leid. Er selbst hatte in den sozialen Medien nur ein paar Spitzen von seinen ehemaligen Kollegen aus Uppsala abbekommen, wohingegen sie versuchen musste, die Dinge zusammenzuhalten und gleichzeitig von allen Seiten unter Druck gesetzt wurde. Noch dazu waren Billy und sie eng befreundet gewesen. Er hoffte, dass sie – und damit auch die Reichsmordkommission – diese Affäre überstehen würde. Seit er das Stellenangebot vor fast einem halben Jahr angenommen hatte, war viel passiert. Stockholm gefiel ihm, sein Schatz und er hatten gerade eine kleine Wohnung zum Übernachten gekauft, in Kungsholmen, in der Nähe des Büros, und überlegten nun, vielleicht ganz von Uppsala herzuziehen und der Hauptstadt für einige Jahre eine Chance zu geben. Uppsala war keine kleine Stadt, doch was Kultur, Restaurants und andere Aktivitäten anging, war Stockholm eindeutig überlegen.

Carlos arbeitete gern bei der Reichsmordkommission. Sie waren ein richtig gutes Team und nachweislich auch erfolgreich. Die Abteilung abzuschaffen, wäre Irrsinn. Doch jetzt war Sebastian Bergman auserkoren und herausgefordert worden, oder wie auch immer man es nennen sollte, während Billy immer noch in den Schlagzeilen war. Sebastian gehörte schon seit zwei Jahrzehnten offiziell nicht mehr zum Team und hatte es auf irgendeine Weise doch geschafft, seither bei jeder Ermittlung mitzuarbeiten.

Carlos fröstelte und drehte die Klimaanlage auf sechsundzwanzig Grad hoch.

Sebastian Bergman war in vielerlei Hinsicht ein Dinosaurier. Ein alter Chauvinist, grenzüberschreitend und narzisstisch, brillant, aber unmöglich. Eigenschaften, die es ihm nicht leicht machten, in einer modernen, sich verändernden Gesellschaft einen Platz zu finden. Ganz zu schweigen von einer Polizeistelle im Jahr 2023. Vanja traf alle Entscheidungen, und Carlos respektierte sie, aber Sebastian war ihr Vater. Wenn es um die eigene Familie ging, konnte man nur schwer einen Schritt zurücktreten und vollkommen unparteiisch sein. Das war unmöglich. Diese Erfahrung hatte er auch selbst schon gemacht.

Persönlich hatte er nichts gegen Sebastian. In ihrer bisherigen Zusammenarbeit hatte es nie Probleme gegeben, wenn man davon absah, dass Sebastian zwischendurch eine unglaubliche Nervensäge sein konnte, aber das galt auch für andere Kollegen.

Damit war nicht gesagt, dass er der Reichsmordkommission nicht trotzdem alles vermasseln konnte. Aber vielleicht war es so, wie Lars von Trier in einer von Carlos Lieblingsserien gesagt hatte: «Wenn Sie auch das nächste Mal dabei sein wollen, dann seien Sie bereit für das Gute und das Schlechte.»

«Ihr Ziel liegt auf der rechten Seite», verkündete das Navigationsgerät, als Carlos auf den Parkplatz bog und einen freien Platz fand. Sein Ziel war das Pflegeheim Oxbacken im Zentrum von Västerås. Ein flaches Gebäude in verwaschenem Rot vor einem ziemlich heruntergekommenen fünfstöckigen Gebäude aus gelbem Ziegel mit verglasten Balkonen. Neunundsiebzig Wohnungen, wenn man der Webseite glaubte. In einer davon wohnte Roger Nordmark, Susannes Vater.

Carlos trat durch die doppelten Glastüren, die aufglitten, als er sich näherte, und gelangte in den Eingangsbereich. Laminat, das irgendein dunkles Holz darstellen sollte. Ein paar grüne Sofas und vereinzelte Stühle zwischen weißen Säulen mit Pfeilen unter laminierten Schildern, die verkündeten, wo die Pfeile hinführten. Rechts ein großes Aquarium mit einigen wenigen Fischen, dahinter konnte man die rostfreie Küche erahnen und ein paar einfache Stühle und Tische in dem Raum, den das Schild als «Restaurant» deklarierte, obwohl er eher an eine ziemlich triste Schulkantine erinnerte. Auf der linken Seite standen ein Flipchart und eine Pinnwand neben der Anmeldung. Er steuerte darauf zu.

«Hallo, Carlos Rojas mein Name, ich hatte vorhin angerufen, weil ich gerne mit Roger Nordmark sprechen würde», sagte er und hielt der jungen Frau hinter der Rezeption seine Dienstmarke hin.

«Einen Moment», antwortete sie und hob den Hörer. Einige gemurmelte Sätze später legte sie auf und wandte sich an Carlos. «Najma wird Sie abholen und Ihnen den Weg zeigen, wenn Sie so lange warten würden?»

«Danke.»

Carlos drehte sich um und ging zu dem Aquarium. Er erkannte nur einige Neonsalmler, die im Schwarm umherschwammen. Solche hatte er als Kind auch in seinem Aquarium gehabt. Ein Hund oder eine Katze oder ein Kaninchen wären ihm lieber gewesen, aber für seine Eltern war ein «echtes» Haustier ausgeschlossen gewesen. Selbst Vögel waren nicht infrage gekommen, weshalb er sich schließlich ein Aquarium erbettelt hatte. Mit besagten Neonsalmlern, Zwergbuntbarschen und ein paar Putzerfischen. Sein Interesse an ihnen hatte sich ziemlich schnell gelegt, und am Ende waren die armen Putzerfische ihrer Aufgabe nicht mehr Herr geworden, die Scheiben zu reinigen. Nur wenige Jahre später wurde es verräumt und von niemandem vermisst.

«Carlos?» Er drehte sich um und sah eine dunkelhäutige Frau mit einem Hidschab auf sich zukommen. «Ich bin Najma, ich werde Sie zu Rogers Zimmer bringen.»

Sie gab ihm zur Begrüßung die Hand, ehe sie ihn tiefer in das Gebäude führte.

«Sie sind von der Polizei?», fragte sie, als sie im Aufzug standen und sie auf die Vier gedrückt hatte.

«Ja.»

«Ist irgendetwas passiert?»

Eine eher rhetorische Frage, denn natürlich war etwas passiert, wenn die Polizei zu Besuch kam.

«Es geht um seine Tochter», antwortete Carlos, ohne zu viel zu verraten. Najma sah ihn fragend an.

«Roger hat eine Tochter?»

Hatte, dachte Carlos, aber es gab keinen Grund, seine Begleiterin genauer zu informieren.

«Ja», antwortete er stattdessen.

«Sieh einer an.»

Sie stiegen im vierten Stock aus, und Najma zeigte ihm die erste Tür auf der linken Seite. Ehe sie anklopfte, wandte sie sich an Carlos.

«Haben Sie ihn schon einmal getroffen?»

«Nein.»

«Also, Roger hatte einen Schlaganfall. Er ist halbseitig gelähmt, sein Gehirn ermüdet immer noch schnell, und manchmal verliert er die Konzentration.»

«Aber er versteht, was ich sage?», fragte Carlos und hoffte, er wäre nicht vergebens hierhergefahren, weil der Alte nur noch vor sich hin dämmerte.

«Ja, und sein Gedächtnis funktioniert tadellos, aber er ist ziemlich schnell erschöpft. Er wird im Herbst neunzig.» Sie klopfte leicht an die Tür und öffnete sie, ohne auf eine Antwort zu warten.

«Hallo, Roger, Sie haben Besuch.»

Stille. Carlos sah sich in dem kleinen Zimmer mit Bettnische um, während er hinter Najma hineinging. Es unterschied sich markant von dem hellen Flur in Pastellfarben. Es war mit schweren Eichenmöbeln vollgestellt und mit dunklen Gardinen und einem silbernen Kreuz an der Wand versehen. Neben dem Bett stand ein Tisch mit der Bibel in der Neue-Welt-Übersetzung neben einigen Exemplaren *Wachtturm* und *Erwachet*, und über dem Bett hing ein unglaublich geschmackloses Christusgemälde, wie Carlos fand. Der alte Mann lag zur Wand gedreht auf der Seite, mit einer Decke über den Beinen. Bisher hatte er weder etwas gesagt noch sich bewegt. Carlos fragte sich, ob er überhaupt wach war. Najma legte dem Alten vorsichtig die Hand auf die Schulter.

«Roger, die Polizei ist hier, um mit Ihnen zu sprechen.»

Roger gab ein grunzendes Geräusch vor sich, als er sich langsam umzudrehen begann. Er kämpfte damit, den ganzen Körper mitzunehmen. Najma half ihm in eine halb sitzende Position auf und stopfte ihm ein zusätzliches Kissen unter den Kopf. Rogers Augen fixierten Carlos, doch sein Gesicht war teilweise zu einem schiefen Grinsen erstarrt, das ihn nicht nett aussehen ließ.

«Dann lasse ich Sie beide jetzt allein», sagte Najma. «Sie können mich mit der Klingel rufen, wenn etwas ist.»

«Danke.»

Najma verschwand aus dem Zimmer, und Carlos wartete, bis die Tür zugefallen war, ehe er sich zu dem Mann im Bett herabbeugte.

«Bitte entschuldigen Sie die Störung. Mein Name ist Carlos Rojas, und ich komme von der Polizei.»

«Was ... ist passiert?», fragte der Mann langsam.

«Es geht um Ihre Tochter Susanne.»

Etwas blitzte in Rogers Augen auf, dann drehte er den Kopf weg, zur Wand.

«Ich habe keine Tochter», sagte er schwach.

«Wie bitte?» Carlos beugte sich weiter herab. War Roger Nordmark verwirrter, als das Personal behauptet hatte?

«Ich habe keine Tochter ... Ich habe zwei Söhne, fünf Enkel und zwei Urenkel», fuhr der Mann schleppend fort. «Aber keine Tochter.»

Carlos fühlte sich ein wenig unbehaglich. Er war im richtigen Raum und hatte die richtige Person vor sich, und im Blick des Mannes war keine Spur von Abwesenheit oder Demenz zu erkennen. Ihn beschlich das Gefühl, dass Roger aus irgendeinem Grund beschlossen hatte, keine Tochter zu haben. Dass er sie verstoßen hatte oder selbst von ihr verstoßen worden war. Aber vielleicht würden die schlechten

Nachrichten, die Carlos gezwungenermaßen überbringen musste, irgendeine andere Reaktion auslösen.

«Ich bin hier, weil wir sie tot aufgefunden haben. Mein Beileid ...»

Roger Nordmark drehte sich um und sah Carlos an, ohne eine Miene zu verziehen. Keine Spur von Schock, Trauer oder Verzweiflung in dem starren Gesicht. Carlos überlegte, ob es an der Lähmung lag oder ob der Mann wirklich nichts empfand. Angespanntes Verhältnis hin oder her, es ging immerhin um seine Tochter.

«Sie hat es selbst so gewollt. Wir haben alles dafür getan, sie auf den rechten Weg zu führen», sagte Roger nach einer Weile. «Aber sie hat sich gegen Jehova entschieden.»

Also hatte die Familie sie verstoßen. Man sprach nicht mehr über sie. Wahrscheinlich schon lange. Carlos musste behutsam vorgehen, wenn er dem Mann irgendetwas Brauchbares entlocken wollte.

«Wann haben Sie Susanne zuletzt gesehen?»

«1977. Als sie sich für das weltliche Leben entschied. Anschließend mussten wir den Kontakt zu ihr abbrechen.»

Roger schloss die Augen. Nicht aus Trauer, wie man vielleicht hätte hoffen können, nein, er wirkte ganz einfach nur müde. Desinteressiert an dem ganzen Thema. Carlos schwieg. Er hatte keine eigenen Kinder, aber wie zum Teufel war so etwas möglich? Was konnte eine Neunzehnjährige getan haben, um auf Lebenszeit von ihrer Familie verstoßen zu werden? Nichts Ausreichendes, da war er sich ziemlich sicher.

«Wir vermuten, dass sie Opfer einer Gewalttat wurde.» Eine Tochter, die stirbt, ist eine Sache, aber eine Tochter, die ermordet wurde, musste wohl noch schlimmer sein.

«Was macht das für einen Unterschied?», fragte Roger

mit einer fast resignierten Stimme und widerlegte Carlos' Annahme damit sofort. «Für uns war Susanne schon lange verloren.» Der Alte öffnete die Augen, und sein Blick schien Carlos anzuflehen, nicht mehr weiterzusprechen. «Verstehen Sie? Es interessiert mich nicht.»

«Wissen Sie, mit wem ich noch reden könnte?», fragte Carlos und musste sich anstrengen, neutral zu klingen, obwohl er eine immer größere Abneigung gegen den Mann im Bett empfand. «Jemand, der in letzter Zeit Kontakt zu ihr hatte?»

Roger schüttelte nur schwach den Kopf.

«Ab und zu hat sie versucht, Kontakt zu Ulf aufzunehmen.»

«Und Ulf ist?»

«Ihr jüngerer Bruder, aber er hält sich an das, was die Kirche entschieden hat. Jehovas Schutzschild ist stark.»

Carlos hätte schwören können, dass Roger beinahe zufrieden aussah, als wäre er geradezu stolz darauf, dass er seine Tochter all die Jahre von der Familie ferngehalten hatte. Dass alle ihm gehorcht hatten. Ihm oder der Kirche oder wer auch immer so etwas bestimmte. Susannes Leben war Carlos bereits traurig erschienen, als er die Berichte des Sozialamts gelesen hatte, aber jetzt verstand er auf jeden Fall besser, wie es dazu gekommen war.

«Unabhängig davon, wie Ihr Verhältnis zueinander war, muss ich versuchen herauszufinden, wer ihr das angetan hat», sagte er, und der scharfe Ton in seiner Stimme war unüberhörbar. Wenn eine Verbindung zwischen Susanne und Sebastian existierte, musste sie sich ergeben haben, bevor sie verstoßen worden war. Vielleicht wäre Roger bereit, darüber zu sprechen? Über die Zeit davor, als er noch eine Tochter hatte. «Wissen Sie, ob auf dem Palmlövska-Gymnasium irgendetwas passiert ist?»

«Dort ist alles passiert», antwortete Roger. In seinen Augen funkelte der Zorn, und seine Stimme wurde kräftiger. «Dort haben wir sie verloren.»

Er war zurück.

Vor den anderen würde er natürlich nie zugeben, wie gut es sich anfühlte, wieder im Zentrum des Geschehens zu stehen. Es war schon mehrere Jahre her, dass er ein aktiver Teil der Reichsmordkommission gewesen war. Vanja und Ursula hatten ihn über den letzten Fall mit den Heckenschützen in Karlshamn zwar auf dem Laufenden gehalten, aber er war nicht vor Ort gewesen. Stattdessen hatte er zu Hause in seiner Wohnung gesessen und Patienten empfangen. Einer öder als der andere. Ein steter, nie versiegender Strom von sinnlosem Gerede. Hass war vielleicht ein zu starkes Wort, aber mitunter war seine Langeweile so groß, dass sie in seinen Körper hineinkroch und er es gar nicht erwarten konnte, bis die Sitzung endlich vorbei war und diese Leute ihn in Ruhe ließen. Mit jedem weiteren Tag kam es ihm so vor, als würde er innerlich ein wenig sterben. Spontan fiel ihm nur ein Patient ein, der ihn ernsthaft interessierte: Tim Cunningham. Irgendwann war er jedoch gezwungen gewesen, ihre Arbeitsbeziehung Psychologe und Patient zu beenden, weil sie sich einer Verbindung näherten, die beinahe an Freundschaft erinnerte. Sie hatten ähnliche belastende Erfahrungen gemacht, und sie hatten einander gutgetan. Anschließend war all das mit Billy und Ursula und Torkel passiert, Sebastian hatte mehrere Termine mit Tim absagen müssen, und sie hatten den Kontakt nicht wieder aufgenommen. Er würde sich darum kümmern.

Nach diesem Fall, mit seinem Namen an der Wand hinter einem Mordopfer.

Nach der Herausforderung.

Er spürte, dass er diese Arbeit wirklich vermisst hatte. Die Energie, die ihn erfüllte. Das Adrenalin, das durch seinen Körper pumpte. Die Erwartung und Ungeduld. Der Mörder ging organisiert, methodisch und rational vor. Eine Person aus Sebastians Vergangenheit in Stockholm ausfindig zu machen, sie zu ermorden und nach Västerås zu transportieren, sich mit der Leiche unbemerkt Zutritt zu dieser Schweinefarm zu verschaffen und Sebastian darauf zu stoßen ...

Das war ein mehr als würdiger Gegner.

Er hatte sein Opfer also keinesfalls zufällig ausgewählt. Es reichte nicht, dass Sebastian und sie in derselben Stadt geboren und drei Jahre lang auf dieselbe Schule gegangen waren. Es musste etwas anderes dahinterstecken. Etwas Persönliches. Sebastian hatte überlegt, was das sein könnte.

Was sie zusammen unternommen hatten.

Ihm war nichts eingefallen.

Die Familie war streng gläubig gewesen und der Vater ein hohes Tier bei den Zeugen Jehovas in Västerås. Natürlich war Susanne davon geprägt worden, aber in seiner Erinnerung war sie ein Mädchen wie jedes andere gewesen, etwas zurückgezogener vielleicht, doch sie hatte trotzdem an allen möglichen Aktivitäten in und außerhalb der Schule teilgenommen.

Er konnte sich beim besten Willen an nichts erinnern, was mit der Tat in Zusammenhang stehen könnte.

Lena riss ihn aus seinen Überlegungen.

«Man erwartet uns im Askersundsgatan 12 mit dem Schlüssel», sagte sie vom Beifahrersitz aus, nachdem sie ihr Telefonat beendet hatte.

«Gut», entgegnete Roger und trat auf das Gaspedal. Er schien gerne schnell zu fahren. Genau wie Billy. Manchmal hatten sie darüber gescherzt, dass er nicht zu rasant fuhr, sondern zu tief flog. Zu einer Zeit, als man Billys Namen noch erwähnen durfte. Und Witze über ihn machen konnte.

Sie waren auf dem Weg nach Rågsved. Gerade hatten sie den Tunnel beim Årstafältet verlassen, und jetzt sausten die südlichen Vororte Stockholms draußen am Fenster vorbei. Eigentlich wäre Sebastian lieber mit Carlos zusammen gefahren anstatt mit den beiden Neuen, aber er hatte keine große Wahl gehabt. Immerhin konnte er so vielleicht herausfinden, ob sie wirklich gekommen waren, um die Gruppe zu verstärken, oder ob sie für Rosmarie spionieren sollten.

«Wie bist du eigentlich bei der Reichsmordkommission gelandet?», fragte Lena und drehte sich zu ihm auf der Rückbank um.

«Meinst du beim ersten Mal?»

«Nein, bei den letzten Fällen. Du warst doch eine Zeit lang weg.»

«Sie brauchten mich.» Sebastian zuckte die Achseln, als wäre das ganz selbstverständlich. «Ich bin eben verdammt gut.»

«Ist das so?»

«Ja, so ist es.» Sebastian spürte, wie die Wut in ihm hochkochte, und beugte sich vor. «Oder denkst du an Billy? Dass ich als Profiler früher Verdacht hätte schöpfen müssen?»

Lena wirkte aufrichtig verwundert, als wäre ihr dieser Gedanke gar nicht gekommen.

«Um ehrlich zu sein, hat es mich nur interessiert ...»

«Ich habe den Fall gelöst. Er wurde nur dank mir überführt.»

Sebastian lehnte sich rasch zurück, jetzt hätte er sich am

liebsten auf die Zunge gebissen. Warum saß er hier und verteidigte sich? Er wusste, warum. Schuldgefühle. Die kleine Stimme, die sich in ihm festgesetzt hatte und sagte, dass er indirekt für Billys Opfer verantwortlich sei. Weil er nicht auf die Informationen reagiert hatte, die er besaß. Auf das, was er gesehen hatte. Weil er nichts getan hatte.

Erneut blickte er aus dem Seitenfenster, und sie fuhren schweigend weiter.

Die Askersundsgatan. Sechs identische beige Hochhäuser mit zwölf Stockwerken, die in den Sechzigerjahren gebaut worden sein mussten. Ein anonymes Wohngebiet wie so viele andere. Funktion vor Charme. Viele Menschen auf wenig Fläche. Ein Ort zum Wohnen, nicht zum Leben.

Der Hausmeister, ein kleiner gemütlicher Mensch in einem Blaumann, der über dem Bauch spannte, empfing sie vor der Haustür. Er bat sie herein und erzählte hilfsbereit, dass sie nie Probleme mit Susanne Nordmark gehabt hätten. Das Sozialamt zahle ihre Miete, aber sie habe sich immer anständig benommen, und es habe nie Beschwerden über sie gegeben.

Ihre Wohnung lag im ersten Stock. Roger blieb im Erdgeschoss stehen und begann, bei den Nachbarn zu klingeln. Er wolle sich von unten nach oben hocharbeiten, erklärte er, denn er könne ja genauso gut gleich herausfinden, ob jemand Susanne in letzter Zeit gesehen hatte. Und wenn ja, wann, und ob sie in Begleitung einer anderen Person gewesen sei. Sebastian und Gutestam gingen weiter in den ersten Stock und zu der Tür unmittelbar links des Aufzugs. Der Hausmeister schloss ihnen auf und gab Lena den Schlüssel.

«Rufen Sie mich einfach an, wenn Sie fertig sind.»

«Machen wir. Vielen Dank.»

Die Wohnung war nicht groß, vielleicht fünfunddreißig Quadratmeter. Ein Flickenteppich lag in dem kleinen Flur, wo eine Jacke an einem Haken hing und zwei Paar Schuhe ordentlich nebeneinanderstanden. Rechts lag die Küche mit schwarz-weiß kariertem Fußboden und Schränken, die sicher einmal jemand cappuccinofarben genannt hatte. Links befand sich ein kleines Schlafzimmer, durch dessen halb geöffnete Tür ein Einzelbett zu erkennen war, und am Ende mündete der Flur ins Wohnzimmer. Das war sparsam möbliert, mit abgewohnten Möbeln, aber sauber und gepflegt, keineswegs eine Fixerbude. Ganz im Gegenteil. Die Bewohnerin hatte sich Mühe gegeben, sich ein Zuhause einzurichten. Zwei Katzen kamen hungrig miauend auf sie zu, und die eine strich um Sebastians Beine.

«Wer kümmert sich denn um die hier?», fragte Sebastian und deutete auf die schmeichlerischen Tiere.

«Das entscheiden wohl die Erben.»

«Ihre Kinder wohnen im Ausland.»

«Willst du sie nehmen?»

Sebastian sah Lena fragend an, das meinte sie doch wohl nicht ernst?

«Die Katzen?»

«Ja.»

«Nein, zum Teufel. Ich bin kein Katzenmensch.»

«Was bist du denn dann für ein Mensch?»

Sebastian drehte sich verwundert zu ihr um. Diese Frage jetzt auch noch? Aber anscheinend war es doch ihr Ernst, denn sie sah ihn offen und neugierig an. Nichts deutete darauf hin, dass sie ihn auf den Arm nehmen wollte. Ihre Augen waren grün, stellte er fest.

«Ich bin ein gut angepasster, aufmerksamer älterer Herr, der sich immer an die Regeln hält und sich selbst nicht wichtig nimmt», sagte er mit einem passenden Maß an Ironie, das man gerade noch überhören konnte, wenn man es wollte.

«Ach, wirklich? Das muss ein ganz neuer Sebastian Bergman sein.»

Sie lächelte warmherzig, und ihre grünen Augen funkelten. Flirtete sie mit ihm? Das gab es doch nicht. Er war dreißig Jahre älter als sie. Mindestens. Wahrscheinlich eher fünfunddreißig. Außerdem schien sie zu der intellektuellen Sorte zu gehören, und es gab absolut nichts an seiner Persönlichkeit, das eine junge, moderne Frau angelockt hätte, es sei denn, sie neigte zu selbstschädigendem Verhalten.

«Ja, ziemlich neu, der alte war eher eine Sackgasse.»

«Schade, soweit ich gehört habe, war der alte unterhaltsamer.»

Wieder dieses Lächeln. Das Funkeln in ihren Augen. Interessant. Wahrscheinlich testete sie ihn. Und wenn er sich danebenbenahm, würde sie es der Chefin melden. Oder spielte sie irgendein Machtspielchen? Er hatte wirklich keine Ahnung, was dahintersteckte. Aber das war auch nicht wichtig. Seine neue Kollegin gefiel ihm immer besser.

«Also, was machen wir mit ihnen?», fragte er, um das Thema zu wechseln, und zeigte erneut auf die Katzen, die jetzt beide schnurrend und miauend um seine Beine strichen.

«Ich werde sehen, ob ich irgendwo Futter für sie finde, und dann müssen wir jemanden anrufen, der sich um sie kümmert.»

«Wir? Ich habe keine Ahnung, wer für so etwas zuständig ist.»

«Ich rufe an. Sieh du dich doch so lange um, sei ein aufmerksamer älterer Herr.»

Mit einem kleinen Lächeln auf den Lippen ging sie in die Küche, und die Katzen folgten ihr erwartungsvoll. Sebastian legte die wenigen Schritte bis ins Wohnzimmer zurück. Auf dem Tisch stand eine Milchtüte. Er nahm sie vorsichtig am äußeren Rand und hob sie an. Mehr als halb voll. Außerdem gab es zwei Kaffeetassen, in der einen war noch Kaffee. Daneben ein kleiner Teller mit Krümeln. Hatte sie ein Kaffeekränzchen mit ihrem Mörder abgehalten? Den sie kannte oder gerade kennenlernte? Jetzt fasste er sonst nichts mehr auf dem Tisch an und widerstand seinem Impuls, Schubladen herauszuziehen und Schränke zu öffnen, um Notiz- oder Tagebücher zu finden. Wahrscheinlich war es das Beste, Ursula zu holen.

Er ging wieder in den Flur. Die letzte Tür stand einen Spaltbreit offen, wie er jetzt sah. In dem Raum war das Licht eingeschaltet. Vorsichtig schob er die Tür auf. Das Badezimmer. Mit einer Wanne, die zu zwei Dritteln mit Wasser gefüllt war.

«Fass so wenig wie möglich an in der Küche», rief er Lena zu. «Wir müssen Ursula herbestellen.»

Lena eilte herbei.

«Warum, was hast du gefunden?»

«Wahrscheinlich den Tatort», antwortete er ernst und trat ein wenig zur Seite, damit sie ins Bad hineinsehen konnte. Sie nahm die Szene in sich auf und nickte.

«Gut, dann gehen wir.»

Sebastian blieb stehen.

Irgendetwas war mit diesem Szenario. Es hatte etwas zu bedeuten, Susanne in ihrer eigenen Wohnung zu ertränken und die Leiche dann zu einer Schweinefarm in Västerås zu transportieren.

Dabei musste es andere Methoden gegeben haben, sie

umzubringen. Methoden, bei denen man nicht eine Leiche aus dem ersten Stock einer dicht besiedelten Wohngegend wegschaffen musste. Einfachere Wege. Und warum die Schweinefarm? Warum hatte er sie nicht in der Wohnung liegen lassen? Damit sie gefunden wurde, natürlich, aber der Mörder hätte ja auch einfach die Polizei rufen und die Botschaft für Sebastian an der Badezimmerwand hinterlassen können. Doch das hatte er nicht getan.

Warum?

Was bedeutete das?

«Kommst du?», fragte Lena von der Tür aus. Mit einem letzten besorgten Blick zum Badezimmer folgte er ihr ins Treppenhaus, wo sie Hansson trafen.

«Eine Nachbarin hat gegen zwei Uhr nachts durch den Türspion einen Mann zu Susanne gehen sehen», sagte er fröhlich. «Sie hat sich gewundert, weil Susanne normalerweise keinen Besuch bekommt. Jedenfalls nicht zu dieser Zeit.»

«Hast du eine Personenbeschreibung bekommen?», fragte Lena.

«Keine spezifische. Weiß und jung, glaubt sie, er trug einen dunklen Kapuzenpullover, und sie konnte sein Gesicht nicht sehen. Jeans und Sneakers.»

«Dann haben wir aber immerhin eine Zeit und einen Ort, das ist doch schon mal etwas», meinte Lena und schloss die Tür hinter sich.

«Das wird uns nicht weiterhelfen», entgegnete Sebastian nachdenklich. Roger wandte sich ihm zu und schien enttäuscht darüber, dass das Ergebnis seiner Nachbarschaftsbefragung keinen größeren Enthusiasmus auslöste.

«Das ist doch eine Menge mehr als das, was wir noch vor einer Stunde wussten.»

«Ja, aber es wird uns nicht helfen», wiederholte Sebastian. «Was wir wissen, wissen wir nur, weil der Mörder will, dass wir es wissen. Es wird uns nirgendwo hinführen.»

Es hatte begonnen.

Der Stein war ins Rollen getreten, oder wie das gleich noch hieß. Sie hatten Susanne gefunden. In den Lokalnachrichten aus Västmanland hatte SVT dem Leichenfund eine knappe Minute Sendezeit gewidmet.

Er hatte es sich im Internet angesehen.

Mehrmals.

Die Schweinefarm, das blau-weiße Absperrband, die Polizeiautos, die Kriminaltechniker in ihren weißen Ganzkörperanzügen, ein beiläufiger Satz, dass die Schweine das Opfer angefressen haben könnten.

Kein Wort darüber, was an der Wand gestanden hatte.

Nichts über Sebastian Bergman.

Irgendwelche Verantwortlichen in irgendwelchen Nachrichtenredaktionen hatten offenbar beschlossen, dieser Mord hätte keine landesweite Bedeutung. Es gab nichts darüber in den Hauptnachrichten, weder auf TV4 noch auf SVT. Nichts im Radio. Stattdessen umso mehr über den ehemaligen Chef der Reichsmordkommission, der anscheinend eine richtige Knalltüte gewesen war, wenn man der Berichterstattung glaubte: korrupt, inkompetent und alkoholsüchtig. Jetzt wurden die Abteilung und die Ermittlungen von einer Frau geleitet, die sich allerdings nicht dazu äußern wollte.

Aber sie hatten Susanne gefunden und die Wand gesehen.

Sebastian war involviert, auch wenn es niemand zugab.

Doch sie waren noch nicht vorangekommen. Wobei, das

konnte er ja nicht genau wissen. Vermutlich hatten sie Susanne identifiziert. Und ihre Spur bis nach Västerås und zum Palmlövska-Gymnasium zurückverfolgt. Ob sie auch die Verbindung zu Sebastian hatten herstellen können? Das mussten sie doch wohl. Aber sie wussten noch nicht, warum er Susanne zur Schweinefarm transportiert hatte. Sebastian würde sich nicht daran erinnern, da war er sicher. Denn dafür hätte er sich für andere Menschen interessieren müssen.

Zuhören, sich Dinge merken, sich kümmern.

Zu alldem war er überhaupt nicht fähig. Neben seinem riesigen Ego waren alle anderen Menschen nur unbedeutende kleine Wesen mit nichtssagenden Geschichten und banalen Erfahrungen. Mit Träumen, an die er nicht einen Gedanken verschwendete, es sei denn, er konnte sie zerstören.

Die Ziffern. Sie würden ihnen einen Hinweis geben. Nicht darauf, wer er war, aber was er war. Doch diese Aufgabe hatten sie noch nicht gelöst. Hätte er ihnen alle Zahlen verraten, wäre es mit einer einfachen Google-Suche getan gewesen, aber jetzt ... Er hatte perfekt abgewogene Andeutungen hinterlassen. Für eine erste Annäherung. Um Interesse zu wecken.

Der Hass, sein ständiger Begleiter, brannte weniger intensiv, wenn er es sich erlaubte, seiner Befriedigung etwas mehr Raum zu geben. Gäbe es eine Wette auf diesen Kampf der Superhirne, wäre er garantiert der Favorit. Er hatte bereits die erste Kurve erreicht, während Sebastian noch gar nicht aus den Startlöchern gekommen war.

Er hätte das Ganze zu gern gefeiert, hatte Lust auf ein Bier, wollte sich aber keines gönnen. Er war gezwungen, noch einmal den Plan durchzugehen.

Ein guter Plan war die Mutter des Erfolgs.

Seinen kannte er in- und auswendig, er war auf alle Eventualitäten vorbereitet. Denn er hatte nicht nur einen Plan B, sondern auch C und D. Doch es schadete nichts, ihn erneut zu überprüfen. Womit hätte er sich sonst beschäftigen sollen?

Ein Leben hatte er nicht unbedingt.

Das hatte Sebastian ihm genommen.

Also stand er auf, ignorierte das schöne Frühsommerwetter draußen vor dem Fenster und ging zu seinem Tisch, wo alles bereits in ordentlichen, überschaubaren Stapeln bereitlag. Er begann damit, einen Blick auf die neuen Hinweise zu werfen, die er hinterlassen würde. Der Gedanke war, es ihnen leichter zu machen, aber nicht zu leicht. Eine Revision konnte nicht schaden. Vor seinem nächsten Schritt.

Vor dem nächsten Opfer.

Håkan Persson Riddarstolpe wartete geschniegelt vor Rosmarie Fredrikssons Büro. Wohl fühlte er sich trotzdem nicht in seiner Haut, denn er war noch mehr in die Breite gegangen. Seit einem halben Jahr versuchte er abzuspecken, doch als er an diesem Morgen zum ersten Mal seit Langem in seinen Anzug gestiegen war, saß dieser immer noch schlecht. Annika hatte ihm jedoch versichert, dass eng anliegende Kleidung bei Männern immer noch modern sei. Håkan hatte sich in dem Zweiteiler, der überall kniff, im Spiegel betrachtet und das Gefühl gehabt, sie würde ihn anlügen. Jetzt bereute er seine Wahl, denn er sollte sich eigentlich komfortabel und entspannt fühlen. Aber gleichzeitig hatte er sich auch schick machen wollen, damit sein Äußeres den Ernst seines Anliegens widerspiegelte. Rosmarie sollte ihm zuhören.

Das tat sie normalerweise nicht.

Und eigentlich auch niemand anders.

Trotz seiner schönen Titel musste er sich in letzter Zeit vor allem mit Personalfragen und Eignungstests bei Neueinstellungen beschäftigen, und noch dazu in einem immer geringeren Umfang. Ihnen stand eine Neuorganisation bevor – er hatte den Überblick verloren, die wievielte es war –, aber diesmal hatte er das leise Gefühl, seine Tage bei der Polizei wären gezählt. Wahrscheinlich würden sie ihm ein gutes Angebot machen, damit er vorzeitig in den Ruhestand ging. Er würde verschwinden und wäre vergessen, kaum dass die Tür hinter ihm zufiele.

So hatte er sich seine Zukunft nicht vorgestellt, als er die Stelle vor dreißig Jahren angenommen hatte. Damals standen Profiling und Kriminologie hoch im Kurs, die Landeskriminalpolizei hatte eine Täterprofilgruppe gebildet, und die Polizeibehörden auf der ganzen Welt begannen, bei komplizierten Fällen immer häufiger mit Kriminalpsychologen zusammenzuarbeiten.

Einige von ihnen wurden richtige Stars.

Insgeheim war das auch sein Ziel gewesen, als er sich auf die Stelle beworben hatte. Er wollte als eine der neuen Autoritäten auf diesem Gebiet berühmt werden, als jemand, der Zeitungsleser und Fernsehzuschauer mit seiner Fähigkeit beeindruckte, in die Psychen der schlimmsten Verbrecher hineinzusehen, sie zu enträtseln und der gierigen Öffentlichkeit alle Ursachen und Zusammenhänge zu erklären.

So wie Sebastian Bergman.

Der war einer dieser Großen geworden. Der Größte in Schweden. Er hatte zwei Bestseller über Edward Hinde geschrieben, einen Serienmörder, bei dessen Ergreifung er eine entscheidende Rolle gespielt hatte. Er hatte gut besuchte Vorträge gehalten, auf Talkshowsofas gesessen und Kolumnen verfasst und war als Berater hinzugezogen worden, wenn die Polizei im Dunkeln getappt war.

Ein Promi, ein großer Name.

Sebastian Bergman.

Bevor Håkan ihm persönlich begegnet war, hatte er zu ihm aufgesehen. Neidisch, aber nicht missgünstig, beeindruckt und willens, mit ihm zusammenzuarbeiten und für einige Jahre die zweite Geige im Schatten des Solisten Sebastian zu spielen.

Und jetzt? Jetzt hasste er ihn.

Håkan hatte seine Chance erhalten, selbst ins Rampenlicht zu treten, nachdem Sebastian das Land Ende der Neunzigerjahre verlassen hatte und mit seiner Familie nach Deutschland gezogen war. In Bergmans Abwesenheit war Persson Riddarstolpes Expertise plötzlich gefragt gewesen, er wurde bei immer mehr Ermittlungen hinzugezogen, und der Polizeichef hatte sich mehrmals anerkennend geäußert.

Wie gut sich das angefühlt hatte.

Die Aufmerksamkeit. Die Bestätigung.

Er erinnerte sich noch daran, dass er sich in Fernsehstudios und Interviewsituationen wie zu Hause gefühlt hatte. Wie nett die Moderatorinnen gewesen waren, wenn sie ihn in die Maske gebracht hatten. Wildfremde Leute wollten ihn in der Kneipe auf ein Bier einladen. Er war jemand. Gewesen.

Dabei hätte er es bleiben können.

Wenn da nicht diese eine Person gewesen wäre.

Und jetzt wurde Sebastian Bergman offensichtlich persönlich von einem Mörder herausgefordert. Das war Håkan jedenfalls zu Ohren gekommen. Sie hätten auf einer Schweinefarm eine Leiche gefunden und eine Aufforderung an Bergman, den Fall zu lösen. Mit Blut geschrieben. Niemand schrieb **LÖS DAS HIER, HÅKAN PERSSON RIDDARSTOLPE** mit Blut neben eine Leiche. Hatte noch nie jemand getan, würde auch nie jemand tun. Niemand forderte ihn heraus, niemand fragte nach ihm, nur die wenigsten wussten überhaupt von seiner Existenz.

Er war in traurige Vergessenheit geraten.

Wegen Sebastian Bergman, der sein Ansehen und seine Ehre zerstört hatte, nachdem ihm bei einer Ermittlung in Sala ein kleiner Fehler unterlaufen war. Spöttisch hatte er innerhalb eines Augenblicks alles kaputtgemacht, was Håkan sich aufgebaut hatte, und ihm jede Glaubwürdigkeit genommen. Er hatte eigentlich gar keine Lust, daran zu denken. Noch dazu, weil es eine Kleinigkeit gewesen war, wenn man den Fehler mit Sebastian Bergmans letzter Havarie verglich. Wie er die Geschichte mit Billy Rosén unbeschadet überlebt hatte, war vollkommen unbegreiflich, aber Sebastian schien jedes Mal eine neue Chance zu bekommen. Die üblichen Regeln galten nicht für ihn.

Im Gegensatz zu allen anderen.

Im Gegensatz zu Håkan.

Er hatte mit dem Gedanken gespielt, einen Zeitungskommentar zu schreiben und öffentlich die Frage aufzuwerfen, wie es sein konnte, dass einer der besten Kriminalpsychologen des Landes jahrelang mit einem Serienmörder zusammengearbeitet hatte, ohne etwas zu ahnen, und warum dieser Psychologe weiterhin das Vertrauen der Polizei genoss. Doch das wagte er nicht. Rosmarie würde diese Aufmerksamkeit nicht zu schätzen wissen. Wenn er Sebastian Bergman zu Fall bringen wollte – und das würde er tun –, brauchte er sie an seiner Seite. Das wusste er. Deshalb saß er jetzt hier in seinem zu engen Anzug und wartete.

Endlich ging die Tür zu Rosmaries Büro auf, und sie kam heraus und warf ihm einen gestressten Blick zu, ohne jede Spur eines einladenden Lächelns.

«Håkan? Entschuldigen Sie, ich musste ein wichtiges Telefonat führen.»

«Kein Problem. Danke, dass Sie es so kurzfristig einrichten konnten.» Er stand auf, wollte eigentlich sein Jackett zuknöpfen, spürte jedoch, wie es spannte, und verzichtete darauf.

«Ich habe in einer Viertelstunde ein Zoom-Meeting», sagte Rosmarie, nachdem sie ihn hineingebeten hatte.

«Ich werde mich kurzfassen.»

Sie wies auf einen der drei Sessel, die um einen Couchtisch in der Ecke des Raumes gruppiert waren, und Håkan setzte sich. Die Chefin selbst sank auf einen der anderen Sessel und schlug die Beine übereinander. Håkan warf einen Blick zu der Kaffeemaschine, aber Rosmarie machte keinerlei Anstalten, ihm eine Tasse anzubieten.

«Also?», fragte sie auffordernd und fixierte ihn.

«Es geht um Sebastian Bergman», begann er, hielt jedoch inne, als Rosmarie einen genervten Seufzer ausstieß.

«Was ist mit ihm?»

Håkan zögerte kurz. Die Voruntersuchung war vertraulich, und eigentlich dürfte er nicht wissen, was er wusste, aber andererseits war Rosmarie auch lange genug bei der Polizei, um das Gerede zu kennen. Außerdem gab es nun einmal keinen anderen Weg, sein Anliegen vorzubringen, und da er vermutlich ohnehin bald aus dem Dienst schied, musste er das Risiko eingehen.

«Wenn ich es richtig verstanden habe, ist er in einen neuen Mordfall involviert. *Persönlich* involviert.» Rosmarie antwortete nicht, sondern saß einfach nur da und betrachtete ihn, und Håkan konnte unmöglich erahnen, was sie dachte, deshalb fuhr er fort. «Im Haus wird darüber gesprochen, dass sein Name mit Blut dort an die Wand gemalt stand, wo man gestern die Leiche einer ermordeten Frau gefunden hat.»

«Es war kein Blut, sondern rote Farbe.»

«Wie ich schon sagte», Håkan zuckte entschuldigend mit den Schultern. «Es wird geredet. Gerüchte.»

«Worauf wollen Sie hinaus?», fragte sie ein wenig gereizt, und er glaubte zu sehen, wie sie auf die Uhr schielte. Håkan holte tief Luft. Jetzt oder nie.

«Ich denke, dass es in diesem Fall ein Problem darstellen könnte, die professionelle Distanz zu wahren. Was vollkommen verständlich wäre.» Letzteres fügte er hinzu, um seinen persönlichen Rachefeldzug als kollegiale Umsicht zu tarnen.

«Ach ja?»

«Deshalb dachte ich, ich könnte Ihnen einen unparteiischen Blick anbieten. Meinen Blick. Wenn ich Zugang zu den Ermittlungen hätte, könnte ich eine eigene Fallanalyse erstellen und mir die Beweisbewertung ansehen, und vielleicht würde ich etwas entdecken, was Sebastian Bergman übersieht, weil er zu nahe an dem Geschehen dran ist. Oder etwas, das er nicht sehen will. Oder vor anderen verbergen möchte ...»

Er verstummte. War er zu weit gegangen? Schimmerte seine Abneigung gegen Sebastian zu sehr durch? Rosmarie war eine Schreibtischpolizistin, aber sie war nicht auf den Kopf gefallen. Ganz und gar nicht. Allerdings sagte man ihr auch nach, dass sie vorzugsweise Probleme löste, die negativ auf sie selbst zurückfallen konnten.

Probleme wie Sebastian Bergman.

«Sie wissen, dass er ein unberechenbarer Egomane ist, und das Letzte, was die Polizei jetzt braucht, sind weitere Schlagzeilen, die mit Bergman zusammenhängen», erklärte er mit Nachdruck.

Rosmarie stutzte und musterte ihn dann. Man konnte beinahe sehen, wie es in ihrem Kopf arbeitete, wie sie alle Vor- und Nachteile abwog und sich denkbare Szenarien ausmalte und mögliche Konsequenzen. Schließlich nickte sie vor sich hin.

«Das ist keine dumme Idee. Ich sorge dafür, dass Sie Zugang zu den Unterlagen erhalten. Aber das bleibt unter uns.»

Håkan nickte so vertrauenswürdig, wie er konnte, und musste sich anstrengen, ein breites zufriedenes Grinsen zu unterdrücken, denn er hatte genau das erhalten, weshalb er gekommen war. Rasch stand er auf und streckte ihr die Hand entgegen.

«Danke, dass Sie sich die Zeit genommen haben», sagte er und erlaubte sich ein Lächeln.

«Ich danke.»

Sie schüttelten sich die Hände, und er verließ das Büro. Das war noch viel besser gelaufen als erwartet. Strahlend ballte er die Hand zu einer Siegesfaust und zischte ein «Yes!». Nur das mit dem Blut war schade. Er wusste nicht, wie vielen Leuten er dieses kleine Detail inzwischen schon erzählt hatte. Ziemlich vielen. Sebastians Name, mit Blut geschrieben. Alle hatten darauf reagiert. Und gefragt, was mit diesem Typen nicht stimmte. Wie konnte er immer wieder in einen solchen Dreck verwickelt sein? Håkan würde also bestimmt noch ein Weilchen behaupten, es wäre Blut gewesen. Die Geschichte weiterkolportieren, wenn auch etwas diskreter. Sebastian Bergman würde spüren, wie es war, vom Podest zu fallen, auf dem er so viele Jahre gestanden hatte, und brutal auf dem Boden aufzuschlagen.

Sie saßen schweigend im Raum und lauschten Carlos' Bericht über seinen Besuch in Västerås. Zunächst bei Susannes Vater, der auf keinerlei Details eingehen wollte und dann plötzlich zu müde war, um weitere Fragen zu beantworten, und dann bei Ulf, dem jüngeren Bruder, den Susanne mehrmals zu kontaktieren versucht hatte, nachdem es ihr gelungen war, ihr Leben in Ordnung zu bringen. Carlos gegenüber gestand der Bruder, er hätte sie so gut wie möglich heimlich unterstützt, ohne dass seine Familie davon erfuhr. Doch als sie auf Susannes Zeit auf dem Palmlövska-Gymnasium zu sprechen kamen, konnte er nicht groß weiterhelfen. Er war erst dreizehn gewesen, als seine große Schwester gezwungen worden war, die Familie und die Kirche zu verlassen, nachdem sie auf einer Party mit – wie er es ausdrückte – weltlichen Jungen getanzt und Alkohol getrunken hatte. Das war alles, was er wusste. Anschließend hatten die Familie und die Kirche ihren Namen nie wieder erwähnt, zu Hause existierten keine Fotos von ihr, und er hatte tatsächlich eine ganze Weile vergessen, dass es sie gab.

Nachdem Carlos seine Zusammenfassung beendet hatte, drehten sich alle zu Sebastian um, der nur leicht mit den Schultern zuckte.

«Ja, ich war der ‹weltliche Junge›, der sie zu dieser Party eingeladen hatte.»

«Das hattest du vorher nicht erwähnt», bemerkte Vanja.

«Es war eine von so vielen Partys, ich habe nie mehr daran gedacht, es ist mir erst jetzt wieder eingefallen.»

«Trotz der Folgen, die es für sie hatte?», fragte Ursula in diesem harten, vorwurfsvollen Ton, den sie derzeit anscheinend nur noch für ihn übrighatte.

«Ich wusste nichts von irgendwelchen Folgen», erklärte Sebastian geduldig. «Ich habe Västerås nach dem Gymnasium so schnell wie möglich den Rücken gekehrt und mich nie wieder umgesehen.»

«Aber du wusstest, dass sie Zeugin Jehovas war, als du sie zu der Party eingeladen hast.» Es war eher eine Feststellung als eine Frage von Carlos. Fehlte nur noch, dass sich auch die Neulinge auf ihn stürzten, alle gegen einen. Aber wenn sie schon einmal beschlossen hatten, dass er der Bösewicht war, konnte er genauso gut ein bisschen Öl ins Feuer gießen. Man hat nur so viel Spaß, wie man sich selbst macht.

«Ja, das wusste ich, wahrscheinlich habe ich sie deshalb eingeladen, bekanntlich liebe ich Herausforderungen.»

Die Reaktionen waren wie erwünscht, eine Mischung aus tiefen Seufzern und missbilligenden oder fragenden Blicken.

«Du bereust wirklich nichts», stellte Ursula fest.

Sebastian vermutete, dass sich ihr Einwurf nicht nur darauf bezog, was vor mehr als vierzig Jahren in Västerås passiert war, und er hatte nichts dagegen, eine Weile den Schurken zu geben, aber jetzt reichte es verdammt noch mal.

«Was sollte ich bereuen?», fragte er und sah Ursula mit sturem Blick an. «Ich wusste nicht, dass sie sie verstoßen haben. Ich hatte keinen Schimmer davon.» Er ließ seinen Blick am Tisch umherschweifen, ehe er fortfuhr. «Ich habe sie eingeladen, sie hat freiwillig getanzt und freiwillig getrunken, niemand hat sie zu irgendetwas gezwungen. Okay? Können wir jetzt weitermachen?»

«Aber es gibt eine Verbindung», entgegnete Carlos beharrlich.

«Was du nicht sagst!», erwiderte Sebastian, noch immer gereizt. «Hast du nicht gelesen, was an der Wand stand?»

«Ich meinte», erklärte Carlos ruhig, «dass jemand weiß, was damals passiert ist, und dass du etwas damit zu tun hattest. Nach dieser Party ist Susannes Leben aus den Fugen geraten. Es könnte sein, dass dir das jemand vorwirft.»

«Da wäre dann wohl die Familie naheliegend», sagte Roger Hansson und öffnete damit zum ersten Mal den Mund, seit sie sich versammelt hatten.

«Die Familie, die vierzig Jahre lang so tat, als hätte Susanne nicht existiert?», fragte Sebastian und wunderte sich, wie ein erfahrener Polizist etwas so Dämliches von sich geben konnte.

«Genau deshalb. Für sie war Susanne schon gestorben. Und das war dein Fehler.»

«Gut, nehmen wir mal kurz an, das würde plausibel klingen. Warum dann gerade jetzt?»

«Sie hat die Familie wieder aufgesucht, vielleicht hat sie ihnen auch gedroht. Oder der Kirche.»

«Nach vierzig Jahren?»

Vanja hatte offenbar genug gehört und schnitt Roger das Wort ab. «Carlos. Mach mit der Familie und der Kirche weiter und schau, ob du da etwas findest, aber wir müssen jetzt wieder in die Gegenwart zurückkehren.»

Carlos nickte. Im selben Moment piepste Ursulas Handy. Sie zog es hervor, und nachdem sie einen kurzen Blick auf das Display geworfen hatte, gab sie den Code ein und begann, etwas zu lesen. Vanja warf ihr einen missbilligenden Blick zu, sagte aber nichts. Stattdessen wandte sie sich an Lena Gutestam.

«Wissen wir inzwischen mehr über den Typen mit dem Kapuzenpullover?»

«Eigentlich nicht. Wir sammeln gerade die Aufnahmen aller Überwachungskameras in der Nähe. Wenn wir Glück haben, taucht er dort auf.»

Sie konnte es nicht unterdrücken. So sehr Vanja sich auch bemühte, sie vermisste Billy schon wieder. Nach ihrer Überzeugung hätte er längst alle Filme besorgt, und wenn tatsächlich irgendetwas Verwertbares darauf zu sehen war, hätte er es auch gefunden. Jetzt wusste Vanja nicht einmal, wer das Material überhaupt sichten sollte, wenn sie es dann endlich bekamen. Vermutlich Carlos, außer Roger und Lena kannten sich wider Erwarten gut mit all den technischen Finessen aus, die dank Apps, Chats und sozialen Medien bei ihrer Arbeit immer wichtiger wurden. Doch vielleicht wären sie gezwungen, diese Kompetenz außerhalb der Abteilung zu suchen. Im Haus gab es sie, das wusste sie.

Verdammter Billy!, dachte Vanja erneut zum ungefähr hundertsten Mal. Und wie in den letzten Wochen schob sie die Gedanken an ihren früheren Freund schnell beiseite.

«Sind wir in ihrer Wohnung vorangekommen?», fragte sie an Ursula gerichtet, die gerade ihr Handy wieder wegsteckte.

«Nein, die Techniker sind noch da. Keine Fingerabdrücke auf den Tassen und Tellern, die dort standen.»

«Keine? Nicht mal Susannes?»

«Nein, keine. Und die Analyse des Wassers aus Susannes Lunge ist abgeschlossen. Es handelt sich um Seewasser.»

Im Raum wurde es für einige Sekunden still, ehe Roger das aussprach, was alle dachten.

«Also wurde sie nicht in der Wohnung ermordet?»

«Nein.»

«Aber warum war dann Wasser in der Wanne?»

«Vielleicht wollte sie gerade ein Bad nehmen, als der Mörder kam», schlug Lena vor.

«Vielleicht.» Vanja nickte vor sich hin.

«Weißt du, woran mich das erinnert?», fragte Sebastian und warf Ursula einen ernsten Blick zu. Sie nickte.

«Lisbeth Wahlgren.»

«Wer ist Lisbeth Wahlgren?», fragte Vanja und sah die beiden an.

«Ein alter Fall. Begann als vermeintlicher Suizid in einer Badewanne, doch dann stellte sich heraus, dass die Frau in einem See ertränkt worden war. Mein erster Fall bei der Reichsmordkommission», erklärte Ursula.

«Es gibt also einen früheren Fall, der an diesen erinnert und bei dem Sebastian auch an den Ermittlungen beteiligt war?», fragte Vanja, und die Resignation in ihrer Stimme war nicht zu überhören.

«Ich wurde erst am Ende hinzugezogen, aber sie wurde nicht auf einer Schweinefarm gefunden, sondern zu Hause, im Badezimmer.»

«Wann war das?», fragte Lena Gutestam. Sebastian sah zu Ursula.

«1993», antwortete sie.

«Wir können uns die Akten aus dem Archiv besorgen, aber ich finde, wir sollten auch mit Torkel sprechen. Er ist wie eine Datenbank», warf Sebastian ein, obwohl er sich im Klaren darüber war, dass sein Vorschlag nicht gut aufgenommen werden würde. Und tatsächlich, Vanjas Augen verfinsterten sich, und sie bekam einen harten Zug um den Mund. Sebastian hob beschwichtigend die Hände. «Ich weiß, dass er jetzt offiziell der Buhmann ist und für den ganzen Dreck verantwortlich sein soll, in dem wir gerade stecken, aber wenn ich mit ihm spreche? Ich gehöre nicht zur Reichsmordkommission, ich kann ihn als Freund besuchen.»

Er hörte, wie Ursula ein kurzes, freudloses Lachen ausstieß.

«Einmal ist immer das erste Mal.»

Es stimmte, er würde ihr nicht widersprechen. Er hatte seinen alten Chef und – wie er sich selbst eingestehen musste – auch Freund nicht besonders oft besucht. Nur wenn er selbst einen Nutzen daraus hatte ziehen können oder er auf ihn als Polizist angewiesen gewesen war, aber nie, wenn ihn Torkel umgekehrt womöglich auch als Unterstützung oder als Schulter zum Ausweinen gebraucht hätte. Nicht nach Lise-Lottes Tod, nicht als er zu viel trank und auch nicht in seiner Genesungszeit nach den Verletzungen, die er sich im Kampf mit Billy zugezogen hatte. Aber er war eben Sebastian Bergman, deshalb sollte das auch keinen wundern.

«Was sagst du?», fragte er und drehte sich wieder zu Vanja. Die hatte sich offenbar schon entschieden.

«Ja, sprich mit Torkel, finde heraus, woran er sich erinnert, das kann nicht schaden.»

Sebastian nickte und stutzte, als er ihren auffordernden Blick und ihre Körperhaltung sah.

«Was? Soll ich jetzt gehen?»

«Ja. Jetzt.»

Sebastian stand auf und nahm seine Jacke von der Stuhllehne.

«Noch etwas», sagte Vanja, als er auf dem Weg zur Tür war. «Und das gilt für alle.» Der Ernst in ihrer Stimme war nicht zu überhören, und die anderen blickten sie an. «Die Sache mit Billy hat uns erschüttert. Und zwar ernsthaft. Sie hat uns geschadet. Auf unterschiedliche Weise.» Sie verstummte und spürte, wie ihr die Tränen kamen, als für einen Moment der Schmerz in ihr hochstieg, den sein Verrat ihr bereitete. Sie sah zu Ursula hinüber, die genau wie erwartet Sebastian fixierte. «Aber wenn wir eine Chance haben wollen, als Abteilung zu überleben, müssen wir das beiseiteschieben und zusammenarbeiten. Ihr wisst ja: Vereint stehen wir, geteilt fallen wir ... Das bedeutet nicht, dass wir uns gegenseitig lieben müssen, aber wir sollten professionell sein. Wir können und müssen die Ideen und Theorien der anderen überdenken, verwerfen und infrage stellen. Aber ohne persönliche Angriffe. Wenn wir uns untereinander bekämpfen, wird das sehr anstrengend.»

Alle im Raum nickten zustimmend, aber nur Lena sagte etwas: «Gut, dann lösen wir das.»

Sebastian nahm ein Taxi zum Bergsunds Strand und ging am Wasser entlang. Nicht der kürzeste Weg zu Torkel, aber er hatte keine Eile, und es war schön, ein bisschen frische Luft zu atmen und ein paar Minuten zu haben, um die Gedanken zu ordnen. Es war ein warmer Nachmittag, mit einem lauen Wind, der vom glitzernden Liljeholmsviken hereinwehte. Am Kai lagen Segelboote vertäut. Alles war ruhig und friedlich, lediglich der Lärm eines Jetskis zerriss hin und wieder die Stille, die hier herrschte, obwohl Sebastian sich mitten in der Stadt befand. Es waren etliche Spaziergänger unterwegs, viele Kinderwagen wurden durch die Gegend geschoben, von mehr oder weniger identischen Paaren: in den Dreißigern, schlank, durchtrainiert. Dieselben Kopfbedeckungen, dieselben Klamotten, dieselben Bärte. Södermalm war ein angepasster Stadtteil. Sebastian kümmerte sich nicht um die Terminologie – vermutlich nannte man diese Leute nicht mehr Hipster wie noch vor ein paar Jahren –, aber das Phänomen blieb dasselbe. Junge Menschen, die ihren Status und ihre Persönlichkeit zeigen wollten, indem sie alle gleich aussahen. Sie hatten panische Angst, nicht dazuzugehören, und wollten krampfhaft das Richtige tun und sich mit den richtigen Dingen beschäftigen. Vor einiger Zeit waren das Craftbeer, Sauerteigbrote und Kefirpilze gewesen. Sebastian hatte keine Ahnung, worauf es ihnen jetzt ankam, aber es war auch egal.

Er bog rechts ab und gelangte in den Schatten der gelb verputzen, sechsstöckigen Häuser. Sofort wurde es kälter und noch stiller. Ein einsamer Hundebesitzer war der einzige Mensch, der ihm auf dem Weg zu Torkels Hauseingang begegnete.

Im Taxi hatte Sebastian auf seinem Handy noch schnell die Webseiten der Boulevardzeitungen gesichtet. Alle gingen hart mit Torkel ins Gericht. Der Alkoholismus, die vergessene Waffe auf der Toilette des Amtsgerichts, die Probleme nach seiner ersten Scheidung, die Tatsache, dass er zum zweiten Mal geschieden war, die Beziehung zu Ursula.

Sie hatten alles hervorgewühlt.

Vielleicht auch mit fremder Hilfe.

Und dann natürlich Billy.

Man deutete an, Torkel hätte seine Finger im Spiel gehabt, als keine Disziplinarmaßnahmen gegen Billy verhängt worden waren, nachdem er im Dienst zwei Menschen erschossen hatte. Torkel sollte angeblich dafür gesorgt haben, dass man Gnade vor Recht ergehen ließ, weil der Ruf der Reichsmordkommission für ihn über allem anderen gestanden hatte. Wer Torkel nicht kannte, konnte den Eindruck gewinnen, er wäre ein machtgeiler, korrupter Alkoholiker, der sich über Regeln einfach hinwegsetzte.

Auch das staatliche Fernsehen und Radio sowie die seriösen Tageszeitungen berichteten ausführlich, wenn auch nicht ganz so reißerisch, über die Pressekonferenz. Rosmaries Plan, Torkel zu opfern, um die Reichsmordkommission und sich selbst zu retten, war offenbar aufgegangen.

Sebastian ertappte sich dabei, seinen ehemaligen Chef zu bemitleiden, während er den Türcode eingab und das Haus betrat. Torkel hatte es nicht verdient, das alles über sich ergehen lassen zu müssen. Aber die Polizeiführung war noch nie dafür bekannt gewesen, sich vor die mittleren Chefs zu stellen, wenn ihr selbst ein scharfer Wind entgegenwehte.

Torkel war zweifelsohne der beste Chef, den Sebastian je gehabt hatte. Oder jedenfalls derjenige, der ihn am längsten ertragen und ihm die meisten Chancen gegeben hatte. Mehr als jeder andere. Sebastian war dankbar dafür, auch wenn das natürlich dumm war. Doch ohne Torkel gäbe es Vanja nicht in seinem Leben. Und auch Amanda nicht. Es hätte nichts von all dem gegeben, was ihn in den letzten Jahren doch beschäftigt und sein destruktives Verhalten die meiste Zeit über in Schach gehalten hatte.

Eines schönen Tages würde er ihm dafür danken.

Oder auch nicht.

Sebastian klingelte und trat einen Schritt zurück, denn vermutlich würde Torkel an einem Tag wie diesem durch den Spion spähen. Dann wurde die Tür geöffnet. Torkel sah gesünder aus, als Sebastian erwartet hätte. Magerer, ein wenig blasser und mit dünnen weißen Baumwollhandschuhen, die ihn seltsamerweise älter und gebrechlicher erscheinen ließen, aber ganz und gar nicht wie das Wrack, mit dem Sebastian gerechnet hatte.

«Ich dachte, die ganze Treppe wäre voller Zeitungsfritzen», sagte er zur Begrüßung, als er an Torkel vorbei in den Flur trat.

«Die waren heute Vormittag eine Weile da, haben dann aber aufgegeben. Und das Wort Zeitungsfritze benutze ja selbst ich nicht mehr», entgegnete Torkel mit dem Anflug eines Grinsens und bat Sebastian in die Wohnung.

Sie war viel sauberer als bei seinem letzten Besuch. Einladender und ohne die frühere Mir-doch-alles-egal-Atmosphäre. Sie wirkte heller und nicht mehr so stickig.

«Hast du aufgehört zu trinken?», fragte er auf dem Weg in die Küche.

«Ja, das kam einfach so. Ein paar Wochen im Krankenhaus

ohne Alkohol ... und als ich dann endlich zu Hause war, hatte ich keine große Lust mehr darauf.»

«Gut gemacht, das freut mich.»

Sie gingen in die Küche. Saubere, gewischte Oberflächen, geputzte Fenster, die die Junisonne hereinließen, eine Vase mit Sommerblumen auf dem Tisch. Ursulas Werk, vermutete Sebastian.

«Kann ich dir etwas anbieten?», fragte Torkel und ging zu der Kaffeemaschine.

«Nein danke», antwortete Sebastian, zog einen Stuhl heran und setzte sich an jenen Tisch, wo sie beim letzten Mal zusammengesessen und die Puzzleteile zusammengefügt hatten, anhand derer sie Billy schließlich als Serienmörder überführen konnten.

Gute Polizeiarbeit. Schreckliches Erlebnis.

«Also, dein Name bei einem Leichenfund», sagte Torkel entspannt und schenkte sich ein Glas Wasser ein.

«Woher weißt du das?»

«Rate mal.»

«Ursula.»

Torkel nickte, während er Sebastian gegenüber Platz nahm. Er fegte mit der Hand ein paar Blüten weg, die von einer Blume heruntergerieselt waren, eine Margerite, vermutete Sebastian.

«Ihr scheint ja wieder zueinandergefunden zu haben», sagte er so unbekümmert wie möglich.

«Ja, weil es dir ja irgendwie ständig gelingt, sie zu verletzen», entgegnete Torkel.

«Ich dachte, Billy hätte es auf meine Familie abgesehen, ich habe nicht daran gedacht ...»

«Und als du mit ihrer Schwester ins Bett gegangen bist, was hast du da gedacht?», unterbrach Torkel ihn.

Sebastian sah ihn vollkommen verständnislos an. Diese olle Kamelle? Jetzt? Warum?

«Wie kommst du denn nun darauf, das ist doch eine Ewigkeit her.»

«Glaubst du, sie hätte es vergessen?»

«Anscheinend nicht.»

«Und deine durchgeknallte Liebhaberin hat auf sie geschossen. Du machst es ihr nicht leicht.»

«Ich versuche, mich zu bessern», sagte Sebastian so ehrlich und aufrichtig, wie er konnte. «Ich versuche, die Leute nicht zu verletzen.»

Torkel begann zu lachen.

«Das glaube ich erst, wenn ich es sehe. Du warst schon immer unverbesserlich, seit ich dich kenne. Du wirst dich nicht ändern. Das kannst du gar nicht.»

«Danke für dein Vertrauen», erwiderte Sebastian und spürte, dass ihn Torkels Worte härter trafen als erwartet. Torkel leerte sein Glas und stellte es ab, dann nahm er Sebastian neugierig in Augenschein.

«Du bist nicht gekommen, um über Ursula zu reden, dich interessiert es auch nicht ernsthaft, wie es mir geht, also ... was willst du?»

Es war kein Wunder, dass Ursula und er sich so gut verstanden. Beide waren ehrlich und direkt. Sie sagten die Dinge frei heraus und zeigten wenig bis gar keine Toleranz für dummes Geschwätz. Torkel war zwar empathischer, er konnte besser und offener mit Gefühlen umgehen, aber davon abgesehen waren die beiden fast wie Zwillinge.

«Was hast du über unseren neuesten Fall gehört?», fragte Sebastian.

«Tote Frau auf einem Schweinehof. Dein Name an der Wand.»

«Wie sich herausgestellt hat, war sie auf derselben Schule wie ich in Västerås.»

«Also war das Opfer jemand, den du kanntest. Schon wieder.»

«Scheint leider so zu sein.»

«Warst du mit ihr im Bett?»

«Nein», antwortete Sebastian kurz und knapp und versuchte, seine Verärgerung nicht zu zeigen. Er verstand ja, warum alle fragten, aber trotzdem, es nervte ihn. «Es gibt allerdings ein seltsames Detail. Der Täter wollte uns glauben machen, sie wäre zu Hause in ihrer Badewanne ertränkt worden. Aber man hat Seewasser in ihrer Lunge gefunden.»

Torkel wirkte sofort interessierter und beugte sich unbewusst über den Tisch.

«Wie diese, wie hieß sie noch ... Wahlgren?»

Sebastian nickte ernst.

«Lisbeth Wahlgren. Ich wollte hören, was du von damals noch in Erinnerung hast.»

Wie sich herausstellte, erinnerte Torkel sich gut an den Fall.

Frühe Neunzigerjahre. Ursula hatte sich gerade bei der Reichsmordkommission beworben und die Stelle bekommen. Lisbeth Wahlgren war ihr erster gemeinsamer Fall. Es war zur Ferienzeit gewesen, und Sven Thorstensson, mit dem Torkel seit der Polizeischule gut befreundet war, hatte ihn angerufen und um Unterstützung bei einer Ermittlung gebeten. Sven wusste, dass die Reichsmordkommission eigentlich nicht dafür zuständig war, doch seine Abteilung war gerade unterbesetzt und hatte zu viele Fälle auf dem Tisch. Torkel sprang ihm als Freund und Kollege bei.

Lisbeth Wahlgren war von ihrem Mann Torgny tot in der Badewanne der gemeinsamen Wohnung gefunden worden, als dieser von seinen Erledigungen nach Hause kam. Er erzählte, Lisbeth habe eine Weile unter Depressionen gelitten, die Muskellähmungen wegen ihrer ALS seien schlimmer geworden, und sie hätte gerade erfahren, dass sie bald nicht mehr würde laufen können. Die Obduktion hatte gezeigt, dass sie eine ansehnliche Menge Schmerz- und Schlaftabletten geschluckt hatte. Es gab keinerlei Zeichen von äußerer Gewalteinwirkung, und ihr Tod wäre beinahe als Suizid abgeschrieben worden.

Bis Ursula sich querstellte.

Sie hatte sich mit einer Energie in die Ermittlungen gestürzt, die Torkel beeindruckte, was sie damit vermutlich auch beabsichtigt hatte, wie ihm später klar wurde. Sie hatte die Register nach dem Paar durchforstet – Torgny war schon zweimal wegen Gewaltdelikten angezeigt worden – und durch Befragungen der Nachbarn erfahren, dass es zwischen den beiden oft zu Streit gekommen war und die Anwohner deshalb auch schon die Polizei gerufen hatten. Daher war Ursula erneut durchgegangen, was der Mann zu Protokoll gegeben hatte. Es sei ein schöner Tag gewesen, sie hätten lange geschlafen und später gemeinsam gepicknickt und seien dann nach Hause gefahren, und anschließend sei er aufgebrochen, um zum Sport zu gehen und auf dem Heimweg einzukaufen. Als er wieder in die Wohnung zurückgekehrt sei, habe er sie tot in der Badewanne gefunden.

Ursula war nicht zufrieden. Sie kam vom SKL in Linköping und wusste, was man in einem Labor alles herausfinden konnte, und deshalb analysierte sie auf eigene Faust das Wasser in Lisbeths Lungen. Seewasser. Das noch dazu aus einem kleinen See stammte, der fünfzehn Minuten Autofahrt von der Wohnung des Ehepaars entfernt lag. Jenem See, an dem sie am Nachmittag gepicknickt hatten. Torkel erinnerte sich noch genau daran, wie Ursula in sein Büro gekommen war und ihre Theorie vorgestellt hatte: Torgny hätte Schmerzmittel und Schlaftabletten in Lisbeths Kaffee gemischt, sie im See ertränkt, nach Hause gebracht und in die Badewanne gelegt und sich dann wieder hinausbegeben, um sich ein Alibi zuzulegen und das Ganze wie einen Suizid aussehen zu lassen.

In diesem Moment hatte Torkel beschlossen, dafür zu kämpfen, dass er Ursula bei der Reichsmordkommission behalten durfte.

An den Rest erinnerte Sebastian sich auch. Bei Torgnys Verhaftung war alles schiefgegangen. Er hatte auf die beiden Polizisten geschossen, die ihn abholen sollten, und war entkommen und untergetaucht. Einer der beiden Beamten verstarb später im Krankenhaus. Der andere konnte nie wieder als Polizist arbeiten. Es gab eine landesweite Fahndung, und die Reichsmordkommission hatte den Fall dann auch offiziell übernommen. Die Jagd auf den Polizistenmörder war in jenem Sommer ein Fortsetzungskrimi, von einem riesigen Medienspektakel begleitet. Schließlich gelang es Sebastian, Torgnys Bruder davon zu überzeugen, dessen Versteck preiszugeben, und sie fanden ihn in einer einsamen Hütte in Tiveden. Es stand außer Zweifel, dass er für die Schüsse auf die Polizisten verurteilt werden würde, doch nach vielen langen Gesprächen konnte Sebastian ihn auch dazu bewegen, den Mord an Lisbeth zu gestehen. Im Gerichtsverfahren zog Torgny sein Geständnis wieder zurück und behauptete, er sei von Sebastian in eine Falle gelockt worden, doch am Ende wurde er dennoch zu lebenslanger Haft verurteilt.

«Wir waren gut damals. Ein gutes Team», schloss Torkel seinen Bericht und klang ein wenig nostalgisch. Sebastian konnte nicht umhin, ihm zuzustimmen. Ja, das waren noch

Zeiten gewesen. Niemand hatte ihn infrage gestellt. Jedenfalls nicht, soweit er wusste.

«Erinnerst du dich vielleicht noch an etwas anderes?», fragte er. «Irgendwelche Details, die nicht in der Dokumentation aufbewahrt werden.»

«Ich erinnere mich, dass Torgny seine Frau die ganze Zeit ‹Tantchen› nannte. Du weißt schon, so nach dem Motto ‹Tantchen und ich haben das und das gemacht›.»

«Noch was?»

Torkel holte tief Luft und ließ sie langsam wieder entweichen, während sein Blick an der Wand hinter Sebastian haften blieb. Es war ihm anzusehen, dass er in seinem Gedächtnis kramte. Dreißig Jahre her. So viele Fälle danach. So viele Opfer, Täter, Zeugen.

«Sie war gläubig», sagte er und nickte. «Hatte eine Bibel auf ihrem Nachttisch liegen.»

«Okay. Noch etwas?»

«Da war eine Sache ...»

«Welche?»

«Sven hatte das gesagt, als wir den Fall übernahmen. Ehe alle sicher waren, dass es ein Selbstmord war.»

«Mhm.»

«Auf dem Tisch standen zwei Kaffeetassen und eine Milchtüte, deshalb schloss man einen Mord ganz zu Beginn der Ermittlungen noch nicht aus und glaubte, Lisbeth hätte den Täter vielleicht gekannt, ihn hereingelassen ...»

Sebastian schwieg, hörte schon gar nicht mehr richtig zu. Seine Gedanken wanderten zurück zu der Wohnung in Rågsved. Torkel hatte soeben genau die Szenerie in Susannes Wohnzimmer beschrieben.

«Torgny hat gesagt, sie hätten Kaffee getrunken, bevor sie losgefahren wären. Aber ich fand es komisch, dass keiner die Milch in den Kühlschrank zurückgestellt hatte, das weiß ich noch. Dann verfestigte sich die Suizidtheorie, und daher haben wir gedacht, ein halber Liter Milch war wahrscheinlich das Letzte, um das sie sich in diesem Moment gekümmert hatte ... Aber es war eines dieser Details, das mir im Gedächtnis geblieben ist.»

Sebastian erwiderte nichts. Seine Gedanken überschlugen sich. *Wie groß ist die Wahrscheinlichkeit, dass das ein Zufall war?*, dachte er, beantwortete sich die Frage aber sofort selbst.

Gleich null.

Nichts an dieser Tat war ein Zufall.

Als Sebastian wieder auf die Straße trat, fühlte er sich gereizt und rastlos. Die Ermittlungen waren zwar nach wie vor in einem frühen Stadium, aber sie waren noch keinen Millimeter weitergekommen. Sie tappten im Dunkeln. Jede Frage, die sie stellten, führte nur zu neuen offenen Punkten. Am meisten interessierte und ärgerte ihn allerdings die Frage, wer von den Kaffeetassen und dem Milchpaket gewusst haben konnte. An die naheliegendste Antwort wollte er am liebsten gar nicht denken.

Ein Polizist.

Jemand, der bei den Ermittlungen dabei gewesen war.

Denn dieses Detail war nicht an die Öffentlichkeit gelangt und, soweit Torkel wusste, auch in keinem Protokoll oder Archiv zu finden. Natürlich konnte die Kaffeetafel auf irgendeinem Foto vom Ort des Verbrechens zu sehen gewesen sein. Und dann hätte sie jeder Mitarbeiter der Polizei finden können. Er würde sich bei Carlos erkundigen, ob man prüfen konnte, wer in letzter Zeit daran interessiert gewesen war, die Akten des alten Falles aus der Versenkung zu holen. Eine Folgefrage, die sich daraus ergab, war: Hatte Sebastian irgendeinen Polizisten verärgert? An sich vermutlich schon häufiger, aber gab es jemanden, der so wütend war, dass er mordete, um besser zu sein als Sebastian? Hatte er dafür gesorgt, dass jemand gefeuert worden war? Oder eine Karriere zerstört?

Er glaubte nicht.

Vielleicht wusste Vanja es.

Er beschloss, zu Fuß nach Östermalm zu seiner Wohnung zurückzugehen. Oder jedenfalls einen Teil des Wegs. Es war schrecklich weit. Während er Richtung Hornstull wanderte, zog er das Handy hervor. Er hatte bei Torkel den Ton ausgestellt und mehrere verpasste Anrufe, doch er drückte die Anzeige weg und rief stattdessen Ursula an. Rasch erzählte er ihr, was Torkel berichtet hatte, und fragte, ob auf Susannes Nachttisch auch eine Bibel gelegen habe. Ursula konnte nicht einmal sagen, ob es einen Nachttisch gegeben hatte, aber sie wollte es auf den Bildern nachprüfen und sich zurückmelden. Sebastian überlegte kurz, ob er ihr von den Kaffeetassen erzählen sollte, beschloss aber, es bleiben zu lassen. Dieser Spur würde er erst einmal allein nachgehen. Stattdessen fragte er, ob sie mit den Ziffern an der Wand weitergekommen wären, und erfuhr, dass dies nicht der Fall war. Ursula informierte ihn hingegen darüber, dass sie sich am nächsten Morgen um halb neun treffen würden, und legte auf. Er wollte das Handy gerade wieder in die Tasche stecken, als ihm die verpassten Anrufe wieder einfielen.

Drei von derselben unbekannten Nummer.

Jemand versuchte ihn wirklich dringend zu erreichen.

Normalerweise rief er nie bei einer unbekannten Nummer zurück. Meistens wollte ihm nur jemand etwas andrehen. Aber jetzt hatten sie einen Mörder, der ihn herausforderte und mit ihm kommunizierte, deshalb durfte er die Anrufe nicht ignorieren. Er tippte auf die Nummer.

«Ja, hier ist Cathy», sagte eine Frau nach dem zweiten Klingeln.

«Hallo, Sebastian Bergman hier. Sie haben versucht, mich zu erreichen?»

«Ja, wie nett, dass Sie zurückrufen. Es tut mir leid, dass ich Sie so verfolgt habe.» Ihre Stimme klang jung, und sie sprach schnell, beinahe gepresst. «Sie kannten meinen Vater, Tim Cunningham, stimmt's?»

«Ja ... Warum?» Was für ein Zufall. Heute Vormittag hatte er zum ersten Mal seit Langem wieder an Tim gedacht, und dann rief seine Tochter an. Sebastian konnte ihrer Stimme anhören, dass irgendetwas passiert war.

«Er ist gestern gestorben.» Am Ende des kurzen Satzes versagte ihre Stimme, und er hörte, wie sie mit den Tränen kämpfte.

«Das tut mir leid. Ich mochte Tim sehr.»

Was konnte er sonst schon sagen? Dies war ein Gespräch, mit dem er nicht gerechnet hatte. Und ein Gespräch, für das ihm die Zeit fehlte.

«Können wir uns treffen? Meinem Vater war es so wichtig, dass ich Sie kennenlerne», bat sie flehend. «Ich weiß nicht, warum, aber es war ihm wichtig», fuhr sie fort.

«Ich habe gerade wahnsinnig viel zu tun. Vielleicht in einigen Tagen?», antwortete er und versuchte sie abzuwimmeln, ohne zu barsch zu klingen. Er verstand natürlich, dass Tims Tochter schockiert war ... Er stutzte.

Tochter?

Tim hatte nie von einer Tochter gesprochen.

Nur von einem Sohn, Frank, der bei dem Tsunami gestorben war. Aus diesem Grund war Tim zu ihm gekommen. Ähnliche Erfahrungen. Aber nie ein Wort über irgendeine Tochter. Sebastian fühlte sich plötzlich unwohl und verwirrt. Wer war diese Frau, die ihn da am Handy anflehte?

«Ich werde Schweden in einigen Tagen verlassen, deshalb eilt es. Bitte! Es ist wichtig für mich», beharrte sie.

«Reden wir vom selben Tim Cunningham?», fragte Sebastian. «Der Tim, den ich kannte, hatte meines Wissens keine Tochter.»

Es wurde für einige Sekunden still.

«Wie meinen Sie das?», fragte sie schließlich zaghaft.

«Er hat jedenfalls nie von Ihnen gesprochen», erklärte Sebastian so aufrichtig, wie er konnte, ohne dass es zu brutal klang. Er wollte sie nicht noch mehr verstören. «Deshalb frage ich mich, ob wir wirklich über dieselbe Person sprechen.»

Jetzt hörte er, wie sie tief Luft holte.

«Sie sind Psychologe, und mein Vater, Tim Cunningham, war einige Male bei Ihnen in der Grev Magnigatan. Die letzten Termine haben Sie abgesagt. Ich kann im Kalender nachsehen und Ihnen die genauen Daten nennen, wann er bei Ihnen war.»

Das klang nach seinem Patienten. Seinem Tim. Aber Sebastian konnte sich keinen Reim darauf machen. Ganz und gar nicht. Tim hatte nie eine Tochter erwähnt.

«Ich kann in zwanzig Minuten bei Ihnen sein», fuhr Cathy fort. Offenbar gab sie nicht so schnell auf.

«Ich werde erst in einer halben Stunde zu Hause sein. Aber dann können wir uns sehen», hörte er sich sagen. Er legte auf. Wie so oft hatte seine Neugier gesiegt. War das dumm gewesen? Hatte er einen Fehler gemacht? Darüber konnte er in den nächsten Minuten nachdenken. Er sah sich nach einem Taxi um.

Cathy klingelte, kurz nachdem er in seiner Wohnung angekommen war. Sie war noch jünger, als sie am Telefon geklungen hatte. Anfang bis Mitte zwanzig, tippte Sebastian, während sie in seinen Flur trat. Blondes, schulterlanges Haar, das sie zu einem Pferdeschwanz gebunden hatte. Sie war nur wenige Zentimeter kleiner als er. Ihre Designerkleidung, wie er vermutete, sah teuer aus. Als sie ihre Jacke an die Garderobe gehängt hatte, zeigte sie ihm ihren Ausweis und ein Bild von sich und Tim, ohne dass Sebastian darum gebeten hatte. Damit er ihr glaubte. Es war derselbe Tim Cunningham, den Sebastian getroffen hatte. Der Mann, der kurz davor gewesen war, sein Freund zu werden, und der ihm gegenüber trotzdem nie seine Tochter erwähnt hatte. Das konnte interessant werden.

Er bat Cathy ins Wohnzimmer und war froh, dass seine Putzfrau gerade da gewesen war. Es war sauber und aufgeräumt. Die Wohnung machte einen guten ersten Eindruck. Höflich bat er Cathy, auf dem Sofa Platz zu nehmen.

«Erzählen Sie», sagte er, nachdem sie sich gesetzt hatte. Sie sah ihn mit ihren rot geweinten Augen an und verkrampfte die Hände auf ihren Knien zu Fäusten.

«Die Polizei hat gestern angerufen. Sie haben ihn in einem Hauseingang gefunden, nicht weit von hier entfernt. Seine Hauptschlagader war geplatzt. Er war sofort tot.»

«Das tut mir wirklich wahnsinnig leid für Sie», sagte Sebastian und sah sie an. Sie nickte stumm.

«Anscheinend hat er es schon eine Zeit lang gewusst. Dass das Risiko bestand. Hat er Ihnen davon erzählt?»

«Dass er sterben würde?»

«Ja.»

«Nein, darüber haben wir gar nicht gesprochen.»

«Worüber haben Sie denn dann gesprochen?»

«Vor allem über Ihren Bruder.»

Cathy sah verwundert aus. Überaus verwundert. Sie kniff die Augen zusammen und legte den Kopf schief, als hätte sie ihn falsch verstanden.

«Meinen Bruder?»

«Ja, Frank. Ihr Vater kam zu mir, weil ich ähnliche Erfahrungen gemacht habe wie er. Meine Tochter Sabine starb 2004 bei dem Tsunami.»

«Ich hatte nie einen Bruder. Ich bin das einzige Kind meiner Eltern.»

Sebastian lehnte sich in dem Sessel zurück. Er musste möglichst schnell seine Gedanken sortieren. Das war doch vollkommen irrsinnig. Nicht genug damit, dass Tim seine Tochter nie erwähnt hatte, obendrein hatte er offenbar auch noch einen Sohn erfunden. Warum? Sebastian hatte wirklich keine Ahnung und war nicht sicher, ob die junge Frau vor ihm Klarheit in die Sache bringen konnte, aber es war einen Versuch wert.

«Also ... waren Sie damals an Weihnachten in Thailand?»

«Ja, aber nur ich und meine Eltern. Ich habe nie einen Bruder gehabt», wiederholte sie.

Also hatte Tim nicht alles erlogen. Aber das Wichtige, das, was etwas bedeutete. Das ließ darauf schließen, dass sein Ziel gar nicht die seelische Heilung gewesen war, sondern Sebastian näherzukommen. Er hatte das erzählt, was nötig gewesen war, um sein Interesse zu erregen und sein Vertrauen zu wecken. Der tote Sohn hatte sich als lebende Tochter entpuppt. Und wie war das nun mit Claire, Tims Frau? Das konnte er genauso gut auch gleich herausfinden.

«Ich verstehe das nicht ... wir waren uns ziemlich nah, Ihr Vater und ich», sagte er mit einer möglichst einfühlsamen Stimme. «Wir haben uns gegenseitig geholfen. Nach dem tödlichen Unfall hatte er ein wenig den Halt verloren.»

«Was für ein Unfall?»

Ihre Reaktion und Miene verrieten ihm eigentlich alles, was er wissen musste.

«Bei dem Claire ums Leben kam, seine Frau. Ihre Mutter, nehme ich an.»

Cathy sah aus, als würde sie gleich in Tränen ausbrechen. Sie blickte auf ihre Knie und schüttelte langsam den Kopf.

«Meine Mutter ist vor vier Jahren in Rom gestorben. An Krebs.»

«Mir hat er gesagt, sie wäre vor einem knappen Jahr in Bromma von einem Auto angefahren worden und den Folgen des Unfalls erlegen.»

Jetzt weinte sie. Mit tiefen, verzweifelten Schluchzern. Sebastian sah, wie ihr die Tränen herabtropften. Er stand auf und holte einige Papiertaschentücher. Das Mädchen tat ihm leid. Nicht genug damit, dass ihr Vater so plötzlich verstorben war – jetzt hatte sie auch noch erfahren, dass er seinen Therapeuten über seine ganze Familie angelogen hatte. Ohne dass sie wussten, warum. In dieser Situation konnte sie schnell an allem zweifeln, was sie zu wissen glaubte. Hatte ihr Vater auch sie angelogen? Und wenn ja, wie umfassend und worüber? In so einem Fall wurden die Erinnerungen von Unsicherheit verwischt.

«Es tut mir leid, ich weiß nur, was er zu mir gesagt hat», erklärte Sebastian sanft und reichte ihr ein Taschentuch. Er hätte ihr wirklich gern geholfen, aber er wusste nicht, wie. Also setzte er sich wieder. Cathy wischte sich die Tränen ab, schnäuzte sich diskret und holte tief Luft. Sie sah erneut zu Sebastian auf, als glaubte sie immer noch, dass er irgendwelche Antworten parat hätte.

«Bei einem der letzten Male, als Sie beide verabredet waren, habe ich in einem Café in der Nähe gesessen und gewartet. Er wollte, dass wir beide uns treffen. Er hat mir richtig damit in den Ohren gelegen. Wissen Sie, warum?»

«Ich wusste nicht einmal, dass es Sie gibt.»

«Es war ihm wichtig, dass wir uns begegnen. Er hat mehrmals gesagt, dass ich Sie treffen soll. Und Sie haben keine Ahnung, warum?»

«Leider nein.»

Cathy stieß erneut einen tiefen Seufzer aus. Sebastians Handy klingelte. Er holte es hervor. Vanja.

«Verzeihung», sagte er zu Cathy und nahm den Anruf an. «Hallo, kann ich dich in fünf Minuten zurückrufen?», fragte er, erhielt ein kurzes «Ja» zur Antwort und legte wieder auf. Erneut wandte er sich Cathy zu.

«Es tut mir leid. Ich möchte Sie nicht loswerden, aber ich kann Ihnen anscheinend nicht weiterhelfen.»

Cathy nickte und stand auf. Sie würden jetzt keine Antworten finden, das wusste sie auch. Ihr blieb nichts anderes übrig, sie musste mit noch mehr Fragen, als sie gekommen war, wieder gehen. Mit Fragen und einem Misstrauen gegenüber jenem Mann, dem sie in ihrem Leben von allen Menschen am meisten vertraut hatte.

«Wenn Ihnen noch etwas einfällt, können Sie sich ja melden», sagte sie, knüllte das Taschentuch zusammen und stopfte es in ihre Hosentasche. «Haben Sie einen Stift?»

Er holte einen Kugelschreiber, bekam ihre E-Mail-Adresse und ein wehmütiges Lächeln, und dann begleitete er sie zur Tür.

Wer war sie?

Der Gedanke ließ Ellinor nicht mehr los. Sie hatte Sebastian nun schon an zwei aufeinanderfolgenden Tagen besucht. Die hübsche junge Frau. Diesmal war sie hereingelassen worden. Besonders lange war sie nicht geblieben, aber die Zeit hätte theoretisch für ein Schäferstündchen gereicht.

Was wohl nicht die Welt bedeutete.

Sex war eine Sache, Liebe eine ganz andere.

Dennoch entrüstete sie der Gedanke an die beiden, zusammen im Bett. Ellinors und Sebastians Bett.

Sie musste mehr über ihre Konkurrentin erfahren und einen Weg finden, sie auszumanövrieren, wegzudrängen. In ihrem früheren Leben wäre sie einfach zu dieser Frau hingegangen und hätte ihr erklärt, worum es ging und dass sie Sebastian in Ruhe lassen sollte. Sonst ... Aber solche direkten Konfrontationen waren jetzt ausgeschlossen. Eine Anzeige bei der Polizei, und sie wäre ihre neu gewonnene Freiheit sofort wieder los. Die würden sie erneut einsperren. Und sie von ihrem Liebsten trennen.

Deshalb hielt sie einen sicheren Abstand, während sie der Frau die Treppe hinab und auf die Straße folgte. Für einen kurzen Moment glaubte Ellinor, sie verloren zu haben, nachdem die Tür hinter ihr zugefallen war, doch dann entdeckte sie die Frau wieder, kurz bevor sie auf die Storgatan einbog.

Sie ging schnell.

Ellinor beschleunigte ihre Schritte.

Als sie ihr um die Ecke folgte, sah sie gerade noch, wie die

Frau die Tür eines geparkten BMWs öffnete, einstieg und davonfuhr. Ellinor blickte ihr nach. Das Auto war ein guter Anfang. Sie holte ihr Handy hervor und notierte das Kennzeichen. Hoffentlich würde es sie zu einem Namen und einer Adresse führen, und dann musste sie weitersehen. Wieder ein Schritt, der sie näher an das Leben führte, das sie sich wünschte, das sie verdiente und auch bekommen würde.

Niemand durfte ihr im Weg stehen.

Es war ein guter Tag gewesen. Heute Morgen hatte sie einen Blick auf Sebastian erhaschen dürfen, als er zur Arbeit ging. Zu seiner wichtigen Arbeit. Ihr Herz hatte schneller geschlagen, als sie ihn erblickte. Wie stattlich und männlich er doch aussah in seinem dünnen Mantel und seinen grauen Stoffhosen! Sie erkannte beide Kleidungsstücke wieder. Er hatte sie schon besessen, als sie zusammen waren. Ohne eine Frau in seinem Leben kümmerte er sich anscheinend nicht darum, seine Garderobe zu erneuern. Typisch Mann! Na ja, das würde sie schon noch in Angriff nehmen. Sie müssten zusammen einkaufen gehen und ihn richtig schick einkleiden. Ellinor hatte ein paar Sachen bei Ströms im Schaufenster gesehen, die ihm perfekt stehen würden. Teuer und elegant. Vielleicht konnten sie sich beide passende Outfits kaufen, keinen richtigen Partnerlook natürlich, sie wollten schließlich nicht so aussehen wie der Abschaum auf den Campingplätzen oder in den Billigkaufhäusern aus den Doku-Soaps, die in Lövhaga am laufenden Band im Gemeinschaftsraum gelaufen waren. Aber so, dass sie erkennbar zusammengehörten. Ein Paar darstellten.

Als er am Morgen aufgebrochen war, hatte sie sich wirklich zusammenreißen müssen, um nicht aus ihrem Versteck hervorzuspringen und ihm um den Hals zu fallen. Ihm zu erzählen, dass sie wieder da war, sie beide die Wartezeit überstanden hatten. Doch sie hatte sich zurückgehalten. Sie musste den richtigen Moment abwarten. Wenn genügend Zeit war, ihm alles zu erklären und verständlich zu machen.

Gegen Mittag kam eine Reinigungskraft, eine asiatische Frau. Sie klingelte zunächst, öffnete die Tür dann aber mit einem Schlüssel. Ellinor wartete. Als die Frau nach etwas mehr als drei Stunden wieder herauskam, ging Ellinor ihr nach und sprach sie an, sie sagte, sie wohne weiter oben im Haus und brauche eventuell auch eine Putzhilfe. Sebastian Bergman habe so begeistert von ihr und ihrer Firma geschwärmt. Ob sie vielleicht eine Telefonnummer für Ellinor hätte? Das hatte sie.

Ellinor ging wieder nach oben, setzte sich auf die Treppe und wartete, bis sie ganz sicher war, dass die Putzfrau das Haus verlassen hatte, ehe sie die Nummer anrief. Dem Mann, der sich meldete, erzählte sie, sie melde sich im Auftrag von Sebastian Bergman, der zwar sehr zufrieden mit den Diensten der Firma sei, aber trotzdem kündigen müsse. Seine Wohn- und Familiensituation werde sich bald ändern. Der Mann am anderen Ende stellte einige Kontrollfragen, die sie leicht beantworten konnte. Adresse, Telefonnummer, Personennummer. Sie hätte alles im Schlaf aufsagen können. Der Mann bedankte sich dafür, dass sie Kunden gewesen seien, und hoffte, sie würden sich wieder melden, wenn sie in Zukunft noch einmal eine Putzhilfe bräuchten. Die Schlüssel würden sie sofort zurückschicken, die sollten dann morgen oder übermorgen ankommen.

Morgen oder übermorgen. Vierundzwanzig oder schlimmstenfalls achtundvierzig Stunden, bis sie ihrem Liebsten noch einen Schritt näher wäre.

Wie wollen wir das heute Nachmittag organisieren?» Jonathan kam in die Küche, sein Vanjas Meinung nach viel zu langes Haar war noch nass. Er trug eine Jeans und ein T-Shirt mit einem chinesischen Drachen und dem Aufdruck *White Dragon Noodle Bar*. Vanja wusste, dass es sich auf irgendeinen Film bezog, aber nicht, auf welchen. Er ging zum Küchentisch und küsste Amanda, die gerade frühstückte, auf den Kopf, ehe er auf die Kaffeemaschine zusteuerte.

Vanja seufzte vor sich hin. Heute Morgen war sie noch vor Amanda wach geworden, den Kopf voller Gedanken, kaum dass sie die Augen aufgeschlagen hatte. Sebastians Gespräch mit Torkel hatte sie zu Torgny Wahlgren geführt. Der Fall hatte sich vor ihrer Zeit bei der Polizei zugetragen, aber ein kurzes Telefongespräch hatte sie darüber aufgeklärt, dass der Mann vor knapp einem Jahr aus der Haft entlassen worden war. Sebastian hatte erzählt, Torgny sei der Meinung gewesen, Sebastian habe ihn hereingelegt, um ihm das Geständnis zu entlocken. Es lohnte sich auf jeden Fall, der Sache nachzugehen.

Doch es war Sebastians letzte Frage in ihrem Telefonat gewesen, die ihr wirklich Sorge bereitete. Ob sie sich erinnern könne, dass er die Wut eines Polizisten auf sich gezogen hätte, weil er direkt oder vielleicht indirekt dafür gesorgt hätte, dass jemand eine Abmahnung erhalten habe oder sogar entlassen worden sei. So etwas in der Art. Vanja hatte natürlich gefragt, warum er das wissen wolle. Es gebe keinen besonderen Grund, antwortete Sebastian, er spiele nur gerade unterschiedliche Szenarien durch und versuche zu helfen, indem er alles drehte und wendete. Aber er versicherte ihr, dass sie es als Erste erfahren würde, wenn er dabei auf etwas Vielversprechendes stieße. Vanja blieb mit dem Handy in der Hand stehen. Glaubte er ernsthaft, hinter alldem könnte ein Polizist stecken?

Das durfte einfach nicht sein. Nicht schon wieder.

Sie hatte also über vieles nachgedacht, aber nicht darüber, wie sie den Nachmittag organisieren würden. Nicht an das sogenannte Puzzle des Lebens. Eigentlich sollte Sebastian Amanda heute von der Vorschule abholen, aber das wollte Vanja nicht. Als sie nicht zusammengearbeitet hatten, war es kein Problem gewesen. Doch jetzt? Jetzt war sie gezwungen, eine Grenze zu ziehen. Es war genug, dass er zum Team gehörte. Sie musste Arbeit und Privatleben trennen. Sebastian durfte nicht in beidem eine Rolle spielen.

«Könnte deine Mutter Amanda vielleicht abholen?», schlug sie vor.

«Wollen wir das?», fragte Jonathan und warf einen Blick über die Schulter, während er ein Brot schmierte.

Die einfache Antwort lautete: Nein, wollten sie nicht. Jonathans Mutter hatte wirklich eine seltsame Vorstellung von ihrer Rolle als Großmutter. Eltern sollten erziehen. Die Aufgabe der Oma war es hingegen, die Enkelin zu verwöhnen. Wenn Amanda Kuchen und Süßigkeiten anstelle eines ordentlichen Mittagessens haben wollte, war das vollkommen in Ordnung. Wenn sie den ganzen Schminkkasten durcheinanderbrachte und Lippenstift, Lidschatten und Nagellack ausprobierte – kein Problem. Auf den Möbeln herumspringen, Filme sehen, die für viel ältere Kinder gedacht waren, sofort bekommen, worauf sie zeigte: Bei Oma war alles möglich.

«Eigentlich nicht», antwortete Vanja. «Aber es wäre ja nur ein Nachmittag.»

«Und Valdemar?»

Valdemar. Der Opa. Der Mann, den Vanja die meiste Zeit ihres Lebens für ihren Vater gehalten hatte. Bis Sebastian auf der Bildfläche erschienen war. Nach einigen, gelinde gesagt, stürmischen Jahren hatten sie jetzt ein anderes, aber dennoch normales Verhältnis. Ihm hatte sie verzeihen können. Er hatte ihr die Wahrheit immerhin aus Rücksicht auf sie verschwiegen. Bei Anna, ihrer Mutter, verhielt es sich anders. Sie hatte aktiv gelogen und das auch weiter beibehalten. Hatte Vanja hintergangen. Ihre Beziehung lag auf Eis. Schon seit vielen Jahren. Vanja wusste nicht einmal, ob sie noch in der Storskärsgatan wohnte. Sie hatten keinen Kontakt mehr.

«Ich rufe ihn an und frage ihn», sagte Vanja. Sie warf einen Blick auf die Küchenuhr. «Ich muss los. Wir sehen uns heute Abend.»

Um Punkt halb neun war das Team im Raum versammelt. Neben den Fotos von der Schweinefarm und einigen früheren Ermittlungen hing jetzt auch eine Reihe von Aufnahmen aus Susannes Wohnung an der Wand. Im Übrigen war alles wie immer. Die Jalousien waren halb heruntergezogen, weil sonst die Morgensonne hereinfiel. Ein paar Flaschen Mineralwasser standen ungeöffnet mitten auf dem hellen Birkentisch, denn jeder hatte sich eine Kaffeetasse mitgebracht und sie neben Laptops und Mappen abgestellt.

Nachdem sie einige Minuten geplaudert hatten, ergriff Vanja das Wort. Sie hatten viel zu besprechen, und Carlos sollte den Anfang machen. Er richtete sich auf seinem Stuhl auf, wo er in dickem Pullover und Daunenweste in der Sonne saß. Einem anderen Pullover und einer anderen Weste als am Vortag. Soweit sie sich erinnerte, hatte Vanja ihn noch nie an zwei aufeinanderfolgenden Tagen dieselben Kleidungsstücke tragen sehen.

«Unsere Nachforschungen bestätigen, dass Susanne offenbar nicht bedroht wurde.»

«Das wussten wir doch längst», unterbrach Sebastian ihn ungeduldig. «Sie wurde wegen ihrer Verbindung zu mir ausgewählt.»

«Es konnte aber nicht schaden, diese Frage mit Sicherheit auszuschließen», erwiderte Carlos, offenbar unbeeindruckt von Sebastians Einwurf. «Anscheinend hat sie ihre Wohnung nur selten verlassen, hat die Nachbarn freundlich gegrüßt, mehr aber auch nicht. Ihr soziales Leben war stark begrenzt, viel mehr als die Katzen hatte sie nicht.»

Er blätterte in der kleinen Mappe, die vor ihm lag, und fuhr fort, seine Notizen zu lesen.

«Was die Familie und die Kirche angeht ... Keiner ist traurig oder empört oder bereut es, dass sie verstoßen wurde. Alle, mit denen ich gesprochen habe, scheinen das für die richtige Entscheidung gehalten zu haben und meinen, sie sei selbst schuld gewesen.»

«Also alles Idioten mit Empathiestörung», kommentierte Lena, und Sebastian ertappte sich dabei, sie noch sympathischer zu finden.

«Und der Bruder, der dann doch Kontakt zu ihr hatte?», fragte Vanja.

«Er hat versucht, ihr heimlich zu helfen. Finanziell. Es deutet aber nichts darauf hin, dass er oder jemand anders aus der Familie einen Groll gegen Sebastian hegt.»

«Dann parken wir dieses Motiv vorerst. Roger, Lena?» Sie richtete sich an die neuen Kollegen, die auch heute nebeneinandersaßen, als wären sie ein kleines Team im Team.

«Wir sind zurück nach Rågsved gefahren», begann Roger Hansson.

Wie sich herausstellte, hatten sie einen weiteren Zeugen gefunden, einen älteren Mann im Haus gegenüber, der nicht hatte schlafen können und bestätigte, dass in der betreffenden Nacht um kurz nach zwei eine Person mit Kapuzenpullover ins Haus gegangen sei. Er hatte auch gesehen, wie der Mann das Haus ungefähr dreißig Minuten später wieder verließ. Auch dieser Zeuge hielt den Unbekannten für relativ jung, war sich jedoch sicher, es sei «irgendein Ausländer» gewesen, obwohl er weder Gesicht noch Hände desjenigen gesehen hatte. Denn, Zitat: «Wer springt denn sonst nachts mit Kapuzenpullover durch die Gegend und schießt und macht krumme Sachen?»

«Wohl ein Sverigedemokrat, aber die Zeitangaben scheinen zu stimmen», ergänzte Lena Gutestam. «Und wir haben Susannes Handyverbindungen aus den letzten drei Monaten. Eingehende und ausgehende Anrufe.»

Lena holte einige Ausdrucke hervor und reichte sie herum. Sebastian nahm einen und warf einen Blick darauf. Die Information füllte gerade einmal eine halbe Seite.

«Ihr Draht lief nicht gerade heiß, wie ihr seht», ergänzte Lena, als alle ein Blatt vor sich hatten. «Einige Callcenter-Anrufe, und sie selbst hat zweimal einen Tierarzt angerufen und ein paarmal mit dem Sozialamt telefoniert. Aber eine interessante Nummer findet sich. Von einer nicht registrierten Prepaidkarte.»

Sebastian blickte auf den Ausdruck. Vier Gespräche waren eingekringelt. Das erste war ein Anruf bei Susanne vor knapp zwei Monaten. Er hatte eine Viertelstunde gedauert. Vor drei Wochen kam dann der nächste, über eine Stunde lang. Ein weiteres, ebenso langes Gespräch hatte letzte Woche stattgefunden. Dann folgte am Montag gegen vier Uhr ein kurzes Telefonat von weniger als drei Minuten.

«Bei dem Anruf am Montag könnte der Mörder sich mit ihr verabredet haben», sagte Lena, als hätte sie Sebastians Gedanken gelesen. «Es ist jedenfalls der letzte Anruf vor ihrem Tod.»

«Die Telefongesellschaft hat versprochen, die Sendemasten zu triangulieren, damit wir ungefähr die Position bestimmen können, an der sich das Handy befand», erklärte Roger.

«Habt ihr es auch angerufen?», fragte Vanja.

«Ja, aber es meldet sich niemand. Außerdem wurde es bis jetzt nicht gefunden, es ist also vermutlich ausgeschaltet oder zerstört.»

«Gute Arbeit», sagte Vanja. «Wir erstellen einen Zeitverlauf», fuhr sie fort, stand auf und ging zum Whiteboard.

«Konntest du schon nachsehen, ob eine Bibel auf Susannes Nachttisch lag?», fragte Sebastian.

«Ja. Da lag keine.»

«Warum sollte dort eine Bibel sein?», fragte Carlos.

«Nur so. Weiter», sagte Sebastian und nickte Vanja zu, die gerade einen Folienschreiber in die Hand genommen hatte.

«Susanne wurde am Dienstag um kurz nach vier auf der Schweinefarm gefunden. Der Anruf ging um 16.23 Uhr bei der Zentrale ein.» Vanja zog eine Linie quer über das Board und markierte die Zeitpunkte, während sie weiterredete. «Die örtliche Polizei trifft dort ein und entscheidet, uns anzurufen. Wir sind um 18.30 Uhr dort. Wie lange war sie da schon tot?», fragte sie und wandte sich an Ursula.

«Nach jetzigem Stand zwischen siebzehn und siebenundzwanzig Stunden.»

«Das bedeutet, dass sie in der Nacht auf Dienstag zwischen 20.30 Uhr und 1.30 Uhr nachts ertränkt wurde, oder?» Sie hielt inne und sah zu Ursula hinüber, die nickte. «Um zwei Uhr in derselben Nacht hat ein Mann mit Kapuzenpullover Susannes Wohnung besucht. Haben wir ihre Schlüssel gefunden?», erneut blickte Vanja zu Ursula.

«Nein, sie hatte nichts bei sich, weder ein Portemonnaie noch ihr Handy oder ihre Schlüssel.»

«Keine Einbruchspuren an der Tür, deshalb gehen wir davon aus, dass er ihre Schlüssel benutzte. Nach einer knappen halben Stunde verlässt er die Wohnung wieder.» Vanja schrieb «Kapuzenpullover» und die Uhrzeit auf die Zeitachse und richtete sich an Roger Hansson und Lena Gutestam.

«Wann wurde Susanne eigentlich vor ihrem Tod zuletzt gesehen, wissen wir das?»

«Ein Nachbar hat sie am Samstagnachmittag an der U-Bahn-Station in Rågsved gesehen, das ist das letzte Mal, soweit wir wissen.»

«Können wir ihren Weg anhand der Überwachungskameras verfolgen?», fragte Sebastian. «Damit wir wissen, wo sie hingefahren ist und ob sie sich mit jemandem getroffen hat?»

«Der Verkehrsverbund speichert die Filme nur drei Tage lang, sie sind also gelöscht», informierte Lena ihn.

«Versucht herauszufinden, ob es von Montagnacht noch irgendeine andere Kameraaufnahme gibt. Von dem Typen mit dem Kapuzenpullover», sagte Vanja in Richtung der Neulinge, die beide nickten. Dann drehte sie sich wieder zum Whiteboard um. «Sind wir denn mit diesen verdammten Ziffern weitergekommen?»

Roger schüttelte ein wenig resigniert den Kopf.

«Ich habe alles damit angestellt, was ich konnte, sie mit verschiedenen Vorwahlen kombiniert, sie addiert, subtrahiert, multipliziert, dividiert, gegen Buchstaben ausgetauscht, eines dieser neuen KI-Programme damit gefüttert ... nichts.»

«Und dir sagen sie immer noch nichts?», fragte Vanja mit einem Blick auf Sebastian, der den Kopf schüttelte.

«Leider.»

Mit einem kleinen Seufzer ging sie wieder auf ihren Platz und setzte sich. Die anderen warteten darauf, dass Vanja die Besprechung fortsetzen würde.

«Na gut», sagte sie nach einigen Sekunden des Schweigens. «Dieser alte Fall, diese Wahlgrens, was wissen wir davon?»

«Ich habe mir die Unterlagen von 1993 kommen lassen», antwortete Ursula und wandte sich ihrem aufgeklappten Laptop zu.

Nachdem Lisbeth ihre ALS-Diagnose erhalten hatte, litt sie unter Depressionen. Ihre Beziehung, die schon vorher schwierig gewesen war, verschlechterte sich im selben Takt wie Lisbeths Gesundheit. Im Verhör mit Sebastian sagte Torgny später, er habe angefangen, sie zu hassen und ihren Tod zu planen. Lisbeth konnte nicht mehr schwimmen, deshalb nahm er sie mit zu einem Picknick an diesem kleinen Waldsee in der Nähe, gab ihr den Kaffee mit den aufgelösten Tabletten und stieß sie von der Brücke. Eigentlich sollte sie später dort gefunden werden, mit der Thermoskanne und der Tasse in der Nähe. Dank ihrer diagnostizierten Depression hätte es so ausgesehen, als wäre sie allein zum See gefahren, um sich das Leben zu nehmen. Doch Torgnys Plan platzte, als er auf dem Rückweg einem Nachbarn begegnete. Er bekam Panik und fürchtete, dass es verdächtig wirken würde, wenn er in der Nähe des Sees gesehen worden war, in dem Lisbeth bald gefunden werden würde. Deshalb beschloss er, ihre Leiche in die Badewanne zu Hause zu verfrachten. Sein Ziel war es noch immer, den Tod wie einen Selbstmord aussehen zu lassen. Dann verließ er die Wohnung, ging zum Sport und zum Einkaufen und «fand» seine Frau anschließend tot in der Wanne.

Die Zeitungen hatten die Geschichte vom skrupellosen Täter und dem wehrlosen Opfer breit ausgewalzt. Es handelte sich also um Informationen, die man auf jeden Fall finden konnte, wenn man danach suchte.

Aber die Kaffeetassen und die Milchtüte wurden nicht erwähnt, dachte Sebastian. *Davon musste man wissen.*

Ursula beendete ihre Zusammenfassung mit der Feststellung, dass Torgny Wahlgren inzwischen aus der Haft entlassen und unter einer Adresse im Norden Stockholms gemeldet sei.

«Was ist der Sinn dahinter?», fragte Vanja an Sebastian gerichtet. «Warum diese Verbindung zu einem alten Fall? Will der Mörder uns beeindrucken oder Hinweise geben, oder will er uns nur verwirren?»

«Alle drei Möglichkeiten wirken plausibel», antwortete Sebastian. «Auf jeden Fall will er mich herausfordern, also ist es wahrscheinlich, dass er uns imponieren und uns gleichzeitig Hinweise zukommen lassen will.»

«Sebastian hat sehr aktiv zu Torgny Wahlgrens Verhaftung beigetragen, deshalb sollten wir der Sache nachgehen», warf Ursula ein.

«Wir haben seine Adresse, ich kann gern mal bei ihm vorbeischauen», erklärte Sebastian. Die anderen warfen sich skeptische Blicke zu, danach sahen sie zu Vanja.

«Dann fahren wir zusammen», sagte die. «Ich muss dringend an die frische Luft, und diesmal werde ich mich nicht von Rosmarie aufhalten lassen.»

«Wollt ihr wirklich nur zu zweit hinfahren?», fragte Ursula skeptisch. «Das ist immerhin ein Polizistenmörder.»

«Aber er müsste jetzt über siebzig sein», entgegnete Sebastian.

«Das muss ihn nicht daran hindern, von einer Schusswaffe Gebrauch zu machen ...»

«Ich kann gerne mitfahren», schlug Lena mit einem schnellen Seitenblick zu Sebastian vor. «Ich werde mich im Hintergrund halten, in sicherem Abstand.»

«Dann machen wir das so», entschied Vanja.

Die Besprechung war beendet.

Der schmale Kiesweg, der sich durch die Wälder nördlich des Flughafens Arlanda schlängelte, führte an einem kleinen Haus mit einem ungepflegten, verwilderten Garten vorbei. Es schien schon seit Jahrzehnten nicht mehr gestrichen worden zu sein, und ein Teil des Dachs der kleinen Veranda war eingestürzt, sodass das Häuschen eher einer verlassenen Einsiedlerhütte glich als einem bewohnten Gebäude. Davor stand ein älterer, rostiger Lieferwagen. Vanja bog in die Einfahrt und hielt daneben an. Nur einen Steinwurf entfernt konnte man zwischen den Bäumen einen kleinen See erahnen. Sebastian blickte neugierig hinüber.

«Er scheint gern in der Nähe von Seen zu wohnen», bemerkte er trocken. Vanja warf ihm einen strengen Blick zu, öffnete die Autotür und stieg aus. Sie winkte Lena Gutestam zu, die ihren Wagen auf dem Weg vor dem Grundstück parkte. Es schien unwahrscheinlich, dass sie hier jemandem in die Quere kommen würde.

Sie hatten beschlossen, mit zwei Autos herzufahren und das eine so abzustellen, dass man, falls erforderlich, damit flüchten konnte. Vanja fand diese Maßnahme übertrieben und überflüssig, aber der Sinn und Zweck eines Back-ups war es nun mal, sich im Hintergrund zu halten. Und im Notfall einzuspringen.

Der nicht eintreten würde, da war sich Vanja sicher.

Ihre Meinung verfestigte sich, als sich die Tür der Bruchbude öffnete, noch bevor Sebastian und sie dort angekommen waren. In der Tür stand ein älterer Mann mit grauem

Haar und verfilztem Bart, der sie missbilligend anstarrte. Früher war er ein stattlicher Mann gewesen, aber jetzt schien er geschrumpft zu sein und alle Kraft verloren zu haben. Er stand leicht gekrümmt da, und die aschfahle Haut hing schlaff an seinen Wangenknochen. Unter den Augen hatte er dunkle Ringe. Er trug einen großen dunkelblauen Fleecepullover, der den Eindruck verstärkte, dass der Mann kleiner geworden war, und eine Funktionshose mit Tarnmuster. Aber keine Schuhe. Obwohl er ein Dach über dem Kopf hatte, wirkte er wie ein Wohnungsloser.

Ihn könnte man nur schwer mit einem jungen Mann verwechseln, selbst wenn er einen Kapuzenpullover tragen würde, dachte Vanja, während sie ihm ihre Dienstmarke unter die Nase hielt.

«Torgny Wahlgren?», fragte sie. Der Mann starrte sie und Sebastian weiterhin an. «Vanja Lithner von der Reichsmordkommission. Wir müssen Sie sprechen.»

«Worum geht es?»

«Ihr Name ist in einer Ermittlung aufgetaucht.»

«Stehe ich unter irgendeinem Verdacht?»

«Nein, das nicht. Wir würden uns nur gern mit Ihnen unterhalten.»

Torgny schwieg eine Weile und glotzte finster. Dann hob er den Arm und zeigte auf Sebastian.

«Nicht der da.»

«Warum nicht?», fragte Vanja, obwohl sie die Antwort zu wissen glaubte, aber je mehr Torgny über und mit Sebastian sprach, desto besser. Vielleicht würde er sich verplappern.

«Er hat mich hinter Gitter gebracht.»

«Sie haben Ihre Frau umgebracht und auf zwei Polizisten geschossen, womit hatten Sie denn gerechnet?»

«Sie haben mich hereingelegt.»

«Tja, ich bin wohl schlauer als Sie», erwiderte Sebastian provozierend gelassen. Er testete ihn. Wenn dies der Mann war, der ihn herausfordern wollte, würde er in irgendeiner Weise reagieren. Das war jedoch nicht der Fall. Er schüttelte nur müde den Kopf und sah Vanja an.

«Ich rede mit Ihnen. Nicht mit dem.»

Vanja wog die Situation ab. Der Mann vor ihr sah zwar aus wie ein irrer Sektenführer, wirkte aber nicht stark genug, um eine reale Bedrohung für sie darzustellen. Aber er musste sich freiwillig darauf einlassen, mit ihnen zu sprechen. Um ihn nach Stockholm zu bringen, müsste sie ihn festnehmen, und das konnte und wollte sie nicht. Die Alternative war, wieder zu fahren, ohne das Gespräch geführt zu haben. Auch nicht wünschenswert. Lena hinzurufen? Torgny schien sie drüben auf dem Weg noch nicht bemerkt zu haben. Vanja entschied nach Bauchgefühl.

«Gut, er bleibt hier draußen. Wir beide gehen rein und reden.»

Sie ahnte, dass Sebastian protestieren wollte, und brachte ihn mit einem Blick zum Schweigen. Torgny sah sie mürrisch an, ehe er sich umdrehte und wieder ins Haus ging.

«Vanja ...», sagte Sebastian, als Torgny außer Hörweite war.

«Es wird nichts passieren», beruhigte ihn Vanja und folgte Torgny, ehe Sebastian etwas einwenden konnte.

Als sie die morsche Eingangstreppe erreichte, hörte sie seine Stimme jedoch erneut: «Hast du so eine Beweistüte oder ein Röhrchen oder so etwas dabei?»

Sie warf einen Blick über die Schulter.

«Hinten im Auto. Wozu brauchst du die?»

«Ich will mich nur ein bisschen umsehen», sagte er und deutete mit dem Kopf in Richtung See. «Sei vorsichtig.»

Vanja nickte und ging die letzten Schritte in die dunkle

Hütte, über die sie sich schnell einen Überblick verschafft hatte. Von einem schmalen Flur führte rechts eine Tür in ein einfaches Schlafzimmer. Am Ende lag ein Wohnzimmer mit einer offenen Küche. Es war unordentlich, was aber offenbar eher an fehlenden Aufbewahrungsmöglichkeiten lag als an einem Drang, Dinge zu horten. An der Schmalseite knisterte ein alter holzbefeuerter Herd. Das war auch nötig, denn in der Hütte war es trotz des Sommers feucht und ungemütlich. Torgny setzte sich an den Küchentisch.

«Was wollen Sie?», fragte er knapp.

Vanja räumte ein paar Gratiszeitungen und alte Pizzakartons vom Stuhl gegenüber, setzte sich und sah ihn an.

«Kennen Sie eine Frau namens Susanne Nordmark?»

«Nein.»

«Sie wurde am Dienstag tot aufgefunden.»

«Und was hat das mit mir zu tun?» Torgny seufzte verärgert.

«Kennen Sie sie?»

«Nein, ich kenne keine Susanne.»

Vanja betrachtete ihn und versuchte ihm anzusehen, ob er log oder nicht. Bislang wirkte seine Ahnungslosigkeit echt. Sein Blick wich nicht aus, seine Hände ruhten auf dem Tisch, und seine Stimme war ruhig. Keine Anzeichen von Nervosität.

«Es gibt gewisse Parallelen zu dem Mord an Ihrer Frau.»

Torgny sah sie weiter an, sein Atem wurde ein wenig schwerer, und seine Augen verfinsterten sich.

«Ihr hört aber auch nie damit auf.» Jetzt brach seine anfängliche Irritation wieder hervor. «Dreißig Jahre, und ihr hört nicht auf.»

«Erzählen Sie von Ihrer Woche. Waren Sie die ganze Zeit hier? Haben Sie jemanden getroffen?»

«Fragen Sie mich, ob ich ein Alibi habe?»

«Und, haben Sie eines?»

«Für wann?»

«Die ganze Woche.»

Torgny betrachtete sie prüfend, und sie glaubte, ein zufriedenes Grinsen hinter seinem wilden Bart zu erahnen.

«Ich bin gestern aus Dalarna zurückgekommen. Freitag hingefahren. Dort haben mich Leute gesehen.»

«Und welche Leute?»

«Ob Sie es glauben oder nicht, ich versuche, einen Weg zurück zu finden. Ich kann ja nicht für den Rest meines Lebens so wohnen.» Er machte eine Armbewegung, die wohl seine gesamte ärmliche Bude umfassen sollte. «Ein Freund von mir versucht, mir einen Job zu organisieren. In einer Werkstatt. Ich war zum Probearbeiten dort.»

«Sind Sie nicht ein bisschen zu alt, um zu arbeiten?»

«Ich habe beinahe dreißig Jahre hinter mir, in denen ich keinen Finger rühren konnte.»

«Wer kann bestätigen, dass Sie in Dalarna waren?»

«Ich gebe Ihnen die Nummern.»

Er stand auf und fing an, auf der überladenen Arbeitsplatte nach etwas zu kramen. Vanja folgte ihm mit dem Blick und war sich ziemlich sicher, dass sie vergebens in diese Einöde gereist waren.

Sebastian hockte auf einem vorspringenden Stein und bemühte sich, nicht in den See zu fallen, während er versuchte, eine Wasserprobe aus möglichst großer Tiefe zu nehmen.

«Brauchst du Hilfe?», fragte Lena, die am Ufer stand und amüsiert zusah. Als Sebastian den Kofferraum von Vanjas Auto zugeschlagen hatte und Richtung See gegangen war, hatte sie sich ihm angeschlossen. Er hatte kritisch gefragt, ob sie sich wirklich beide so weit von dem Häuschen entfernen sollten, zumal Lena Vanjas Back-up war und als Einzige bewaffnet. Lena konterte, dass sie ohnehin nicht viel ausrichten könne, wenn in der Hütte etwas passiere. Außerdem schien Vanja ein Kindermädchen weder zu wollen noch zu brauchen. Schließlich ließ Sebastian sich auf Lenas Begleitung ein, allerdings nicht, weil er ihre Argumente besonders überzeugend fand, sondern weil er neugierig war und sich in ihrer Gesellschaft wohlfühlte.

«Nein, ich hab's gleich», sagte Sebastian, fischte die Tüte mit dem Seewasser heraus und verschloss sie.

«Ich hätte auch in den See hinauswaten und sie füllen können», sagte Lena. «Es ist immerhin Juni ...»

«Und das fällt dir jetzt ein», entgegnete Sebastian lächelnd und balancierte auf dem Stein zurück, um wieder ans Ufer zu gelangen. Lena reichte ihm auf dem letzten Stück die Hand.

«Warum bist du mitgefahren?», fragte er, als sie wieder zur Hütte gingen.

«Reiner Egoismus. Ihr seid die berühmte Reichsmordkommission, und keiner weiß, wie lange ich dabeibleiben darf oder wie lange es euch noch gibt, deshalb will ich so viel wie möglich herausholen.»

Das klang glaubwürdig, aber eigentlich hatte er etwas anderes gemeint.

«Was willst du?»

«Habe ich doch gerade gesagt. Meinen Lebenslauf aufpolieren.»

«Mit mir? Was willst du von mir?», verdeutlichte er.

«Was veranlasst dich zu dem Glauben, dass ich irgendetwas von dir will?»

Sebastian blieb stehen und drehte sich zu ihr um. Sie sah ihn mit großen grünen Unschuldsaugen an.

«Arbeitest du für Rosmarie?», fragte er ohne Umschweife.

«Wir arbeiten wohl alle für Rosmarie.»

Ihre Augen funkelten. Sie spielte mit ihm, und das gefiel ihr. Sebastian lächelte sie an, aber er wollte keine Fortsetzung. Natürlich konnte er sie erneut fragen, aber ihre Antwort würde ihn nur wieder im Kreis herumführen.

«Flirtest du mit mir?»

«Nein.»

Eine kurze neutrale Antwort. Sie schien weder erstaunt noch beleidigt zu sein wegen seiner Frage. Zügig begann er wieder zu der Hütte zurückzugehen. Nach einigen Sekunden, in denen sie ihm vermutlich nachsah und lächelte, folgte sie ihm.

«Würdest du es mir übel nehmen, wenn es so wäre?», fragte sie, als sie ihn eingeholt hatte.

«Das hängt vom Motiv ab.»

«Ich flirte nicht mit dir, es gibt also kein Motiv.»

Eine Antwort, die keine Antwort auf eine Frage war, die

keine Frage gewesen war. Lena Gutestam war ein kompliziertes Geschöpf. Mit diesem Wissen wollte er sich vorerst zufriedengeben. Der alte Sebastian hätte die neue Kollegin hingegen als Herausforderung betrachtet, als eine mögliche Eroberung. Einen Zeitvertreib. Aber darüber war er hinweg. Er sah auf die Uhr und dann zur Hütte.

«Machst du dir Sorgen um Vanja?», fragte Lena.

«Sie möchte nicht, dass ich mir Sorgen mache.»

Das entsprach der Wahrheit. Immer, wenn er eine Sorge äußerte, fasste sie das als mangelndes Vertrauen auf, als glaubte er, sie wäre ihrer Arbeit nicht gewachsen. Es gab sicher irgendeine Ursache dafür, dass sie Fürsorge als Kritik auffasste, aber er hatte nie versucht, der Sache auf den Grund zu gehen.

«Trotzdem darfst du dir Sorgen machen», sagte Lena.

«Ich habe auf sehr schmerzliche Weise gelernt, dass es besser ist, wenn ich mich nach Vanja richte.»

«Sie ist deine Tochter», stellte Lena fest.

«Ja.»

«Warum hat sie gefragt, ob du mit Susanne Nordmark im Bett warst?»

Sebastian schielte zu ihr hinüber. Wollte sie ihn auf den Arm nehmen? Oder war es möglich, dass sie es nicht wusste? Natürlich arbeitete Lena noch nicht so lange im Haus, und seit Ralph Svensson sein Unwesen getrieben hatte, waren Jahre vergangen, aber dennoch?

«Hast du *Die Frauen, die er kannte* gelesen?»

«Nein, was ist das?»

«Ein Buch, das ich geschrieben habe.»

«Ist es gut?»

«Ich finde schon. Und es enthält die Antwort auf deine Frage.»

«Handelt es von deiner Sexsucht?»

Das hatte sie also doch herausgefunden. Und es erforderte einiges mehr an Recherche, als in Erfahrung zu bringen, wer Ralph Svensson war. Anscheinend hatte sie tief gegraben. In seinem Privatleben. Ob er sie für einen Abend einladen sollte, um mehr zu erfahren und zu ergründen, warum? Vielleicht, vielleicht auch nicht.

«Gewissermaßen schon», antwortete er, als sie beide gleichzeitig die Hütte erreichten und Vanja mit einem zusammengefalteten Zettel in der Hand herauskam.

«Wie lief's?», fragte er sie.

«Ich kann mir nur schwer vorstellen, dass er es war. Er hat einige Alibis, die wir überprüfen müssen.»

«Also stehen wir wieder am Anfang?»

«Sind wir in diesem beschissenen Fall bisher je über den Anfang hinausgekommen?», fragte Vanja und setzte sich ins Auto. Sebastian tat es ihr gleich, und sie fuhren los.

Auf dem Weg zurück zum Präsidium in Kungsholmen herrschte nur wenig Verkehr. Sebastian saß auf dem Beifahrersitz, ohne die Stadt wahrzunehmen, die draußen am Fenster vorbeizog. Er dachte an die ersten Male zurück, als Vanja und er zusammen in einem Auto gesessen hatten.

Das war lange her.

In einem anderen Leben, in vielerlei Hinsicht.

Bevor sie wusste, dass er ihr biologischer Vater war. Zwischen ihnen hatte eine fast feindselige Stimmung geherrscht, ein unangenehmes Schweigen. Im Gegensatz zu jetzt. Vanja berichtete von ihrem Gespräch mit Torgny und bedauerte, dass Sebastian nicht hatte dabei sein können. Sie habe das Gefühl gehabt, der Mann hätte nichts mit dem aktuellen Fall zu tun, aber ein zusätzliches Augenpaar, eine zweite Meinung wären gut gewesen.

«Mach das nicht», fiel Sebastian ihr ins Wort.

«Was?»

«An dir selbst zweifeln. Wenn du das Gefühl hast, dass er die Wahrheit gesagt hat, war es bestimmt auch so.»

Vanja kniff die Lippen zusammen und nickte vor sich hin. Sebastian hatte recht. In Verhörsituationen war sie unübertroffen. Sie reagierte auf minimale Veränderungen im Tonfall, auf kleine Seitenblicke, auf kaum merkliche Tics. Billy hatte mehrmals gesagt, sie sei besser als jeder Lügendetektor.

Verdammter Billy.

«Wir werden seine Angaben überprüfen», fuhr Sebastian

fort. «Es wird sich herausstellen, dass sie stimmen, und dann arbeiten wir weiter.» Er wandte sich ihr zu und versuchte, seine Unruhe zu unterdrücken und fürsorglich zu klingen. «Du solltest nicht anfangen, deine Leistung infrage zu stellen. Nicht wegen Billy.»

Vanja nahm den Blick für einen kurzen Moment von der Straße und sah ihn verständnislos an.

«Das hat nichts mit Billy zu tun», stellte sie fest.

«Alles, was wir im Moment machen, hat mit Billy zu tun», entgegnete Sebastian. «Dass wir um das Überleben der Abteilung kämpfen, zwei neue Aufpasser haben, was Torkel gerade alles über sich ergehen lassen muss. Alles.» Er widerstand dem Impuls, seine Hand auf die ihre am Lenkrad zu legen. «Aber du hättest nichts tun können, Vanja.»

«Ich weiß», antwortete sie leise.

«Ich hingegen, ich hätte etwas tun können», fuhr er fort und überraschte sich damit selbst. «Ich habe gesehen, wie Billy reagierte, als er gezwungen war, Hinde und Cedergren zu erschießen. Das ist eigentlich mein Fachgebiet.»

Er sah durch das Seitenfenster, auf die Stadt und das Frühsommergrün dort draußen. Auf die Menschen, die es genossen, endlich ihre Windjacken und langen Hosen abgelegt zu haben. Aus der Ferne, von einem vorbeisausenden Auto aus, wirkten sie alle sorglos, als hätten sie ein unkompliziertes Leben.

«Ich habe gesehen, wie er diese Katze getötet hat. Ich hätte es Torkel sagen sollen.»

«Und was hätte er deiner Meinung nach unternommen?»

«Ich weiß es nicht. Vermutlich nichts, aber für mich hätte es sich besser angefühlt, wenn ich etwas gesagt hätte.»

«Warum hast du es dann nicht getan?»

Tja, warum? Er hatte mit sich gerungen. Sich eingeredet, er würde dennoch das Richtige tun. Er hatte mit Billy gesprochen und ihn wissen lassen, was er wusste. Zudem hatte er ihm geglaubt, als Billy beteuerte, er habe alles unter Kontrolle, es sei vorbei, diese Katze in der Hochzeitsnacht sei die letzte Tat gewesen. Sie habe ihn zu der Einsicht gebracht, wie wahnsinnig das alles war.

Sebastian hatte ihm seine Sorge abgenommen, als Jennifer verschwunden war.

Hatte geglaubt, es gäbe eine natürliche, unschuldige Erklärung dafür, dass weder die Reichsmordkommission noch My gewusst hatten, wo er sich in der Woche nach ihrem Verschwunden aufgehalten hatte.

Er hatte Billy geglaubt.

Oder glauben wollen.

In den vergangenen Monaten hatte er darum gekämpft, seine Schuldgefühle in den Griff zu bekommen. Weshalb hatte er es nicht erzählt? Die Antwort war ebenso einfach wie niederschmetternd. Weil er Sebastian Bergman war. Er hatte keinen Nutzen daraus ziehen können. Im Gegenteil.

«Er war dein bester Freund, und du konntest mich damals wirklich nicht ausstehen», sagte er und sah Vanja erneut an. «Wenn ich schlecht über Billy geredet und beim Chef gepetzt hätte, dann hättest du mich gehasst ... noch mehr gehasst», fügte er hinzu.

Vanja erwiderte nichts, sondern konzentrierte sich weiter auf den Verkehr. Sebastian fragte sich, was sie gerade dachte, doch er meinte, es zu ahnen, denn er wusste, was er selbst in so einem Moment denken würde.

Sein egoistisches Verhalten hatte vier Menschen das Leben gekostet.

Das war die Schuld, die er trug.

«Was denkst du?», er konnte die Frage nicht zurückhalten.

Vanja zögerte einige Sekunden. Um ihre Worte genau abzuwägen, vermutete er. Sie wollte ihn nicht unnötig verletzen.

«Ich denke ...», sagte sie schließlich, «ich denke, dass dies für deine Verhältnisse eine erstaunlich ehrliche Antwort war.»

«Ich habe schon vor Jahren aufgehört, dich anzulügen.»

Er glaubte, er hoffte, dass ihr das nicht neu war. Sie sah ihn einige Sekunden lang interessiert an, ehe sie sich wieder auf die Straße konzentrierte.

«Hast du Schuldgefühle?»

«Ja, manchmal. Ein bisschen zu oft.»

«Geschehen ist geschehen», entgegnete sie mit einem Achselzucken.

So wie er es deutete, hielt sie ihm seine Passivität immerhin nicht vor. Sie machte ihn nicht allein verantwortlich. Das freute und tröstete ihn. Eine völlige Absolution war es zwar nicht, aber er nahm, was er kriegen konnte.

«Ja, geschehen ist geschehen», wiederholte er und ließ seinen Blick erneut aus dem Fenster wandern. Schweigend fuhren sie weiter.

Die Mitarbeiterküche sah noch genauso aus wie beim letzten Mal. Den Raum als frisch renoviert zu bezeichnen, wäre übertrieben gewesen, aber er war ein wenig aufgewertet worden. Die Schranktüren hatten eine neue Farbe, das Behördenbeige war durch ein vollkommen unpersönliches Eierschalenweiß ersetzt worden. Auf dem Linoleumboden lagen ein paar farbenfrohe Flickenteppiche auf den Stellen, die am meisten abgelaufen waren, auf den Tischen standen kleine Töpfe mit Plastikblumen auf grünen Deckchen. Sebastian nahm an, dass die Veränderungsmaßnahmen unter dem Leitbegriff «heimelig» gestanden hatten. Aber er war die falsche Person, um zu entscheiden, ob sie gelungen waren. Für ihn war dies nach wie vor nichts anderes als eine langweilige Personalküche. So wie ein Schwein mit Lippenstift immer noch ein Schwein war.

Ursula wartete gerade neben einer der beiden Mikrowellen, als er hereinkam.

«Wie lief's?», fragte sie.

«Vanja glaubt, er war es nicht.»

«Was glaubst du?»

Sebastian stützte sich auf die Arbeitsplatte, die ebenfalls mit Plastikblumen und einer Ikea-Tischdecke verschönert worden war.

«Ich vertraue ihr, aber ich war bei dem Gespräch nicht dabei.»

«Warum nicht?»

«Weil er mich nicht dabeihaben wollte.»

«Na so was.»

Die Mikrowelle gab einen Ton von sich, und Ursula holte einen Teller heraus, der mit Reis und Broccoli beladen war und mit etwas, das aussah wie Bœuf Stroganoff. Selbst gemachtes Bœuf Stroganoff.

«Was ist das denn?», fragte Sebastian und deutete auf den dampfenden Teller. Ursula blickte ihn vollkommen verständnislos an.

«Mittagessen.»

«Ich dachte, du wärst eher so der Fertiggericht-Typ.»

«Du meinst, du dachtest, ich könnte nicht kochen.»

«Ja.»

«Es gibt vieles, was du nicht über mich weißt.»

Das stimmte. Trotz all der Jahre ihrer Zusammenarbeit

und der Aufs und Abs ihres persönlichen Verhältnisses konnte er nicht behaupten, sie zu kennen.

Nicht wirklich. Nicht eingehend.

Eigentlich hatte er das Gefühl, dass niemand Ursula richtig kannte. Sie war immer um ihre Integrität bemüht, teilte keine persönlichen Erlebnisse mit anderen und ließ die Menschen nie zu tief in ihre Privatsphäre eindringen. Sebastian fragte sich, ob überhaupt jemand wusste, wer sie wirklich war. Torkel stand ihr wohl am nächsten, und Sebastian selbst hätte die Chance gehabt, Ursula besser kennenzulernen, sogar mehrmals, hatte sie aber jedes Mal zerstört.

«Torgny wohnte an einem See», sagte er und folgte ihr zu einem der Tische, an den sie sich setzte. «Ich habe eine Probe genommen, ich dachte, wir könnten sie mit dem Wasser vergleichen, das Susanne in der Lunge hatte.»

Er reichte den Beutel an Ursula weiter, die ihn entgegennahm und neben ihren Teller legte.

«Ich kümmere mich darum.»

Damit widmete sie sich wieder ihrem Essen. Sebastian blieb eine Weile stehen und überlegte kurz, ehe er den Stuhl auf der anderen Seite des Tischs heranzog und sich setzte. Ursula blickte erstaunt auf.

«Wie geht es dir?», fragte er.

Wenn sie überrascht ausgesehen hatte, als er sich zu ihr setzte, war das noch kein Vergleich mit ihrer jetzigen Miene. Sie wirkte vollkommen verwirrt, als hätte er sie in einer fremden Sprache angesprochen.

«Was meinst du?»

«Na, wie es so läuft. Mit Torkel, mit Bella, mit allem.»

Ursula legte das Besteck beiseite und beugte sich vor. Sie sah immer noch erstaunt aus, aber ihr intaktes Auge verriet, dass sie auch zu überlegen schien, was er wollte. Was sein

Hintergedanke dabei war, das Gespräch in eine derartige Richtung zu lenken.

«Warum willst du das wissen?», fragte sie dann auch.

Sebastian nahm sich eine Sekunde Zeit, seine Antwort zu bedenken. Warum wollte er es wissen? Wie so oft ließ sich hinter seinem Handeln ein gewisses Maß an Egoismus aufspüren. Ihm würde es besser gehen, wenn er es wüsste. Und ihm würde es besser gehen, wenn er das ausspräche, was er auf dem Herzen hatte.

«Es tut mir leid, dass ich dich nicht angerufen habe. Ich verstehe, es hat dich verletzt, dass ich nicht an dich gedacht habe. Als Billy sagte, er wolle jemanden umbringen, den ich liebe. Bitte entschuldige.»

Ursula schwieg. Womit auch immer sie gerechnet hatte – eine Entschuldigung war es offensichtlich nicht gewesen. Verständlich. Dies war das erste Mal. Wahrscheinlich sah sie ihn deshalb so misstrauisch an.

«Okay, was ist los mit dir. Was hast du vor?»

«Soll ich ehrlich sein?»

«Das wäre zur Abwechslung mal ganz nett.»

Sebastian holte tief Luft. War dies der richtige Weg? Ja, das war er. Er hatte so lange Zeit auf alles und jeden gepfiffen. Darauf, was sie von ihm dachten, wie sein Verhalten sie beeinflusste. Er hatte niemanden gebraucht und sich um niemanden gekümmert.

Immer war er sich selbst der Nächste gewesen.

Dann kam Vanja. Dann kam Amanda.

Plötzlich konnte er es sich nicht mehr leisten, sich aus allem herauszuhalten. Der Preis war zu hoch. Es war ein erstaunlich gutes Gefühl gewesen, und nach den Ereignissen der letzten Zeit brauchte er Menschen, die an seiner Seite standen. Also ja, es war der richtige Weg.

«Ich kämpfe ein wenig mit Schuldgefühlen», gestand er ehrlich.

«Ich hätte nicht gedacht, dass die überhaupt in deinem Repertoire enthalten sind», stellte Ursula fest, von seinem kurzen Geständnis offenbar unberührt.

«Man ist nie so schlecht, dass man sich nicht bessern könnte.»

«Na gut. Und warum hast du dich jetzt angeblich gebessert?»

«Die ganze Sache mit Billy, alles, was ich wusste und nicht gesagt habe, und dann diese Verbindung zu Susanne ...»

«Du meinst, dir ist aufgegangen, dass deine Handlungen auch Konsequenzen haben, und das ist jetzt ein bisschen schwierig für dich?»

Hart, aber wahr. Man konnte sich immer darauf verlassen, dass Ursula einem die ungeschminkte Wahrheit ins Gesicht sagte.

«Ich wusste nichts von Susanne», beteuerte er erneut und merkte, dass er klang, als wollte er sich verteidigen. Doch er musste diese Tatsache auch für sich wiederholen. Das minderte seine Schuld.

«Aber ein anderer wusste es», stellte Ursula fest.

Dies war eine gute Gelegenheit, um den Beichtstuhl zu verlassen und das Gespräch wieder auf den Fall zu lenken, beschloss Sebastian. Kollegial zu werden. Professionell. Er hatte sich genug geöffnet.

«Was denkst du über die Sache?»

«Es wäre doch naheliegend, dass jemand der Meinung ist, du hättest Susannes Leben zerstört, und jetzt möchte dieser Jemand dein Leben zerstören.»

Sebastian sank ein wenig in sich zusammen. Wenn dies der Grund war, gab es insgesamt gesehen viele potenzielle

Täter und Täterinnen. Er wusste nicht, was aus den Frauen geworden war, mit denen er im Laufe der Jahre geschlafen hatte, und erinnerte sich höchstens an ein halbes Dutzend Namen. Jedenfalls konnte er verantwortlich für Scheidungen und zerbrochene Familien sein, für Suchterkrankungen, vielleicht sogar für Suizide. Er hatte keine Ahnung und bisher nie einen Gedanken daran verschwendet.

Oft hatte er die Schwächeren ins Visier genommen, jene Frauen, die ganz eindeutig Bestätigung brauchten und nach Aufmerksamkeit gierten. Nach Liebe hungerten. Die er ihnen gerne gegeben hatte.

Für eine Nacht. Manchmal auch für zwei. Niemals mehr.

So viele Versprechen einer möglichen Fortsetzung des Verhältnisses, die er von vornherein nie einzuhalten gedacht hatte. Lügen, die er ganz selbstverständlich ausgesprochen hatte, damit der Abend wie von ihm geplant endete.

«Ja, so ist das vielleicht», sagte er und stand auf, für ihn war das Gespräch vorerst beendet. Ihm ging es so schon schlecht genug, da musste er sich nicht zusätzlich ausmalen, was eventuell noch alles passiert sein könnte. «Wir sollten weiter alle Personen in Susannes Umfeld unter die Lupe nehmen.»

«Apropos, wie willst du mit Ellinor umgehen?»

Sebastian stutzte und drehte sich verständnislos zu Ursula um.

«Was ist mit Ellinor?»

«Hast du denn keinen Brief von der Strafvollzugsbehörde erhalten? Sie wurde auf Bewährung entlassen.»

«Kann sein, ich öffne nicht alle Briefe ...»

«Sie ist jedenfalls wieder frei. Mit Kontaktverbot, aber dennoch.»

«Hast du deswegen etwas unternommen?»

«Ich bin ein wenig auf der Hut, aber eigentlich war sie ja nicht von mir besessen und wollte nicht mich umbringen.»

Sebastian dachte kurz darüber nach. Seine Monate mit Ellinor Bergkvist vor mehreren Jahren, seine Abkehr von ihr und der Schuss durch die Tür, der Ursula ein Auge gekostet hatte: Würde sie ihn wieder aufsuchen? Höchst unwahrscheinlich.

«Die Zeit und der Abstand haben ihre Leidenschaft bestimmt ein wenig gedämpft», meinte er schulterzuckend.

«Du bist der Psychologe.»

Sebastian nickte vor sich hin, ließ Ursula mit ihrem Mittagessen allein und ging zur Tür. Als er die Bürolandschaft betrat, war Ellinor in seinem Gedächtnis schon wieder ganz nach hinten gerückt.

Gestern hatte sie im Schutz einiger parkender Autos auf der anderen Straßenseite beobachtet, wie Sebastian das Haus in der Grev Magnigatan verließ. Erneut in Kleidung, die sie wiedererkannte. Es war so deutlich, dass sein Leben während ihrer Abwesenheit pausiert hatte. Sah er nicht sogar ein bisschen müde aus? Bewegten sich seine hübschen Beine nicht etwas weniger dynamisch als sonst? Aber ach, das Warten würde ja nun bald für sie beide ein Ende haben.

Als Sebastian in Richtung U-Bahn verschwunden war und sie eine knappe Viertelstunde gewartet hatte, bis sie sicher sein konnte, dass er nichts vergessen hatte und wieder zurückkehren würde, ging sie durch den Hauseingang, stieg die Treppen hinauf und ließ sich vor seiner Haustür nieder. Es war noch früh am Morgen, obwohl sie wusste, dass die Post selten vor elf kam. Häufig traf der Zusteller sogar erst um eins oder zwei ein, aber sie konnte kein Risiko eingehen. Wäre der Brief von der Reinigungsfirma erst einmal in Sebastians Briefschlitz verschwunden, hätte sie ihre Chance vertan, langsam, aber sicher in sein Leben zurückzukehren.

In den vergangenen Stunden hatte sie zwei Nachbarn, die an ihr vorbeikamen, erklären müssen, dass sie auf Sebastian Bergman warte, und beide gaben sich mit ihrer Erklärung zufrieden. Davon abgesehen war alles ruhig und still. Ellinor sah auf die Uhr. Kurz vor eins. Allmählich wurde sie hungrig und bereute es, dass sie sich nichts zu essen von ihrer Herberge mitgenommen oder unterwegs gekauft hatte. Doch sie wurde sogleich auf andere Gedanken gebracht, als sie schnelle Schritte auf der Treppe und das Klappern der Briefschlitze in den Wohnungen weiter unten hörte.

Flink sprang sie auf.

Jetzt kam es darauf an.

Ein Mann, der vermutlich indische Wurzeln hatte, lief leichtfüßig in seiner hellblauen Uniform die Stufen hinauf. Ellinor stellte sich neben die Tür, als wollte sie gerade ihre Wohnung aufschließen und hineingehen.

«Hallo! Ist etwas für uns dabei?», fragte sie mit einem warmherzigen Lächeln. «Bergman», verdeutlichte sie.

Der Mann in Blau warf einen Blick auf den kleinen Stapel Briefe, die er noch zu verteilen hatte, und reichte ihr zwei Umschläge.

«Danke.»

Kaum dass sie die Briefe entgegengenommen hatte, spürte Ellinor, dass einer davon ein Paar Schlüssel enthielt. Ihr Herz machte buchstäblich einen zusätzlichen Hüpfer vor Erwartung und Freude, und sie merkte, wie sie plötzlich gegen ihre Tränen ankämpfen musste. Aber wie würde das denn aussehen? Ein Weinkrampf, wenn man Post bekam? Schlimmstenfalls würde es Misstrauen erwecken. Also wandte sie sich hastig wieder der Tür zu, während der Briefträger die Post bei dem Nachbarn gegenüber einwarf, ehe er seinen Weg nach oben fortsetzte. Hastig riss Ellinor den Umschlag auf und zog mit zitternden Händen die Schlüssel heraus.

Schnell schloss sie die beiden Schlösser auf und schlüpfte in die Wohnung. Sie schob die Tür hinter sich zu, blieb stehen und schloss die Augen. Eine Ruhe erfüllte sie. In tiefen Atemzügen sog sie den Duft der Wohnung ein. Sebastians Duft. Dann öffnete sie die Augen und ließ ihren Tränen freien Lauf.

«Liebling, ich bin zu Hause!», rief sie und konnte sich ein kurzes Lachen nicht verkneifen.

All das fühlte sich so gut an.

So richtig.

Wie sehr sie sich danach gesehnt hatte, ihm nahe zu sein. Jetzt war sie da. Nicht mit ihm, aber bei ihm. *Bei ihnen*, korrigierte sie sich. Sie war heimgekehrt. Und hungrig. Nachdem sie die Schuhe ausgezogen hatte, ging sie in Richtung Küche und strich leicht mit der Hand über die Kommode im Flur und die Tapeten, um die Räume mit allen Sinnen in sich aufzunehmen.

In der Küche entdeckte sie bald, dass der Kühlschrank betrüblich leer war. Butter, Käse und Leberpastete. Milch und Sauermilch. Ein paar halb volle Einweckgläser im obersten Fach. Ein Blick in den Mülleimer bestätigte ihre Vermutung. Sebastian kochte nicht, sondern holte sich unterwegs etwas. Das musste sich ändern. Sie würde in der Markthalle einkaufen und einen passenden Wein im Systembolaget auswählen. In Zukunft würden sie jeden Abend bei Kerzenschein Menüs mit zwei oder drei Gängen speisen.

Sie fand etwas Brot.

Noch dazu Hönökaka, nichts als Weizen und Zucker. Kinderessen.

In der Vorratskammer standen auch Kakao und Cornflakes. Hatte die junge Besucherin etwa ein Kind?

Hatte Sebastian ein Kind?

Ellinor erstarrte bei dem Gedanken. Am Ende hatte sich irgendeine Schlampe von ihrem Sebastian schwängern lassen, und jetzt teilten die sich das Sorgerecht?

Sie mussten gemeinsam überlegen, wie mit einer derartigen Angelegenheit umzugehen wäre.

Nachdem sie zwei Butterbrote gegessen und ein Glas

Wasser getrunken, abgespült und aufgeräumt hatte, begab sie sich ins Schlafzimmer. Welch wundervolle Stunden sie hier verbracht hatten!

Einander geliebt hatten. Geschlafen. Geredet.

Mit einem wehmütigen Lächeln streichelte sie den Bettüberwurf und träumte sich zurück in diese glücklichen Zeiten. Dann ging sie zum Schrank und öffnete die Türen. Wie vermutet erkannte sie alle Kleidungsstücke, die hier hingen oder auf den Regalbrettern lagen.

Keine Frauensachen. Wer auch immer die junge Frau war, sie schien jedenfalls nicht viel Zeit hier zu verbringen.

Was ihr Glück war.

Ellinor bemerkte, dass einige Pullover und Hemden schlecht zusammengelegt oder schlampig aufgehängt worden waren, und machte sich fröhlich pfeifend daran, wieder Ordnung im Schrank zu schaffen. Gewisse Stücke sollte ihr Liebster ihrer Meinung nach jedoch nicht mehr anziehen. Sie waren unmodern oder saßen unvorteilhaft. Ellinor warf sie auf das Bett, später würde sie einen Müllbeutel suchen und sie auf dem Weg nach Hause in irgendeinem Altkleidercontainer entsorgen. Dann hielt sie inne und presste eines von Sebastians Hemden an ihr Gesicht. Sie sog seinen Duft ein und ließ sich davon erfüllen. Wie zufrieden sie mit sich selbst war, mit diesem Tag. Mit dem riesigen Schritt, den sie ihrem Ziel näher gekommen war.

Dem perfekten Leben.

Er erkannte das Gefühl, auch wenn er es schon seit Jahren nicht mehr gehabt hatte. Er erkannte es und hieß es willkommen.

Håkan Persson Riddarstolpe war enthusiastisch.

Die Botschaft war eindeutig gewesen, Sebastian Bergman hatte ordentlich Dreck am Stecken. Endlich ein Durchbruch. Wenn sich auch nur die Hälfte des versprochenen Materials als wahr erwies, würde Sebastian bald für immer von den Ermittlungen ferngehalten werden und keinen einzigen Auftrag bei der Reichsmordkommission mehr bekommen. Zudem würde die Presse ihm keine Ruhe mehr lassen. Rosmarie würde nicht mehr beide Augen zudrücken können und die Reichsmordkommission reformiert werden. Und im besten Fall konnte er selbst dann seinen rechtmäßigen Platz wieder einnehmen. Ein großes Comeback. Rosmarie Fredriksson war eine Politikerin. Sie belohnte die Menschen, die Schwierigkeiten ausräumten. Die Problemlöser. Allerdings gab es eine Krux.

Den Zeitpunkt.

Offenbar mussten sie sich zwingend heute Abend treffen.

Am selben Abend, an dem er Anita versprochen hatte, ihre Beförderung zu feiern. Er hatte das Abendessen schon zweimal verschoben, und es würde garantiert nicht gut ankommen, wenn er es ein drittes Mal tat. Immerhin hatte er einen Tisch in der Villa Godthem auf Djurgården reserviert, demselben Restaurant, in dem sie vor fünfunddreißig Jahren ihr erstes Date gehabt hatten. Der Plan war, die Fähre von Slussen zu nehmen, das letzte Stück zu gehen und im Hotel Hasselbacken anzuhalten, um dort ein Glas Champagner zu trinken. Genauso wie damals. Wobei es da Weißwein gewesen war, Teureres hatten sie sich nicht leisten können. Er wusste, dass Anita diese Geste schätzen würde. Ihr gefiel es, wenn er sich ein wenig Mühe gab. Und er liebte sie.

In all den Jahren hatte sie ihm zur Seite gestanden.

Dabei war es nicht immer leicht gewesen. Sie hatten nie Kinder bekommen, obwohl Anita sich welche gewünscht hatte. Er wiederum hatte, ganz im Gegensatz zu ihr, nie die Karriere gemacht, die er sich erhofft hatte. Mitunter war es belastend. Er war verbittert und teilweise auch, das musste er sich selbst eingestehen, neidisch. Trotzdem hatte sie immer zu ihm gestanden. Sie war großherziger, als er es verdient hatte. Und natürlich wollte er ihr zeigen, wie viel sie ihm bedeutete.

Aber nicht heute Abend.

Er konnte nicht riskieren, dass sein Informant verschwand. Es hatte gedauert, ihn zu finden und sein Vertrauen zu gewinnen, und jetzt war er seinem Ziel näher denn je.

Sebastian Bergman musste verschwinden.

Dass er sich überhaupt so lange gehalten hatte, war ein Wunder. Die Geschichte mit Hindes Trittbrettfahrer, der Frauen ermordet hatte, mit denen Sebastian im Bett gewesen war, hätte der endgültige Sargnagel für ihn sein müssen.

Aber der Kerl war noch da. Der überlebte alles.

Wie eine Kakerlake.

Håkan hatte, wie mit Rosmarie vereinbart, Zugang zu den aktuellen Ermittlungen der Reichsmordkommission erhalten, aber nichts von Interesse gefunden. Sebastian schien sich zurückzuhalten, und abgesehen von der Verbindung zu dem Opfer gaben die Unterlagen keine Anhaltspunkte. Aber das spielte keine Rolle mehr. Sebastians Glanzzeit würde trotzdem bald vorüber sein. Der Mann – Håkan ging davon aus, dass es ein Mann war – mit dem er nun in Kontakt stand, hasste Sebastian aus irgendeinem Grund offenbar ebenso wie er selbst. Vielleicht sogar noch mehr.

Håkan hatte viele Köder auswerfen müssen, ehe am Ende jemand anbiss. Schon vor einigen Monaten hatte er sich in Foren wie Flashback begeben, in denen alle Gerüchte von Promiklatsch bis hin zu Verleumdungen ausgetauscht wurden. Er hatte die Frage gestellt, ob jemand irgendetwas über diesen Kriminalpsychologen Sebastian Bergman gehört habe. In den meisten Antworten ging es um Einzelheiten, die er schon wusste und die man leicht im Internet finden konnte, doch dann tauchte MustDiGGIT auf und hatte mehr Informationen als alle anderen. Erst schienen die Antworten fast zu gut, um wahr zu sein, deshalb hatte Håkan nach Beweisen verlangt und schließlich eine saftige Geschichte aus Sebastians Zeit an der Stockholmer Universität erhalten. Eine kurze Recherche zeigte, dass sie wahr zu sein schien. Also fragte er, ob MustDiGGIT noch mehr zu bieten hätte. Und so sei es, antwortete der. Es gebe genug, um Sebastian ein für alle Mal zu ruinieren, aber das Problem sei, dass ihm niemand mehr glaube, weil er in der Vergangenheit nicht immer die Wahrheit gesagt habe. Wer einmal lügt … Und jetzt wolle sich offiziell niemand mehr mit ihm befassen.

Håkan Persson Riddarstolpe aber schon.

Sogar mehr noch. Er konnte seine Begeisterung kaum verbergen.

MustDiGGIT hatte darauf bestanden, sich mit ihm zu treffen. Er wollte ihm das Material in Papierform überreichen, damit er keine digitalen Spuren hinterließ, die zu einer Verleumdungsklage oder anderem Mist führen könnten.

Er wollte ihn persönlich sehen. Noch an diesem Abend.

Was eben problematisch war.

Håkan konnte Anita auf keinen Fall erzählen, warum er gezwungen war, das Abendessen zum dritten Mal zu verschieben. Sie würde durchdrehen. Ihrer Meinung nach beschäftigte er sich ohnehin schon viel zu viel mit Sebastian. Sie wusste zwar warum und verstand seine Gefühle, fand jedoch, es wäre an der Zeit, endlich loszulassen und weiterzugehen. Der Vorfall sei viele Jahre her, und der Einzige, dem Håkans Besessenheit von Sebastian Bergman schade, sei Håkan selbst. Und am Ende auch sie. Im Prinzip stimmte er ihr zu. Der Neid, die Bitterkeit und die Wut taten ihm nicht gut. Seine Vernunft gab ihr recht, aber seine Gefühle forderten etwas ganz anderes. Er brauchte die Rache, die Genugtuung. Diese Sache musste er klarstellen, um sich selbst ertragen zu können. Auf keinen Fall konnte er einfach loslassen und weitergehen.

Er hatte Anita von seiner Besprechung mit Rosmarie erzählt, wie sie Sebastians Befangenheit diskutiert hatten und dass Håkan ihn für sie fortan im Auge behalten sollte. Doch schon das hatte Anita für übertrieben gehalten.

«Ich verstehe nicht, warum dir das nicht einfach egal ist. Er wird sich selbst abschaffen», hatte sie gesagt.

Wann!, hätte Håkan am liebsten geschrien. *Das hat er die letzten zwanzig Jahre nicht getan. Wie lange soll ich denn noch warten?*

Doch er hatte nichts davon gesagt. Hatte nur genickt und geantwortet, vielleicht habe sie recht. Er hatte auch keine Silbe über MustDiGGIT erzählt. Wenn sie schon der Meinung war, er wäre mit dem Gespräch mit Rosmarie zu weit gegangen, was würde sie dann erst von seinen Verstrickungen im Internet halten?

Also beschloss er, seine Frau anzulügen. Er musste sich nur noch überlegen, was er genau sagen würde. Der Klassiker, dass er Überstunden machen musste, würde nicht fruchten. Sie wusste, dass seine Arbeitsaufgaben schon seit Jahren kaum ausreichten, um eine Vierzigstundenwoche zu füllen. Und trotzdem entsprach es gewissermaßen den Tatsachen. Er würde arbeiten und das tun, was sein Arbeitgeber schon seit Jahren hätte erledigen sollen. Er würde Sebastian Bergman ein für alle Mal das Handwerk legen.

Und dann hätten sie wirklich Grund zum Feiern.

Er hatte die Identitätsprüfung und die anschließende Leibesvisitation überstanden, dann hatte man Sebastian den Weg in den kleinen, spartanisch möblierten Besucherraum im Untersuchungsgefängnis gewiesen. Billy saß an einem der Tische vor den kahlen grünen Wänden. Das Tageslicht fiel durch das dicke Milchglas herein und ließ ihn blass aussehen, als er sich zu Sebastian umdrehte. Blass und müde. An der Wand unterhalb des Fensters saß der Wachmann, der bisher immer bei Sebastians Besuchen anwesend gewesen war, und versuchte, sich unsichtbar zu machen.

Sebastian nickte ihm zu, zog den schlichten Stuhl heraus, setzte sich Billy gegenüber und wartete darauf, dass er das Gespräch beginnen würde. Die üblichen Begrüßungsfloskeln und Fragen nach dem Befinden hatten sie schon lange eingestellt. Es genügte, Billy anzusehen.

«Was schreiben sie?», fragte Billy leise und richtete den Blick auf seine gefalteten Hände auf dem Tisch. «Also, über den Jungen.»

«Hugo? Dass sie ihn gefunden haben und du ihn umgebracht hast.»

Abgesehen von den einleiteten Phrasen und Erkundigungen verzichtete Sebastian auch darauf, die Dinge schonend zu verpacken und auf Billys Gefühle Rücksicht zu nehmen. Er brauchte niemanden, der ihn bemitleidete, sondern jemanden, der die Karten auf den Tisch legte, damit er trotz all dem, was er getan hatte, einen Weg finden konnte, um damit zu leben. Um zu heilen. Und dabei halfen Schönfärberei und Halbwahrheiten nur wenig.

«Bin ich ein Monster?»

«Zu unserem Nachteil konzentrieren sich die Medien immer noch vor allem darauf, dass du ein Polizist warst.»

«Hast du My getroffen?», fragte Billy. Offenbar hatten sie genug über seine Verbrechen gesprochen, jedenfalls vorerst.

«Ja.»

«Nachdem man den Jungen gefunden hat?»

Auch diesmal nannte er ihn nicht beim Namen. So hielt er ihn auf Abstand. Entpersonalisierte das Opfer. Ein Junge. Nicht Hugo Sahlén mit Eltern, Geschwistern und Freunden, die ihn vermissten, kein junger Mensch, der Träume und Zukunftspläne gehabt hatte.

Ein Junge, um das Schwerste ein klein wenig leichter zu machen.

«Ja.»

«Was hat sie gesagt?»

«Nichts darüber, aber ...»

Sebastian hielt inne. Er zögerte. Billys direkte Frage nach My und ihrer Reaktion bestätigte Sebastian, dass die Hoffnung, sie einst auf irgendeine Weise zurückzubekommen, Billys dünne Rettungsleine war, an die er sich verzweifelt klammerte. Sie hielt ihn davon ab, in einer bodenlosen, tiefen Finsternis zu versinken.

My – und die Jungen.

Eigentlich war es nicht Sebastians Aufgabe, diese Nachricht zu überbringen, aber offenbar vertrauten sie ihm beide und brauchten ihn als Übermittler. Und Billy würde es früher oder später ohnehin erfahren.

«Sie will, dass du das Sorgerecht für die Jungen abgibst», sagte er so behutsam wie möglich. Billy sah zum ersten Mal zu Sebastian auf, seit dieser den Raum betreten hatte. Erstaunen und Entsetzen lagen in seiner Miene.

«Was?»

«Sie möchte die Kinder zur Adoption freigeben.»

Billy schüttelte nur den Kopf, als konnte und wollte er es nicht glauben.

«Nein», sagte er dann. «Nein, nein, nein ...»

Sebastian saß schweigend da und ließ ihm Zeit, die Wahrheit in sich aufzunehmen. Es gab ohnehin nicht viel zu sagen. Mys Nachricht war überbracht, die Reaktion wie erwartet.

«Nein. Darauf werde ich mich nicht einlassen», erklärte Billy, verbissen und fest entschlossen. «Niemals.»

«Ich sage nur, was sie vorhat.»

«Warum? Warum will sie das tun?»

Erneut zögerte Sebastian. Er hatte nicht darum gebeten, in diese Situation hineingezogen zu werden. Sie war zu kompliziert. Aber sie würde zweifellos das Buch bereichern. Über die bloße Serienmördergeschichte hinausgehen und es persönlicher machen. Er konnte also genauso gut fortfahren.

«Sie sagt, sie könne die beiden nicht lieben, weil sie von dir sind.»

«Ich kann sie lieben.»

«Du wirst sie wohl kaum treffen dürfen.»

«Noch bin ich nicht verurteilt.»

«Es tut mir leid», entgegnete Sebastian und spürte, dass er es ernst meinte beim Anblick des gebrochenen Mannes auf der anderen Seite des Tischs. Wäre es möglich gewesen, hätte er seine Hand auf Billys gelegt, doch der Wachmann an der Wand beobachtete sie aufmerksam. Körperkontakt war nicht erlaubt.

Sebastian schob den Stuhl zurück und stand auf, heute würden sie nicht mehr viel miteinander reden. Oder jedenfalls nicht über Dinge, die er interessant fand und für sich nutzen konnte.

«Bis ich wiederkomme, wird es wohl eine Weile dauern», sagte er und stellte den Stuhl zurück an den Tisch. «Wir haben gerade einen komplizierten Fall.»

«Du bist wieder bei der Reichsmordkommission.» Anscheinend war Billy bislang nicht der Meinung, dass Sebastian eigentlich schon vor Jahren dort hätte aufhören sollen.

«Nicht offiziell, aber ja.»

«Kommst du wieder?»

«Ja, mache ich.»

«Weil du ein Buch über mich schreibst?»

Sebastian erstarrte. Wer konnte ihm das erzählt haben? Niemand. Von den wenigen Menschen, die von seinem Vorhaben wussten, besuchte keiner Billy. Riet er nur? War das eine Art Test?

«Warum glaubst du das?»

«Weil du Bücher über solche wie mich schreibst.»

Sebastian gab sich grüblerisch, als wäre ihm der Gedanke noch nicht gekommen, und nickte vor sich hin.

«Keine dumme Idee. Würdest du das wollen?»

Billy sah zum zweiten Mal zu Sebastian auf. In seinem Blick lagen noch immer Schmerz und Reue sowie eine Resignation, die stärker geworden zu sein schien, seit er erfahren hatte, was My mit ihren Kindern plante.

Aber da war auch noch etwas anderes.

Etwas Neues.

Eine schwelende Glut, als wäre etwas, das lange in ihm geschlummert hatte, zu neuem Leben erwacht.

«Mal sehen», sagte er, und Sebastian glaubte, den Anflug eines Grinsens zu erahnen. «Wir wissen ja noch nicht, wie das alles ausgeht.»

Sebastian antwortete nicht, denn sie wussten beide, wie der anstehende Prozess enden würde.

«Wir müssen ein anderes Mal darüber weiterreden», stellte Sebastian abschließend fest und gab dem Wachmann ein Zeichen.

«Grüß My von mir», war das Letzte, was er hörte, ehe die Tür hinter ihm zufiel. Aus irgendeinem unerklärlichen Grund überkam ihn ein Schauer.

Das Unbehagen verspürte er immer noch, als er seine Schuhe abstreifte. Er legte die Schlüssel auf der Kommode ab und ging in die Küche. Dort blieb er stehen, er hatte keine Lust auf gar nichts. Würde er Alkohol trinken, hätte er sich jetzt einen Whisky, ein Glas Wein oder etwas anderes gegönnt, da war er sicher. Aber er trank nicht. Noch vor ein paar Jahren hätte er genau gewusst, was er gegen die Rastlosigkeit und das Unbehagen unternehmen konnte.

Sex.

Aber das war früher.

Nach den Ereignissen in Uppsala vor mehreren Jahren hatte er dieses Verhalten abgelegt, und dafür, dass es eine langjährige Sucht gewesen war, hatte es erstaunlich gut funktioniert. Schocktherapie. Nichts brachte einen so leicht dazu, seine Sexsucht aufzugeben, wie der Glaube, man hätte seine eigene Tochter geschwängert.

Also: nicht trinken. Nicht vögeln.

Wie er sich einschätzte, würde er stattdessen vor den Ermittlungsunterlagen landen und versuchen zu arbeiten. Er fand immer noch eine gewisse Befriedigung darin, dass ihn jemand herausforderte. Es dort draußen jemanden gab, der sich mit ihm messen wollte. Und der ohne Zweifel verlieren würde. Doch seine ursprüngliche Begeisterung war erheblich gedämpft worden, als sich herausgestellt hatte, dass er eine persönliche Verbindung zu dem Opfer hatte.

Susanne Nordmark.

Carlos und die anderen hatten weiter daran gearbeitet,

die Menschen in ihrem Umfeld genauer unter die Lupe zu nehmen. Doch bisher war nichts dabei herausgekommen. Sebastian setzte auch keine Hoffnungen in die Recherche. Susanne war das Opfer, aber es ging nicht um sie oder darum, was er ihr angetan hatte. Sie war nur eines von vielen Puzzleteilen.

Die Schweinefarm, die Ziffern an der Wand, die gefüllte Badewanne waren einige andere. Noch besaßen sie nicht alle Teile und konnten deshalb auch kein Puzzle legen. Leider war Sebastian sicher, dass es erst ein neues Opfer erfordern würde, um alle Teilchen zu bekommen. Ehe ein größeres Bild hervortrat.

Verdammt, wie deprimierend das alles war.

Schulterzuckend verließ er die Küche in Richtung Bad. Er musste duschen. Zog sich aus, ließ seine Klamotten auf dem Boden liegen und stieg in die Duschkabine. Als er eine Viertelstunde später wieder herauskam, war er nicht mehr ganz so missmutig. Mit einem Badehandtuch um die Hüften klaubte er seine Anziehsachen zusammen und ging ins Schlafzimmer, wo er sie aufs Bett warf und die Schranktüren öffnete. Er stutzte. Die Putzfrau musste gestern viel Zeit gehabt haben.

Was für eine absurde Ordnung.

Alles war sorgfältig aufgehängt und zusammengefaltet. Es sah aus wie beim Herrenausstatter. Sogar seine Unterwäsche lag in perfekten Stapeln sortiert. Er nahm eine Unterhose und zog sie an, suchte eine Weile nach seinem blau karierten, flusigen Lieblingshemd, fand es jedoch nicht und wählte ein anderes.

Nachdem er noch einmal in der Küche gewesen war und erneut beschlossen hatte, nichts essen oder trinken zu wollen, ging er ins Arbeitszimmer. Er überlegte, sich in die Ermittlungsunterlagen zu vertiefen, doch er brauchte nur einen kurzen Blick hineinzuwerfen, um festzustellen, dass er sich mit etwas anderem beschäftigen musste. Also holte er stattdessen Tim Cunninghams Patientenakte. Er begann, seine Notizen von ihren Terminen durchzusehen. Der Unfall, bei dem seine Frau ums Leben gekommen war.

Eine Lüge, wenn man seiner Tochter glaubte.

Sein Eingeständnis, dass er Sebastian aufgesucht hatte, weil sie ähnliche Erfahrungen teilten. Wie emotional er davon erzählt hatte, dass er beim Tsunami im Jahr 2004 seinen Sohn Frank verloren hatte.

Auch das offenbar eine Lüge.

Was zum Teufel hatte er vorgehabt?

Sebastian las weiter. Er erinnerte sich an ihren gemeinsamen Besuch der Tsunami-Gedenkstätte in Djurgården. Ihr Gespräch. Vereint in der geteilten Trauer. Nur hatte Tim Cunningham gar keinen Sohn verloren. Er hatte niemanden verloren.

Es war alles nur ein Schwindel gewesen.

Aber Lügen erzählte man zu einem bestimmten Zweck. Um etwas zu erreichen. Die sich anbahnende Freundschaft mit Sebastian konnte auf keinen Fall Grund genug gewesen sein.

Also, was hatte er eigentlich gewollt?

Sebastian blätterte weiter durch seine Aufzeichnungen über ihre Treffen. Nichts darin bot ihm eine Erklärung, er fand keine Anhaltspunkte. Doch es gab auch keine Anzeichen dafür, dass er es mit einem Mythomanen zu tun gehabt hatte. Und sogar die wollten mit ihren Lügen etwas erreichen. Nichts davon konnte er bei Tim Cunningham erkennen. Aber was wusste er eigentlich? Abgesehen von ihren Gesprächen bei den Terminen kannte Sebastian ihn überhaupt nicht.

Im Gegensatz zu seiner Tochter.

Vielleicht fand sie in den Akten etwas, das er übersehen hatte? Im besten Fall konnten die Aufzeichnungen ihr mehr Antworten geben als ihm. Er würde sie übersetzen lassen und ihr geben. Nicht nur, um das Geheimnis ihres Vaters zu lüften, sondern auch – und vielleicht vor allem –, weil er sie wiedersehen wollte. Irgendetwas an Cathy Cunningham hatte ihn angesprochen, etwas, das er nicht genau greifen konnte.

Aber nicht heute Abend, dachte er und klappte die Akte wieder zu. Eigentlich hatte sich nichts geändert, seit er nach Hause gekommen war. Er war immer noch rastlos und schlecht gelaunt. Je intensiver er sich um Lösungen bemühte, desto mehr Fragen tauchten auf. Er musste an etwas anderes denken und traf eine Entscheidung.

Einmal war kein Mal.

Heute Abend würde er vögeln.

Vanja war kaum zur Tür herein, da stürmte Amanda schon auf sie zu. Mit ausgebreiteten Armen und weit geöffnetem, lachendem Mund. Vanja beugte sich herab, um ihre überglückliche Dreijährige an sich zu drücken. Sofort vergaß sie alles über den Fall, vergaß Torgny und die Hütte, Rosmarie und die Reichsmordkommission. Mitunter wunderte sie sich darüber, wie schnell sie sich an das Familienleben gewöhnt hatte, das noch vor ein paar Jahren nicht einmal in ihrer Vorstellung existiert hatte.

«Opa ist hier», schrie Amanda fröhlich und umarmte Vanja fest. Wie immer roch sie so gut. Vanja küsste sie auf die Wange.

«Ich weiß. Wie schön. Hallo, Papa», rief Vanja ins Wohnzimmer, wo Valdemar auf dem Sofa saß.

«Hallo, mein Mädchen», antwortete er, und Vanja konnte sich das Lächeln nicht verkneifen.

Die vertraute Anrede.

Sie hatte ihn vermisst.

Es war so viel passiert seither. Sebastian, ihre Mutter, die Lebenslüge, Valdemars halbherziger Suizidversuch, der Krebs, seine Wirtschaftskriminalität und seine Haft. Schon ein Schicksalsschlag dieser Art hätte wohl ausgereicht, um jede menschliche Beziehung zu erschüttern, doch alles zusammen hatte einen regelrechten Sturm über Valdemar und sie hereinbrechen lassen. Es hatte lange gedauert, bis er vorübergezogen war und sie zueinander zurückgefunden hatten, zu dem, was sie jetzt füreinander waren. Wie immer hatte Amanda geholfen. Vanja wollte, dass Valdemar im Leben ihrer Tochter eine Rolle spielte. So trafen sie sich, wenn er auf sie aufpasste, und einmal im Monat aßen sie zusammen zu Abend. Der Mann, der für Vanja immer ihr Vater bleiben würde, war wieder in ihr Leben getreten, und sie hätte nicht glücklicher sein können.

«Hat alles gut geklappt?», fragte sie, während sie mit Amanda auf der Hüfte ins Wohnzimmer ging und ihn umarmte.

«Ja, natürlich», sagte er lachend und zauste Amanda durchs Haar.

«Hattest du nicht heute deinen Arzttermin?»

«Doch.»

«Und, wie war es?»

«Prima. Richtig toll. Meine Behandlung ist abgeschlossen.»

«Also bist du gesund?»

«Es ist eben Krebs, man weiß also nie. Aber die Prognose ist gut. Ein Grund zum Feiern! Ich habe eine Flasche Champagner gekauft.»

Vanja umarmte ihn und musste mit den Tränen kämpfen. Sie durfte Valdemar noch eine Weile behalten und die verlorenen Jahre wieder aufholen. Amanda legte einen Arm um Valdemars Hals, und als Vanja ihren Vater wieder losließ, glitt das Kind zu ihm hinüber.

«Wir hatten darüber gesprochen, nächstes Mal in den Skansen zu gehen, du und ich, erinnerst du dich daran?», sagte er und wandte seine Aufmerksamkeit der Enkelin zu. Auch seine Augen waren ein wenig feucht.

«Ja, die Tiere!»

«Genau. Welche magst du am liebsten?»

«Seehunde.»

Vanja betrachtete die beiden lächelnd. Das Glück. Die Liebe. So viel wichtiger als das, womit sie sich tagsüber beschäftigte und was ihr so viel Energie raubte. Es war gut, in stressigen Zeiten daran erinnert zu werden. In dem Moment wurde die Haustür geöffnet, und kurz darauf hörte Vanja Jonathans Stimme.

«Hallo zusammen!»

«Papa!» Amanda machte sich von Valdemar los und flitzte in den Flur, um Jonathan genauso übersprudelnd zu begrüßen wie kurz zuvor Vanja, die ihrer Tochter folgte. Jonathan stellte zwei Einkaufstüten auf den Boden und hob Amanda bis zur Decke.

«Was, du bist schon zu Hause?», fragte er erstaunt, als er Vanja sah.

«Ja, ich bin vor fünf Minuten gekommen.»

«Hallo, Valdemar», sagte Jonathan, setzte Amanda auf dem Boden ab und zog seine Jacke aus. «Bleibst du zum Essen?»

«Ja», antwortete Vanja anstelle ihres Vaters.

«Schön. Komm, Amanda, wir lassen Mama mal ein bisschen mit Opa allein. Ich brauche Hilfe in der Küche.»

Er nahm die Tüten und verschwand mit der Kleinen in der Küche. Jonathan. Dieser Fels in der Brandung. Da hatte sie wirklich Glück gehabt. Sie war so kurz davor gewesen, ihn zu verlieren. Mitunter überlegte sie, wie ihr Leben wohl aussehen würde, wenn sie ihn damals nicht angerufen und darum gekämpft hätte, ihn zurückzugewinnen. Sie konnte es sich nicht vorstellen.

«Ihr seid eine wunderbare kleine Familie», sagte Valdemar, nachdem sie ins Wohnzimmer zurückgegangen war, als hätte er ihre Gedanken gelesen.

«Ja, das sind wir. Und du gehörst auch dazu.»

«Amanda hat heute über Sebastian geredet», sagte er, während sie sich zu ihm auf das Sofa setzte. Vanja erstarrte, wie jedes Mal, wenn der Name fiel, so selten war er mit etwas Positivem verknüpft.

«Was hat sie gesagt?»

«Ach, nur in etwa ‹Bei Sebastian darf ich das aber immer›. Sie spielt uns gegeneinander aus.»

«Was soll ich sagen. Sie ist eben schlau», erwiderte Vanja lachend.

«Sie nennt ihn immer noch nicht Opa», stellte Valdemar sachlich fest.

«Nein, das bist du. Er ist Sebastian.»

«Das ist mir aber nicht wichtig.»

«Mir aber schon.»

Und so war es. Zwar hatte ausgerechnet Sebastian vor ein paar Jahren die Initiative ergriffen, damit sie sich wieder mit Valdemar versöhnte. Er hatte ihr zu der Einsicht verholfen, dass Valdemar derjenige gewesen war, der die geringsten Fehler gemacht und sie am wenigstens hintergangen hatte, aber am härtesten von den Ereignissen getroffen worden war. Allerdings hatte das auch dazu geführt, dass Valdemar für sie wieder ihr Vater wurde. Der er auch ihre gesamte Kindheit über gewesen war. Der Mann, den sie liebte und zu dem sie aufsah. Sorry, Sebastian, Undank ist der Welten Lohn.

«Arbeitet er immer noch mit euch zusammen?»

Vanja lachte und seufzte. Eigentlich hatte sie den Fall nicht mit nach Hause nehmen wollen.

«Müssen wir über ihn reden?»

«Nein, ich war einfach nur neugierig.»

«Ja, er arbeitet wieder mit uns zusammen. Es läuft ... ganz gut. Er tut sein Bestes.»

Ein glucksendes Lachen drang aus der Küche, wo Jonathan

und Amanda gemeinsam kochten. Vanja wollte sich lieber nicht vorstellen, welchen Unsinn ihre Tochter sich gerade wieder ausgedacht hatte. Als sie sich erneut zu Valdemar umdrehte, sah der immer noch ernst aus.

«Ich muss dir etwas erzählen ... Ich habe Anna getroffen.»

«Was?» Vanja sah ihn vollkommen verständnislos an. Redete er von einer anderen Anna? Er konnte doch wohl nicht ihre Mutter meinen?

«Sie hatte sich bei mir gemeldet. Wollte mich sehen. Sie war lange ein wichtiger Teil unseres Lebens. Ich war gezwungen, mich von ihr zu distanzieren, aber du weißt ja, dass ich sie im Gegensatz zu dir nicht hasse.»

Vanja senkte den Blick. Sie konnte Valdemar nur schwer einen Vorwurf machen. Er hatte sein eigenes Leben und durfte treffen, wen er wollte. Sie hatten sich jahrelang geliebt, Anna und er. Das konnte man nicht einfach vergessen und verdrängen.

«Du kannst machen, was du möchtest», sagte sie mit einem Achselzucken. «Aber ich werde meine Meinung nicht ändern.»

«Es geht ihr nicht gut. Sie ist einsam und traurig. Sie fühlt sich im Stich gelassen.»

«Ich finde, sie hat nicht unbedingt das Recht, sich so zu fühlen.»

Valdemar hob beschwichtigend die Hände. «Ich wollte nur, dass du von unserem Treffen weißt, damit du nicht denkst, ich würde dir etwas verheimlichen.»

«Schön, danke, dann bin ich jetzt im Bilde.»

«Aber es geht ihr wirklich nicht gut.»

«Ich werde mich nicht mit ihr treffen.»

«Das entscheidest du natürlich selbst, aber ich finde, du solltest es zumindest in Betracht ziehen.»

«Klar.»

«Ich möchte nicht ... dramatisch klingen, aber wenn sie stirbt ... es bleibt so vieles ungeklärt.»

«Ist sie krank?»

«Nein, aber ich war es, und ich weiß, dass man seine Dinge ins Reine bringen möchte.»

«Gut, danke.»

«Jedenfalls lässt sie dich grüßen. Und es tut ihr leid, wie sich alles entwickelt hat.»

Vanja schüttelte den Kopf. Der Verrat war zu groß gewesen. Als sie schließlich erfahren hatte, dass Valdemar nicht ihr leiblicher Vater war, hatte er ihr alles gestanden. Anna dagegen hatte einfach nur weitergelogen. Lange Zeit. Über alles. Das war unverzeihlich. Oder?

«Sie würde wahnsinnig gern Amanda sehen.»

«Das wird nicht stattfinden.»

Valdemar nickte verständnisvoll, es war Zeit, das Thema zu wechseln, ehe es ihnen den restlichen Abend zerstörte.

«Ich werde mich weiter mit ihr treffen», sagte er abschließend.

«Ja, natürlich, mach du nur.»

In dem Moment wurden sie von Amanda unterbrochen, die ins Zimmer gehüpft kam.

«Papa hat gesagt, ihr sollt den Tisch decken.»

«Dann machen wir, was Papa sagt», erwiderte Valdemar und stand vom Sofa auf. Vanja blieb noch einige Sekunden sitzen, ehe sie ihm in die Küche folgte. Das Wichtigste war, dass Valdemar gesund war und wieder ein Teil ihres Lebens. Anna würde sie weiter in die Vergessenheit verbannen, wo sie auch hingehörte.

Er blutete an den Handinnenflächen, wo sich seine Fingernägel in die Haut gekrallt hatten. Seine rechte Hand war so fest zur Faust geballt, dass er einen Krampf im Unterarm hatte.

Dieser verdammte Traum.

Er war wieder da. In seiner ursprünglichen, schmerzhaften Form. Der Traum, der viele Jahre verschwunden gewesen war. Vor ein paar Monaten hatte er eine Variante davon geträumt, in der seine verstorbene Tochter ihn anklagte, sie durch Amanda ersetzt zu haben. Doch das hatte sich wieder gelegt. Er hatte gelernt, das Gleichgewicht zwischen seiner Sehnsucht nach Sabine und seiner Liebe zu Amanda zu halten. Die beiden starken Gefühle durften gleichzeitig existieren. Es war ihm gelungen, Ursulas Worte anzunehmen, dass er nichts ersetzt hatte, sondern nur weitergegangen war, und er hatte aufgehört zu träumen.

Bis heute.

Bis er in diesem Hotelzimmer aufwachte. Das Sommermorgenlicht sickerte durch die dünnen cremefarbenen Gardinen, als er sich im Bett aufsetzte. Er spreizte die Finger der rechten Hand, während er sich in dem Raum umsah. Eine dunkle, halbhohe Holzvertäfelung unter grauweißen Wänden, ein Fenster mit Blick auf das gegenüberliegende Haus, schwarze Schränke, die einen kleinen Schreibtisch in der Ecke einklemmten. Ein Fernseher an der Wand, dazu gesichtslose Kunst. Was man eben so bekam für tausendfünfhundert Kronen die Nacht. Und dann das Bett, auf dem er saß. Zwei zusammengeschobene Einzelbetten, deshalb hatten sie sich nicht aneinanderquetschen müssen, er und Harriet. Oder hieß sie Henrietta? Nein, Harriet, er war sich ziemlich sicher.

Schon seit Jahren war er nicht mehr auf die Suche nach einem One-Night-Stand gegangen, aber den Ablauf hatte er noch verinnerlicht. Den Blick durch die Hotellobby schweifen lassen, eine schnelle Analyse, wer dort saß, und eine erste Einschätzung, wie groß seine Erfolgschancen waren. Dann hatte er sich einer Frau um die fünfzig genähert, die allein in einem der Sessel saß, mit ihrem Telefon in der Hand und einem halb leeren Weinglas vor sich. Er hatte sich erkundigt, ob der Sessel neben ihr noch frei sei, und angemessen lange gewartet, ehe er sie ansprach und in eine Unterhaltung verwickelte. Dann hatte er gefragt, ob er sie auf ein weiteres Glas einladen dürfe, und sich ihr vorgestellt, als er mit dem Weißwein in der Hand von der Bar zurückkehrte.

«Ich heiße übrigens Sebastian ...»

So hatte es angefangen.

Die Verführung. Das Spiel, das er gewinnen würde.

Die verschiedenen Taktiken, die er ausprobierte und je nach Erfolg wechselte und anpasste. Stets aufmerksam, hellhörig, lauschend und bestätigend. Am besten lief es, wenn die Frau, in diesem Fall Harriet, glaubte, sie würde ihn verführen und nicht umgekehrt.

Hatte es daran gelegen?

War der Traum wiedergekommen, weil er einen Rückfall in sein altes Ich, sein altes Leben gehabt hatte? War der Traum sozusagen im Paket mit enthalten? Natürlich nicht. So viel wusste er immerhin über Träume. Sie hatten einen Zweck, sie kamen nicht grundlos.

Also warum jetzt?

Warum wurde er gezwungen, die grausamsten Stunden seines Lebens noch einmal zu durchleiden? Warum saß er hier, in einem anonymen Hotelzimmer, zwischen Nacht und Morgen, während ihn die Trauer und die Sehnsucht fast zerrissen?

Dieser schmerzlich bekannte Traum.

Der gemächliche Morgen im Hotel. Der Spaziergang zum Wasser. Hand in Hand. Sein großer Daumen, der unbewusst über den kleinen Metallring an Sabines Zeigefinger fuhr. Ein Schmetterling. Sie hatten ihn ein paar Tage zuvor auf einem Ramschmarkt gekauft. Sabine liebte diesen Ring so sehr. Sie wollte ihn gar nicht mehr abnehmen. Das letzte Stück zum Strand trug er sie auf seinen Schultern. Ihre zarten Hände auf seinen unrasierten Wangen. Wie sie lachte, als er vorgab zu stolpern. Wie sie den Strand erreichten, wo sich das Wasser so seltsam zurückgezogen hatte.

Er spürte sie. Es war kein Erlebnis, sondern ein lebendiges Gefühl. Er spürte ihre Hand in der seinen. Er hörte ihre Stimme. Er roch sogar ihren Duft. Kinderseife und Sonnencreme. Sabine erblickte ein Mädchen, das einen aufblasbaren hellblauen Delfin hatte. «Papa, so einen will ich auch», sagte sie und zeigte darauf. Er rannte ihr nach in das flache, warme Wasser, sie plauderten und lachten, während sie badeten.

Ehe die gewaltige Wand aus Wasser kam.

Ehe er ihre Hand ergriff und wusste, dass er sie niemals loslassen durfte.

Ehe er sie losließ.

Was hatte er getan, dass sein Unterbewusstsein meinte, er hätte es verdient, wieder und wieder daran erinnert zu werden? Nichts, soweit er wusste.

Er musste später darüber nachdenken. Oder nie wieder.

Jetzt ging es vor allem darum, dass er sich aus dem Staub machte, ehe Harriet wach wurde und eine Wiederholung der nächtlichen Aktivitäten wünschte oder, schlimmer noch, seine Gesellschaft beim Frühstück. So leise er konnte, stand er auf und zog sich an. Er dachte bereits daran, was er heute alles vorhatte. Zur Reichsmordkommission gehen natürlich, aber er wollte auch Cathy Cunningham aufsuchen, ehe sie das Land verließ, und ihr eine Kopie von Tims «Akte» geben. Tim hatte davon gesprochen, dass seine Frau ihn jahrelang gezwungen hätte, eine Lebenslüge zu leben, und nach ihrem Tod hätte er versucht, Ordnung in diese Sache zu bringen. Wusste Cathy mehr darüber oder war dies ebenso eine reine Erfindung wie alles andere, was er Sebastian erzählt hatte? Genau darüber hatte er nachgedacht, ehe er in dieser Nacht eingeschlafen war, wie ihm jetzt wieder einfiel. Dass er sie danach fragen musste.

«Bist du wach?»

Sebastian wurde aus seinen Gedanken gerissen und sah zu dem Bett hinüber, wo Harriet sich auf den Rücken gedreht hatte und in das helle Zimmer blinzelte. Da er vollständig angezogen dastand, hielt er es für eine rhetorische Frage.

«Wie du siehst.»

«Du gehst.» Eine Feststellung, die kein bisschen überrascht klang. Als hätte sie schon die ganze Zeit gewusst, wie dieser Morgen ablaufen würde.

«Ja, so ist es wohl am besten», sagte Sebastian und setzte sich auf die Bettkante, um seine Strümpfe anzuziehen.

«Hängst du das ‹Bitte nicht stören›-Schild raus, wenn du gehst?»

«Klar.»

Er erhob sich und wandte sich um, doch sie hatte sich erneut auf die Seite gedreht und das Gesicht abgewandt. Ihr ruhiger Atem klang, als wäre sie schon wieder eingeschlafen.

Viel gab es nicht zu sagen, also schwieg er. Er schlüpfte in seine Schuhe, ging in den Hotelflur hinaus, hängte wie versprochen das Schild an die Tür und begann, nach Hause zu marschieren.

Er würde seine Aufzeichnungen kopieren, bei Cathy vorbeischauen und sich dann zur Reichsmordkommission begeben. Das hatte er vor, und dann würde er sehen, wie es weiterging.

V*erdammt, wie ich die Frühschicht hasse,* dachte Hamid Hurar, als er in letzter Sekunde im Betriebshof in Tomteboda eintraf.

Der Morgen war auch dadurch nicht besser geworden, dass er an seinem Wecker mehrfach die Snooze-Taste gedrückt und anschließend den ganzen Arbeitsweg über befürchtet hatte, nicht rechtzeitig anzukommen. Der Bus sollte um 5.56 Uhr am Lektorsstigen abfahren. Den Fahrplan einzuhalten, war so schon schwer genug, aber wenn man einige Minuten zu spät anfing, war es beinahe unmöglich, den Rückstand wieder aufzuholen, und es würde ein stressiger Tag ohne oder mit zu kurzen Pausen werden.

Sie hatten gestern Abend angerufen und gefragt, ob er am nächsten Morgen einspringen könne, und wie immer hatte er zugesagt. Er brauchte die Extraschichten. Seine Schwester zu Hause im Libanon hatte wieder Probleme mit dem Blutdruck und benötigte jeden Monat Geld für Medikamente. Außerdem wollte er sie nächstes Jahr besuchen, und deshalb war er dankbar für die Zusatzstunden, auch wenn er wahrlich kein Frühaufsteher war. Auf dem Weg zum großen neuen Verwaltungsgebäude begegnete er einigen Kollegen und winkte ihnen zu. Dann holte Hamid seine Schlüssel bei der Schichtleiterin und sagte kurz Hallo. Sie war offensichtlich gestresst, es fehlte an Busfahrern, also mussten heute mehrere Fahrten ausfallen, und die Leute würden wütend sein. Und es an ihm und seinen Kollegen auslassen. Dabei waren sie doch diejenigen, die tatsächlich arbeiteten und fuhren. Manchmal verstand er die Menschen nicht.

Hamid holte sich einen Kaffee am Automaten im Pausenraum und verließ das Hauptgebäude. Er lief über den Parkplatz mit den Reihen roter und blauer Busse. Das Terminal war neu, erst zwei Jahre alt, groß und modern, es bot bis zu zweihundertzwanzig Fahrzeugen Platz. Um diese Zeit am Morgen standen knapp hundertfünfzig dort. Und mehrere davon würden den ganzen Tag nicht bewegt werden. Für die Fahrgäste war das natürlich bedauerlich, aber es erhöhte Hamids Chancen, in der nächsten Woche ein paar zusätzliche Schichten zu übernehmen.

Sein Bus stand auf Platz 25, er hatte also ein Stück zu laufen. Normalerweise fuhr er die Linie 50 nicht. Sie war ihm erst wenige Male zugeteilt worden, aber er mochte sie. Angenehm wenig Verkehr, bis man nach Roslagstull kam, aber dann war man auch fast schon an der Endhaltestelle.

Einige Busse rollten bereits auf die Tore zu. Hamid winkte allen, die an ihm vorbeifuhren. Immerhin schien es ein schöner Tag zu werden, bedeckt, aber ohne Regen, wenn man der Wetter-App des Handys glaubte. Die meisten wünschten sich strahlende Sonne und hochsommerliche Hitze, nachdem der Frühling so lange kalt gewesen war, doch wenn die Temperaturen ernsthaft stiegen, wurde leider auch schnell deutlich, dass die Klimaanlagen in den Bussen nicht ausreichten. Gegen Nachmittag fühlte man sich wie in einer Sauna.

Er öffnete die Vordertür des Busses auf Platz 25 mit dem Knopf an der Seite und warf einen Blick auf die Uhr seines Handys. 5.12 Uhr. Gut, dann würde er pünktlich sein. Dann trank er den letzten Schluck Kaffee, stieg ein, hängte die Jacke an den Haken hinter dem Fahrersitz und ging durch den

Bus. Wenn die Busse morgens im Betriebshof standen und gereinigt worden waren, brauchte man eigentlich keine Inspektionsrunde zu machen, aber Hamid hatte es sich angewöhnt, trotzdem einmal kurz durch das Fahrzeug zu gehen. Er war noch nicht weit gekommen, als er merkte, dass dies heute eine gute Idee gewesen war.

In der letzten Reihe lag jemand und schlief.

Hamid schimpfte stumm vor sich hin. Vermutlich konnte er die Person schnell wecken und hinausbeordern, aber er durfte sie nicht einfach allein auf dem Gelände lassen, sondern war gezwungen, das Wachpersonal zu rufen oder sie selbst durchs Tor hinauszubegleiten. So oder so würde es einige Zeit dauern. Und die hatte er nicht.

«Hey!», sagte er, während er zum Ende des Busses ging. Die Person rührte sich nicht. «Hey, Sie da!», rief Hamid lauter und entschiedener. Nicht die kleinste Reaktion. Als er die letzten Schritte bis zu dem Schlafenden ging, sah er, dass jemand etwas auf die Heckscheibe geschmiert hatte. Die rote Farbe war bis auf die Rückenlehne der Sitze herabgetropft. Damit konnte er nicht herumfahren, er war gezwungen, den Bus zu wechseln. Den Fahrplan konnte er jetzt vergessen. Mit wachsendem Zorn trat er an den Mann heran. Er trug dunkle Schuhe, eine schwarze Hose und einen beigen Trenchcoat. Kurz bevor Hamid ihn packen wollte, fiel ihm auf, dass dieser Mensch viel zu gut gekleidet war für einen Obdachlosen. Dann kamen ihm zwei unmittelbare Einsichten.

Der Mann war tot.

Die erste Fahrt der Linie 50 würde heute ausfallen.

Um 5.21 Uhr war der Anruf bei der zentralen Notrufnummer eingegangen, und fünfzehn Minuten später war die erste Streife in Tomteboda eingetroffen. Um 6.05 Uhr hatten die Beamten vor Ort dann Vanja angerufen. Amanda wie geplant zur Vorschule zu bringen, hatte sie jetzt vergessen können. Also hatte sie Jonathan wach gerüttelt, ihm die aktuelle Lage kurz erklärt und war losgeeilt. Sie würden sich im Laufe des Tages noch einmal abstimmen müssen.

Im Auto nach Solna rief sie die anderen des Teams an. Sebastian meldete sich nach dem ersten Klingeln.

«Ich habe dich nicht geweckt», stellte sie fest.

«Nein, ich bin gerade erst nach Hause gekommen. Was ist los?»

Wollte sie wissen, wo er gewesen war? Würde er es ihr erzählen, wenn sie ihn fragte? Er hatte gesagt, er würde sie nicht mehr anlügen, aber das konnte natürlich auch gelogen sein. Vanja beschloss, die Sache auf sich beruhen zu lassen.

«Wir haben einen neuen Mord.»

«Wo?»

«Im Betriebshof in Tomteboda.»

«Wer?»

«Weiß ich noch nicht, ich bin gerade erst auf dem Weg dorthin. Kommst du auch?» Es war keine Frage, sondern eine Aufforderung.

«Ich rufe sofort ein Taxi. Wir sehen uns dort.»

Sie beendete das Gespräch und fuhr weiter. Es dauerte

nicht lange, bis sie ankam. Vor Ort bot sich ihr eine leicht chaotische Szenerie. Streifenwagen mit Blaulicht, Polizeiabsperrungen und Busse, die versuchten, daran vorbeizukommen. Vanja parkte außerhalb dieses Bereichs und legte das letzte Stück zu Fuß zurück. Sie zeigte ihren Dienstausweis erst dem Polizisten am Eingang und dann seiner Kollegin, die sie in den Bus ließ. Sie war die Erste, die Spurensicherung war noch nicht eingetroffen.

Vanja holte ein Paar Schuhüberzieher aus der Tasche und streifte sie über, während sie sich ermahnte, so wenig wie möglich, oder besser gar nichts, anzufassen. Mit den Händen auf dem Rücken ging sie den Mittelgang entlang bis zu dem Toten, der ausgestreckt auf der letzten Sitzreihe lag. Noch ehe sie ihn erreicht hatte, sah sie den Text auf der Heckscheibe. Es schien dieselbe rote Farbe zu sein wie beim letzten Mal, aber diesmal wurde wohl ein kleinerer Pinsel verwendet.

Ganz oben stand: *S. 129, Zeile 16,* und darunter *Abfahrt 02. 03.*

Ersteres war eindeutig ein Verweis auf ein Buch, was ihnen keinen Deut weiterhalf, solange sie nicht wussten, welches Buch gemeint war. Und was Abfahrt 02. 03. bedeuten sollte, ahnte Vanja auch nicht. Hoffentlich konnte Sebastian zur Klärung beitragen. Sie ging die letzten Schritte und betrachtete die Leiche. Verdammt. Diesen toten Mann erkannte sie wieder. Vor vielen Jahren, als sie sich bei einem Austauschprogramm beim FBI beworben hatte, war er für ihre psychologische Beurteilung zuständig gewesen. Und hatte sie für ungeeignet befunden.

Håkan Persson Riddarstolpe.

In diesem Moment hörte Vanja Schritte näher kommen und drehte sich um. Ursula war auf dem Weg zu ihr.

«Guten Morgen, was haben wir denn hier?»

«Einen Mord mit einer Verbindung zu Sebastian.»

«Und wo steckt er?»

«Ist unterwegs.»

«Ich habe Carlos draußen getroffen und ihn damit beauftragt, den Busfahrer zu befragen.»

«Super, danke.»

Ursula nickte, und Vanja trat einen Schritt zur Seite, damit sich ihre Kollegin die Leiche genauer ansehen konnte. Sie hörte ein leises «Ach du Scheiße», als Ursula entdeckte, wer da vor ihr lag.

«Was denkst du?»

«Die Todesursache können wir wohl erst durch die Obduktion klären, aber ertrunken ist er nicht.» Vorsichtig hob sie seinen Mantel an, der sich um seinen Bauch gewickelt hatte. Sein Hemd war blutdurchtränkt. «Irgendeine äußere Gewalteinwirkung auf den Torso, scheint mir.»

Sie ließ den Mantelzipfel fallen und trat einen Schritt zurück. Vanja warf einen Blick auf den Körper. Riddarstolpes Mund stand weit offen, als würde der Schmerz immer noch durch ihn hindurchschießen, seine Zunge hing aus dem Mund. Die Augen waren unnatürlich weit aufgerissen. Es sah aus, als wäre er schreiend gestorben.

«Ich mache hier ein paar Fotos», sagte Ursula und zog ihre kleine Kompaktbildkamera hervor. «Dann müssen die Techniker übernehmen.»

«Gut», antwortete Vanja und ging zurück zur geöffneten Vordertür. Ursulas Theorie schien schlüssig zu sein. Håkan Persson Riddarstolpe hatte mit Susanne gemein, dass Sebastian in gewisser Weise dafür verantwortlich gewesen war, dessen Leben ruiniert zu haben. Vor einigen Jahren hatte Sebastian seinen Kollegen zur besten Sendezeit und mit einem ganzseitigen Angriff in der Zeitung zunichtegemacht. Es ging um einen Fall, bei dem drei Teenager tot in einem Grubenbau in Sala aufgefunden worden waren. Riddarstolpe hatte die These von einem kollektiven Selbstmord vertreten und erklärt, dass es natürlich eine Tragödie sei, die Polizei aber nichts weiter tun könne.

Kein Täter. Nur Opfer.

Dann war Sebastian gekommen und hatte bewiesen, dass es ein Mord gewesen war. Anschließend war Riddarstolpes Ansehen rapide gesunken, er verschwand aus der Öffentlichkeit, und seine Dienste waren nur noch selten gefragt. Zu behaupten, Sebastian allein hätte sein Leben zerstört, war vielleicht übertrieben, aber Vanja wusste, dass Håkan Persson Riddarstolpe unglaublich verbittert gewesen war und Sebastian die Schuld an seiner gescheiterten Karriere gegeben hatte.

Ihr grauste davor, Rosmarie davon zu berichten, denn jetzt würden die Medien nicht mehr zu bremsen sein. Ein Serienmörder, der einen Angestellten der Polizei ermordet hatte. Vermutlich konnten sie Sebastians Namen jetzt nicht mehr aus den Ermittlungen heraushalten. Doch kommt Zeit, kommt Rat.

Sie sah zu Carlos hinüber. Er sprach ein Stück entfernt mit dem Busfahrer, der Persson Riddarstolpe gefunden hatte. Hier brauchte sie sich zumindest keine Sorgen zu machen. Carlos war immer sorgfältig und wusste, welche Fragen er stellen musste. Außerdem brachte er andere Menschen leicht dazu, sich zu öffnen. Irgendetwas an seiner Persönlichkeit bewirkte, dass die Leute gern mit ihm redeten. Er erweckte sofort ihr Vertrauen. Eine gute Eigenschaft.

Nun kam Lena Gutestam über den riesigen Parkplatz auf sie zugelaufen. Vanja winkte.

«Roger ist auch im Anflug», sagte Lena, als sie bei Vanja eintraf. «Wo willst du mich haben?»

«Suche nach jemandem von der Sicherheitsfirma, hier sind überall Kameras», antwortete Vanja und machte eine ausholende Handbewegung. «Und frage nach, ob das Personal heute Nacht hier einen Kontrollgang gemacht hat und wenn ja, wann.»

«Okay.»

«Der Bus gehört zur Linie 50. Finde alles über die letzte Fahrt um 2.03 Uhr in der Nacht heraus.»

«Mache ich», antwortete Lena kurz und knapp und steuerte auf das Verwaltungsgebäude zu. Sie stellte keine Fragen, was diese letzte Fahrt zu bedeuten hatte und warum sich Vanja überhaupt dafür interessierte. Sie erledigte nur, was man ihr sagte. Ihren Job. Wenn ihre Abteilung diesen Fall überleben würde, hätten sie mit Lena Gutestam einen wertvollen Neuzugang, dachte Vanja.

Sie entdeckte Sebastian am Zaun im Gespräch mit einigen Polizisten. Offenbar versuchte er, sie davon zu überzeugen, ihn auf das Gelände zu lassen. Vanja eilte hinüber, um ihm aus der Klemme zu helfen.

«Wissen wir, wer es ist?», fragte Sebastian, als sie gemeinsam auf die geparkten Busse zugingen.

«Håkan Persson Riddarstolpe.»

Sebastian blieb abrupt stehen und wirkte beinahe schockiert.

«Du machst Witze.»

«Nein, er ist es.»

«Ach du meine Fresse.»

«Es gibt zwei neue Hinweise, die mit roter Farbe auf das Busfenster gemalt wurden. *Abfahrt 2.03*, sagt dir das etwas?»

«Das ist der eine?»

«Ja.»

«Ich fahre nie mit dem Bus.»

«Bus Nummer 50?»

Sebastian schüttelte nur den Kopf, er schien in Gedanken immer noch bei dem Opfer und der Frage zu sein, was das zu bedeuten hatte. Verständlich.

«Und der zweite?», fragte er.

«*Seite 129, Zeile 16.*»

«Was ist das? Ein Zitat aus einem Buch? Das kann ja alles bedeuten.» Sebastian ging rastlos auf und ab und fuhr sich mit den Händen durchs Haar, ganz eindeutig erschüttert von dieser Nachricht. «Riddarstolpe, das ist doch verrückt, ich meine, wir hatten ...»

Er beendete den Satz nicht, holte nur tief Luft und starrte in den Himmel.

«Einige Konflikte», ergänzte Vanja.

«Ja ...»

«Manche Leute, so wie unser Mörder, würden vielleicht sogar sagen, du hättest sein Leben zerstört.»

Sebastian bedachte sie mit einem Blick, der ihr verriet, dass er bereits selbst auf diesen Gedanken gekommen war. Der ihm nicht gefiel.

«Ich möchte nicht unsensibel sein», fuhr sie fort. «Aber wenn das wirklich das Motiv ist, wie viele weitere potenzielle Opfer könnte es geben?»

«Viele, vermute ich, vielleicht ... Ich weiß es nicht.»

Vanja nickte nur und blickte zu der Absperrung hinüber, wo gerade ein blauer Hyundai herangefahren war und geparkt hatte. Ein Mann stieg aus und tippte auf seinem Handy herum, während er sich eilig dem blau-weißen Absperrband näherte. Vanja drehte sich zu Sebastian um und zupfte ihn leicht am Ärmel, damit er dem Neuankömmling den Rücken zukehrte.

«Möchtest du ihn sehen?», fragte sie und deutete mit dem Kopf auf den Bus.

«Auf keinen Fall.»

«Ursula macht Fotos, falls es etwas geben sollte, das nur für dich bestimmt ist.»

«Gut.»

«Wir fahren wieder. Ich möchte nicht, dass du hier bist, wenn die Presse kommt.»

Sebastian nickte, er hatte keinerlei Einwände. Selten hatte Vanja ihn so kooperativ erlebt – und so durch den Wind.

Er tat ihr fast leid.

Das ist keine gute Idee.»

Sebastian sah hinaus auf das gelbe fünfstöckige Haus in der Vikingagatan. Vor ihnen lag der prächtige Rödabergspark, und dahinter erhoben sich die riesigen Norra Tornen zum Himmel. Wie immer, wenn es um Neubauten in Stockholm ging, waren sie im Vorfeld heftig diskutiert und kritisiert worden. Die Fraktion, die forderte, dass die Stadt weiterhin aussehen sollte wie im 19. Jahrhundert, schrie am lautesten. Sie schien unbegrenzt Zeit zu haben, um Leserbriefe und Artikel zu schreiben, gegen Baugesetze zu klagen und zu protestieren. Sebastian war nicht hellauf begeistert von den asymmetrischen Wolkenkratzern, aber sie waren ihm immer noch lieber als nörgelnde Reaktionäre.

«Das ist überhaupt keine gute Idee», wiederholte er und wandte sich Vanja zu.

«Alles dreht sich um dich.»

«Genau deswegen.»

«Du bietest uns die beste Chance, um diesen Fall zu lösen», sagte Vanja ernst. «Daher musst du dich aktiv an den Ermittlungen beteiligen.»

«Mache ich doch.»

«Na also, dann gehen wir.»

Sie löste den Anschnallgurt, öffnete die Autotür und stieg aus. Sebastian blieb noch einige Sekunden sitzen, doch welche Alternativen hatte er schon? Keine. Also öffnete er die Beifahrertür und folgte Vanja in das Haus in der Vikingagatan.

Anita Persson Riddarstolpe saß im Wohnzimmer und weinte. Die beiden Polizisten, die ihr die Todesnachricht überbracht hatten, waren noch anwesend. Die eine Kollegin saß mit der Witwe auf dem Ecksofa und tat ihr Bestes, um sie zu trösten.

Es war eine helle, schöne Wohnung, die wirklich wie ein echtes Zuhause wirkte, mit einer Mischung aus neuen Möbeln und Antiquitäten und einer offenen Küche. Fotografische Kunst an den Wänden. Bilder, die Sebastian überhaupt nicht mit Håkan Persson Riddarstolpes Stil in Verbindung gebracht hätte. Aber was wusste er schon über seinen Kollegen, abgesehen davon, dass er ein nützlicher Idiot gewesen war? Nicht viel.

Vanja nickte Anita freundlich zu, als sie ins Wohnzimmer kam.

«Mein Beileid.»

Anita nickte stumm zurück und wischte sich mit einem zusammengeknüllten Taschentuch die Tränen ab. Dann sah sie die Besucherin fragend an.

«Ich heiße Vanja Lithner und arbeite bei der Reichsmordkommission», begann sie. «Dürfte ich Ihnen vielleicht einige Fragen stellen? Wenn Sie in der Verfassung dazu sind.»

Anita nickte erneut und schien sich zu sammeln, doch dann erblickte sie Sebastian, der hinter Vanja im Türrahmen aufgetaucht war.

«Was macht der denn hier?», fauchte sie. Sebastian blieb stehen und senkte ein wenig den Kopf, um ihr seinen Respekt zu erweisen.

«Mein Beileid.»

Anita starrte ihn an.

«Das will ich von Ihnen nicht hören!», erwiderte sie scharf. Dann wandte sie sich wieder an Vanja. «Hängt das mit dem Schweinehof zusammen?», fragte sie mit erstaunlicher Stärke in der Stimme.

«Dem Schweinehof?», wiederholte Vanja erstaunt. Eine Frage, die sie von Håkan Persson Riddarstolpes Witwe nicht erwartet hätte.

«Ja, hat das was mit diesem Schweinehof zu tun?», insistierte Anita erneut. «Musste mein Mann wegen einer Sache sterben, die sich eigentlich gegen den da richtet?» Sie deutete mit einem anklagenden Zeigefinger auf Sebastian.

Sebastian drehte sich beschämt zur Seite.

Er hatte recht gehabt.

Es war eine schlechte Idee.

«Wir wissen noch nicht, warum Ihr Mann gestorben ist», antwortete Vanja ruhig. Das war keine Lüge, aber auch nicht die Wahrheit. Die Verbindung zu Sebastian war deutlich, aber warum der Mörder ausgerechnet Håkan ausgewählt hatte, wussten sie nicht.

Die Polizistin, die neben Anita auf dem Sofa saß, stand auf, damit Vanja ihren Platz einnehmen konnte.

«Deshalb würden wir gerne mit Ihnen sprechen», ergänzte Vanja, während sie sich setzte.

«Wie ist er gestorben?»

Immer dieselbe Frage. Von allen. Meistens schon kurz nachdem die Angehörigen die Nachricht erhalten hatten. Man wollte es wissen. Hatten sie leiden müssen, oder war es schnell gegangen? War es ein Unfall gewesen? Trug jemand die Schuld daran? Hätte man es verhindern können?

«Wir wissen noch nicht, wie er starb», antwortete Vanja, und diesmal log sie kein bisschen. «Es ist zu früh, um Genaueres sagen zu können, aber wir haben Håkan in einem Bus gefunden.»

«Ermordet?»

Vanja nickte nur mitfühlend. Sebastian stand schweigend in der Tür. Anita schien seine Anwesenheit nun beinahe vergessen zu haben, und er wollte sie nicht unnötig daran erinnern.

«Ermordet in einem Bus?», fragte Anita und wirkte erstaunt.

«Bus Nummer 50. In einem Busbetriebshof in Solna. Sagt Ihnen das irgendetwas?»

«Nein.» Anita schüttelte den Kopf. «Er ist mit dem Auto zur Arbeit gefahren. Eigentlich wollten wir gestern Abend zusammen essen gehen und meine Beförderung feiern, aber er musste es verschieben. Eine dringende berufliche Angelegenheit, hat er gesagt.»

«Und wann haben Sie ihn das letzte Mal gesehen?»

«Gestern Morgen. Als er nicht nach Hause kam, habe ich herumtelefoniert, aber niemand hatte ihn gesehen. Und dann kamen die beiden ...»

Sie nickte in Richtung der Polizisten in Zivil, und ihr stiegen erneut die Tränen in die Augen. Vanja reichte ihr ein neues Taschentuch aus dem Päckchen, das auf dem Tisch lag.

«Hat Håkan erzählt, dass er jemanden treffen wollte?»

«Nein, aber weil die Sache etwas mit der Arbeit zu tun hatte, bin ich davon ausgegangen.»

«Aber er hat nicht gesagt, wen? Oder wo?»

«Nein.»

Sebastian dachte an Susanne Nordmark, bei der sie aufgrund ihrer Anruflisten von der Theorie ausgingen, dass sich der Mörder schon vor Monaten zum ersten Mal mit ihr in Verbindung gesetzt hatte. Vanja schien noch nicht auf diesen Gedanken gekommen zu sein. Also musste er das Risiko eingehen.

«Hatte in der vergangenen Zeit jemand Kontakt mit Håkan aufgenommen?», fragte er und sah, wie Anita erstarrte, als sie seine Stimme vernahm. Zwar hatte sie seine Anwesenheit wohl nicht vergessen, aber sie versuchte, ihn zu ignorieren, und wollte eindeutig so wenig wie möglich von ihm hören. «Jemand, den er noch nicht kannte? Hat er so etwas erwähnt?»

«Nein.»

«Denken Sie genau nach. Es kann auch mehrere Monate her sein. Eine unbekannte Person.»

«Ich habe Nein gesagt», erwiderte Anita hart und warf ihm einen Blick zu, der deutlich machte, dass sie nicht weiter mit ihm sprechen wollte. Sebastian hob beschwichtigend die Hände und schwieg.

«Also hat niemand ihn kontaktiert, und Sie wissen nicht, ob er gestern jemanden treffen wollte», fasste Vanja zusammen. Weiter kämen sie jetzt nicht. Aber sie würden Håkans Handy und seinen Computer mitnehmen und durchsuchen. Auf irgendeinem Kanal musste er mit dem Mörder in Verbindung getreten sein.

Vanja machte Anstalten, die Wohnung zu verlassen, hielt jedoch plötzlich inne.

«Sie haben einen Schweinehof erwähnt, als wir kamen. Was wissen Sie darüber?»

Anita sah sie mit stolzem Blick an.

«Die Polizeichefin hatte Håkan gebeten, ein Auge auf die Ermittlungen zu werfen», sagte sie.

«Rosmarie Fredriksson?»

Anita nickte.

«Auf ihn», sagte sie und deutete erneut anklagend auf Sebastian. «Der anscheinend immer mit allem davonkommt.»

Vanja warf Sebastian einen hastigen Blick zu, der fast

unmerklich mit den Schultern zuckte. Eigentlich war das nicht weiter verwunderlich. Übertriebene Sicherheitsmaßnahmen hatten schon immer zu Rosmaries Strategie gehört. Wenn man die Leute gegeneinander ausspielte, war es leichter, am Ende als Sieger dazustehen. Sie sollte ein Buch darüber schreiben, wie man an der Macht blieb. Jeder Politiker würde es kaufen. Neben ihr wirkte Machiavelli wie ein harmoniesüchtiges Weichei. Sie hatte Persson Riddarstolpe also gebeten, sie im Auge zu behalten. Die Frage war, wer noch alles einen solchen Auftrag hatte. Lena Gutestam und Roger Hansson vielleicht?

«Er war so glücklich, dass er endlich Genugtuung erhalten sollte. So glücklich. Und jetzt ist er tot», schluchzte Anita. Zum ersten Mal, seit sie ins Wohnzimmer gekommen waren, drehte sie sich um, sah Sebastian direkt an und fixierte ihn.

«Und das ist Ihre Schuld.»

Sebastian schob die schwere Holztür auf und ging die wenigen Schritte auf dem Plattenweg bis zum Bürgersteig. Dort blieb er stehen und sog in tiefen Zügen die laue Juniluft ein. Vanja kam nach.

«Geht es dir gut?»

«Ja, warum sollte es mir nicht gut gehen?»

Er wandte sich ihr zu, froh über die eindeutige, unverstellte Fürsorge in ihrer Frage. Natürlich konnte es auch sein, dass sie sich als gestresste Chefin erkundigte, die sich vergewissern wollte, dass einer ihrer wichtigsten Mitarbeiter nicht unter dem Druck zusammenbrach. Aber Sebastian beschloss, sie als rücksichtsvolle Tochter zu sehen, die sich Sorgen um ihren Vater machte. Vermutlich lag die Wahrheit irgendwo dazwischen und tendierte etwas mehr in Richtung gestresste Chefin.

«Sie hat gesagt, es wäre deine Schuld.»

«Das habe ich gehört.»

«Fühlt es sich auch so an?»

Er dachte kurz über die Frage nach. Hier wurde ihm die Gelegenheit serviert, Vanja näherzukommen als je zuvor. Bislang hatten sie wirklich nicht die Angewohnheit, sich dem anderen gegenüber zu öffnen. Sollte er dennoch jetzt erzählen, wie sehr sie auf ihm lastete, die Schuld, die er trug? Schwäche zu zeigen, war allerdings noch nie seine Sache gewesen, und Vanja brauchte ihn jetzt. Sie hatte vorhin im Auto recht gehabt: Er bot ihnen die beste Chance, diesen Fall zu lösen. Und es gab vieles, was er sich in Zukunft von seiner Tochter erhoffte, aber ihr Mitleid gehörte nicht dazu.

«Nein», log er. «Riddarstolpe war ein Idiot, und er hat anscheinend auch eine Idiotin geheiratet.»

Dann ging er zum Auto. Und hörte, wie sie hinter ihm seufzte.

Also alles wie gewöhnlich.

Carlos hatte schon lange keinen so beschissenen Tagesanfang mehr erlebt. Am Vorabend war er mit seinem Freund auf einer Geburtstagsfeier gewesen, es war spät geworden, und sie hatten zu viel Wein getrunken. Als er um kurz nach zwei ins Bett gegangen war, hatte er sich vorgestellt, ein bisschen länger zu schlafen und etwas später zur Arbeit zu fahren.

Anstatt um kurz nach sechs von Vanja geweckt zu werden.

Anstatt eine Leiche in einem Bus zu finden.

Jetzt würde er eine ganze Weile nicht mehr ausschlafen können. Ab sofort waren sie gezwungen, einen höheren Gang einzulegen. Diesmal war nicht eine einsame Frau mit Drogenvergangenheit in Rågsved gestorben, sondern ein Polizeipsychologe. Auch wenn es sich um einen zivilen Angestellten handelte, war er dennoch ein Kollege. Carlos kannte Håkan Persson Riddarstolpe nicht, aber offenbar hatte es eine regelrechte Fehde zwischen ihm und Sebastian gegeben. Wenn man den Gerüchten glaubte, war Sebastian als Sieger daraus hervorgegangen. Und hatte Persson Riddarstolpes Karrierechancen mehr oder weniger zerstört. Eine weitere Person, die Sebastian auf seinem Weg bewusst oder unbewusst in die Gosse gestoßen hatte. Jetzt gab es also ein Muster.

Auf dem Busbetriebshof hatte er erst mit dem Fahrer gesprochen, der die Leiche gefunden hatte, und anschließend mit weiteren Beschäftigten. Dann hatte er an den Absperrungen geholfen, die Busse durchzuwinken, die ihren Parkplatz verlassen wollten, die meisten davon erheblich verspätet.

Wie immer beruhigte sich die Lage am Tatort jedoch nach einiger Zeit. Vanja und Sebastian fuhren gemeinsam los, um mit Riddarstolpes Witwe zu sprechen, Ursula blieb mit den Technikern beim Bus, und Lena und Roger hatten alle Hände voll mit der Sicherheitsfirma und den Überwachungskameras zu tun. Carlos hingegen hatte an diesem Ort keine drängende Aufgabe mehr. Außerdem war es kalt. Also fuhr er zurück in die Wohnung in Kungsholmen, vom Auto aus rief er zu Hause an. Eric meldete sich erst nach dem vierten Klingeln. Carlos sagte, er sei auf dem Weg. Er wolle ein Frühstück haben. Egal was, Hauptsache, es gebe Kaffee und Kopfschmerztabletten.

Eric sah noch mitgenommener aus als Carlos, wie er da an dem lila Tisch in der Küchenecke ihrer Übernachtungswohnung saß. Er musste heute nicht arbeiten, deshalb hatte er im Gegensatz zu Carlos beim Feiern alles gegeben. Mit vereinten Kräften gelang es ihnen, ein akzeptables Frühstück zu improvisieren. In der Mikrowelle aufgewärmte Bagels, Orangensaft, Joghurt und Müsli. Starker Kaffee und Ibuprofen. Carlos spielte gerade mit dem Gedanken, sich wieder hinzulegen, als sein Handy klingelte. Vanja. Sie wollte, dass er in Persson Riddarstolpes Büro fuhr, um dessen Computer abzuholen und, falls vorhanden, auch die Telefone. Carlos leerte seine Kaffeetasse und stand auf.

«Ich muss los.»

«Ich werde mich wieder hinlegen», sagte Eric und erhob sich ebenfalls. «Viel Glück heute.»

«Ja, danke», antwortete Carlos. Eric wusste natürlich, wo er arbeitete und dass er mit Mordfällen zu tun hatte. Aber wer die Opfer waren, dass es eine Verbindung zu Sebastian gab und die Abteilung von der Auflösung bedroht war – von alldem hatte er keine Ahnung. Wollte er auch nicht. Was das Berufliche anging, erzählten sie sich nur das Wesentliche, denn es gab so viel mehr zu besprechen als die Arbeit. Carlos küsste Eric im Vorbeigehen auf die Wange. Er hatte eine Fahne. Carlos auch? Er beschloss, schnell noch zu duschen und sich die Zähne zu putzen, ehe er aufbrach. Es wäre dumm, ein Risiko einzugehen.

In der Polhemsgatan angekommen, nahm Carlos den Aufzug in den fünften Stock, wo Håkan Persson Riddarstolpe sein Büro gehabt hatte. Er hatte keine Ahnung, welche Richtung er auf den langen Gängen einschlagen sollte, und fragte einen Mann, der ihm bereitwillig Auskunft gab.

«Aber ich habe ihn heute noch nicht gesehen», sagte der schließlich. Offenbar wusste hier noch niemand, was dem Kollegen widerfahren war.

Dass sie ihn nie wiedersehen würden.

Carlos folgte der Beschreibung und landete vor einer Tür, die leider abgeschlossen war. *Psychologe Persson Riddarstolpe*, stand auf einem Metallschild.

Die nächste Tür war angelehnt, und Carlos klopfte an und schob sie auf. Hinter einem Schreibtisch saß eine Frau Mitte dreißig mit blondem, schulterlangem Haar und in einer Chiffonbluse, bei deren Anblick Carlos sofort fröstelte. Mit einem neugierigen Lächeln sah sie zu ihm auf.

«Hallo, Carlos Rojas, ich arbeite für die Reichsmordkommission», sagte er und holte vorsichtshalber auch seinen Dienstausweis hervor.

«Hallo, ich bin Louise.»

«Ich müsste mal in Håkans Büro», erklärte Carlos und zeigte mit dem Daumen auf den angrenzenden Raum. «Wissen Sie, wer mir da weiterhelfen kann?»

«Warum?», fragte Louise.

Carlos seufzte leise. Als wäre dieser Morgen nicht schon anstrengend genug, musste er jetzt auch noch eine Todesnachricht überbringen.

«Es tut mir leid, aber wir haben Håkan heute Morgen tot aufgefunden.»

«Oh.» Sie senkte den Kopf, als wartete sie darauf, von irgendeinem Gefühl überkommen zu werden. Das schien aber nicht der Fall zu sein. «Wie traurig», sagte sie schließlich und blickte wieder zu Carlos auf.

«Ja ... Kannten Sie ihn gut?»

«Ich war seine Assistentin, in Teilzeit, außer für ihn arbeite ich noch für drei andere Mitarbeiter in dieser Abteilung.»

«Dürfte ich Ihnen ein paar Fragen stellen?», fuhr Carlos fort, noch immer erstaunt darüber, wie gefasst sie wirkte. Auch wenn sie nur ein Viertel ihrer Zeit für Håkan arbeitete, mussten sie sich doch jeden Tag für ein paar Stunden gesehen haben. Was offenbar nicht ausreichte, um ihn zu vermissen oder schockiert über seinen Tod zu sein.

«Ja, natürlich», entgegnete sie prompt.

«Hat er erwähnt, wo er gestern nach der Arbeit hinwollte?»

«Nein, aber er war gezwungen, zum dritten Mal ein Abendessen mit seiner Frau abzusagen. Er war ein bisschen bekümmert deswegen.»

«Wissen Sie, warum er absagen musste?»

«Er wollte jemanden treffen, glaube ich.»

«Hat er gesagt, wen?»

Louise überlegte, schüttelte jedoch dann den Kopf.

«Hat er gesagt, wo?»

Erneutes Grübeln, erneutes Kopfschütteln.

«Hatte er davon erzählt, dass jemand Kontakt zu ihm

aufgenommen hatte», fuhr Carlos fort. «Oder besuchte ihn jemand?»

«Nein, nicht, dass ich wüsste.»

«Es kann auch schon länger her sein, irgendjemand, der noch nie hier war oder mit dem er noch nie gesprochen hatte?»

«Nein ...»

«Es könnte um Sebastian Bergman gegangen sein», schleuderte er nun heraus und hoffte, diese Information wäre spezifisch genug, um irgendeine Erinnerung zu wecken, aber zugleich ausreichend vage, dass Louise den Zusammenhang nicht verstehen würde.

«Er mochte Sebastian Bergman nicht», erklärte Louise sofort und sah ihn ernst an. «Er hat viel von ihm geredet. Zu viel, wenn es nach einigen Kollegen ging ...»

Carlos sah ein, dass ihm diese Frau nicht wirklich weiterhelfen würde. Jedenfalls nicht jetzt. Es wurde Zeit, sich um seine Aufgaben zu kümmern.

«Können Sie mir helfen, in sein Büro zu kommen?»

«Natürlich», antwortete sie, stand auf und ging zu einem kleinen Metallschrank an der Wand. Sie nahm einen Schlüssel von einem der Haken und trat in den Flur hinaus. Carlos folgte ihr.

Das Büro nebenan hatte dieselbe Größe wie Louises, war aber anders eingerichtet. In die eine Ecke hatte Håkan eine kleine Sitzgruppe gezwängt, und zwei Wände waren von Bücherregalen bedeckt, vom Boden bis zur Decke gefüllt. Carlos nahm die Buchrücken in Augenschein. Fachliteratur und psychologische Abhandlungen, viele auf Englisch, einige auch in anderen Sprachen. Er bekam das Gefühl, Håkan wollte sichergehen, dass die Besucher seine Professionalität oder sein Wissen nicht infrage stellten. Die Diplome und

Auszeichnungen an den anderen Wänden stärkten diese Theorie.

Carlos ging zum Schreibtisch, der mit noch mehr Büchern, Mappen und Papierstapeln überladen war. In der Mitte stand ein Computer. Carlos setzte sich auf den Bürostuhl und schaltete ihn ein. Während der Rechner brummend hochfuhr, warf Carlos einen genaueren Blick auf das, was auf dem Schreibtisch lag. Das meiste schienen Beurteilungen von Polizeischülern und andere interne Schreiben zu sein. Carlos blätterte wahllos darin, fand aber nichts Interessantes. Vermutlich müsste jemand, vielleicht er selbst, dies alles genauer durchgehen, um eine Notiz, eine hastig niedergekritzelte Telefonnummer oder etwas Ähnliches zu finden, das sie voranbringen könnte.

Als der Bildschirm mit einem leisen elektronischen Piepsen aufleuchtete und ein Fenster auftauchte, das ihn nach einem Kennwort fragte, wurde Carlos jäh aus seinen Gedanken gerissen. Er richtete sich an Louise.

«Haben Sie seine Log-in-Daten?»

«Ja klar», antwortete sie, stellte sich neben ihn und beugte sich über die Tastatur.

«Danke.»

«Keine Ursache», sagte sie und trat einen Schritt zurück, machte aber keinerlei Anstalten, das Zimmer zu verlassen. Wohl aus Neugier, oder wollte sie sich bereithalten, wenn er Hilfe brauchte? Was auch immer der Grund war, er wollte sie nicht länger im Nacken haben.

«Ich rufe Sie, wenn ich noch etwas brauche.»

Der nicht ganz kleine Wink mit dem Zaunpfahl kam an, und die Frau sagte neutral «Alles klar», drehte sich um und ging.

«Ach, noch etwas», fügte Carlos hinzu und hielt sie an der

Tür auf. «Hatte Håkan ein Telefon hier? Einen geschäftlichen Anschluss?»

«Nein, er hatte nur ein Handy, das er normalerweise mitnahm.»

«Okay, danke.»

Allein im Zimmer, widmete er sich wieder dem Computer. Er würde ihn mitnehmen, damit IT-kundigere Menschen als er ihn durchforsten konnten. Doch zuvor wollte er sehen, ob er selbst etwas fand.

Er begann mit den E-Mails.

Wie er schnell feststellte, war Håkan in seiner elektronischen Kommunikation nicht ganz so diszipliniert wie er selbst. Es gab 1892 Mails im Posteingang, davon 347 ungeöffnete. Keine Chance, sich einen Überblick zu verschaffen, da benötigte Carlos einen schnelleren Weg. Er schrieb SEBASTIAN BERGMAN in das Suchfenster des E-Mail-Programms, drückte auf Enter und erhielt drei Mails. Zwei davon waren an Rosmarie Fredriksson verschickt worden, und Carlos klickte neugierig darauf.

In der ersten schrieb Persson Riddarstolpe, er habe gehört, Sebastian Bergman sei in eine neue Ermittlung der Reichsmordkommission involviert, und ganz unabhängig von seinen persönlichen Erfahrungen sei er der Meinung, es gehöre zu seiner Aufgabe, Rosmarie davor zu warnen, was dies letztlich auch für die Polizeibehörde bedeuten könne. Natürlich sei der Einsatz Bergmans allein ihre Entscheidung, aber er wolle um einen Termin bitten, bei dem er ihr diese Angelegenheit näher erläutern wolle. Rosmaries Assistentin hatte ihm daraufhin ein Datum und eine Uhrzeit genannt. Eine Viertelstunde in Fredrikssons Büro, vor ein paar Tagen.

Die nächste Mail an Rosmarie war ein überschwänglicher Dank für Ihre Zeit und das Vertrauen, das sie ihm entgegengebracht hatte. Er werde sie nicht enttäuschen. Jetzt, da er Zugang zu den Unterlagen der Reichsmordkommission erhalten habe, könne er Regelverstöße, Ermittlungsfehler und ethische Fehleinschätzungen hoffentlich abwenden, ehe sie der Organisation zu sehr schadeten. Man musste nicht einmal zwischen den Zeilen zu lesen, um zu begreifen, dass Håkan vorgehabt hatte, Sebastian anzuschwärzen.

Diese miese Ratte, dachte Carlos und schloss die E-Mail. Oder besser gesagt, diese Ratten. Das galt ja nicht nur für Persson Riddarstolpe. Dass auch Rosmarie so wenig Vertrauen zu ihnen hatte, war schockierend. Das Team derart zu hintergehen! Er war gezwungen, das Thema bei Vanja anzusprechen.

Nun öffnete er die dritte Mail, die vor etwas über einem Jahr verschickt worden war, doch sie war nicht von Belang. Sebastians Name stand lediglich auf einer Liste von Personen, die vorgeschlagen worden waren, um die neuen Richtlinien für die psychologische Beurteilung bei der Aufnahmeprüfung an der Polizeihochschule zu überprüfen. Carlos klickte wieder zurück zu den Suchergebnissen und wollte die Seite gerade schließen, als er innehielt. Unter den drei E-Mails stand etwas in kleinen Buchstaben.

Einige Treffer zu Ihrer Suche befinden sich im Ordner «Gelöschte Objekte».

Carlos bewegte den Mauszeiger zu dem Papierkorb und öffnete ihn. Darin befand sich nur eine Korrespondenz. Zwischen Håkan und einem MustDiGGIT@gmx.de. Es sah aus wie eine Spamadresse, war aber keine. Die kleine Ziffer hinter der Adresse verriet, dass es elf Mails gab.

Carlos machte es sich auf dem Stuhl bequem und begann, konzentriert zu lesen. Die erste Nachricht war vor über zwei Wochen von MustDiGGIT an Riddarstolpe gegangen.

«Also, jetzt per Mail. Was willst du?»

Die Nachricht deutete darauf hin, dass sie sich vorher getroffen oder an anderer Stelle kommuniziert hatten. Wahrscheinlich im Internet. Carlos scrollte weiter zu Riddarstolpes Antwort, die seine Vermutung unmittelbar bestätigte.

«Wie ich schon im K-Chan geschrieben habe, möchte ich erfahren, was du über Sebastian Bergman weißt.»

K-Chan. Carlos wusste, was das war, hatte das Forum aber nie besucht. Eine der Müllkippen des Internets. Klatsch und Verleumdung, Verschwörungstheorien, Gewalt und Waffen. Hier blühten Homophobie, Rassismus und Misogynie. War Håkan so verzweifelt darauf aus gewesen, Sebastian zu schaden, dass er dort gelandet war? Anscheinend ja.

Wie sich schnell herausstellte, hatte Sebastian Bergman einen eigenen Thread. Håkan Persson Riddarstolpe hatte ihn irgendwann einmal gestartet. Noch nicht einmal mit einem Alias, er nannte sich einfach nur Håkan. Der erste Beitrag lautete: «Weiß irgendjemand etwas über diesen widerwärtigen Kriminalpsychologen Sebastian Bergman?» Nachdem einige Zeit vergangen war, hatte ihm die Signatur MustDiGGIT geantwortet, dabei jedoch eher Andeutungen gemacht als etwas enthüllt. Er habe gehört, dass Sebastian etwas mit dem und dem Selbstmord zu tun hätte und dem und dem Sexskandal.

Håkan Persson Riddarstolpe hatte angebissen und nachgefragt, was MustDiGGIT eigentlich genau wusste. In seinem letzten Beitrag hatte er MustDiGGIT schließlich angefleht, sich persönlich zu melden. Und dann seine geschäftliche E-Mail-Adresse hinterlassen. Carlos schüttelte den Kopf. Håkans Wissen über das Thema Datensicherheit und die Funktionsweise des Internets schien mehr als begrenzt gewesen zu sein. Das war vielversprechend. Die IT-Abteilung würde vermutlich einiges zutage fördern.

Carlos kehrte wieder zu der Mail im Papierkorb zurück und las die nächste.

«Ich weiß viel.»

«Auch etwas Illegales?»

«Vielleicht. Aber auf jeden Fall unethisch.»

«Ich brauche etwas richtiges Schmutziges über ihn. Ich bezahle.»

«Habe ich. Wir regeln das über Wreckr.»

«Was ist Wreckr? Etwa mit Porno und Prostitution und so weiter? Meine Frau benutzt manchmal mein Telefon.»

«Okay, dann vergiss es einfach.»

«Nein. Also gut. Wreckr. Ich werde es herunterladen. Und dann?»

«Ich kümmere mich darum. Und jetzt lösch bitte diese Nachrichten.»

Das war die letzte Mail. Håkan Persson Riddarstolpe hatte die Korrespondenz brav gelöscht, aber nicht gewusst, dass sie dreißig Tage im Papierkorb aufbewahrt werden würde.

Doch an dieser Stelle endete Carlos' Glück.

Wreckr. Ein anonymer, verschlüsselter Chatdienst für das Handy. Offenbar sehr beliebt bei Dealern und Pädophilen, wie Carlos im letzten Cyberseminar erfahren hatte, bei dem es um die Herausforderungen der Polizei im Umgang mit verschlüsselten Chats ging. Wreckr würde zum Jahreswechsel abgeschaltet werden, denn die Zahl der Nutzer, die diese App nicht für irgendwelche kriminellen Aktivitäten verwendeten, war inzwischen so gering, dass es keinerlei Rechtfertigung mehr für ihr Bestehen gab. Dadurch ließ sich allerdings auch nichts verhindern. Bald würde es irgendeinen neuen Dienst geben. In Sachen Kommunikation waren die

Kriminellen der Polizei doch immer zwei Schritte voraus. Möglicherweise konnten die IT-Kollegen die Verschlüsselung von Wreckr knacken, aber dafür bräuchten sie Riddarstolpes Handy, und das war leider noch nicht aufgetaucht.

Carlos lehnte sich auf dem bequemen Bürostuhl zurück und rekapitulierte den Vorgang. Riddarstolpe hatte zu jemandem Kontakt aufgenommen, um etwas über Sebastian zu erfahren. Sie waren in einen verschlüsselten Chat gewechselt, aber es war durchaus möglich, dass sie dort beschlossen hatten, sich zu treffen. Weswegen Riddarstolpe plötzlich das Abendessen mit seiner Frau verschieben musste.

Aber wo hatten sie sich getroffen?

Carlos dachte erneut darüber nach, was er über Håkan Persson Riddarstolpe erfahren hatte. Der Mann war eine technische Niete gewesen. Höchstwahrscheinlich hatte er nicht einmal versucht, seine digitalen Spuren zu verwischen.

Carlos beugte sich vor, öffnete Google Maps und ging auf Håkans letzte Route. Bingo! Er hatte nach einer Badestelle gesucht, Stora Flatenbadet. Siebzehn Minuten Autofahrt von der Polhemsgatan entfernt. Carlos konnte sich ein breites Grinsen nicht verkneifen.

Sie hatten eine Spur.

Carlos eilte im Laufschritt zu seinem Auto in der Polizeigarage.

Auf dem Weg dorthin rief er Vanja an und berichtete, was er gefunden hatte und wohin er fahren würde. Er hatte gedacht, Vanja würde empörter darauf reagieren, dass Rosmarie Håkan damit beauftragt hatte, Sebastian und das Team auszuspionieren, aber sie wusste es bereits. Offenbar hatte der Besuch bei seiner Frau Anita ergeben, dass er damit beauftragt worden war, Informationen zu sammeln und die Ermittlungen zu überwachen. Rosmarie hatte natürlich nicht wissen können, dass Håkan bei seiner Suche sogar Kontakt mit einem Mörder aufnehmen und sich von ihm zu einem Treffen locken lassen würde.

Es war traurig, aber auch unglaublich dämlich.

Von Håkan natürlich. Aber auch von Rosmarie. Der Auftrag, den sie ihm gegeben hatte – und dessen Ausgang.

Wenn das an die Öffentlichkeit gelangte, würde sie nicht gut dastehen. Sie hatte von Håkans Abneigung gegen Sebastian gewusst und dieses Wissen ausgenutzt, um ihn die Drecksarbeit erledigen zu lassen. Und jetzt war er tot.

Vanja und Carlos beschlossen, ihr neues Wissen zunächst nicht mit Lena und Roger zu teilen. Er vermutete, dass Vanja den beiden noch nicht ganz vertraute und zudem Rosmaries Einmischung und ihr mangelndes Urteilsvermögen ihnen später einmal zugutekommen könnte. Carlos hatte nichts dagegen, denn er empfand Rosmarie gegenüber keinerlei Loyalität. Sebastian wusste auch schon, worum die Chefin

Håkan gebeten hatte, doch ihn kümmerten die interne Politik und die Machtspielchen innerhalb der Organisation herzlich wenig, deshalb würde er darüber schweigen.

Nachdem Carlos versprochen hatte, sofort zu berichten, wenn er etwas entdecken sollte, setzte er sich ins Auto und ließ den Motor an. Er nahm die Kungsholmsgatan in Richtung Zentrum und bog an der Centralbron ab. Als er die Johanneshovsbron überquerte, wurde ihm plötzlich bewusst, dass er gestern Alkohol getrunken hatte. Ziemlich viel und ziemlich spät, aber wie lange war das nun eigentlich her? Zwölf oder vierzehn Stunden, er konnte unmöglich noch über der Promillegrenze sein. Dennoch nahm er den Fuß ein wenig vom Gas und hielt sich an die Geschwindigkeitsbegrenzung, während er auf der Landstraße 73 den Skogskyrkogården passierte. An der Anschlussstelle Gubbängen nahm er die Abbiegung Richtung Skarpnäck und kam schon bald an Kleingärten, Feldern und unberührtem Wald vorbei. Was Carlos an Stockholm besonders schätzte, war die Nähe zur Natur. Innerhalb von nur zwanzig Minuten gelangte man von der lauten Metropole in tiefe stille Wildnis. Damit konnten nicht viele Hauptstädte prahlen.

Auf der linken Seite tauchte ein größerer See auf, und Carlos fuhr eine Weile daran entlang, bis das Gewässer endete und das Navi ihm verriet, dass es an der Zeit war, nach rechts abzubiegen, die 229 zu verlassen und Richtung Flatenbadet zu steuern. Der Badestrand lag, wenig überraschend, an einem Gewässer namens Flaten, angeblich der sauberste See Stockholms, glaubte Carlos einmal gehört zu haben.

Der Weg war gut ausgeschildert, und schon bald fand Carlos einen der beiden Parkplätze. Er hielt bei dem ersten, wo auch die städtischen SL-Busse haltmachten, und blickte auf die geparkten Autos. Ungefähr die Hälfte der schätzungsweise fünfzig Parkplätze waren belegt. Im Hochsommer war es hier bestimmt vollkommen überfüllt. Neben der Badestelle gab es auch ein Restaurant und einen Minigolfplatz.

Laut Fahrzeugregister hatte Håkan Persson Riddarstolpe einen metallicblauen Hyundai i10 aus dem Jahr 2015 mit dem Kennzeichen KUF 356 besessen. Carlos hatte keine Ahnung von Autos und wusste nicht, ob es ein gewöhnliches Modell war, und er würde es auch nicht erkennen. Deshalb war er gezwungen, jedes Nummernschild zu lesen, und fuhr langsam an den geparkten Autos vorbei.

Keines war metallicblau.

Keines hatte das richtige Kennzeichen.

Er drehte sicherheitshalber eine Extrarunde, ehe er zum nächsten Parkplatz weiterfuhr. Dieser war größer und länglicher, außerdem schwerer zu überblicken. Deutlich mehr geparkte Autos, die Motorhaube an Motorhaube in der Mitte und an beiden Seiten standen. Dazwischen bewegten sich etliche Menschen. Viele hatten einen Hund dabei. Carlos hätte nach wie vor auch gerne einen, diese alte Kindheitssehnsucht hatte er nicht abgelegt, aber Eric war dagegen. Zu viel Verantwortung, man war stets verpflichtet, und die Versorgung war schwer zu organisieren, wenn zwei Menschen einen Vollzeitjob hatten und bisweilen auch zu seltsamen Zeiten arbeiteten. Ein triftiger Einwand. Er wog schwerer als Carlos' Argumente, dass sie jeden Tag an die frische Luft kämen, immer Gesellschaft hätten und bedingungslos geliebt würden.

Im Schritttempo begann er nun an der ersten Reihe von Autos vorbeizurollen. Keines war metallicblau. Ein kleiner Audi passte als einziges farblich, aber selbst Carlos kannte die vier ineinander verschlungenen Ringe und wusste, dass dies kein Hyundai war. Am Ende des Parkplatzes wendete er und fuhr auf der anderen Seite zurück. Ein Stück entfernt stand ein blaues Auto mit der Front zum angrenzenden Wald. Er fuhr näher heran und warf einen Blick auf das Nummernschild.

KUF 356.

Carlos stieg aus und blickte sich um. Soweit er sehen konnte, gab es hier keine Kameras, was ihn jedoch nicht verwunderte. Rasch streifte er dünne Schutzhandschuhe über, ging dann zu dem geparkten Auto und spähte vorsichtig durch das Fenster auf der Fahrerseite. Auf dem Beifahrersitz lag eine Aktentasche aus Leder, und darunter ragte ein Handy hervor. Carlos zog am Türgriff. Nicht abgeschlossen. Als er sich in den Wagen hineinbeugte, konnte er sich ein zufriedenes Grinsen nicht verkneifen. Doch Ursula würde wahnsinnig werden, wenn er den Innenraum kontaminierte, deshalb zog er das Handy vorsichtig zu sich heran, ohne etwas zu berühren. Ein Samsung Galaxy, das ziemlich neu aussah und noch geladen war. Mehrere verpasste Anrufe von der Ehefrau. Sonst nichts. Während er zu seinem Wagen ging, um einen Spurensicherungsbeutel zu holen, fiel Carlos auf, was für ein Glück sie gehabt hatten. Eine Aktentasche und ein Handy, die über Nacht in einem unverschlossenen Auto gelegen hatten. Vorsichtig steckte er das Handy in die Plastiktüte und versiegelte sie. Es würde höchste Priorität haben. Im Idealfall würde die verschlüsselte Konversation bei Wreckr einiges ergeben. Vielleicht sogar einen Namen.

Erneut ging er zu dem geparkten Auto und überlegte kurz, ob er die Aktentasche Ursula und ihrem Team überlassen sollte, entschied jedoch, dass sie so schnell wie möglich so viel wie möglich wissen mussten. Wieder beugte er sich vorsichtig in den Innenraum und zog sie zu sich. Die Tasche aus hellgelbem Leder war alt und abgewetzt und sah aus wie ein

Modell, mit dem die Karikatur eines Professors Universitätsstufen hinabstieg. Carlos öffnete sie so vorsichtig wie möglich. Der Verschluss war derart ausgeleiert, dass er mehrere Anläufe brauchte. Vielleicht war die Tasche ein Geschenk zu irgendeinem Examen oder einer neuen Stelle vor etlichen Jahren gewesen. Sie enthielt einen Notizblock, ein paar Stifte, einige lose Münzen, ein Handyladegerät und eine Ersatzunterhose. Rasch überflog er den Notizblock, fand jedoch nichts Auffälliges. Es schien sich vorwiegend um Aufzeichnungen zu verschiedenen Beurteilungen und Besprechungen zu handeln, gemischt mit To-do-Listen. Nirgends entdeckte er eine hastig niedergekritzelte Telefonnummer oder andere kleine Anmerkungen, die ihm weiterhelfen konnten. Also legte er den Block zurück und beschloss, ihn später eingehender zu untersuchen.

Carlos richtete sich auf und ließ die Umgebung auf sich wirken.

Hierher hatte der Mörder Riddarstolpe also bestellt? Bisher hatte er alles überaus gut geplant. Und wenn man Sebastian glaubte, hatte jedes Detail eine Bedeutung. Die Opfer, die Orte, die Zeitpunkte. Es gab keinen Grund zu der Annahme, dass es in diesem Fall anders war.

Also warum hier? Warum genau dieser Ort?

Ringsherum Wald. Zwischen den Bäumen schimmerte der See hindurch. War er der Grund? Aber Håkan Persson Riddarstolpe war nicht ertränkt worden. Wobei der See natürlich trotzdem eine Rolle spielen konnte. Wollte er, dass sie den See fanden? Hatte er eine besondere Bedeutung für den Mörder?

Carlos ging wieder zu seinem Auto, legte die Aktentasche und das Handy hinein, holte eine kleine Plastikdose mit Deckel und ging auf das Wasser zu.

Sie waren wieder zurück im Konferenzraum.

Alle, bis auf Ursula, die mit den Technikern zum Stora Flatenbadet gefahren war, um Persson Riddarstolpes Auto zu untersuchen. Vanja hätte zwar gern das gesamte Team versammelt, hatte Ursula aber auch nicht aufhalten wollen. Die Kriminaltechnikerin hatte ein Auge für Details, das sie, zusammen mit ihren Ermittlungsfähigkeiten und ihrer Kombinationsgabe, zu einem wahren Unikum machte.

Sie war dort, wo sie am meisten ausrichten konnte.

Carlos hatte gerade kurz und präzise seine Entdeckungen in Persson Riddarstolpes Computer zusammengefasst und wie diese ihn zu dem verlassenen Auto beim Flatenbadet geführt hatten. Nun sah Roger zu Sebastian hinüber.

«Er schien ja wirklich davon besessen gewesen zu sein, dir zu schaden. Hast du noch etwas anderes angestellt, als ihm in den Neunzigern die Karriere zu vermasseln?»

«Nein.»

«Was für ein nachtragender Typ», murmelte Roger Hansson vor sich hin. «Glück für unseren Mörder, so konnte er ihn gut hinters Licht führen.»

«Ja ...»

Wieder kam Sebastian der deprimierende Gedanke, dass ihr Täter vielleicht ein Polizist war. Wer konnte, abgesehen von Håkan Persson Riddarstolpe, Jahre später noch einen solchen Groll gegen ihn hegen? Nicht viele. Sebastian schielte zu Vanja hinüber, um zu erkennen, ob sie in denselben Bahnen dachte. Unmöglich zu sagen.

«Das Gute an dem Ort ist, dass dort ziemlich viele Leute unterwegs sind», unterbrach Carlos seine Gedanken. «Auch wenn die Badesaison noch nicht angefangen hat, gehen viele gern am See joggen oder mit ihren Hunden spazieren oder trinken abends ein Bier ...»

«Du meinst, jemand könnte etwas gesehen haben?»

«Wir sollten der Öffentlichkeit mitteilen, dass wir Hinweise rund um den See suchen zu dem Zeitpunkt, als Håkan sich dort aufhielt.»

«Und wann war das?», fragte Lena Gutestam.

«Er hat das Präsidium gegen halb sieben verlassen, also sollte er ungefähr zwanzig Minuten später da gewesen sein.»

«Ich kann mich darum kümmern», bot Lena an. «Gibt es irgendwelche Wohnhäuser in der Nähe, sollten wir die Anwohner befragen?»

«Der nächste Ort ist Älta, aber der ist ein ganzes Stück entfernt. Ich glaube nicht, dass etwas dabei herauskommt.»

«Okay.»

Das Thema schien nicht mehr herzugeben, und sie wandten sich wieder Vanja zu, die sofort mit einer weiteren Frage reagierte.

«Wie läuft es mit den Filmen von dem Betriebshof?»

«Wir sollten sie jeden Moment erhalten.»

Vanja nickte zufrieden vor sich hin. Der Verhaftung eines Täters waren sie nicht unbedingt näher gekommen, aber das Team arbeitete effektiv, mit einer perfekten Mischung aus Eigeninitiative und Gehorsam. Die Reichsmordkommission 2.0, oder wie man sie nennen sollte, war gut. Richtig gut.

Leider konnten Ergebnisse das bisher noch nicht bestätigen. Und Ergebnisse waren alles, was zählte.

«Ursula hat eine Nachricht hinterlassen», fuhr Vanja fort und nahm den Zettel, der vor ihr auf dem Tisch lag. «Wie schon vermutet, stimmt die Wasserprobe aus dem See vor Torgny Wahlgrens Hütte nicht mit dem Wasser in Susannes Lunge überein.»

«Ist er damit für uns kein Verdächtiger mehr?», fragte Roger.

«Nein, aber nicht nur deshalb. Wie sich herausstellte, stimmt auch sein Alibi. Zum Zeitpunkt von Susannes Ermordung war er in Dalarna.»

«Das war von Anfang an eine komische Spur», stellte Roger trocken fest. Alle im Raum sahen ihn fragend an. Er zuckte die Achseln. «Wir haben zwei Zeugen, die im Zusammenhang mit dem Mord an Susanne einen jungen Mann beobachtet haben, und fahren zu einem Siebzigjährigen und nehmen Wasserproben an allen Seen, die wir finden können.»

«An einem See, der eine Verbindung zu einem potenziellen Verdächtigen hatte», erwiderte Sebastian mit unverhohlener Irritation in der Stimme. «Und an einem See, an dem wir Håkans Auto gefunden haben. Zwei Seen. Das sind wohl kaum alle.»

«Es war nur eine Beobachtung, sonst nichts. Ihr könnt so viele Wasserproben nehmen, wie ihr wollt», entgegnete Roger. «Wenn ihr meint, es wäre wichtig.»

«Es ist wichtig.»

«Weil?»

«Weil unser Mörder nichts dem Zufall überlässt. Er plant. Alles, was er tut, hat eine Bedeutung.»

«Schon gut», sagte Hansson mit einer entwaffnenden Geste. «Ich meine ja nur, wenn das meine Ermittlung wäre, und ich weiß, dass sie es nicht ist, dann wäre ich der Wahlgren-Spur nicht nachgegangen.»

«Weil dir der Weg dorthin zu weit gewesen wäre», murmelte Sebastian so laut, dass es jeder hören konnte.

«Was willst du damit sagen?»

«Dass du faul bist. Kein schlechter Bulle, aber faul.»

«Und woher willst du das wissen?»

«Du weißt, dass ich ein ehemals sexsüchtiger, aber hochintelligenter Sack bin, und ich weiß, dass du faul bist.» Jetzt war Sebastian mit der entwaffnenden Geste an der Reihe. «Solche Sachen weiß man eben.»

Hansson bedachte ihn mit einem unergründlichen Lächeln. Vanja seufzte. Noch vor ein paar Minuten hatte sie das Team gedanklich in den Himmel gelobt, weil alle so gut zusammenarbeiteten, und dann kam so etwas. Sie wünschte, sie könnte Sebastian die Schuld geben, aber im Grunde konnte sie beide verstehen und auch beiden zustimmen. Roger hatte recht damit, dass die Zeugenaussagen ganz und gar nicht in Torgnys Richtung zeigten, andere Hinweise taten es aber doch. Und Sebastian hatte korrekt festgestellt, dass ihr Täter nichts dem Zufall überließ, und deshalb *war* es wichtig, in welchem See Susanne den Tod gefunden hatte.

Zudem war Roger Hansson faul. Das war allgemein bekannt.

«Hört auf, ihr beiden», sagte sie resigniert und zog ihr klingelndes Telefon hervor. Sie wandte den anderen den Rücken zu und meldete sich. Carlos stand auf, nahm sich eine der Mineralwasserflaschen vom Tisch, öffnete sie und trank mit gierigen Schlucken daraus, während er zu seinem Platz in der Sonne zurückging. Lena blickte zu Sebastian hinüber und lächelte ihn an. Er lächelte zurück, wobei es ihm völlig egal war, dass Roger dies mit einem fragenden Stirnrunzeln beobachtete. Vanja beendete das Gespräch mit einem «Okay, vielen Dank, bis später», legte das Handy auf den Tisch und wandte sich ihnen wieder zu, sah jedoch Sebastian an.

«Er hatte kein Herz.»

«Was?»

«Håkan Persson Riddarstolpe hatte kein Herz. Der Mörder hat es entfernt.»

«Västerås. Roger Eriksson», sagte Sebastian.

«Genau.»

«Wovon redet ihr?», fragte Carlos.

«Von unserem ersten gemeinsamen Fall», antwortete Sebastian.

«Von dem ersten Mal, als du dich bei uns eingenistet hast», korrigierte Vanja. «Aber ja, ein ermordeter Sechzehnjähriger, dessen Herz fehlte.»

«Nur damit ich es verstehe. Bezieht sich der Täter schon wieder auf einen eurer alten Fälle?»

«Scheint so.»

Im Raum wurde es still, während sie die neue Information langsam in sich aufnahmen. Sebastian grübelte erneut darüber, wie viele Menschen – und welche – etwas über die Ereignisse wissen konnten, die vor so vielen Jahren in seiner alten Heimatstadt passiert waren. Die Medien hatten groß über den Fall berichtet, und das Detail über das verschwundene Herz war durchgesickert, deshalb musste der aktuelle Mörder nicht unbedingt ein Polizist sein. Sebastian war sich jedoch ziemlich sicher, dass es hier nicht nur um den alten Fall ging, sondern der Täter auch mit dem Begriff «herzlos» spielte. Anfangs hatte ihn sein Gegner noch in gewisser Weise beeindruckt, jetzt fühlte er sich nur noch müde.

«Apropos», sagte Lena in die nachdenkliche Stille hinein. «Ich glaube, ich habe das Rätsel um die Ziffern gelöst, an der Wand in der Schweinefarm.»

Sie sagte es so sachlich und ungerührt, dass einige Sekunden verstrichen, ehe die anderen reagierten.

«Warum hast du das nicht gleich erzählt?», fragte Vanja ein wenig gereizt.

«Du hattest Carlos das Wort gegeben, und seitdem fand sich irgendwie keine ...»

«Egal. Was bedeuten sie?»

«Alles dreht sich um Sebastian, stimmt's? Im Bus haben wir eine Seite und eine Zeile bekommen. Wahrscheinlich geht es also um ein Buch. Sebastian hat Bücher geschrieben.»

«Drei Stück. Geht es um eines meiner Bücher?»

Lena grinste ihn an, als gefiele es ihr, ihn und die anderen noch ein wenig auf die Folter zu spannen. Dann zog sie ihren Laptop zu sich heran.

«Alle Bücher haben eine ISBN-Nummer, *International Standard Book Number*, die zehn oder dreizehn Stellen hat.»

«Wir haben aber nur sechs», wandte Carlos ein.

«Ich weiß, aber alle Nummern sind auf dieselbe Weise aufgebaut. Die meisten beginnen mit einer 978, das hat irgendetwas damit zu tun, wie man sie in einen Strichcode verwandelt oder so ...»

«Komm auf den Punkt», mahnte Vanja ungeduldig.

«Dann kommt das Land, in dem das Buch erschienen ist, Schweden hat die Nummer 91, die nächste Ziffer gibt den Verlag an, Sebastians Verlag hat die Zahl 1, dann kommen die sechs Titelziffern, das sind die, die an der Wand standen, und am Ende steht eine Kontrollziffer, 0.»

Während sie dies alles erklärte, gab sie die Zahl in den Computer ein.

«Daraus ergibt sich die 978 91 1 304136 0», schloss sie und drückte auf Enter. Mit einem zufriedenen Grinsen drehte sie den Laptop um, damit die anderen den Bildschirm sehen konnten. 678 Suchergebnisse. Alle zeigten ein und dasselbe.

Sebastians letztes Buch.

Die Frauen, die er kannte. Das Erbe von Hinde.

Sebastian schloss die Augen. Spätestens, als sie den Hinweis auf eine Seite und eine Zahl erhalten hatten, hätte er an seine eigenen Bücher denken müssen. Doch er war nicht darauf gekommen. Aber seine Inkompetenz konnte er später verfluchen, jetzt mussten sie ein Exemplar auftreiben. Er richtete sich an Vanja.

«Hast du es da?»

«Nein.» Sie schüttelte den Kopf.

«Du hast es nicht hier?», fragte er mit einem so fassungslosen Misstrauen in der Stimme, als hätte sie gelogen oder er sich verhört.

«Nein, warum sollte ich?»

«Torkel hatte meine Bücher in seinem Büro im Regal stehen», sagte Sebastian, und im selben Moment wurde ihm bewusst, wie dumm das klang.

«Ich habe sie nicht», unterstrich Vanja und fixierte ihn. «Hole ein Exemplar. Sofort.»

Er bat den Taxifahrer, auf ihn zu warten.

Es würde nicht lange dauern. Höchstens fünf Minuten. Als er ausstieg, knallte er die Autotür wütend hinter sich zu. Wie konnte es sein, dass keiner bei der Reichsmordkommission seine Bücher besaß? Torkel hatte sie in seinem Büro stehen gehabt, das wusste er, was wiederum bedeuten musste, dass Vanja bei ihrer Übernahme beschlossen hatte, sie auszumisten.

Als ihm das bei der Besprechung klar geworden war, rief er seine Lektorin an, erreichte sie jedoch nicht. Stattdessen musste er mit irgendeinem anderen Idioten im Verlag sprechen, der anscheinend nicht einmal wusste, wer er war und was er geschrieben hatte. Als Sebastian zweimal seinen Namen und den Titel des Buchs wiederholt hatte, sagte der junge Mann, er werde versuchen, ein PDF zu finden und es ihm zu schicken. Er sei sich nicht ganz sicher, wo er suchen müsse, werde sich aber wieder melden. An welche E-Mail-Adresse er die Datei denn schicken solle? Da hatte Sebastian genug gehabt und dankend abgelehnt, sich ein Taxi gerufen und schnellstmöglich nach Hause fahren lassen, um ein Exemplar zu holen.

Wie kann es sein, dass keiner bei der Reichsmordkommission meine Bücher besitzt?, dachte er erneut, während er den Türcode eingab. Doch er drängte den Gedanken zurück, er klang ja wie ein trotziges Kind. Schlimmer noch, er wirkte beleidigt. Die neue Volkskrankheit. Sebastian Bergman war aber nicht beleidigt, das war unter seiner Würde.

Er öffnete die Haustür und trat ein. Der Aufzug stand nicht im Erdgeschoss, deshalb lief er die Treppen hinauf.

17. 02. 2020. Wie war das möglich? Das Glas mit den eingelegten Zwiebeln war seit über drei Jahren abgelaufen. Trotzdem stand es dort, ganz hinten im obersten Kühlschrankfach. Auch die Rote Bete hatten das Haltbarkeitsdatum längst überschritten, ebenso die Gewürzgurken. Was für ein Verfall. Er sorgte nicht gut für sich.

Er brauchte jemanden.

Er brauchte sie.

Nachdem sie beim letzten Mal seinen Schrank aufgeräumt und die Stücke, die er wirklich nicht mehr tragen sollte, zur Altkleidersammlung gebracht hatte, war ihr heutiges Projekt die Küche. Hier gab es einiges zu tun. Mehr, als Ellinor gedacht hatte. Die Kühl- und Gefrierkombination, zwei Vorratskammern, die Unordnung in den Küchenschränken und dann der Backofen, der gereinigt werden musste. Was hatte diese Putzfrau eigentlich den ganzen Tag gemacht? Gut, dass Ellinor ihr gekündigt hatte. In einer Ecke stand eine Reihe von Flaschen und Einmachgläsern. Eine andere Art von Mülltrennung konnte sie nicht erkennen. Also wanderten Pappe, Plastik und Metall in den Hausmüll. Das würde sich ändern, wenn sie wieder eingezogen war. Ordnung war wichtig.

Wie überrascht er sein würde.

Als sie hastig die Stapel mit Werbeprospekten und ungeöffneter Post durchblätterte, die auf der Arbeitsfläche lagen, stieß sie auf einen Brief von der Justizvollzugsbehörde.

Neugierig öffnete sie ihn.

Also wusste er noch nicht einmal, dass sie frei war und wie nah sie ihm war. Jetzt musste sie nur die richtige Gelegenheit abpassen, dann wäre er überglücklich.

Gerade überlegte sie, ob sie die abgelaufenen Lebensmittel wegwerfen sollte oder es ihm auffallen würde, als sie aufhorchte. Ein Schlüssel im oberen Schloss der Sicherheitstür. Da kam jemand. Die junge Frau? Hatte sie inzwischen einen Schlüssel? Jemand anderes? Sebastian? Wer auch immer es war – sie hatte keine gute Erklärung für ihre Anwesenheit, und es bedurfte nicht viel, dass man sie wieder einsperrte. Deutlich weniger als ihre Anwesenheit in dieser Wohnung.

Hastig und lautlos huschte sie ins Schlafzimmer und kroch unter das Bett wie ein Kind, das Verstecken spielt.

Sebastian zog sich nicht einmal die Schuhe aus. Er ging direkt ins Arbeitszimmer und holte *Die Frauen, die er kannte. Das Erbe von Hinde* aus dem Regal. Warum hatte es sich nicht öfter verkauft? Ihre Jagd nach dem Trittbrettfahrer in jenen heißen Sommermonaten hatte nicht ganz so viel Aufsehen erregt wie die Suche nach Hinde selbst, über die fast jeden Tag berichtet worden war. Aber dennoch, der Fall und damit auch das Buch boten alles, was dem anscheinend unersättlichen True-Crime-Publikum gefallen sollte. Vermutlich müsste es ein Podcast sein. Niemand las noch Bücher, oder jedenfalls wurde das von Zeit zu Zeit behauptet, wenn wieder einmal über das Leseverständnis der Kinder oder das Hörbuch als eine Erfindung des Teufels diskutiert wurde. Aber *Der Mörderpolizist – das Buch über Billy Rosén* würde sich verkaufen. Und ihn wieder ganz nach oben bringen, wo er hingehörte. Da war Sebastian sich sicher.

Er blätterte zu Seite 129, während er das Handy hervorholte und Vanja anrief. Sie meldete sich sofort.

«Ich habe es hier.»

«Du bist auf Lautsprecher. Was steht da?»

Sebastian zählte zur sechzehnten Zeile herunter. Eingerückte Zeile. Neuer Absatz.

An Träumen mangelte es Ralph nicht. Er war ehrgeizig. Aber er erlebte jedes Mal, dass er von jemandem daran gehindert wurde, sie sich zu erfüllen. Bei jedem kleinen Fortschritt, den er machte, bekam er zu hören, dass es reines Glück war und nicht von Dauer sein würde. Bei jedem Scheitern hörte er ein «Was habe ich gesagt». Zuletzt wurde es zu einer selbsterfüllenden Prophezeiung. Der Ruhm und die Bestätigung, die er suchte, blieben aus. Irgendwann bemühte er sich nicht einmal mehr. Er wurde sowieso immer enttäuscht, die anderen machten ihm alles kaputt. Keiner glaubte ihm. Bis er Hinde kennenlernte.

Im Besprechungsraum wurde geschwiegen, bis er Lena Gutestam hörte.

«Das war eine lange Zeile ...»

«Es war der ganze Absatz.»

«Und was steht in Zeile sechzehn?»

«‹An Träumen mangelte es Ralph nicht. Er war ehrgeizig. Aber er ...›, und dann geht es in der nächsten Zeile weiter: ‹erlebte jedes Mal, dass er von jemandem daran gehindert wurde.›»

«Was bedeutet das?», fragte Roger Hansson. «Wird hier das Opfer beschrieben oder der Täter?»

«Der Täter, glaube ich. Ich komme jetzt wieder zu euch», antwortete Sebastian, beendete das Gespräch, schnappte sich das Buch und verließ sein Arbeitszimmer. Er ging in die Küche und drehte den Wasserhahn über der Spüle auf. Es dauerte immer eine Weile, bis das Wasser kalt wurde. Ungeduldig hielt er den Finger unter den Strahl. Immer noch lauwarm. Er holte ein Glas aus dem Oberschrank, und während er wartete, ließ er seinen Blick durch die Küche schweifen. Die Kühlschranktür stand einen Spaltbreit offen. Sebastian runzelte die Stirn. Hatte er sie heute Morgen überhaupt geöffnet? Er war gerade erst nach Hause gekommen, als Vanja angerufen hatte. Hatte weder gefrühstückt noch Kaffee getrunken. Stand die Tür schon seit gestern Nachmittag offen? Er ging hinüber, zog sie ganz auf und betastete eines der Einmachgläser. Kalt. Das Display über der Tür zeigte vier Grad an. Seltsam.

Verwundert schloss er die Tür, kehrte zur Spüle zurück und füllte sein Glas. Zweimal. Angeblich sollte man etwa zwei Liter Wasser am Tag trinken, er lag jeden Tag schätzungsweise anderthalb Liter darunter. Nachdem er getrunken hatte, stellte er das Glas neben die Spüle und verließ die Küche.

Fünfzehn Sekunden später hörte Ellinor, wie die Tür zugezogen und abgeschlossen wurde. Sie kroch unter dem Bett hervor.

So nah dran. Zu nah.

Auf diese Weise sollte ihre Wiedervereinigung auf keinen Fall ablaufen. Dass er sie aus heiterem Himmel in seiner Wohnung überraschte. Er würde es missverstehen.

Wütend werden. Vielleicht sogar erschrecken.

Das wollte sie auf keinen Fall.

Seltsamerweise hatte sie die Möglichkeit, dass er tagsüber nach Hause kommen könnte, gar nicht in Betracht gezogen. Sie war überzeugt gewesen, dass er zwischen neun und sechs Uhr bei der Arbeit sein würde. Doch sie hatte sich in einer falschen Sicherheit gewiegt, offenbar konnte er jederzeit zurückkehren. Das war ihr jetzt klar. Sie musste irgendeinen Weg finden, immer überprüfen zu können, wo er war. In der heutigen Zeit, mit der modernen Technik, sollte das doch möglich sein. Dem würde sie sofort nachgehen. Oder nicht sofort. Zuerst würde sie ihre Aktionen fortsetzen, um ihrem Liebsten das Leben ein wenig leichter zu machen, besser organisiert und strukturiert.

Aus den Gesprächsfetzen, die bis zu ihr unter das Bett gedrungen waren, hatte sie geschlossen, dass er mitten in einem neuen, spannenden Fall steckte. Jedenfalls hatten sie am Telefon über irgendeinen Täter gesprochen. Ellinor würde einen Blick in sein Arbeitszimmer werfen und schauen, ob er einen Teil der Unterlagen mit nach Hause genommen hatte wie schon früher. Damals hatte sie ihm geholfen. Vielleicht konnte sie ihn wieder unterstützen und auf eine äußerst konkrete Art und Weise zeigen, wie wichtig sie für ihn war. Ihm zu der Erkenntnis verhelfen, wie wertvoll sie füreinander waren. Ja, das würde sie tun.

Sobald sie in der Küche fertig war.

Hier ist es.»

Sebastian warf das mitgebrachte Buch auf den Tisch des Konferenzraums. Lena zog es zu sich heran.

«Schickes Cover», sagte sie und begann, darin zu blättern.

«Den einzig interessanten Teil daraus haben wir schon gehört», sagte Vanja, und Sebastian konnte nicht genau ausmachen, ob sie das restliche Buch diskreditieren oder lediglich das Gespräch wieder auf den Fall lenken wollte. Er beschloss, von Letzterem auszugehen, und war sich ziemlich sicher, dass sie es nicht einmal gelesen hatte.

«Unser Täter ist also ein Mann mit Ambitionen, den jemand daran hindert, seine Träume zu erfüllen», fasste Carlos zusammen.

«Ja, wahrscheinlich», sagte Sebastian.

«Bist du derjenige, der ihn daran gehindert hat?»

«Auch wahrscheinlich.»

«Und die Opfer?»

«Wie wir schon herausgefunden haben, sind das Menschen, deren Leben ich, bewusst oder unbewusst, negativ beeinflusst habe.»

Er wusste, dass alle hier im Raum dachten, er hätte «zerstört» sagen müssen, aber er weigerte sich, diese Auffassung zu teilen. Håkan Persson Riddarstolpes Leben war nicht zerstört worden. Er hatte eine Frau gehabt, die ihn aus unerfindlichen Gründen geliebt und ertragen hatte. Einen festen Job, Arbeitskollegen und bestimmt auch Freunde. Riddarstolpe hätte alle Chancen der Welt gehabt, etwas richtig

Gutes aus seinem Leben zu machen. Wenn er nicht in der Vergangenheit hängen geblieben wäre und sich von einem einzigen Erlebnis definieren lassen hätte. Wenn er nicht unfähig gewesen wäre weiterzugehen.

Ein Gefühl, das Sebastian besser kannte als die meisten.

Im Vergangenen verhaftet zu bleiben. Nicht in der Lage, die Gegenwart zu gestalten.

«Das bringt uns eigentlich nicht viel weiter», stellte Vanja fest.

«Nein. Haben wir noch was anderes?»

«Bus Nummer 50», sagte Lena und legte das Buch beiseite. «Fährt um 2:03 Uhr an der Lektorsgatan ab, aber nicht die ganze Strecke bis zum Odenplan. Die Endstation ist die Universität.»

Sie sah ihn an, als wüsste sie, dass dies eine Bedeutung für ihn hatte. Was den Tatsachen entsprach, es gab keinen Grund, das zu bestreiten.

«Ich habe dort studiert, Vorlesungen gehalten und unterrichtet.»

«Hast du dort Träume zerstört?», fragte Roger beinahe vergnügt.

Eine angemessene Frage, wenn man bedachte, dass ihnen das Zitat aus dem Buch und der Ort zusammen präsentiert worden waren. Während seiner Aufenthalte an der Universität war Sebastian garantiert nicht fehlerfrei gewesen, mitunter auch weit davon entfernt. Aber Träume zerstört ...

«Nicht, dass ich wüsste», antwortete Sebastian ehrlich.

«Denk darüber nach», mahnte Vanja ihn. «Angenommen, der Täter wollte, dass wir auf die Universität kommen, dann muss sie eine Bedeutung haben.»

«Ja, ich weiß. Ich werde nachdenken», versprach Sebastian.

«Wir haben die Filme von der Sicherheitsfirma», fuhr Vanja fort und nickte Carlos zu. Er nahm die Fernbedienung vom Tisch, und der Projektor an der Decke sprang mit einem leisen Surren an. Dann tippte er auf die Tastatur seines Laptops. An der weißen Wand erschien ein ziemlich körniges Bild von dem Betriebshof. Eine kleine digitale Anzeige in der rechten Ecke verriet, dass es einige Minuten nach drei Uhr nachts war. Die Busse standen in einer Reihe. Nichts bewegte sich. Dann kam plötzlich eine Gestalt von links ins Bild. Schwarze Kleidung, die Kapuze des Pullovers über den Kopf gezogen, ein rundes oder ovales weißes Logo auf Brusthöhe, weiße Turnschuhe. Die Gestalt trug und schleifte abwechselnd eine Person, die kein anderer sein konnte als der tote Håkan Persson Riddarstolpe. Als der Schwarzgekleidete die Tür des Busses irgendwie geöffnet hatte, sah er sich um. Für einen Moment blickte er direkt in die Kamera. Carlos stoppte den Film, und die Person starrte sie geradeaus an.

«Er trägt eine Maske», stellte Sebastian fest.

«Ja, aus *V wie Vendetta*», sagte Roger und nickte.

«Was ist das?»

«Ein Film über einen maskierten Anarchisten, der gegen ein faschistisches Regime kämpft. Mit Hugo Weaving und Natalie Portman. Richtig gut.»

«*V wie Vendetta*?»

«Ja.»

«Falls uns entgangen sein sollte, dass er sich rächt», schnaubte Sebastian verächtlich. Er kam nicht umhin, enttäuscht zu sein. Vorher hatte der Täter ein gewisses Maß an Finesse bewiesen. Brutal, aber gleichzeitig subtil. Die Hinweise setzten einiges an Denkvermögen voraus. Aber auf diese Anspielung hätte jeder Idiot mit Internet kommen können.

«Ganz schön ausgeklügelt, das muss man ihm lassen», kommentierte Roger, der anscheinend ganz anderer Meinung war.

«Das war zehn Minuten nach der Runde der Wachleute der Sicherheitsfirma. Sie haben nichts Verdächtiges beobachtet», sagte Lena.

«Er hat sie beobachtet. Und danach hatte er freie Bahn.»

Es war für alle im Team eine frustrierende Situation. Ein Mensch, der Hinweise und Spuren hinterließ und sich filmen ließ, und trotzdem waren sie der Lösung des Falls keinen Schritt näher als nach dem ersten Leichenfund auf der Schweinefarm in Västerås.

«Ich habe mir Håkans Computer angesehen, als ich oben bei ihm im Büro war», sagte Carlos an Sebastian gerichtet. Den anderen hatte er davon offenbar schon erzählt, während Sebastian zu Hause gewesen war und das Buch geholt hatte. «Er stand mit dem Mörder in Kontakt, wir haben eine E-Mail-Adresse.»

«Die uns weiterführt?», fragte Sebastian mit einem Hauch hoffnungsfroher Energie in der Stimme.

«Noch nicht», musste Carlos zugeben. «Sein Computer und sein Handy sind bei unseren IT-Experten. Ein Großteil ihrer Kommunikation lief wahrscheinlich über einen verschlüsselten Chat.»

«Von so etwas habe ich keine Ahnung», gestand Sebastian, hob aber die Hand, als er sah, dass Carlos zu einer Erklärung ansetzte. «Ich muss nur wissen, ob etwas dabei herauskommt.»

«Okay. Aber es gibt Kopien von ihrem Mailwechsel», sagte Carlos und deutete auf einen dünnen, von einer Büroklammer zusammengehaltenen Papierstapel auf dem Tisch. Sebastian zog ihn zu sich heran und überflog ihn.

«Er hat im Netz nach belastendem Material über mich gesucht?», fragte er ungläubig.

«Ja.»

«Du liebe Güte, er war ja noch viel lächerlicher, als ich dachte.»

Das blieb unkommentiert. In dem Moment brummte Vanjas Handy auf dem Tisch. Sie warf einen Blick darauf, nahm es und öffnete eine Nachricht. Dann wandte sie sich an Roger.

«Das war der Empfang. Du hast Besuch.»

Roger Hansson kannte Anders Ringmar schon lange. Vor einer halben Ewigkeit hatten sie zusammen bei der Polizei in Norrmalm angefangen, doch im Unterschied zu Roger, der schon nach wenigen Jahren Ermittler geworden und schließlich bei der Abteilung für Schwerverbrechen gelandet war, hatte Anders seine Uniform nie abgelegt. Jetzt arbeitete er im Polizeikreis Stockholm Nord, zu dem auch Solna gehörte. Und der Betriebshof in Tomteboda lag in der Gemeinde.

Anders Ringmar erhob sich von einer der Bänke hinter den Glastüren des Eingangsbereichs und kam Roger und Vanja entgegen. Er ließ einen jungen Mann auf der Bank zurück, der zu Boden starrte. Er war schätzungsweise dreißig Jahre alt, hatte dunkles, mittellanges Haar und einen Dreitagebart. Gekleidet war er mit einer dünnen Daunenweste über einem grauen Kapuzenpullover. Anders strahlte, als er seinen alten Freund und Kollegen sah. Sie umarmten sich schnell und herzlich und stellten übereinstimmend fest, dass sie sich viel zu lange nicht gesehen hätten und bald mal wieder ein Bier trinken gehen müssten.

«Das ist Vanja Lithner, meine derzeitige Chefin», sagte Roger mit einer Geste in Richtung Vanja, die Anders Ringmar ihre Hand entgegenstreckte.

«Hallo, ich bin Vanja.»

«Anders Ringmar. Hallo.»

Als Roger gehört hatte, wer ihn besuchte und warum, hatte er sich kurz Sorgen gemacht, er müsste Lena mitnehmen.

Sie war wirklich nicht verkehrt, aber er konnte sie nach wie vor nicht richtig einschätzen, und da sie noch nicht lange bei den Schwerverbrechen mitarbeiteten, hatten sie noch nie gemeinsam ein Verhör geführt. In vielen Dingen war Lena noch unerfahren, und wenn Roger ganz ehrlich zu sich war, vertraute er ihr bisher nicht so ganz. Vanja machte es ihm leicht, indem sie entschied, selbst mitzukommen. Er hatte nichts dagegen, denn er wollte gern bei der Reichsmordkommission bleiben, und da war es nicht ungünstig, ein bisschen Zeit mit der Chefin zu verbringen.

Unabhängig davon, ob sie in der Position bliebe.

Der Flurfunk gab ihr höchstens noch bis Monatsende. Aber da war sich Roger nicht so sicher. Sie machte einen guten Job in einer schweren Zeit. Vielleicht würde sie auch durchkommen, sie hatte sogar Torkel geopfert, ihren alten Mentor, und war also definitiv aus einem härteren Holz geschnitzt, als viele dachten.

«Das ist Roy», sagte Anders und deutete auf den jungen Mann auf der Bank. Der blickte auf und nickte ihnen kurz zu.

«Hallo, Roy. Ich hatte gedacht, wir könnten dort hineingehen», sagte Vanja und zeigte auf die Cafeteria jenseits der Sicherheitstüren, damit er nicht das Gefühl hatte, verhört zu werden. Roy zuckte mit den Schultern, stand auf und schlurfte neben ihnen her. Zu dieser Tageszeit war die Cafeteria fast leer. Roy wollte eine Cola, und Roger kaufte sie ihm. Vanja setzte sich und beugte sich zu dem jungen Mann vor, der sich eindeutig unwohl fühlte.

«Danke, dass Sie gekommen sind. Wir sind von der Reichsmordkommission und interessieren uns für nichts anderes als unseren Fall.»

Roger hatte sie vor dem Eingang der Cafeteria kurz beiseitegenommen und ins Bild gesetzt. Anders Ringmar war bei seiner Arbeit schon mehrmals auf Roy Amir gestoßen. Roy hatte als Sprayer ein paar Anzeigen wegen Sachbeschädigung kassiert und deswegen auch schon einige Monate im Gefängnis gesessen, aber keine schwereren Straftaten verübt. Jetzt war er zweifacher Vater und hatte mit den Graffiti aufgehört. Oder es zumindest seiner Frau versprochen. Als Ringmar zu Ohren gekommen war, was Roy gesehen hatte, überredete er ihn, mit ihm zu fahren und es zu erzählen. Dabei versprach er, dass ihn die Reichsmordkommission nicht für das belangen würde, was er in Tomteboda vorgehabt hatte.

«Anders hat gesagt, ihr seid okay», murmelte Roy und sah zu Ringmar auf, der bestätigend nickte.

«Wir sind so lange *okay*, bis wir einen Grund haben, es nicht mehr zu sein», erklärte Vanja und lächelte ihn an. «Erzählen Sie, was Sie gesehen haben.»

Roy blickte sich schnell in dem menschenleeren Raum um, beugte sich vor und senkte die Stimme.

«Ich war da draußen, bei den Bussen, und ...»

Er machte eine Pause, als wollte er Vanja testen und ihr eine Chance geben zu fragen, was er nachts in einem Busbetriebshof zu suchen hatte. Doch sie biss nicht an, sondern warf ihm nur einen auffordernden Blick zu. Roger kam zurück und stellte eine Dose Cola vor Roy, ehe er sich setzte.

«Ich habe ihn gesehen», fuhr Roy fort und öffnete zischend die Dose. «Er hat etwas in diesen Bus geschleift. Dieser Mord, über den alle berichten.»

«Konnten Sie erkennen, wie er aussah?», fragte Vanja und blickte Roy eindringlich an. *Bitte, sag Ja,* dachte sie. *Sag, dass du ihn beschreiben kannst.*

«Nicht gleich, beim Bus hatte er eine Maske auf, so eine wie die Leute von Anonymous.»

«Wie in dem Film *V wie Vendetta*?», fragte Vanja, und Roger nickte. Ja, dieselbe Maske.

«Ja, kann sein, dass der so heißt.»

Vanja spürte, wie ihre Erwartungen an das Gespräch wuchsen. Dieser Typ erzählte kein Lügenmärchen. Er war wirklich dort gewesen. Sie hatte das körnige Standbild von der Überwachungskamera noch genau vor Augen.

«Was ist dann passiert?», fragte sie und versuchte, sich ihren Eifer nicht anmerken zu lassen. Roy trank einen Schluck, stellte die Dose wieder ab, und zuckte die Schultern.

«Ich bin ihm gefolgt. Der Typ wirkte irgendwie verdächtig, wissen Sie.»

«Wohin sind Sie ihm gefolgt?»

«Durch ein Loch im Zaun, auf der Rückseite des Hofs. Da hatte er geparkt.»

«Erinnern Sie sich, was für ein Auto es war?»

«Ein brauner Audi. Q5.»

Vanja holte tief Luft und musste sich beherrschen, um nicht breit zu strahlen. Sie hatten eine richtige Spur. Endlich. Das Auto des Täters konnte ein entscheidender Hinweis sein.

«Haben Sie noch etwas beobachtet?», fragte sie und erwartete eigentlich keine weitere interessante Antwort, sondern stellte sich eher darauf ein, das Gespräch höflich zu beenden.

«Nein. Dort hat er die Maske abgenommen und sie ins Auto geworfen. Dann ist er weggefahren.»

Vanja stutzte.

«Er hat die Maske abgenommen?»

«Genau.»

«Und Sie haben ihn gesehen?»

Roy nickte. Das wurde ja immer besser. Bedeutend besser,

als Vanja zu hoffen gewagt hatte. Roy Amir war ein Premiumzeuge.

«Ja.»

Sofort war Vanja in Gedanken bei der Frage, wen sie kontaktieren musste, um ein Phantombild erstellen zu lassen. Am besten so schnell wie möglich, es war schon ein halber Tag vergangen. Erinnerungen waren unzuverlässig, verblassten schnell und mischte sich leicht mit anderen Eindrücken. Wenn Roy aber ein gutes Gesichtergedächtnis hatte, konnte durchaus noch ein brauchbares Porträt entstehen. Ein Phantombild zählte zwar leider nicht als Beweis, war aber mitunter ein gutes Werkzeug, um einen Verdächtigen einzukreisen. Zudem konnte man es sowohl intern als auch in den Medien verwenden.

Als Erste fiel ihr Linda Alakoski von der Abteilung für Schwerverbrechen ein, die im Programm EFIT6 geschult worden war, das sie neuerdings zur Erstellung von Phantombildern verwendeten. Früher war sie einfach zu Billy gegangen, der das Programm nach einem zweitägigen Intensivkurs bestens beherrscht hatte.

Verdammter Billy.

«Frag bitte mal Linda Alakoski, ob sie sofort kommen kann», sagte Vanja zu Roger Hansson, der sich gleich auf den Weg machte. Dann wandte sie sich wieder an Roy.

«Danke vielmals, dass Sie gekommen sind und das erzählt haben.»

«Erst wollte ich nicht, aber dann kam es mir falsch vor, wissen Sie, nachdem der Typ tot ist, und deshalb habe ich Anders angerufen.»

«Das haben Sie gut gemacht. Danke. Wenn Sie noch kurz warten würden, kommt hoffentlich gleich eine Kollegin, mit der Sie ein Bild von dem Mann erstellen können.»

«Wollen Sie denn das Kennzeichnen gar nicht haben?», fragte Roy und lehnte sich mit der Cola in der Hand zurück.

«Wie bitte?»

«Das Kennzeichen. Vom Audi. Ich habe es aufgeschrieben.»

RPS 986. Die Suche im Fahrzeugregister ergab, dass dieses Kennzeichen gar nicht zu einem braunen Audi Q5 gehörte, sondern zu einem weißen Nissan Prairie 2002, der auf eine Frau namens Fatima Ahmadi zugelassen war. Vor mehr als einem Monat hatte sie den Diebstahl ihrer Nummernschilder gemeldet, aber man war der Sache nicht weiter nachgegangen. Vanja schickte Roger und Lena nach Fisksätra, um die Frau zu befragen.

Als sie im Auto saßen, gab Lena die Braxengatan in das Navigationsgerät ein. Die Fahrt würde eine gute halbe Stunde dauern. Anscheinend passierte alles in diesem Fall im Süden der Stadt.

«Na, was denkst du?», fragte Roger, während er vom Klarabergsviadukten abbog und beschleunigte.

«Worüber?»

«Über die Reichsmordkommission, den Fall, Vanja, Sebastian und so weiter.»

«Ich glaube, dass die Reichsmordkommission bestehen bleibt und wir den Fall lösen, aber vielleicht noch ein Mensch sterben muss, ehe es so weit ist. Und dass Vanja weiterhin die Chefin sein wird und Sebastian irgendwann das Interesse an dem Job verliert und mehr Zeit privat mit seiner Tochter und seiner Enkelin verbringen will.»

Sie warf ihm einen Blick zu, aber er musste sich gerade darauf konzentrieren, am Slussen vorbeizufädeln, um auf die 222 zu kommen.

«Das ist alles.»

«Glaubst du, dass wir bei der Reichsmordkommission bleiben können?»

«Du wolltest schon immer dorthin, oder?»

«Klar, das ist ja kein Geheimnis.»

«Zum Glück, denn du verbirgst es auch nicht besonders gut.»

Er lachte. Sie fuhren am Fotografiska Museum vorbei, das gerade eine Ausstellung von Alexander Wessely präsentierte. Lena hatte noch nie etwas von ihm gehört.

«Was hältst du von Sebastian?», fragte Roger im Plauderton.

«Ich mag ihn.»

«Warum?»

«Er ist ein gebrochener Mensch.»

Roger schielte zu ihr hinüber, um zu sehen, ob sie scherzte oder nicht, wurde aus ihrem Lächeln aber wieder einmal nicht schlau.

«Er hat gesagt, ich wäre faul.»

«Habe ich gehört.»

«Findest du mich faul?»

«Findest *du* dich faul?»

«Ich bin effektiv. Ich verschwende keine Zeit und Energie auf Sachen, die zu nichts führen.»

«Man weiß nicht immer im Vorfeld, wohin etwas führt.»

«Ich habe ein Gespür für so etwas.»

«Du verlässt dich also auf dein Bauchgefühl. Wie Pu der Bär. Der hat sich auch nicht unnötig verausgabt.»

«Und wer bist du dann? Ferkel?»

«Wer ist am schlauesten von allen?»

«Sind in diesen Büchern nicht alle dumm wie Brot?»

Ungezwungen plauderten sie weiter, bogen an der Anschlussstelle Skvaltan in Richtung Saltsjöbaden ab und fuhren dann am Nackareservatet entlang, bis sie ihr Ziel erreicht hatten.

Sie parkten in einem u-förmigen Wohngebiet, das aus mehreren identischen, sechsstöckigen Wohnhäusern mit mindestens zehn Treppenaufgängen bestand. Eine typische triste Satellitenstadt aus dem schwedischen Millionenbauprogramm.

Fatima Ahmadi war zweiundfünfzig Jahre alt, sah aber jünger aus, wie Lena registrierte, als die Frau ihnen die Tür öffnete und sie in die Wohnung im dritten Stock hereinbat. Offenbar lebte Ahmadi schon einige Jahre in Schweden, denn sie hatte zwar einen starken Akzent, sprach aber fließend Schwedisch. Sie erzählte, dass sie eines Morgens zu ihrem Auto gekommen sei und beide Nummernschilder hätten gefehlt. Vorn und hinten. Mehr könne sie dazu nicht sagen.

«Aber ich hätte nie gedacht, dass die Polizei deshalb bei mir vorbeikommen würde. Haben Sie sie gefunden?», fragte sie neugierig.

Roger schüttelte den Kopf.

«Leider nicht. Wir sind hier, weil ein Auto, das mit Ihren Nummernschildern herumfährt, in unserer Ermittlung aufgetaucht ist.»

«Ist das ein Problem für mich?», fragte Ahmadi nervös.

«Nein.»

«Ich habe sofort angerufen und den Diebstahl angezeigt. Mein Sohn hat gesagt, das müsse ich machen, weil es verboten ist, ohne Nummernschilder umherzufahren.»

«Ja, das stimmt», antwortete Lena freundlich. Es schien nicht so, als könnte ihnen die Frau groß weiterhelfen. Aber wenn sie ihnen zeigte, wo sie das Auto geparkt hatte, konnten sie überprüfen, ob es dort Kameras gab. Und dann wären sie hier fertig,

«Ich habe provisorische Nummernschilder bekommen», fuhr Fatima Ahmadi fort. «Aber ich musste dafür bezahlen.»

«Ja, das ist leider so.»

«Aber ich wurde bestohlen, ich habe sie doch nicht verloren. Eigentlich sollte ich dafür nichts zahlen müssen.»

«Dafür ist die Verkehrsbehörde zuständig, nicht wir», erklärte Roger in dem verständnisvollsten Ton, den er aufbringen konnte.

«Haben Sie in den Tagen vor dem Diebstahl etwas Auffälliges beobachtet?», fragte Lena, um das Gespräch wieder in die richtigen Bahnen zu lenken. «Zum Beispiel jemanden gesehen, den Sie nicht kannten, der nicht hier in der Gegend wohnt?»

«Hier sind immer Leute, die ich nicht kenne, keine Ahnung, ob die hier wohnen oder nicht. Hier leben so viele Menschen.»

«Also ist Ihnen niemand aufgefallen?»

Fatima Ahmadi schien nachzudenken, dann schüttelte sie langsam den Kopf.

«Nein ... Aber vielleicht können Sie mir mit einer Sache helfen.»

«Ja, natürlich. Worum geht es denn?»

Sie ging in die Küche und kam mit einem Stapel Papiere, Rechnungen und Mahnungen zurück.

«Können Sie die nicht dazu bringen, mir das nicht mehr zu schicken?»

«Was ist das?»

«Mahnungen und Strafzettel und Mautrechnungen und was weiß ich nicht alles. Die bekomme ich. Obwohl ich die Nummernschilder als gestohlen gemeldet habe. Obwohl ich mich beschwert habe.» Sie reichte den beiden den Stapel. «Können Sie mir dabei helfen?»

Roger nahm die Papiere entgegen und blätterte sie durch.

«Eigentlich sind wir dafür nicht die richtigen Ansprechpartner, aber wenn wir sie mitnehmen dürfen, finden wir bestimmt jemanden, der Sie unterstützen kann», sagte er lächelnd. Ohne es zu wissen, hatte Fatima Ahmadi ihnen ein Geschenk gemacht. Jetzt wussten Sie genau, wo das Auto im letzten Monat falsch geparkt und welche Mautstellen es passiert hatte.

Das Netz zog sich allmählich zu.

Träume zu haben.

Sich mehr zu wünschen, etwas anderes zu wünschen.

Nicht nur etwas zu übernehmen und zu verwalten. Sondern seinen eigenen Weg zu gehen, sein eigenes Leben zu leben. Sich nicht damit abzufinden, in Dreck und Gestank umherzuwaten. Er hatte schon immer gewusst, dass die Welt größer war und es einen Platz für ihn darin gab.

Nur sie verstanden es nicht. Wollten es nicht verstehen.

Schweinebauer zu sein, sei also nicht gut genug?

Als ginge es darum, was gut genug war. Fein genug. Ihm war es unbegreiflich, wie sie das persönlich nehmen konnten. Wie sie sich angegriffen fühlten, allein durch die Tatsache, dass er mehr wollte, etwas anderes.

Mittlerweile gab es einiges, das sie ihm bestimmt übel nehmen würden, wenn oder falls sie es erführen, aber dass er seine Zukunft an einem anderen Ort sah als jenem, an dem er seine Gegenwart verbrachte, hätte nicht für Kontroversen sorgen dürfen.

Doch so war es.

Für wen hielten sie ihn eigentlich?

Er hingegen wusste ziemlich genau, wer er war. Sie weigerten sich nur, das zu akzeptieren. Dabei hatte er es zu erklären versucht. Sich nach nur neun Schuljahren ein Leben aufzubauen, eine Familie zu gründen, das war schön, das war beneidenswert, er war ihnen dankbar, doch für ihn war das nichts.

Er wollte mehr. Er wollte etwas anderes.

Zwar war er nicht der Erste in seiner Familie, der aufs Gymnasium ging, aber der Einzige mit der ausdrücklichen Ambition, danach zu studieren. *Da kommt er also, der Stockholmer,* hatten sie gesagt, als er an der Universität angenommen worden war. Er hatte sich wirklich bemüht, keinen großen Wind darum zu machen und sich so zu verhalten wie immer, aber das spielte für sie keine Rolle. Er war längst der Stockholmer, der seine Familie auf unerklärliche Weise gekränkt hatte, der sich für etwas Besseres hielt, der seine Angehörigen verraten hatte, ja, sein ganzes Erbe.

Nur, weil er zu träumen wagte.

Als er dann tatsächlich umzog und Stockholmer wurde, konnte er freier atmen, freier leben. Konnte endlich der sein, der er tief in seinem Inneren immer schon gewesen war. Auf allen Ebenen.

Er fand Freunde. Er studierte. Er verliebte sich.

Keiner sagte, dass er am falschen Ort war, keiner versuchte, ihn und seine Ambitionen zu schmälern. Er genoss das Leben, die Welt, und für einige Jahre lief alles so, wie es sollte. Wie er es sich erträumt und doch nie wirklich zu hoffen gewagt hatte.

Oft musste er kämpfen. Mit seinem geringen Selbstwertgefühl und mit seinem Selbstbild. Mit den destruktiven Gedanken, dass sein Leben eine Lüge war, die enttarnt werden würde. Sein Glück war zerbrechlich. Es bedurfte nicht viel, um ihn aus dem Gleichgewicht zu bringen und in Zweifel zu stürzen. Eine vermasselte Prüfung, Kommilitonen, die etwas schneller begriffen als er, ein unbedachter Scherz über seine Herkunft.

Für wen hielt er sich eigentlich?

Doch er kämpfte und schaffte es. Packte alles und wollte weiter. Es war möglich. Alles war möglich. Mit der Zeit durchschritt er weniger Täler, und sie waren nicht mehr so tief. Dafür erstürmte er umso mehr Gipfel, und sie wurden höher.

Er würde promovieren.

Er wäre der Erste in der Familie Petterson mit einem Doktortitel. Ein Bruder seines Großvaters mütterlicherseits hatte irgendwann in den Dreißigerjahren ein Fernstudium belegt und war seither «der Herr Professor» genannt worden, aber ansonsten ... Eine Dissertation. So weit war er gekommen, so viele Hindernisse hatte er überwunden. Nicht zuletzt jene, die er sich selbst in den Weg gestellt hatte. Nur noch wenige Schritte auf dem langen, wunderbaren, aber zugleich schmerzlichen Weg, den er gewandert war. Nur noch ein paar Monate, dann wäre die ganze Plagerei es wert gewesen ...

Jetzt war es genug. Er hatte sich fortgeträumt. Dorthin, wo er immer landete, wenn er seine Gedanken umherschweifen ließ. Dagegen war auch nichts einzuwenden, denn mitunter musste er sich selbst daran erinnern, warum er tat, was er tat. Das gab ihm die Kraft weiterzumachen. Und das hatte er auch vor. Nach dem Psychologen im Bus war er ein wenig nervös gewesen. Hatte er es ihnen zu leicht gemacht? Den Abschnitt aus dem Buch und die Universität, zwei Hinweise auf einmal. Vielleicht waren sie ihm doch auf der Spur. Vielleicht war Sebastian über sich selbst hinausgewachsen und hatte sich tatsächlich an ihn erinnert? Unwahrscheinlich, aber nicht unmöglich.

Aber davon wollte er nicht ausgehen. Er musste so handeln, als würden sie immer noch im Dunkeln tappen und bräuchten mindestens einen weiteren Hinweis.

Den er ihnen geben würde.

Jonathan hatte verwundert geklungen, als Vanja anrief. Verwundert und ein wenig beunruhigt, als sie sagte, er könne so lange arbeiten, wie er wolle, denn sie habe beschlossen, Amanda heute aus der Vorschule abzuholen.

Ob alles in Ordnung sei? Ob etwas passiert sei?

Er wusste, wie viel sie zu tun hatte, und als ihm klar wurde, dass der Mord in dem Busbetriebshof, von dem sie den ganzen Tag im Radio berichtet hatten, etwas mit ihrem Fall zu tun haben musste, wunderte er sich noch mehr. Sie beruhigte ihn. Ja, sie hätten viel zu tun, aber ihr Team sei kompetent und würde ein paar Stunden ohne sie auskommen, und das Allerwichtigste: Sie vermisste Amanda.

Sie hatten sich eine Weile unterhalten. Vanja war es schon immer gut gelungen, den Job nicht mit nach Hause zu bringen, doch dass ihr biologischer Vater, der Mann, der mitunter ihre Tochter aus der Vorschule abholte, von einem Serienmörder herausgefordert wurde, beschäftigte sie auch in der Freizeit. Jonathan und sie erinnerten sich noch immer mit Schrecken an die grauenvollen Stunden vor ein paar Monaten, als sie glaubten, Billy hätte Amanda vergiftet, um sich an Sebastian zu rächen. Jetzt war er wieder Teil ihres Arbeits- und ihres Privatlebens, und das war zu viel Sebastian Bergman für sie. Vanja brauchte eine kurze Pause allein mit ihrer Tochter. Um wieder neue Energie zu tanken. Jonathan erzählte sie jedoch nichts von ihren Plänen für den Nachmittag. Er würde es früh genug erfahren, denn Amanda würde es bestimmt erzählen.

Als sie das Gespräch beendet hatte, dachte sie wie immer, was für ein Glück es war, dass sie Jonathan gefunden hatte. Einen guten Vater und einen guten Partner. Einige ihrer wenigen Freunde fragten hin und wieder, ob sie denn nicht heiraten wollten. Immerhin waren sie jetzt schon mehrere Jahre zusammen und hatten ein gemeinsames Kind. Vanja hatte nichts gegen das Heiraten, sie fragte sich nur, wozu es gut sein sollte. Die Ehe war nur ein Etikett. Jonathan wäre dann nicht mehr ihr Lebensgefährte, sondern ihr Mann, das war der einzige Unterschied. Jene Argumente, dass finanziell alles einfacher würde, wenn man verheiratet war, klangen vernünftig, aber Vanja hatte sich noch nicht entschieden.

Vielleicht würden sie heiraten. Irgendwann einmal.

Wenn er ihr einen Antrag machte.

Fest stand aber, dass sie zusammen verreisen würden, wenn dieser Fall vorbei war. Nur sie beide. Ein Wochenende. Mindestens. Valdemar würde sich bestimmt bereit erklären, Amanda für paar Tage zu sich zu nehmen. Er oder Sebastian, der auch auf ihrer Liste stand. Sie vertraute ihnen beiden. Sebastian war keinesfalls fehlerfrei, aber er würde alles für Amanda tun, das wusste sie. Doch mal sehen, wohin sie alle dieser Fall führen würde. Vielleicht hätte sie am Ende nicht einmal mehr einen Job. Jedenfalls keinen bei der Reichsmordkommission.

Obwohl ihre Zukunft nach ihrem heutigen Treffen mit Rosmarie ein wenig rosiger erschien. Vanja hatte nicht erwähnt, dass sie von Rosmaries Vereinbarung mit Persson Riddarstolpe wusste, die Abteilung zu überwachen, mit der sie ihm die Möglichkeit gegeben, ja, ihn beinahe dazu ermuntert hatte, Sebastian in die Enge zu treiben. Es konnte nützlich sein, dieses Wissen noch ein wenig in der Hinterhand zu haben. Vanja hatte lediglich angedeutet, was sie wusste, indem sie Dinge sagte wie, *Mich wundert, dass er sich ausgerechnet für diesen Fall so sehr interessierte* oder *komisch, dass er ein so großes Risiko einging*. Sie berichtete auch, dass sie seinen Computer und sein Handy hatten und alles gründlich durchsehen würden. Vielleicht würden sie dort ja eine Antwort auf sein merkwürdiges Verhalten finden. Während sie über Håkan sprachen, hatte Vanja Rosmarie jedoch genau beobachtet und zu sehen geglaubt, wie in deren Kopf sofort der Schadensbegrenzungsmodus ansprang. Wie sollte sie sich erklären, wenn die anderen den Mailwechsel zwischen ihr und Håkan fanden?

Anschließend berichtete Vanja ihr von den Ereignissen und Fortschritten des Tages, und eine leicht angeschlagene Rosmarie lobte sie und das Team. Zu Recht. Mit Roy als Zeugen, dem Phantombild und den gestohlenen Nummernschildern hatten sie endlich konkrete Hinweise, mit denen sie weiterarbeiten konnten. Noch gab es zwar keinen Verdächtigen, aber dank Roy wussten sie, dass der Mörder ein weißer Mann um die dreißig war, mittelgroß, gut gebaut, ordentlich rasiert, mit dunklen, wahrscheinlich braunen Augen und kurzem dunklen Haar, einer ziemlich hohen Stirn sowie einer unauffälligen Nase. Das Phantombild war bereits an alle Polizeidienststellen in der Stadt geschickt worden. Wenn bis morgen dazu keine Rückmeldungen kämen, wollte Vanja es auch an die Medien herausgeben.

Am Ende der Besprechung waren Rosmarie und sie übereingekommen, Sebastian im Team zu behalten. Jedenfalls vorerst, denn sie konnten nicht riskieren, dass er auf eigene Faust ermittelte, und bisher war es gelungen, ihn vor der Öffentlichkeit unter dem Radar zu halten. Nach der Lösung des Falls würde er die Reichsmordkommission jedoch verlassen müssen, das machte Rosmarie überaus deutlich. Vanja widersprach ihr nicht.

Es war also besser gelaufen als erwartet, deshalb gönnte sie es sich jetzt, zur Vorschule zu fahren und ihre Tochter abzuholen.

Amanda war verwundert, freute sich aber sehr, als sie ihre Mutter am Tor stehen sah, und rannte ihr entgegen. Vanja blieb auf dem Hof und unterhielt sich mit den Erzieherinnen, während Amanda zurückging, um ihren Rucksack und ihr Maccaroni-Bild zu holen, auf das sie wahnsinnig stolz war. Nachdem sie wiedergekommen war und Vanja sie für ihr großes künstlerisches Talent gelobt hatte, mit dem sie Nudeln auf Papier geklebt hatte, verabschiedeten sie sich und gingen zum Auto. Auf dem kurzen Weg dorthin spürte Vanja, wie schön das Familienleben war, und welch gute Entscheidung es gewesen war, sich für eine Weile aus der Arbeit auszuklinken. Sie hatte eine kleine Glücksoase ganz in der Nähe, daran musste sie sich nur erinnern.

«Ich habe einen Vorschlag», sagte sie, als sie das Auto erreichten und Amanda in ihren Kindersitz kroch. «Was hältst du davon, Oma zu überraschen?»

«Oma?»

«Ja, sie ist in der Stadt, wie ich erfahren habe», erklärte Vanja und schämte sich ein bisschen für ihre Lüge. Amanda hatte schon mehrmals nach ihrer Oma gefragt. Verständlicherweise. Wenn Valdemar ihr Opa war, wo war dann ihre Oma? Die meisten anderen Kinder in der Vorschule hatten beides. Vanja hatte erzählt, dass Anna ganz weit weg wohnen würde und sie sich deshalb nicht oft sahen. Sie log, genau wie Anna sie ihr Leben lang angelogen hatte, und das fühlte sich wirklich nicht gut an. Aber sie hatte sich eingeredet, es wäre eine Notlüge und es gäbe keinen Grund, ihrer

Tochter etwas von der komplizierten Beziehung zu erzählen, solange Amanda noch so klein war. Noch konnte sie es unmöglich verstehen.

«Ja, wie toll, Mama! Oma!», rief Amanda fröhlich, während Vanja sie anschnallte. Die Vorschule lag fußläufig von Annas Wohnung, aber Vanja zog es trotzdem vor, das Auto zu nehmen, damit Amanda nicht verstand, wie nahe Anna eigentlich wohnte. Sicher war sicher. Sie wollte nicht, dass ihre Tochter ihr später ständig damit in den Ohren lag, ihre Oma besuchen zu wollen, weil sie momentan noch nicht ahnen konnte, wie das Treffen ausgehen würde.

Gerade hatte sie die Tür auf Amandas Seite zugeschlagen, als das Telefon klingelte. Eine unterdrückte Nummer. Vanja seufzte. Sie wusste, dass sie den Anruf annehmen musste, aber sie hasste unterdrückte Nummern. Nachdem sie tief Luft geholt hatte, meldete sie sich.

«Vanja Lithner.»

«Hallo, Nazrin Heidari vom *Expressen*, erinnern Sie sich noch an mich?»

Vanja schloss für einen Moment die Augen. Ja, sie erinnerte sich an Nazrin Heidari. Zum ersten Mal waren sie sich vor ein paar Monaten in Karlshamn begegnet. Sie war eine Kriminalreporterin, die ihren Job zu Vanjas Leidwesen sehr gut machte.

«Ja, hallo», sagte sie nur und lehnte sich ans Auto.

«Ich bin gerade dabei, ein paar Angaben zu überprüfen, und hätte gern Ihren Kommentar dazu.»

«Es ist momentan etwas ungünstig. Können wir morgen telefonieren?»

«Nein, der Artikel geht bald raus, wenn Sie also eine Chance haben wollen, etwas dazu zu sagen, müsste es jetzt sein.»

Vanja seufzte laut. Sie wusste schon, wie die Sache ausgehen würde. Nazrin würde erzählen, was sie wusste oder zu wissen glaubte, und Vanja würde es nicht kommentieren. Es war ein Tanz, den sie in ihrer jeweiligen beruflichen Rolle beide vollführen mussten. Also konnten sie genauso gut gleich die Musik anstellen.

«Was sind das für Fragen?», erkundigte sie sich müde.

«Es geht um Sebastian Bergman.»

War ja klar, dachte Vanja.

«Er arbeitet ab und zu für Sie, wenn ich es richtig verstanden habe.»

«Hat er, ja. Als Berater. Er ist nicht bei uns angestellt.»

«Stimmt es, dass an den beiden Tatorten Mitteilungen aufgetaucht sind, die direkt an ihn gerichtet waren?»

Das war nicht gut. Wirklich nicht gut.

«Sie müssten doch eigentlich wissen, dass ich Ihnen zu Details aus den laufenden Ermittlungen keine Auskunft geben kann», sagte sie mit einer möglichst professionellen, autoritären Stimme.

«Aber das letzte Opfer, beim Busbetriebshof, ist Håkan Persson Riddarstolpe.» Das war keine Frage, sondern eine Feststellung. Sie wusste es. Woher konnte sie das wissen? Vanja dachte nach. Hatten sie diese Information irgendwo herausgegeben? Nein, hatten sie nicht. Aber es gab undichte Stellen bei der Polizei. Das war eine bekannte Tatsache, fast schon ein Naturgesetz. Anscheinend ließ sich so etwas nie verhindern.

«Er war Psychologe bei der Polizeibehörde und als, wie soll ich sagen, Konkurrent von Bergman bekannt», fuhr Nazrin fort. «Wenn Polizeiangestellte in solchen Zusammenhängen auftauchen, hat die Allgemeinheit ein berechtigtes Interesse, davon zu erfahren. Vor allem nach der Sache mit Billy Rosén.»

Natürlich musste sie Billy erwähnen. War man Journalist und es gab Verbindungen zwischen neuen Opfern und einem Mitarbeiter der Reichsmordkommission, wäre es beinahe ein Dienstversagen, keine Verbindung zu Billy herzustellen.

Verdammter Billy.

Vanja sah zu Amanda hinunter, die aus dem Fenster schaute und darauf wartete, dass sie endlich losfuhren. Warum konnten sie nicht einfach ihre Ruhe haben, Anna treffen und das andere für eine Weile vergessen? Weil die Welt eben nicht so funktionierte. Vanja holte tief Luft.

«Ich kann nichts zur laufenden Ermittlung sagen. Unsere Arbeit ist in einer ...»

«Kritischen Phase», ergänzte Nazrin, und Vanja hätte schwören können, dass sie lachte. «Ich weiß, das sagt ihr immer. Aber mir wurden die Informationen von mehreren unabhängigen Quellen bestätigt, deshalb wollte ich Ihnen die Möglichkeit geben, sie zu kommentieren.»

«Und Sie wissen, dass ich das nicht kann», erwiderte Vanja müde. Mehrere unabhängige Quellen. Es war also nicht nur eine undichte Stelle, die Polizei war das reinste Sieb.

«Sie könnten es dementieren.»

«Etwas zu dementieren, wäre auch ein Kommentar, und ich kommentiere keine laufenden Ermittlungen.»

Sie tanzten ihre gewohnte Choreografie. Nazrin Heidari hatte nun den Rücken frei, sie hatte Vanja eine Chance gegeben, auf eventuelle Fehler in ihren Recherchen hinzuweisen. Und Vanja hatte ihre Rolle gespielt, was im Prinzip beinhaltete, eine einzige Antwort in unzähligen Variationen zu wiederholen.

Kein Kommentar.

Sie dachte flüchtig an Torkel. Wie gut er mit derartigen

Situation umgegangen war. Er hatte eine Beziehung zu einigen der namhaftesten Reporter aufgebaut und sie sogar davon abhalten können, gewisse Informationen zu veröffentlichen. In einer Art Freundschaftsdienst. Vanja konnte sich nicht vorstellen, dass Nazrin Heidari und sie in absehbarer Zeit Freundinnen werden würden.

«Gut. Danke, dass ich Sie stören durfte.»

Heidari verschwand mit einem Klicken, und Vanja steckte das Handy weg. Rosmarie würde nicht erfreut sein. Wenn Vanja bei der heutigen Besprechung einen Schritt nach vorn gemacht hatte, waren dies garantiert zwei Schritte zurück. Aber daran ließ sich jetzt nichts ändern. Es würde wieder Schlagzeilen geben. Vermutlich richtig große Schlagzeilen.

Sollte sie Sebastian anrufen und ihn warnen? Vielleicht wäre das richtig. Aber es würde nichts an der Sachlage ändern, und Sebastian konnte damit umgehen. Darauf würde Vanja jetzt keine Energie mehr verwenden, sie hatte Wichtigeres vor. Zum Beispiel, mit dem fröhlichen kleinen Mädchen dort hinten auf der Rückbank Zeit zu verbringen. Denn sie gehörte zu denen, die nicht immer nur nahmen, sondern auch gaben.

Rasch stieg sie ein, ließ den Motor an und fuhr einen riesigen Umweg in die Storskärsgatan 12, wo ihre Mutter wohnte.

Anna öffnete die Tür in ihrem alten Morgenmantel und wirkte beinahe schockiert darüber, sie zu sehen.

«Ist etwas passiert?», fragte sie beunruhigt.

«Nein, wir wollten nur ... vorbeischauen», antwortete Vanja, die wiederum nicht darauf vorbereitet war, dass die Mutter bei ihrem Anblick sofort mit dem Schlimmsten rechnete. Aber es war verständlich, was sollte Anna auch denken?

Vanja besuchte sie nie.

Mittlerweile hatten sie sich schon mehrere Jahre nicht mehr gesehen.

«Das ist Amanda», erklärte sie und legte ihrer Tochter die Hände auf die Schultern. Sie schob sie beinahe wie ein Schutzschild vor sich. Ein erstes Gesprächsthema, an das sie beide anknüpfen konnten.

«Hallo, Amanda», sagte Anna und ging vor dem Mädchen in die Hocke. Sie hatte Freudentränen in den Augen.

«Bist du Oma?», fragte Amanda ein wenig schüchtern.

«Ja. Ja, das bin ich. Wie hübsch du bist. Kommt doch herein.» Sie richtete sich wieder auf, wischte sich die Tränen von den Wangen und bat sie in die Wohnung. «Du hättest vorher anrufen sollen, es ist furchtbar unaufgeräumt.»

Es fühlte sich für Vanja nicht so an, als würde sie nach Hause kommen.

Annas Wohnung wirkte dunkel und deprimierend, obwohl sich eigentlich nichts verändert hatte, seit Vanja einige Jahre zuvor da gewesen war. Sie wirkte abgewohnter, obwohl gleichzeitig die Zeit stehen geblieben zu sein schien.

Die Möbel waren dieselben, und sie standen an derselben Stelle. Die Bücher im Regal waren ihr bekannt. Die Kunst an den Wänden hing, wo sie schon immer gehangen hatte, aber die Jalousien waren heruntergelassen, und die Pflanzen, die immer auf den Fensterbrettern und dem Couchtisch gestanden hatten, waren verschwunden. Auf dem Balkon, der früher Annas ganzer Stolz gewesen war, lehnten ein paar schlampig zusammengeklappte Stühle an einem Tisch, von Wind und Wetter verwittert, und auf diesem ein paar gestapelte, leere Blumenkübel. Anna hatte dort ganz offensichtlich schon lange nicht mehr gesessen, ihren Morgenkaffee getrunken und die Blütenpracht genossen. Die Wohnung wirkte auf Vanja, als wäre buchstäblich alles Leben aus ihr gewichen.

«Vielleicht war es dumm von mir, dass wir einfach vorbeigekommen sind ...», sagte Vanja vorsichtig.

«Nein, nein, überhaupt nicht. Ich bin so froh, dass ihr da seid. Ich war nur nicht darauf vorbereitet. Setzt euch doch.» Anna zeigte auf das Sofa und räumte ein paar Kleidungsstücke beiseite, um ihnen Platz zu machen. «Ich bekomme derzeit nicht so viel Besuch.»

Es war nur eine Feststellung, kein Vorwurf. Ein Anflug von schlechtem Gewissen überkam Vanja dennoch. Dies war nicht die Mutter, bei der sie aufgewachsen war, sondern eine gebrochene Frau. Allein dieser Morgenmantel am Nachmittag. Vanjas Anna hatte immer Wert auf ihr Äußeres gelegt. Hatte eine aufgeräumte, saubere Wohnung gehabt. War immer gut gekleidet gewesen.

Vanja wurde bewusst, dass sie gehofft hatte, diese Anna zu treffen. Denn die neue war bedrückend. Sie fragte sich, welchen Anteil sie mit ihrem Verhalten an der Veränderung der Mutter hatte. Einen großen, fürchtete sie. Gleichzeitig hätte sie nicht anders vorgehen können. Sie war gezwungen gewesen, sich von den Lügen zu befreien, aus dieser Beziehung, die immer destruktiver geworden war. Trotzdem war es die richtige Entscheidung gewesen, Anna heute zu besuchen, das spürte sie.

«Ich habe gehört, dass Valdemar ab und zu hier ist», sagte sie in einem alltäglichen, aufmunternden Ton.

«Ja, der erbarmt sich hin und wieder», antwortete Anna und richtete ihre Aufmerksamkeit wieder auf Amanda. «Ich bin so froh, dich zu sehen, Amanda. Danach habe ich mich wirklich gesehnt, weißt du.» Sie kniete sich vor das Mädchen.

«Aber du wohnst nicht hier», sagte Amanda ein wenig schüchtern. Anna sah Vanja fragend an, um diesen kurzen Satz zu entschlüsseln.

«Nein, Oma wohnt in einer anderen Stadt, weit weg. Darüber haben wir doch gesprochen, dass ihr euch deshalb noch nicht gesehen habt.»

«Genau», bestätigte Anna rasch und warf Vanja einen verständnisvollen Blick zu. «Aber Oma überlegt, jetzt häufiger hier zu wohnen, dann können wir uns vielleicht auch öfter sehen.» Letzteres war eindeutig an Vanja adressiert. Das würde sich zeigen. Erst einmal ging es darum, dieses Nachmittagstreffen unbeschadet zu überstehen. «Ich werde mir rasch etwas anziehen», sagte Anna, stand auf und ging in Richtung Schlafzimmer. «Möchtet ihr etwas trinken?», fragte sie auf dem Weg dorthin.

«Vielleicht können wir in den Park gehen und da einen Kaffee trinken? Amanda mag den Spielplatz dort», schlug Vanja vorsichtig vor, in erster Linie, um aus dieser düsteren und mit Erinnerungen überfrachteten Wohnung wegzukommen. Anna hielt das für eine gute Idee.

Es würde ein schöner Frühsommerabend werden, und es war gut, sich an der frischen Luft aufzuhalten und die letzte Sonnenstunde zu genießen. Anna schenkte der Enkelin ihre volle Aufmerksamkeit, und als sie am Spielplatz ankamen, war Amanda aufgetaut und wollte ihrer Großmutter zeigen, was sie alles konnte. Sie zog Anna zum Klettergerüst. Vanja folgte ihnen, stellte sich daneben und beobachtete, wie sie miteinander umgingen. Ihre Zweifel waren verflogen. Sie hatte definitiv die richtige Entscheidung getroffen. Anna war nicht mehr dieselbe Person wie früher. Sie lebte nicht mehr dasselbe Leben. Als Vanja ihre Mutter und ihre Tochter betrachtete, sah sie ein, dass auch sie weitergekommen war. Der große Schmerz nach Annas Betrug war abgeklungen. Es war höchste Zeit, dass sie versuchte, ihrer Mutter zu verzeihen.

Amanda rannte zur Rutsche weiter, und Anna ging auf Vanja zu und stellte sich neben sie. Sie sah ihrer Enkelin lächelnd nach.

«Die Kleine ist so wunderbar. Ich kann gar nicht sagen, wie froh ich bin, dass ihr gekommen seid. Danke. Wirklich, vielen Dank», sagte sie, und ihre Stimme versagte vor Rührung.

Vanja wusste nicht, was sie antworten sollte, also schwieg sie und blickte zu Amanda hinüber. Das Mädchen machte jedes Mal auf sich aufmerksam, wenn es herunterrutschte, und Anna reagierte stets mit Jubel und Applaus. Amanda kletterte wieder hinauf, es würde eine Weile dauern, bis sie dieses Spiel leid wäre.

«Valdemar gilt offiziell als genesen, hast du das schon erfahren?», fragte Vanja, vor allem, um irgendetwas zu sagen.

«Ja, er hat mich angerufen und es erzählt», antwortete

Anna und nickte. «Das freut mich so. Er hat es nicht leicht gehabt.»

«Keiner von uns hatte es leicht.»

Anna schwieg. Vanja verfluchte sich selbst. Sie hatte all das Schwierige, Anstrengende, gar nicht ansprechen wollen. Noch nicht, nicht heute. Ihr Besuch sollte nur ein erster Schritt sein. Im Augenwinkel sah sie, dass Anna sich ihr zuwandte.

«Es gibt so vieles, für das ich mich entschuldigen möchte, aber ich weiß gar nicht, wo ich anfangen soll ...»

«Deswegen bin ich nicht gekommen», fiel Vanja ihr ins Wort, und sie meinte es ernst. «Ich bin nicht deshalb hier, Mama.»

«Warum bist du denn da?»

«Valdemar hat mich auf den Gedanken gebracht, dass es vielleicht an der Zeit wäre.»

«Er hat erzählt, dass es euch gut geht. Dass ihr eine tolle kleine Familie seid», sagte Anna, und ihre traurige Stimme stand in scharfem Kontrast dazu, wie fröhlich sie Amanda zulächelte und winkte.

«Ja, das stimmt.»

«Wir waren auch mal eine kleine Familie. Manchmal vermisse ich diese Zeit.»

Das basierte leider alles auf einer Lüge, der Gedanke kam Vanja wie von selbst, und sie fühlte sich ertappt. Sie war jetzt so lange wütend auf Anna gewesen, dass dieser Satz jedes Mal an die Oberfläche drängte, wenn ihre alte Familie erwähnt wurde. Jetzt schob sie ihn beiseite. Nicht die Wut hatte sie hergeführt. Sie war hier, um zu sehen, ob sie Anna vergeben konnte.

«Ich dachte, ich würde dich schützen», fuhr Anna fort. «Als Sebastian auftauchte und ...»

Vanja unterbrach sie.

«Mama, ich wollte einfach nur, dass du Amanda kennenlernst. Nichts anderes. Lass uns damit einen Anfang machen.»

«Gut. Das tun wir.» Anna nickte und lächelte sie ein wenig unsicher an.

Amanda kam zu ihnen gerannt und fragte, ob sie ein Eis haben dürfe. Sie bekomme nämlich immer eines, wenn sie mit Sebastian auf dem Spielplatz sei. Anna warf Vanja nicht einmal einen Blick zu, um herauszufinden, wie oft Sebastian seine Enkelin traf oder welche Rolle er derzeit in ihrem Leben spielte. Sie nahm einfach nur Amanda an die Hand.

«Wenn deine Mutter einverstanden ist, kaufe ich dir gerne ein Eis.»

Vanja nickte, und sie gingen zusammen zu dem nahe gelegenen Kiosk. Vanja sah ihnen nach.

Sie hatte die richtige Entscheidung gefällt.

Anna zu treffen, war leichter und netter, als sie gedacht hatte. Beim nächsten Mal würde es noch einfacher sein, und dann konnten sie sich den schwierigen Fragen, den schmerzlichen Punkten annähern. Und sich gemeinsam hindurcharbeiten. Vanja spürte, dass sie dafür bereit war. Mehr als das, sie freute sich sogar darauf.

Sie würde ihre Mutter wiederbekommen, und es würde schön werden.

Sebastian wischte den stattlichen Esstisch ab, den Lily zu ihrer Hochzeit gekauft hatte. Ein schöner Tisch aus irgendeinem dunklen Holz, massiv, mit stabilen Beinen. Ein richtiges Prachtstück. Sebastian war er zu groß vorgekommen, aber Lily hatte darauf bestanden. Sie stellte sich vor, wie sie zum Essen einluden. Wie sich Freunde, Arbeitskollegen, Familie und Bekannte um den Tisch versammelten. Die Bergman'sche Wohnung sollte zum Zentrum ihres Umfelds werden, der Ort, an dem sich alle willkommen fühlten, an den alle gern zurückkehrten.

Das war eine Ewigkeit her.

Es war vor der Katastrophe gewesen.

In einer Zeit, in der er an die Zukunft glaubte. Als ihm Gäste, Abendessen und Geselligkeit noch wie ein wahrscheinlicher und willkommener Teil des Alltags vorkamen. Seit Sebastian allein war, stand der Tisch einfach nur dort und war selten benutzt und sogar vergessen worden in seiner einsamen majestätischen Anmutung. Eine ständige Erinnerung an ein Leben, das sich nie entfaltete.

Jetzt breitete er alle Ermittlungsunterlagen darauf aus.

Das Phantombild, die Fotos von den Tatorten, die Zeugenprotokolle, die Ergebnisse der Spurensicherung, den Obduktionsbericht, Karten und Ausdrucke von E-Mails und Chats.

«Was willst du mit den ganzen Sachen machen?», hatte Lena gefragt und mit einem Hopser auf dem niedrigen Schrank mit Papier und Toner neben dem Kopierer im Präsidium Platz genommen.

«Was glaubst du?», fragte er lächelnd zurück. Denn so kommunizierten sie ja anscheinend, er und sie. Beantworteten Fragen mit Gegenfragen oder ausweichenden Antworten. Umkreisten einander.

«Hausaufgaben», stellte sie fest. «Hast du Angst, dass Frau Lithner dir keine gute Note gibt?»

«Ich habe Angst, dass noch mehr Leute sterben müssen, bevor wir ihn kriegen», antwortete er ehrlich.

«Du nimmst das zu persönlich.»

«Weil es persönlich ist.»

«Du wusstest nicht, was Susanne widerfahren ist. Und wer hat sich noch nicht bei der Arbeit mal mit jemandem gestritten? Mein Gott.»

Damit hatte sie natürlich recht, und genau dieselbe Überlegung hatte er auch angestellt, um sein Gewissen zu erleichtern. Das hieß allerdings nicht, dass er keine Verantwortung trug. Vielleicht nicht in Bezug auf die Morde, aber dafür, sie aufzuklären.

«Er fordert mich heraus. Ich muss ihn aufhalten.»

«Habe ich dir schon einmal von meinem Ex-Freund erzählt?»

«Nein, aber das liegt sicher daran, dass es mich nicht die Bohne interessiert.»

«Alles klar.»

Sie sprang wieder von dem Schrank herunter, klopfte Sebastian auf die Schulter und verschwand in der Bürolandschaft. Er sah ihr nach. Später, wenn dieser Fall gelöst wäre und er mit großer Wahrscheinlichkeit nicht mehr der Reichsmordkommission angehörte, dann wäre es vielleicht lohnenswert, einmal näher zu erkunden, was es mit Lena Gutestam und ihm eigentlich auf sich hatte.

Aber nicht jetzt.

Jetzt musste er das beste Täterprofil aller Zeiten erstellen. Verstehen, was der Mörder dachte, um ihm einen Schritt voraus sein zu können und ihn zu überlisten. Das war seine Stärke. In seinen besten Zeiten war er unübertroffen gewesen. Er war kein Polizist, klassische Fährten sagten ihm nichts, er musste hinter die Ereignisse sehen, sie durchschauen. Begreifen, was die Taten über die Person aussagten.

Jetzt blätterte er zu einer leeren Seite in seinem Notizblock und sichtete das Material, das vor ihm auf dem Tisch lag. Der Mörder wollte auf jeden Fall zeigen, wie schlau er war. Schlauer als Sebastian.

Oder vielleicht auch nicht.

LÖS DAS HIER, SEBASTIAN BERGMAN hatte auf der Wand des Schweinestalls gestanden. Er nahm das Foto in die Hand und betrachtete es. Es bedeutete nicht, dass der Mörder glaubte, Sebastian könne es *nicht* lösen. Es war lediglich eine Aufforderung.

Sebastian holte tief Luft, konzentrierte sich und versuchte, seine Gedanken zu ordnen. Über den Tellerrand zu schauen. Gingen sie von falschen Voraussetzungen aus? Sie nahmen an, ihr Mörder sei intelligent, selbstbewusst und fühle sich allmächtig. Seine Wahl der Opfer, der Orte und sein Vorgehen deuteten zweifellos darauf hin.

LÖS DAS HIER, SEBASTIAN BERGMAN

Er spielte den Gedanken durch, ob es für den Täter vielleicht die größte Bedeutung hatte, dass Sebastian involviert und engagiert war. Eine Person, die sich überlegen fühlte, rechnete nicht damit, dass man sie fasste. Wenn das Ziel aber eher darin bestand, Sebastian in die Knie zu zwingen, und nicht notwendigerweise darin, am Ende zu gewinnen, suchten sie nicht nach einem größenwahnsinnigen Narzissten, sondern nach einem Menschen, der seine eigenen

Grenzen kannte und sie durch Genauigkeit und umfangreiche Recherche zu überwinden versuchte. Wie bei den Details mit dem Seewasser in Susannes Lunge und Riddarstolpes fehlendem Herz. Nach jemandem, der vielleicht sogar an seinen eigenen Fähigkeiten zweifelte und auf den Gebieten, wo es ihm möglich war, überkompensierte.

Sebastian schrieb mit Großbuchstaben:

GUT DURCHDACHT UND ORGANISIERT

Er überlegte kurz, ehe er daruntekritzelte:

GERINGES SELBSTWERTGEFÜHL???

In der Mitte des Tischs lag das Phantombild und starrte ihn an. Wie immer war das Gesicht ziemlich durchschnittlich und hätte viele weiße Männer mit dunklen Haaren und Augen darstellen können. Ein Bild, das Sebastian eigentlich nicht weiterhalf, aber dieses hier interessierte ihn trotzdem.

Der Mann war jung. Um die dreißig.

Ohne das Bild und die Zeugenaussage wäre Sebastian nie darauf gekommen. Denn das Vorgehen deutete auf einen älteren Mann hin, zumal die Morde nicht aus einem Zwang heraus erfolgten, sondern gut geplant und überlegt waren. Der Mann hatte eine extrem ausgeprägte Selbstkontrolle, und eine solche Disziplin und Zielstrebigkeit war bei jungen Tätern eher selten.

HOHE SELBSTKONTROLLE

Das hatte er gemein mit David Lagergren, dem sogenannten Dokusoap-Mörder, und Edward Hinde. Aber beide waren älter gewesen.

Sebastian gefiel die Anspielung auf Hinde, die der Täter durch das Zitat aus dem Buch gemacht hatte, ganz und gar nicht. Hinde war tot, aber er war extrem raffiniert und grausam gewesen. Sebastian hoffte wirklich, dass der aktuelle Täter keine Gemeinsamkeiten mit ihm hatte. Vor allem, weil

Vanja um ein Haar gestorben wäre, als Hinde sie gekidnappt hatte.

GEFÄHRLICH

Eine Selbstverständlichkeit, aber er notierte es sicherheitshalber trotzdem. Sie durften diesen jungen Mann unter keinen Umständen unterschätzen.

Sebastians Blick fiel auf die ausgedruckten Überwachungsaufnahmen aus Tomteboda. Die Symbolik der Maske war überdeutlich, jedenfalls, wenn man sich mit Filmen auskannte. Was offenbar auf Roger Hansson zutraf. Die Grundlage stammte aus einem Comic, der verfilmt worden war und von einem Rächer mit einer sogenannten Guy-Fawkes-Maske handelte. Fawkes hatte im Jahr 1605 versucht, das englische Parlament in die Luft zu sprengen. Sebastian war jedoch fast überzeugt, dass der Täter nicht darauf anspielen wollte.

V wie Vendetta.

Stattdessen wollte er zeigen, dass er sich für etwas rächte. Das hätte er schlauer anstellen können, subtiler. Aber wenn das Symbol nichts mit Sebastians eigener Geschichte oder der des Täters zu tun hatte – Sebastian war sich allerdings ziemlich sicher, dass die Schweinefarm etwas über den Täter erzählte und nicht über ihn –, reichte dessen Fantasie nicht besonders weit. Der Mörder war weder hochintelligent noch sehr originell oder einfallsreich. Ein ziemlich durchschnittlicher Mensch, vermutete Sebastian. Einer, der nicht viel Aufhebens um sich machte. Es erschien ihm immer unwahrscheinlicher, dass sie es mit einem Narzissten zu tun hatten. Schade eigentlich, denn die wurden leicht übermütig und waren überzeugt davon, dass sie keine Fehler begingen.

Er schrieb noch etwas Selbstverständliches auf:

RÄCHT SICH FÜR EIN UNRECHT

Die Frage war, an wem. Als sie das Zitat im Buch gefunden hatten, war Sebastian schlicht davon ausgegangen, dass der Mörder selbst nach Ruhm und Bestätigung gestrebt und beides nicht erreicht hatte. Dass ihm Unrecht widerfahren war. Das konnte natürlich sein, aber gleichzeitig war auch nicht auszuschließen, dass er sich für jemand anderen rächte. In diesem Fall hätten alle Details, die nichts mit Sebastian zu tun hatten, eine Verbindung zu dem Opfer, für das der Täter nach Vergeltung strebte, und nicht zu dem Täter selbst. Ergab sich daraus etwas? Derzeit nichts Konkretes, aber es war immer gut, in verschiedene Richtungen zu denken, denn manchmal tauchte etwas auf, das man vorher nicht bedacht hatte, weil man sich auf eine Spur versteift hatte und nur ihr gefolgt war.

Wenn Sebastian nicht das Leben des Mörders zerstört hatte, wessen Leben dann?

WAS HABE ICH GETAN?

Er betrachtete die ausgebreiteten Unterlagen und seine Notizen. Das Ergebnis war deprimierend. Wenn er richtig lag, suchten sie nach einem Mann, der durchdacht, organisiert und unauffällig war. Zudem relativ unsicher, weshalb er zurückgezogen lebte und wohl keiner wichtigen Tätigkeit nachging, vermutlich auch keine große Karriere hinter sich hatte. Niemand, der den Leuten auffiel, weil er besonders eitel oder zu sehr von sich überzeugt war oder eine extrovertierte Persönlichkeit hatte.

Ein anonymer Mann in einer Millionenstadt, dessen Motiv rein theoretisch unter Hunderten von Vorfällen zu finden sein konnte, an die Sebastian sich nicht erinnerte – oder von denen er nicht einmal etwas wusste. Wenn sie demnächst beschließen würden, an die Öffentlichkeit zu gehen, konnte wohl die Hälfte aller dunkelhaarigen Stockholmer in den Dreißigern ins Visier geraten.

Mit einem unzufriedenen Seufzer blätterte er wahllos in den Unterlagen. Gab es hier denn wirklich gar nichts, was ihm weiterhalf? Oder auf das nächste Opfer hindeutete?

Denn diese Frage war im Moment immer noch die wichtigste.

Er nahm sich die Ausdrucke von Riddarstolpes E-Mail-Korrespondenz vor und las sie erneut durch. Der Täter schrieb kurze, einfache Sätze, die nur das Ziel gehabt hatten, Riddarstolpe mit vagen Versprechen von Informationen zu locken. Nichts weiter. Nichts, was einen Hinweis darauf gab, wer er war oder was er plante. Sebastian stutzte. Warum war er nicht schon vorher darauf gekommen?

Mit schnellen Schritten verließ er den Raum und ging in sein Arbeitszimmer. Er klappte seinen Laptop auf und trommelte ungeduldig auf die Schreibtischplatte, während der Rechner hochfuhr. Dann öffnete er das Mailprogramm. Er beschloss, sich kurzzufassen.

«Hier ist Sebastian Bergman. Ich habe das Gefühl, du versuchst mich zu erreichen. Stimmt das? Melde dich.»

Er schrieb MustDiGGIT@gmx.de ins Adressfeld, und nachdem er die kurze Nachricht noch einmal durchgelesen hatte, klickte er auf «Senden». Die E-Mail wurde verschickt. Er blieb eine Weile sitzen und starrte auf den Bildschirm, als rechnete er sofort mit einer Antwort. Aktualisierte mehrfach den Posteingang und fühlte eine gewisse Frustration. War es richtig gewesen, Kontakt aufzunehmen? Oder würde es den Täter abschrecken? Vielleicht würde er die Mail aber auch als ein Zeichen dafür werten, dass Sebastian sich wirklich engagierte und ihn ernst nahm?

Dieser Fall zehrte an ihm, das ließ sich nicht leugnen.

Dieser einseitige Fokus auf seine negativen Seiten.

Er war kein so schlechter Mensch, wie dieser Mann es aussehen lassen wollte. Das hatte er nicht verdient. Oder doch? Belastete es ihn deshalb umso mehr?

Rastlos tigerte er durch seine Wohnung. Dann blieb er ein paar Minuten am Fenster stehen und starrte ins Leere, ehe er wieder in sein Arbeitszimmer ging, um zu sehen, ob er eine Antwort bekommen hatte.

Natürlich nicht.

Er ging in die Küche und trank ein Glas Wasser. Dabei dachte er über die Frage nach, die er als letzte auf seinen Notizblock geschrieben hatte.

WAS HABE ICH GETAN?

Das war die Eine-Million-Dollar-Frage. Wüsste er die Antwort, könnte er den Täter finden, festnehmen lassen, seine Sachen einpacken und nach Hause gehen. Aber er, der als Einziger auf die Frage antworten konnte, welche möglichen Opfer er auf seinem Weg hinterlassen hatte, erinnerte sich an die wenigsten. Sie waren ihm nie wichtig gewesen. Das war die Wahrheit.

Mit dieser Wahrheit wollte er nichts zu tun haben.

Er musste die Wohnung verlassen. Irgendetwas unternehmen.

Im ersten Moment dachte er sofort wieder daran, sich einen erneuten Rückfall zu leisten. Doch dann fiel sein Blick auf Tim Cunninghams Patientenakte auf dem Schreibtisch. Er hatte die wichtigen Seiten ins Englische übersetzen lassen, und jetzt fiel ihm ein, dass er sich geschworen hatte, sie ihr zu geben. Cathy. Er kramte die Adresse hervor, die er von Tim bekommen hatte. Bromma. Warum nicht? Er musste dringend an die frische Luft.

Noch eine Taxifahrt.

Allmählich wurde es teuer. Diesmal würden ihm die Auslagen auch nicht von der Reichsmordkommission erstattet werden, weil er nicht mehr angestellt war. Nicht einmal auf dieser schwammigen «Berater»-Basis wie früher. Er würde nicht einmal bezahlt werden. Aber eigentlich war das auch egal. Sebastian ging es nicht um das Geld. Vor allem nicht diesmal. Diesmal hatte er es mit einem Täter zu tun, den er seiner selbst wegen überlisten und finden musste. Sein Plan war es, einen Mörder zu fangen, diese Angelegenheit – um was es sich auch immer handelte – mit Tim Cunningham abzuschließen und sich wieder dem Schreiben zu widmen.

Ein guter Plan.

Und in vielerlei Hinsicht notwendig.

Das Taxi setzte ihn ab und fuhr davon. Sebastian blickte zu der modernen großen Villa auf der anderen Straßenseite. Davor erstreckte sich eine saftig grüne Rasenfläche mit einem Pool mit Holzeinfassung. Die mit Steinplatten belegte Einfahrt führte zu einer doppelten Garage. An Geld hatte es in Tims Leben offenbar nicht gemangelt.

Sebastian ging zu der schweren weißen Haustür und klingelte. Es dauerte eine Weile, und er wollte gerade erneut seinen Daumen auf die Klingel legen, als das Schloss klickte und die Tür geöffnet wurde. Cathy sah ihn überrascht an. Sie trug ein Top mit irgendeiner Disneyfigur, die er nicht kannte, und eine Jeansshorts, war barfuß und hatte das

Haar zu einem lockeren Knoten mitten auf dem Kopf hochgesteckt.

«Hallo.»

«Hallo, störe ich?»

«Ich packe gerade die letzten Sachen, aber kommen Sie doch herein.» Sie trat einen Schritt zur Seite. «Ist Ihnen noch etwas eingefallen?»

«Nein, eigentlich nicht. Wie geht es Ihnen?»

«Geht so», antwortete sie und zuckte die Schultern, während sie die Tür schloss. «Die Schuhe können Sie ruhig anbehalten.»

Sebastian richtete sich von seinen Schnürsenkeln wieder auf und trat ins Haus. Das Innere passte zum Äußeren. Groß und modern. Hohe Decken, ein offener Wohnbereich bis unter den Dachfirst und eine hochwertige Küche. Stahl und Glas. Eine riesige Kücheninsel mit einem hängenden Regal, auf dem verschiedene Kräuter standen, als einzige Farbtupfer. Daneben ein Esstisch mit sechs Stühlen auf einem großen und sicher auch exklusiven Teppich.

«Was haben Sie mit dem Haus vor?», fragte er, während Cathy ihn zu einem der beiden großen Sofas vor dem weißen, gemauerten offenen Kamin führte.

«Papas Firma kümmert sich darum. Sie kümmern sich um alles.»

«Was hat er denn beruflich gemacht?»

«Was hat er Ihnen erzählt?»

Sie hatte eindeutig nicht vergessen, dass Tim ihm fast nur Lügen aufgetischt hatte, und ihr selbst vermutlich auch. Ihr Vertrauen war noch lange nicht wieder hergestellt.

«Dass er irgendetwas mit Management zu tun hatte, mit Umstrukturierung und Effizienzsteigerung. Es klang furchtbar langweilig.»

«Aber das stimmte!», rief Cathy und konnte sich ein Lächeln nicht verkneifen. «Heyman & Schroder.»

Sebastian nickte nur, der Name sagte ihm nichts. Cathy änderte ihre Sitzposition und blickte zu dem Bereich des Hauses hinüber, in dem vermutlich die Schlaf- und Badezimmer lagen.

«Ich möchte nicht unhöflich sein, aber mein Flug geht morgen sehr früh ...»

«Ja, Verzeihung», sagte Sebastian und legte die Mappe, die er dabeihatte, zwischen sie auf den Couchtisch.

«Was ist das?»

«Das ist eine Kopie meiner Notizen von meinen Terminen mit Tim. Ich dachte, da Sie ihn so viel besser kannten als ich, könnten Sie vielleicht etwas darin finden.»

«Was zum Beispiel?», fragte Cathy, zog die Mappe zu sich heran und schlug sie auf.

«Warum er gelogen hat. Warum er zu mir kam. Warum er wollte, dass wir beide uns kennenlernen.»

«Ja, klar. Danke.»

Es war Zeit zu gehen, das war deutlich, aber noch war Sebastian hier. Und es gab da eine Sache, die ihn beschäftigte. Er konnte sie genauso gut aussprechen, vermutlich war es seine letzte Gelegenheit.

«Sie werden darin auch lesen, dass er mit einer Lebenslüge gelebt hatte und nach dem Tod Ihrer Mutter nicht wusste, wie er damit umgehen sollte.»

«Aha», sagte sie vollkommen verständnislos.

«Haben Sie eine Ahnung, was er gemeint haben könnte?»

«Vermutlich hat er gelogen?»

«Eine derartige Lüge wäre allerdings seltsam.»

«Seltsamer, als zu behaupten, meine Mutter sei überfahren worden, obwohl sie eigentlich an Krebs starb, und dass ein Sohn, den er nie hatte, beim Tsunami in Thailand ums Leben gekommen sei?»

«Ja, schon.»

Sie sah ihn fragend an, lehnte sich dann aber auf dem Sofa zurück. Er wertete das als Aufforderung weiterzusprechen.

«Wenn wir davon ausgehen, dass er mich aufsuchte, weil ich ihm bei etwas helfen sollte, dann ging es darum. Um die Lebenslüge.»

Er beugte sich vor und stützte seine Ellenbogen auf die Knie. Dieses Gefühl hatte er noch nie in Worte gefasst, aber jetzt kam es ihm so vor, als wäre er irgendetwas auf der Spur, das mit dem Mysterium Tim Cunningham zusammenhing.

«Claire und Frank waren nicht wichtig, sie waren lediglich Katalysatoren, die ihn dazu brachten, sein Leben neu zu bewerten.»

«Es hat nie einen Frank gegeben», erinnerte ihn Cathy.

«Dann muss an diesem zweiten Weihnachtstag etwas anderes passiert sein.»

«Was sollte das sein?»

«Ich weiß es nicht.»

Es ärgerte ihn, das spürte er jetzt. Diese Unwissenheit. Genau wie bei dem bescheuerten Fall wusste er, dass es eine Lösung gab, aber er war ihr keinen Schritt näher. Die Fragen waren dieselben. Warum diese Lügen? Warum war Tim ausgerechnet zu Sebastian gekommen? Warum hatte er gewollt, dass er Cathy traf?

«Wann habt ihr beschlossen, nach Schweden zu ziehen?», fragte er und hoffte, ihre Antwort würde irgendwo hinführen, ihm einen Anhaltspunkt geben, von dem aus er weiterüberlegen konnte.

«Vielleicht ein Jahr nach dem Tod meiner Mutter.»

«Wurde Tim hergeschickt, oder war es seine eigene Idee?»

«Seine Idee. Und irgendwie kam mir das Gefühl, es hätte mit Ihnen zu tun.»

«Warum?» Sebastian richtete sich interessiert auf. «Wie kommen Sie darauf?»

«Ich weiß es nicht, nur ein Gefühl. Ich werde es wohl nie erfahren», sagte sie und erhob sich. Das Gespräch war beendet. Sebastian blieb sitzen und überlegte, wie er den Besuch in die Länge ziehen könnte, als Cathy sich herabbeugte, um nach der Mappe zu greifen, die Sebastian ihr gegeben hatte. Eine Kette mit Anhänger, die er vorher nicht gesehen hatte, rutschte aus ihrem Ausschnitt. Sebastian erstarrte. Das konnte doch nicht ... Doch, er war es. Er erinnerte sich genau daran. Wie oft hatte er ihn in seinem Traum gesehen. Er wusste sogar, wie es sich anfühlte, wenn er mit dem Daumen darüberfuhr.

Ein kleines Stück Neusilber mit roten und blauen Steinchen.

Ein Ring in Form eines Schmetterlings.

«Wo haben Sie den her?», fragte er und hörte, wie seine Stimme versagte.

Cathy blickte auf und sah, wo er hinstarrte. Bestimmt glaubte sie, er hätte die Gelegenheit genutzt, ihr in den Ausschnitt zu schauen. Dann nahm sie den kleinen Schmetterlingsring zwischen die Finger.

«Den hier?»

«Ja.»

«Den habe ich schon immer gehabt, seit ich ganz klein war. Er bringt Glück. Das kann man natürlich nicht wirklich glauben», fügte sie hinzu und richtete sich mit einem wehmütigen Lächeln auf. «Warum?»

Sebastian starrte nur auf den Ring, außerstande, zu antworten. Der Anblick hatte ihn zurückkatapultiert. Dorthin, zu diesem Tag. Der Traum, aber im Wachzustand.

Die Sonne und die Wärme. Der Duft von Seife und Sonnencreme. Ihre kleinen Hände auf seinem Gesicht. Dieses Glück, das er seitdem nie wieder erlebt hatte.

«Ist alles in Ordnung?», fragte Cathy, und Sebastian wurde bewusst, dass sie ihn besorgt ansah. Wie lange hatte er so dagesessen und vor sich hin gestarrt? Vermutlich zu lange.

«Ja ... ja, ich ... ich muss gehen.»

Ohne zu wissen, wie, kam er auf die Beine und stolperte in Richtung Haustür. Cathy folgte ihm.

«Sind Sie sicher, dass alles in Ordnung ist? Sie sehen ein wenig blass aus.»

«Nein, das ... nein, es ist alles in Ordnung.»

Er zwang sich zu einem Lächeln und hoffte, es wirkte überzeugend, als er sich in der Tür zu Cathy umdrehte.

«Wir ... vielleicht sehen wir uns wieder.»

«Ich fliege morgen früh.»

«Ja, stimmt ja ... Aber vielleicht hören wir uns.»

«Ja, vielleicht», entgegnete sie, und er registrierte ihr Stirnrunzeln. Offensichtlich verhielt er sich nicht ganz normal. Deshalb sagte er nichts mehr, er nickte nur, trat in den Sommerabend hinaus und ging wie betäubt die Straße hinunter.

Natürlich konnte er nicht schlafen.

Er wusste nicht einmal, ob er es überhaupt versuchte. Seine Gedanken überschlugen sich, kollidierten, wanderten in verschiedene Richtungen und kehrten wieder zurück. Meistens kam er zu dem Schluss, dass es unmöglich war.

Denn es war unmöglich.

Cathy konnte nicht Sabine sein.

Familie Cunningham war an Weihnachten 2004 auch in Thailand gewesen. Am wahrscheinlichsten war, dass sie den Ring auf demselben oder einem anderen Markt gekauft hatten. Solchen billigen Krimskrams musste es überall gegeben haben.

Ja, das war am allerwahrscheinlichsten.

Aber ...

Wie wahrscheinlich war es, dass Tim Cunningham, der seiner Tochter, die im selben Alter wie Sabine war, in Thailand den gleichen Ring gekauft hatte, fast zwanzig Jahre später ausgerechnet in Sebastians Leben auftauchte? Obwohl, nein, er war nicht *aufgetaucht*, korrigierte Sebastian sich. Er hatte ihn *aufgesucht*. Zufällig?

Doch wie wahrscheinlich war das?

Wohl viel wahrscheinlicher, als dass die junge Frau, die er gerade getroffen hatte, Sabine sein könnte, musste er sich eingestehen.

Aber ...

Was hatte Tim gewollt? In Wahrheit. Warum hatte er sich

an Sebastian gewandt? Claire war nicht bei einem Unfall gestorben, Frank hatte nie existiert. Warum hatte Tim gewollt, dass er Cathy traf?

Sebastian seufzte schwer, er hatte genug davon, sich rastlos auf dem Bett hin und her zu wälzen, deshalb stand er auf und streifte in Unterhosen durch die Wohnung. Schließlich landete er in der Küche. Setzte sich in die Junidunkelheit und blickte zu den schwarzen Fenstern der Nachbarwohnung hinüber.

Es ergab einfach keinen Sinn.

Cathy hatte gesagt, Tim habe nach dem Tod seiner Frau beschlossen, nach Schweden zu gehen. Das musste etwas zu bedeuten haben. Es war zwar nicht ungewöhnlich, nach dem Tod eines nahestehenden Menschen wegzuziehen und an einem anderen Ort neu anzufangen. Einem Ort ohne Erinnerungen. Aber Schweden? Warum Schweden? Cathy hatte das Gefühl, es hätte etwas mit Sebastian zu tun.

Erneut stand er auf, ging ins Arbeitszimmer und öffnete seine Notizen über Tim. Er überflog sie, bis er die Stellen fand, an denen er über Claire gesprochen hatte. Über die Lebenslüge. *Claire wollte nie über Frank reden*, hatte Tim gesagt. Aber Frank hatte nie existiert. *Es schien leichter für sie, wenn sie sich einredete, es hätte Frank nie gegeben, als sich einzugestehen, dass sie ihn verloren hatte.* Sehr einfühlsam und detailliert über eine Reaktion auf ein Ereignis, das es nie gegeben hatte. Sie hatten ihn nie verloren.

Sie hatten niemanden verloren.

Sie hatten Cathy. Hatten sie immer gehabt.

Sie hat mich in eine Lebenslüge hineingezwungen. Tims Worte. Von denen Sebastian nach wie vor glaubte, dass sie wahr waren. Vermutlich, weil es den Tatsachen entsprach. *Sie hat mich in eine Lebenslüge hineingezwungen. Wollte nie über Frank reden. Sie hat den Gedanken nicht verkraftet, dass sie ihn verloren hat.*

Frank hatte es nie gegeben. Aber es gab Cathy. Ein Mädchen. Genauso alt wie Sabine. War es Cathy, an die Claire unter keinen Umständen erinnert werden wollte? War sie das Kind, das sie verloren hatten? Verloren und durch ein anderes ersetzt? War das die Lebenslüge?

Nein, nein, nein! Das war unmöglich.

Wenn er solche Gedanken zuließ, konnte er genauso gut anfangen, an Chemtrails zu glauben oder dass Bill Gates der ganzen Welt Mikrochips mit Covid-Impfstoffen einpflanzen wollte.

Kleinere Skala, aber genauso verrückt.

Genauso unwahrscheinlich.

Er schlug sein Notizbuch zu, stand auf und ging wieder in die Küche. Erneut starrte er auf das Haus gegenüber. Drüben brannte jetzt ein Licht. Jemand ging mit einem weinenden Kind in der Küche auf und ab. Durchwachte Nächte, davon hatten sie mit Sabine auch etliche gehabt. Erst mit einem halben Jahr hatte sie sich mit dem Gedanken anfreunden können, nachts zu schlafen. Meistens war er mit ihr aufgestanden, Lily hatte einen Job mit geregelten Arbeitszeiten, er war freier und konnte tagsüber mit Sabine ein Nickerchen machen. Durfte dort liegen und das schlummernde kleine Wunder betrachten, bis er selbst eindöste.

Er wandte sich ab.

Seine Gedanken kamen nicht zur Ruhe.

Hätte er sie dann nicht wiedererkennen müssen?

Natürlich waren seither fast zwei Jahrzehnte vergangen, und das Aussehen der Menschen veränderte sich mit der Zeit, aber dennoch. Wenn es Sabine war, hätte es doch einen kurzen Moment der Erinnerung geben müssen?

Er ging in den Flur, starrte auf die Tür und versuchte, sich an seine Gedanken zu erinnern, an seine Reaktion, als er Cathy zum ersten Mal gesehen hatte. Er hatte ihr die Tür aufgemacht und ... da war nichts gewesen.

Eine junge Frau. Tims Tochter. Sonst nichts.

Sie hatten dieselbe Augenfarbe, wurde ihm jetzt bewusst, aber das war alles. Blau. Eine Farbe, die sie mit zehn Prozent der Weltbevölkerung teilten, das besagte also gar nichts. War die Tatsache, dass er sie nicht wiedererkannt hatte, nicht eher eine Bestätigung für das, was sein Verstand schon die ganze Zeit wusste?

Dass Cathy nicht Sabine war, sondern Cathy.

Dass es unmöglich war.

Warum konnte er diese Gedanken also nicht einfach verscheuchen. Er war intelligent. Analytisch. Stolz auf seine Gabe und seine Fähigkeit, Informationen einzuordnen und zu bewerten. Selten oder nie ließ er sein Verhalten von Gefühlen oder Wunschdenken leiten. Die Wahrscheinlichkeit, dass Tim seiner Tochter den gleichen Ring gekauft hatte, war unendlich viel größer, als dass er und seine Frau ein Kind verloren und es durch Sabine ersetzt hatten.

Sebastian wusste, dass es so war.

Er sollte sich damit abfinden.

Zur Kenntnis nehmen, dass ihm der Zufall einen besonders perfiden Streich gespielt hatte, und wieder ins Bett gehen, um ein paar Stunden Schlaf zu bekommen. Trotzdem tigerte er eine weitere Runde durch die Wohnung, mit all den unbeantworteten Fragen wie einem Echo in seinem Kopf.

Was hatte Tim gewollt? Eigentlich. Warum hatte er Sebastian aufgesucht? Warum war es so wichtig für ihn gewesen, dass Sebastian Cathy traf? Weshalb waren sie ausgerechnet nach Schweden gezogen? Was war die Lebenslüge?

Eine Lüge, auf der jemand sein Leben aufbaut und führt.

Es war kein Wort, mit dem man irgendein kleines Geheimnis bezeichnete. Sie musste etwas Großes gewesen sein. Etwas Entscheidendes. Etwas, weswegen Tim nach Schweden gezogen war und Sebastian aufgesucht hatte, um die Lüge nach dem Tod seiner Frau aufzuklären.

Sebastian war wieder an derselben Stelle angelangt.

Seine Gedanken wanderten im Kreis. Heute Nacht würde er nicht schlafen. Der billige Ring. Sabines Ring. Um Cathys Hals. Eine Unmöglichkeit, die doch nicht unwahrscheinlich genug war, um sie abzutun. Aber er war gezwungen, sie abzutun.

Denn was war die Alternative?

Endlich eine Frage, deren Antwort er zu wissen glaubte.

Er war wieder vor der Villa in Bromma.

Ein Taxifahrer war gerade dabei, zwei große Gepäckstücke in den Kofferraum zu laden. Sebastian schien in letzter Sekunde gekommen zu sein. Er stieg aus seinem Taxi und ging auf das andere zu. Der Vorort war noch nicht ganz erwacht, aber der Sommermorgen versprach einen weiteren schönen Tag und war vom Vogelgesang aus den umliegenden Obstgärten erfüllt. Die Ruhe und Stille bildeten einen scharfen Kontrast zu Sebastians aufgewühltem Inneren.

Er blickte zu dem Haus, wo Cathy gerade die Tür zuschlug und mit einer Handtasche und einem kleinen silberfarbenen Rollkoffer den Weg hinunterkam. Sie blieb stehen, als sie ihn erblickte, und hob die Hand zum Gruß.

«Was machen Sie denn hier?», fragte sie und reichte dem Taxifahrer den Koffer. Ja, was machte er hier? Gute Frage. Er wusste es selbst nicht genau. Jedenfalls musste er seine Überlegungen aus der vergangenen Nacht mit ihr besprechen. Ihre Reaktion sehen und eine Bestätigung dafür finden, dass er auf einer richtigen Spur war.

«Ich muss mit Ihnen reden», antwortete er nur.

«Dann muss es schnell gehen», sagte Cathy und deutete mit dem Kopf auf das wartende Taxi, das sie zum Flughafen bringen sollte.

«Es ist kompliziert», begann Sebastian und überlegte fieberhaft, wie er sich kurzfassen konnte. Er war sich nicht einmal sicher, ob er seine Gedanken ohne Zeitdruck auf eine

Weise vermitteln konnte, die ihn nicht wie einen Wahnsinnigen dastehen ließ.

Denn es war verrückt.

Verrückt und unmöglich.

«Ich habe gegrübelt. Die ganze Nacht, um ehrlich zu sein», fuhr er fort.

«Aha?» Aus dem kurzen Wort sprach deutlich ihre Ungeduld. Sie wollte los.

«Über Tim ... über diese Sache mit der Lebenslüge, und warum Tim ausgerechnet mich nach Claires Tod aufsuchte ...»

«Bitte, ich habe jetzt keine Zeit!»

«Nur fünf Minuten.»

«Nein, es tut mir leid.»

Sie lächelte ihn entschuldigend an, während sie auf das Auto zuging. Fünf Schritte vielleicht. Mehr blieben ihm nicht. Danach würde sie für immer fort sein. Es gäbe sicher Möglichkeiten, sie zu erreichen, aber was er ihr sagen wollte, sagen musste, teilte man nicht über Zoom oder am Handy mit. Er war gezwungen, jetzt Klartext zu reden.

«Ich glaube, Tim und Claire waren nicht Ihre leiblichen Eltern», brachte er hervor und hörte im selben Moment, wie abstrus das klang. Aber immerhin brachte es Cathy dazu, stehen zu bleiben. Stehen zu bleiben und sich umzudrehen.

«Was zum Teufel meinen Sie damit?»

«Ich glaube, dass irgendetwas in Thailand passiert ist. Ich bin mir nicht sicher, ob Sie ... ob Sie die Tochter von Tim und Cathy sind.» Er trat einen Schritt vor, einen Moment musste er sie noch aufhalten, um seine Überlegung zu erklären, aber der finstere, leere Blick, mit dem sie ihn ansah, verriet ihm, dass es schwer werden würde. «Ich glaube, dass das die Lebenslüge gewesen sein könnte», fügte er in einem letzten Versuch hinzu.

«Okay, schön, dann weiß ich das jetzt», sagte sie in einem Ton, der deutlich verriet, wie sehr sie sich in der Vermutung bestätigt sah, dass er nicht mehr alle Tassen im Schrank hatte. Sie ging den letzten Schritt zum Taxi und öffnete die Tür.

«Bitte, warten Sie», flehte er.

Cathy würdigte ihn keines Blickes mehr, während sie sich auf die Rückbank setzte und die Tür zuzog. Sekunden später fuhr das Taxi los, und Sebastian musste tatenlos zusehen, wie sie davonfuhr.

Von der Onlineausgabe des *Expressen* starrte Vanja ein mindestens zehn Jahre altes Passfoto entgegen. Wie die meisten Menschen sah auch Sebastian darauf nicht besonders intelligent aus. Der «Skandalpsychologe», so nannten sie ihn. Wenn man weiter nach unten scrollte, tauchten Bilder von Persson Riddarstolpe, der Schweinefarm und dem Busbetriebshof auf. Man konnte über Nazrin Heidari sagen, was man wollte, aber gründlich war sie. Sie hatte sogar Rosmarie dazu gebracht, einen Kommentar abzugeben. Natürlich war es der gelungen, Torkel dafür verantwortlich zu machen, dass man Sebastian überhaupt mit der Reichsmordkommission verknüpfte, dabei stehe er in keinerlei Verbindung mehr zu ihnen, und was die anderen Informationen betreffe so könne sie eine laufende Ermittlung leider nicht kommentieren. Also keine Überraschungen.

Vanja war wieder früh zur Arbeit gefahren, hatte sich mit der zweiten Tasse Kaffee des Tages in den Konferenzraum gesetzt und an die Wand mit den Bildern gestarrt. Sie hoffte, etwas zu entdecken, dass sie übersehen hatten, etwas zu finden, was sie weiterbrachte.

Doch so war es nicht.

Die Ausdrucke von Persson Riddarstolpes Computer und Handy waren als Einziges neu hinzugekommen, ohne weitere Hinweise zu ergeben. Die Kollegen hatten es sogar geschafft, die Kommunikation zwischen ihm und dem Mörder auf Wreckr zu entschlüsseln, die aber eigentlich nur bestätigte, wie tief verwurzelt Håkans Hass auf Sebastian gewesen war. Tragisch, aber nichts, womit sie weiterarbeiten konnten.

Schließlich war sie wieder in ihr Büro gegangen und hatte eine Weile damit zugebracht, E-Mails zu beantworten und die administrativen Dinge zu erledigen, die auch zu ihren Aufgaben gehörten. Um kurz nach acht gesellte sich Ursula zu ihr, die ihr zuwinkte, ehe sie ihre Jacke aufhängte und ihren Computer hochfuhr. Vanja ging zu ihr, und sie begaben sich gemeinsam in die Küche.

«Hast du schon den *Expressen* gelesen?», fragte Vanja, während sie sich die dritte Tasse Kaffee des Tages holte.

«Ja. Die Wahl des Fotos wird ihm nicht gefallen», sagte Ursula lachend.

Das stimmte vermutlich, obwohl Sebastian noch nie besonders großen Wert auf sein Äußeres gelegt hatte. Vanja nahm an, die Journalisten hatten ein Bild gewählt, das am besten zum Inhalt des Artikels passte. Sebastian sah darauf wirklich alles andere als vertrauenswürdig aus.

«Hat dir die Chefin schon die Hölle heißgemacht?», fragte Ursula und holte Mandel-Biscotti aus dem Hängeschrank.

«Bisher nicht, ich habe das Gefühl, nach der ganzen Sache mit Persson Riddarstolpe hält sie sich vorerst zurück.»

«Wie geht es dir?», fragte Ursula unvermittelt. Vanja sah sie überrascht an. Sie arbeiteten schon lange zusammen, kannten und unterstützen einander, aber solch eine persönliche Frage war ungewöhnlich. Um nicht zu sagen neu.

«Gut, glaube ich, warum?»

«Die neue Position, Billys Verbrechen und jetzt auch noch die Sache mit Sebastian. Ich meine, die Arbeit betrifft dich persönlich stärker als sonst.»

«Das gilt für dich aber bestimmt auch. Ihr wart immerhin zusammen, du und Sebastian.»

«Ja, das waren wir vielleicht ...» Sie biss von ihrem Keks ab und verstummte. Vanja war nicht genau darüber im Bilde, wie ihre Beziehung zu Sebastian ausgesehen hatte und was passiert war, bevor und nachdem Billy versucht hatte, Ursula umzubringen. Sie wusste nur, dass die beiden außerhalb der Arbeit keinen Kontakt mehr miteinander hatten.

«Na, jedenfalls geht es mir gut», sagte Vanja, um das Thema zu beenden. «Ich trenne Arbeit und Privatleben.»

«Prima», kommentierte Ursula nur knapp. Sie hatten genug geredet, selbst wenn Carlos nicht hereingekommen wäre und sie unterbrochen hätte.

«Guten Morgen», grüßte er auf dem Weg zur Kaffeemaschine. Er sah unverschämt gut aus, stellte Vanja fest. Ein kariertes Hemd unter einem Wollpullover und einer khakifarbenen Jacke mit einem kleinen Emblem auf der Brust, das, wie sogar Vanja erkannte, für eine teure Marke stand.

Sie plauderten eine Weile über alles und nichts, und als Lena Gutestam und Roger Hansson sich ihnen hinzugesellten, gingen sie in den Konferenzraum hinüber, um den weiteren Tag zu besprechen. Der Einzige, der fehlte, war Sebastian. Keiner hatte eine Nachricht von ihm. Etwas gereizt, denn es war immerhin Viertel nach neun, nahm Vanja ihr Handy und rief ihn an. Er meldete sich nach dem fünften Klingeln.

«Wo bist du?», fragte sie ohne Umschweife.

«Ich komme heute nicht», hörte sie ihn antworten.

«Wie bitte?» Was zum Teufel war das für eine Antwort? «Warum nicht?»

«Es ist etwas passiert. Ich muss mich darum kümmern», antwortete Sebastian nur.

«Geht es um den Artikel im *Expressen*?»

«Habe ich nicht gelesen.»

«Dann mach es auch nicht, aber komm her. Jetzt.»

«Tut mir leid, ich kann wirklich nicht. Nicht heute.»

Weg war er. Vanja blickte erstaunt auf ihr Handy, während die Wut in ihr aufstieg. Carlos sah sie fragend an.

«Wo ist er?», fragte Carlos.

«Keine Ahnung. Anscheinend hat er irgendetwas Wichtigeres zu tun.»

Sebastian steckte sein Handy in die Tasche. Er verstand, dass Vanja jetzt stocksauer auf ihn war, aber es half nichts. Er konnte heute nicht im Besprechungszimmer sitzen und sich mit Tatortuntersuchungen, Phantombildern, Theorien und Spuren auseinandersetzen. Außerdem waren dafür die anderen zuständig. Sie waren die Polizisten. Und heute wäre er ihnen ohnehin keine große Hilfe, er war mit seinen Gedanken vollkommen woanders.

Als er aus Bromma zurückgekommen war, hatte er keine Lust gehabt, in die Wohnung hinaufzugehen. Plötzlich erschien sie ihm wie ein Gefängnis. Er sah vor sich, wie er wieder rastlos auf und ab gehen würde. Stattdessen streifte er ziellos durch die Stadt. Mit einem einzigen Gedanken im Kopf, der sich im Kreis drehte, verschiedene Formen annahm und doch immer bei derselben Frage endete.

Lebte Sabine?

Seine nächtlichen Grübeleien hatten ihn zu dem Schluss geführt, dass es möglich war. Doch zugleich war es immer noch ganz und gar unwahrscheinlich. Für jedes Argument, das dafürsprach, gab es mindestens zwei Gegenargumente.

Plötzlich wurde ihm bewusst, dass er wieder in Hornstull gelandet war. Sein Problem war zu groß, um es allein zu lösen, er brauchte jemanden, mit dem er sprechen konnte, und die Wahrheit war, dass er keine große Auswahl hatte.

«Ist das nicht der Skandalpsychologe?», fragte Torkel mit einem schiefen Grinsen, als er die Tür öffnete und sah, wer vor ihm stand.

«Ich habe den Dreck nicht gelesen, war das die Überschrift?»

«Ja. Schön, dass jemand den Staffelstab übernimmt, irgendwann war ich es leid, die ganzen Klicks allein zu generieren», entgegnete Torkel trocken, trat zur Seite und ließ Sebastian herein.

«Deshalb bin ich nicht hier», sagte Sebastian und ging auf die Küche zu. «Hast du Kaffee da?» Er hielt eine Tüte aus einer Bäckerei hoch, an der er unterwegs vorbeigekommen war. Torkel schloss die Tür und folgte ihm.

Während der Kaffee durchlief, legte Sebastian zwei viel zu große Kardamomschnecken auf einen Teller und stellte sie auf den Tisch.

«Kaffee und Kuchen», sagte Torkel und holte zwei Tassen aus dem Schrank.

«Ja.»

«Deshalb bist du aber auch nicht gekommen.»

«Nein.»

«Wobei brauchst du diesmal Hilfe?», fragte Torkel ein wenig resigniert.

«Es ist eine ... persönliche Angelegenheit.»

«Die du mit mir besprechen willst?»

«Ich habe sonst niemanden zum Reden», antwortete Sebastian ehrlich und setzte sich an den Küchentisch.

«Du hast niemanden, der dir nähersteht als ich?», fragte Torkel, während er ihnen Kaffee einschenkte. «Das ist wirklich tragisch.»

Zu wahr. Torkel hatte ihm mehrmals gezeigt, dass eine Freundschaft nicht nur möglich war, sondern seinerseits auch erwünscht, aber Sebastian hatte die ausgestreckte Hand immer kategorisch ausgeschlagen. Und in der schweren Zeit nach Lise-Lottes Tod, als Torkel wieder in die Alkoholsucht abgerutscht war, hatte Sebastian ihn nicht ein einziges Mal besucht. Außer, als er selbst Hilfe brauchte. Hilfe, die Torkel schließlich fast das Leben gekostet hätte.

«Ist es Riddarstolpe?», fragte Torkel, als er sich Sebastian gegenübersetzte.

«Nein, es hat gar nichts mit dem Fall zu tun.»

Er verstummte, weil er nicht wusste, womit er anfangen sollte. Torkel streckte sich nach dem Kardamomteilchen, biss davon ab und wartete, während er ihn fixierte. Sebastian zögerte. Bereute es fast, dass er gekommen war.

«Es klingt schon so wahnsinnig, wenn ich es nur denke», brachte er schließlich hervor und kaufte sich ein bisschen Zeit.

«Okay.» Torkel nickte und nahm einen Schluck Kaffee. «Jetzt bin ich allerdings neugierig», gestand er und sah ihn erneut an.

Sebastian seufzte, er konnte ja auch nicht herkommen, einen Kaffee trinken, ein Süßgebäck essen und dann wieder gehen. Dafür hatte er Torkel nicht besucht. Und auch wenn ein Gespräch wahrscheinlich nicht weiterhelfen und auch keine Antworten erbringen würde, wäre er wenigstens nicht mehr mit seinen Gedanken allein.

«Ich glaube, ich habe Sabine gefunden.»

Er sah Torkel an, dass dieses Thema nicht auf seiner Liste mit allen denkbaren Möglichkeiten gestanden hatte, die Sebastian vielleicht mit ihm besprechen wollte. Er starrte seinen ehemaligen Kollegen an.

«Sabine? Deine Tochter?», fragte er vollkommen perplex. Sebastian nickte stumm. «Aber, das verstehe ich nicht ... Wie denn? Sie ist doch tot?», fügte Torkel hinzu.

«Ja, wahrscheinlich schon ... aber vielleicht auch nicht.»

«Und wie kommst du darauf?»

«Das ist eine lange Geschichte.»

Torkel machte eine Geste, die wohl bedeuten sollte, dass er ohnehin nichts Besseres vorhatte. Also holte Sebastian tief Luft und begann zu erzählen. Von Tim Cunningham und wie der seinen Sohn an Weihnachten 2004 im Tsunami in Thailand verloren hatte. Von dessen verstorbener Frau und einer Lebenslüge, die an Tim gezehrt hatte. Wie Tim und er sich schließlich angenähert hatten und Tim darauf beharrt hatte, dass Sebastian Cathy kennenlernte. Doch dazu war es nicht gekommen, und sie hatten den Kontakt verloren, als die Geschichte mit Billy plötzlich alles dominierte.Kurz darauf starb Tim. Dann kam Cathy. Einen Sohn hatte es nie gegeben. Nur sie, die Tochter. Cathy war im richtigen Alter. Und sie hatte den Ring. Den Ring, den Sebastian Sabine gekauft hatte.

Torkel schwieg und verarbeitete das, was er hörte. Der Kaffee wurde in den Tassen kalt. Sebastian beendete seinen Bericht mit dem Besuch in Bromma am frühen Morgen, als Cathy davongefahren war. Dieses Gefühl. Als hätte er erneut ihre Hand ergriffen und sie nicht festhalten können. Dann verstummte er.

«Ich weiß nicht, was ich sagen soll», begann Torkel ehrlich und schüttelte den Kopf.

«Sag trotzdem etwas. Irgendetwas.»

«Ich meine, das klingt ... verrückt.»

«Ich weiß.»

Torkel schob den Stuhl zurück und stand auf. Er ging die

wenigen Schritte bis zur Spüle, stützte sich darauf und verschränkte die Arme über der Brust.

«Glaubst du wirklich, dass sie es ist, oder *willst* du es glauben?»

Gute Frage, auch darüber hatte Sebastian letzte Nacht gegrübelt.

«Ich weiß es nicht genau», antwortete er aufrichtig. «Ich kann meine Gedanken nicht richtig sortieren, und jetzt ist es zu spät.»

«Weil du sie ziehen lassen hast. Nach Australien.»

Sebastian sah ihn erstaunt an. War das etwa ein Vorwurf?

«Was zum Teufel hätte ich denn machen sollen?», fragte er und konnte seine Verärgerung nur schwer verbergen. «Sie festhalten? Sie zu Boden ringen?»

«Wenn du denkst, dass sie deine Tochter ist, ja, warum nicht. Ich glaube, ich hätte das gemacht.»

Sebastian wandte sich ab und biss die Zähne zusammen. Sein Gefühl, dass es keine gute Idee gewesen war, sich Torkel zu öffnen, wuchs. Er hatte zwar nicht ahnen können, wie das Gespräch verlaufen würde, aber damit hatte er auf keinen Fall gerechnet. Dann wäre er nicht gekommen.

«Oder willst du *nicht*, dass sie es ist?», hörte er Torkel fragen. Sebastian drehte sich hastig um. Was war denn in Torkel gefahren? Hatte er jetzt völlig den Verstand verloren?

«Warum sollte ich das nicht wollen?»

Torkel antwortete nicht sofort, er schien seine Worte genau abzuwägen. Doch Sebastian wusste instinktiv, dass ihm nicht gefallen würde, was er gleich zu hören bekam, egal wie Torkel es formulierte.

«Dein ganzes Leben basiert darauf, Sabine zu vermissen. Ich glaube, du hast dein Verhalten in all den Jahren damit gerechtfertigt, dass du trauerst.»

«Wow, hast du im Suff einen Psychologiekurs besucht?»

«Wer bist du, wenn du nicht mehr der Mann bist, der um seine Tochter trauert?», fuhr Torkel fort, als hätte er den fiesen Kommentar nicht gehört. «Ist dieser Gedanke nicht ein bisschen unheimlich, nach fast zwanzig Jahren?»

Sebastian schwieg. Widerwillig musste er sich eingestehen, dass an Torkels Worten womöglich etwas dran war. Nachdem sein Leben zerstört worden war, hatte er es um seine Trauer herum wieder neu aufgebaut. Er hatte diese Trauer zu einem Fundament gemacht, auf dem seine gesamte Existenz ruhte.

«Ich sage nur, dass es ein beängstigendes Erlebnis ist, in den Spiegel zu schauen und sich zu fragen, wer man ist. Als ich getrunken habe, habe ich das jeden Tag gemacht.»

«Und du glaubst, um das zu vermeiden, habe ich sie nicht aufgehalten?»

«Was denkst du?»

«Dass du ein Idiot bist, wenn du ernsthaft annimmst, mir wäre es lieber, es nicht zu wissen. Wenn sie Sabine ist, wenn ich sie zurückhaben könnte ...»

«Und wenn sie nicht zurückkommen will? Ich meine, sie hatte ihr ganzes Leben lang einen anderen Vater.»

«Das hatte Vanja auch.»

«Klar, es könnte so werden wie mit Vanja», sagte Torkel und nickte. «Aber es könnte auch sein, dass sie nichts von dir wissen will. Würdest du das verkraften? Sie noch einmal zu verlieren?»

So sehr Sebastian sich auch bemühte, er konnte Torkel nicht für seine Fragen hassen. Sie waren relevant. Seine Schlussfolgerungen vernünftig. Sie zwangen ihn dazu, in neuen Bahnen zu denken.

«Du meinst also, dass ich eigentlich zu feige bin, sie mit meinem Verdacht zu konfrontieren?», fasste er zusammen.

«Spielt das eine Rolle? Sie ist auf dem Weg zum anderen Ende der Welt.»

«Es gibt Flugzeuge.»

«Und du sitzt hier.»

Sebastian seufzte schwer und stand auf. Jetzt reichte es allmählich. Wahr oder nicht. Berechtigt oder nicht. Er hatte keine Lust mehr, sich das noch länger anzuhören. Dieses Gespräch hatte ihm keinen Funken weitergeholfen. Nichts war besser geworden, nichts hatte sich geklärt. Ein vergeudeter Vormittag.

«Ich gehe jetzt. Danke für den Kaffee.»

«Warum bist du gekommen? Was hätte ich deiner Meinung nach sagen sollen?»

«Keine Ahnung. Jedenfalls nicht das.»

«Klar, ich hätte dir natürlich erzählen können, was für eine arme Wurst du bist und wie schrecklich das für dich sein muss. Oder dir eben das sagen, was dir meiner Meinung nach wirklich hilft. Wie ein Freund. Was wäre dir lieber gewesen.»

«Vermutlich Letzteres», entgegnete Sebastian und richtete sich auf.

«Lass mich wissen, wie es weitergeht und zu welchem Schluss du kommst.»

«Okay. Bis bald.»

«Ja, bis bald.»

Sebastian trat ins Treppenhaus und hörte, wie Torkel die Tür hinter ihm abschloss, während er die Stufen hinunterging.

Zu seiner Verwunderung schlief er wirklich ein.

Nach dem Besuch bei Torkel hatte er erneut beschlossen, zu Fuß nach Hause zu gehen, und es diesmal auch wirklich getan. Er spazierte langsam, die Ereignisse der letzten vierundzwanzig Stunden noch unsortiert im Kopf, vorbei am Zinkensdamm und dem Mariatorget Richtung Slussen, wo nach wie vor eine riesige Baustelle war und auch noch für Jahre bleiben sollte.

Das Projekt verzögerte sich und war viele Milliarden teurer als geplant.

Wie alle anderen Vorhaben, die vom Staat oder den Kommunen ausgeschrieben wurden. Eigentlich war es Sebastian egal, dass die gewählten Volksvertreter unterschiedliche Ideologien und Werte vertraten, so war das in einer Demokratie, doch er konnte nur schwer ertragen, dass selbst Rassismus in den letzten Jahren zunehmend salonfähig geworden war. Aber was sollte man auch erwarten, wenn man eine Minderheitsregierung bildete und sich von einer Nazipartei unterstützen ließ.

Die Leute hatten gewählt, dies war das Ergebnis.

Das musste man aushalten.

Was ihm jedoch gegen den Strich ging, war Inkompetenz, unabhängig von der Parteizugehörigkeit. Diese vollkommene Unfähigkeit, die viele Politiker an den Tag legten, wenn sie denn an die Macht kamen und damit auch die Möglichkeit erhielten, tatsächlich Einfluss zu nehmen. Dummheit und Unfähigkeit ertrug er nicht. Leider schien beides in der öffentlichen Hand derzeit allerdings überrepräsentiert zu sein.

Sebastian ging über die Guldbron und weiter über die Skeppsbron. Von den Fahrgeschäften auf Gröna Lund drangen fröhliche Schreie über das Wasser und hallten an den Häusern von Gamla Stan wider. Er bog rechts ab, wäre fast von einem Radfahrer umgenietet worden und spazierte weiter, vorbei am Grand Hôtel zum Nybroplan und dem Raoul Wallenbergs Torg, wo einige Touristen die sechs sphinxähnlichen Bronzeklumpen fotografierten, die auf irgendeine Weise Wallenbergs Einsatz würdigen sollten. Anschließend flanierte er den Strandvägen entlang, der überfüllt war mit Menschen, Hunden, Kinderwagen, Fahrrädern und E-Rollern. Jeder Stuhl in jedem Straßencafé war besetzt. Scheinbar sorglose Menschen, die ein scheinbar sorgloses Leben führten.

Dann kam er zu Hause an. Ein wenig verschwitzt blieb er stehen. Und jetzt? Was sollte er jetzt machen? Er beschloss, sich für einige Minuten hinzulegen. Sich auszuruhen. Mehr wagte er sich nicht zu erhoffen, doch zu seiner Verwunderung schlief er tatsächlich ein.

Traumlos.

Bis das Handy klingelte.

Seine Hand tastete auf dem Nachttisch umher, bis er darauf kam, dass das Telefon in seiner Hosentasche steckte. Er zog es hervor und nahm den Anruf an.

«Habe ich dich geweckt?», fragte Vanja, nachdem er sich krächzend gemeldet hatte.

«Ja», antwortete er, räusperte sich und warf einen hastigen Blick auf die Uhr. Er hatte zwanzig Minuten geschlafen. «Ich habe heute Nacht kaum ein Auge zugetan.»

«Hast du gelesen, was sie über dich schreiben?»

«Nein, du hast ja gesagt, ich soll es besser lassen, und außerdem lese ich diese Drecksblätter sowieso nie.» Mit einiger Mühe schwang er seine Beine über die Bettkante, setzte sich auf und unterdrückte ein Gähnen. «Rufst du an, um mich zu feuern?»

«Das kann ich nicht, du bist ja gar nicht angestellt.»

«Na gut, um unsere Zusammenarbeit aufzukündigen?»

«Ich dachte, das hättest du schon getan?»

Die Enttäuschung über ihr letztes Gespräch schwang noch in ihrer Stimme mit. Er rieb sich die Augen, jetzt war er noch müder als vor seinem Nickerchen.

«Tut mir leid, falls ich vorhin kurz angebunden und desinteressiert geklungen habe. Es ist etwas passiert. Etwas Persönliches.»

«Persönlicher als zwei Mordopfer mit einer Verbindung zu dir?»

«Ja, ob du es glaubst oder nicht. Und ich weiß noch nicht genau, wie ich damit umgehen soll, aber ab sofort bin ich wieder voll dabei.» Während er das sagte, spürte er, dass es der Wahrheit entsprach. Er musste sich auf etwas anderes konzentrieren, erst einmal alles verdauen, womit Torkel ihn konfrontiert hatte, und warten, bis sich in seinem Kopf eine Antwort herauskristallisierte. Auf keinen Fall durfte er etwas forcieren. Diese ganze Cathy-Sabine-Geschichte hatte das Potenzial, ihn völlig zu zerstören, wenn er es zuließ. «Was sagt Rosmarie zu alldem?», fragte er, um sein Interesse zu betonen. Dass ihm etwas an der Reichsmordkommission lag. An Vanja.

«Sie leugnet deine Mitarbeit und behauptet, wir hätten nur Kontakt zu dir aufgenommen, weil es der Charakter dieses Falles nun einmal erfordere, aber du seist auf keinen Fall an den Ermittlungen beteiligt.»

«Also wie immer.»

«Aber vielleicht solltest du ab sofort nicht mehr den Haupteingang nehmen», fügte Vanja hinzu, und Sebastian stellte sich vor, dass sie grinste.

«Verstanden. Warum hast du angerufen?»

«Ich wollte dich auf den neuesten Stand bringen.»

«Okay.»

«Und hören, wie es dir geht. Du klangst so gestresst, als wir vorhin telefoniert haben.»

Sebastian sah sie vor sich. Allein im Konferenzraum. Vermutlich hatte sie vorher lange mit sich selbst beratschlagt, ob sie persönlich werden und für einen kurzen Moment mehr Tochter als Chefin sein sollte. Er freute sich über ihre Entscheidung. Plötzlich kam ihm der Gedanke, dass sie vielleicht eine Halbschwester hatte. Den verdrängte er sofort effektiv. Ihre Beziehung war ohnehin schon kompliziert genug.

«Ja, wie gesagt, ich war auch etwas gestresst, eine persönliche Angelegenheit, die plötzlich auftauchte. Aber danke. Danke für deine Fürsorge.»

Sie schwieg. Vielleicht sah sie gerade aus dem Fenster.

«Der See, an dem wir Persson Riddarstolpes Auto gefunden haben, war derselbe See, in dem auch Susanne ertränkt wurde», sagte Vanja nach einer Weile. Die persönliche Ebene war verlassen worden, zurück zur Arbeit. Sebastian musste über das kleine bisschen von eben froh sein. «Was sagt dir das?»

Sebastian rieb sich erneut die Augen, allmählich wurde er wacher, sein Gehirn funktionierte wieder.

«Er fühlt sich dort heimisch und sicher, vielleicht hat er einige Zeit dort verbracht.»

«Aber *dir* sagt es nichts?»

«Wie hieß dieser Ort noch?»

«Stora Flatenbadet, in der Nähe des Nacka-Naturreservats.»

«Ich war noch nie der Naturreservattyp ...»

Er erhielt nur einen Seufzer zur Antwort. Einen tiefen, müden Seufzer.

«Dieser Fall ... dieser verdammte Fall.»

«Wir lösen ihn. Tun wir doch immer.»

«Normalerweise haben wir nach einer so langen Zeit aber mehr als nur ein gestohlenes Auto.»

«Gibt es an diesem See irgendwelche Wohnhäuser?»

«Nicht direkt daneben, aber in der Nähe.»

«Wir sollten dort nach dem Auto suchen, es ist nicht undenkbar, dass er in der Nähe wohnt.»

«Ich kümmere mich darum.»

Dann wurde es wieder still, aber Sebastian hatte das Gefühl, dass Vanja noch nicht auflegen wollte. Wieder sah er sie vor sich. Am Fenster stehend, mit dem Blick in die Ferne gerichtet. Nachdenklich.

«Bist du im Konferenzraum?», fragte er.

«Ja.»

«Alleine?»

«Ja, warum?»

«Nur so. Du klingst so ... gedämpft.» Sollte er einen Schritt weiter gehen? Warum nicht. Schlimmstenfalls beendete sie das Gespräch. «Liegt es nur an dem Fall?»

Ihm wurde bewusst, dass es ihnen schon immer leichter gefallen war, am Telefon miteinander zu reden, als wenn sie einander gegenüberstanden. Natürlich gab es eine psychologische Erklärung für die schützende Distanz.

«Ich habe Anna getroffen», hörte er Vanja zu seiner großen Verwunderung antworten, nachdem sie einige Sekunden nachdenklich geschwiegen hatte.

«Anna? Deine Mutter?»

«Ich war mit Amanda bei ihr. Sie haben sich bisher noch nie gesehen.»

«Und, wie war das?»

«Es war ... okay. Gut, eigentlich. Wir konnten uns auf Amanda konzentrieren.»

Sebastian dachte an seine eigene Mutter, die Sabine nie hatte treffen dürfen. Er wusste, dass es sie gefreut hätte. Vielleicht hätte es sogar ihr gelinde gesagt angespanntes Verhältnis verbessert. Enkelkinder hatten eine besondere Fähigkeit, eingestürzte Brücken wieder aufzubauen. Sein Vater, den er wirklich verachtet und gehasst hatte, war seit vielen Jahren tot, doch die Vorbehalte zwischen Sebastian und seiner Mutter waren mehr aus alter Gewohnheit geblieben. Alle Kränkungen und Enttäuschungen lagen Jahre zurück. Vielleicht hätten sie wieder zueinanderfinden können. Aber dafür war es jetzt zu spät. Jedenfalls freute er sich über Vanjas tastende Versuche. Für sie beide.

«Das finde ich gut», sagte er ehrlich.

«Vielleicht muss ich ihr eine Chance geben. Menschen können sich ändern. Du hast dich ja auch geändert.»

«Zum Besseren, hoffe ich.»

«Für dich gab es ja gar keinen anderen Weg.»

Sebastian spürte, wie ihm warm ums Herz wurde. Sie redeten und scherzten. Wie Vater und Tochter. Er sollte sich auf sie konzentrieren, auf sie beide, nicht auf irgendein unwahrscheinliches Szenario, das lediglich Wunschdenken war.

«Ich muss arbeiten», erklärte Vanja jetzt, und der Moment war vorbei.

«Ruf mich an, wenn etwas ist, ansonsten komme ich morgen. Ich habe ein paar neue Gedanken über den Täter, zu denen ich gern eure Meinung hören würde.»

«Sollten wir die nicht jetzt gleich wissen?»

«Es ist nichts Revolutionäres, das reicht auch morgen.»

Sie verabschiedeten sich und beendeten das Telefonat. Sebastian saß noch eine Weile mit einem zufriedenen Lächeln auf den Lippen da. Plötzlich gab sein Handy einen Signalton von sich. Hatte Vanja etwas vergessen? Er warf einen Blick auf den Bildschirm und war mit einem Mal hellwach.

Es war keine SMS, sondern eine Mail.

Nicht von Vanja, sondern von MustDiGGIT@gmx.de.

Eine Kontaktaufnahme.

Dieses konstante Ziehen im Bauch.

Eine Unruhe, die nicht nachlassen wollte, was immer sie auch tat. Zum Teil machte sie ihren Job dafür verantwortlich. Den ganzen Tag durch die Straßen zu gehen und Strafzettel an Leute zu verteilen, die falsch geparkt hatten, ließ ihr viel Zeit zum Grübeln. Wobei der Begriff «falsch parken» eigentlich übertrieben war, wie Ewa mitunter dachte. Die wenigsten Autos, an die sie Knöllchen verteilte, parkten falsch, indem sie den Verkehr behinderten oder eine Gefahr darstellten. Meistens waren nur die Gebühren nicht bezahlt worden. Dafür hatte Ewa auch ein wenig Verständnis. Parken war wahnsinnig teuer geworden, zwischen zwanzig und fünfzig Kronen in der Stunde. Wenn man sein Auto jeden Tag von morgens bis abends gebührenpflichtig parken musste, stiegen die Kosten schnell ins Unermessliche.

Sie stellte einen Strafzettel für einen Toyota aus, der laut ihrem Scanner zwar eine Gebühr entrichtet hatte, die bezahlte Zeit war jedoch vor vierunddreißig Minuten abgelaufen. Ewa hatte weitere fünf Minuten gewartet, wie es die Regeln vorsahen, ehe sie nun den gelben Bescheid unter den Scheibenwischer klemmte.

Dann ging sie weiter. Kontrollierte, ob ein Parkschein hinter der Windschutzscheibe des nächsten Autos lag – was inzwischen nur noch selten der Fall war, die Apps hatten das Bezahlsystem übernommen – dann scannte sie das Kennzeichen, um zu prüfen, ob eine Zahlung registriert war. Wenn nicht, gab es wieder ein Knöllchen. Und dann ging es weiter zum nächsten Auto. Und zum nächsten. Und zum nächsten. Eine Routinearbeit, bei der man nicht viel nachdenken musste. Also konnte sie sich stattdessen ausführlich über die Beziehung ihrer Tochter Sorgen machen.

Dieser Alexander Ohlsson hatte anfangs so nett gewirkt, und Ewa war froh gewesen, dass die Tochter endlich jemanden kennengelernt hatte, der ihr guttat und mit dem sie sich wohlfühlte. Ihr vorheriger Freund war unerträglich gewesen, ein kiffender Taugenichts, der kein bisschen auf die Reihe bekam. Ewa hatte erleichtert aufgeatmet, als sie erfahren hatte, dass es zwischen den beiden aus war. Ein hoffnungsloser Fall. Ganz im Gegenteil zu Alexander. Sozial, höflich, humorvoll. Ein Elektriker, der gemeinsam mit einem Freund eine eigene Firma besaß und hart arbeitete.

Dann tauchte der erste blaue Fleck auf. Gruselig dunkel, seitlich am Brustkorb. Ewa sah ihn zufällig, als die Tochter ihr im Schrebergarten half und das T-Shirt hochrutschte, während sie sich den Pullover ausziehen wollte.

«Was ist passiert?», hatte sie gefragt.

Die Tochter hatte gelacht und erzählt, wie dämlich sie gewesen sei, sie habe nicht aufgepasst und sei geradewegs in die ausgeklappte Ladefläche eines parkenden Lastwagens gelaufen. Es habe höllisch wehgetan. Ewa hatte nicht weiter darüber nachgedacht. Die Erklärung wirkte glaubwürdig, warum sollte man sich eine so absurde Geschichte ausdenken?

Dann folgten zwei Wochen, in denen sie einander nicht sahen, weil die Tochter alle Verabredungen absagte, und als sie sich wieder trafen, hätte Ewa schwören können, neben der Nasenwurzel der Tochter noch die schwachen, gelblich lilafarbenen Spuren eines Veilchens zu erahnen. Sie fragte erneut, was geschehen sei.

«Nichts», lautete die Antwort.

Ewa bilde sich das nur ein. Nichts sei passiert.

Anschließend war erneut außergewöhnlich viel Zeit vergangen, ehe sie sich wiedersahen. Diesmal war Alexander mit dabei. Charmant und liebenswürdig wie immer, doch Ewa beobachtete ihn genau. Gab es irgendwelche Hinweise? Benahm er sich anders, kontrollierte er die Tochter?

Auch in den folgenden Wochen hatte ihre Tochter immer wieder Verabredungen abgesagt, und wenn sie sich getroffen hatten, war sie immer in Begleitung von Alexander gewesen. Vor einigen Wochen dann hatte Ewas Sorge einen neuen Höhepunkt erreicht, als eine der ältesten und besten Freundinnen der Tochter bei ihr angerufen und sich erkundigt hatte, ob irgendetwas passiert sei. Immer wieder habe die Tochter Treffen ausfallen lassen, oft in letzter Sekunde. Sie hätten sich schon ewig nicht mehr gesehen. Es schien, als gehe die Freundin ihr aus dem Weg. Ob Ewa eine Ahnung hätte, was mit ihr los sei?

Sie glaubte, es zu wissen, aber sie hatte nichts gesagt. Nicht in dem Moment. Und bis heute nicht. Sie wusste nicht, wie sie es ansprechen sollte. Von sich aus hatte die Tochter eindeutig nicht vor, Ewa etwas zu erzählen, sie wollte offenbar keine Hilfe von ihr. Wie sollte sie sich also verhalten? Alexander direkt zu konfrontieren, konnte katastrophale Folgen haben, das wusste Ewa aus Erfahrung. In der Vergangenheit war ihre Fürsorge oft als Kritik an den Entscheidungen der Tochter aufgefasst worden. Was häufig auch zutraf, wie Ewa sich eingestehen musste. Ihre Tochter brachte sich oft selbst in unnötige Schwierigkeiten. Ihr bisweilen sehr empfindliches Verhältnis konnte schon wegen unwichtigeren Dingen aus dem Gleichgewicht geraten. Diese Thematik hatte hingegen das Potenzial, zu einem völligen Kontaktabbruch zu führen. Insbesondere, wenn Alexander eine solche Macht über ihre Tochter hatte.

Es gab also genug zu grübeln, während Ewa die Straße auf und ab ging, Parkscheine und Anwohnerparkausweise kontrollierte und Nummernschilder scannte. Jetzt näherte sie sich einem braunen Audi. Sie konnte ihre Theorie nicht mit Zahlen belegen, aber auf Nachfrage würde sie sagen, dass Audis und BMWs in der Falschparkerstatistik überrepräsentiert waren.

Ihr Scanner gab ein Signal von sich, als sie ihn an das Nummernschild hielt. Einen Ton, den sie noch nie gehört hatte. Verwundert sah sie auf den Bildschirm. Ein rotes Viereck mit einem weißen Text.

Die Polizei verlangte nach Informationen zu dem betreffenden Fahrzeug.

Ist irgendetwas los?»

Lena Gutestam ließ sich auf den Beifahrersitz fallen und zog die Tür hinter sich zu.

«Nein», antwortete Carlos und richtete seinen Blick weiterhin auf den braunen Audi, der etwa fünfzehn Meter entfernt auf der anderen Straßenseite stand.

«Sie hatten kein *Lime*», sagte Lena, kramte in der mitgebrachten Papiertüte und reichte ihm eine Cola mit Mangogeschmack.

Mango hatte er noch nie gemocht.

«Danke», sagte er.

Lena packte weiter die Tüte aus, und bald aßen sie beide ihren Burrito, während sie das andere Auto im Auge behielten.

«Hast du einen Hund?», fragte Lena plötzlich und wischte sich ein wenig Salsa aus dem Mundwinkel.

«Nein, wieso?»

«Hättest du gern einen?»

«Ja, tatsächlich, aber nur ich möchte einen, und zu Hause würden wir es zeitlich schlecht geregelt bekommen. Wieso?»

«Ich wollte eben wissen, ob du ein Hundemensch bist.»

Carlos warf ihr einen Blick zu, den sie lächelnd und mit hochgezogenen Augenbrauen erwiderte. Er hatte sich in Uppsala schon bei einigen Observationen plaudernd die Zeit vertrieben, aber meistens war es um Fernsehserien, Sport und Nachrichten gegangen. Manchmal auch um die Familie, aber nur oberflächlich, man erzählte, was die Kinder so machten, und von Ferien und Freizeitaktivitäten. Ob er ein Hundemensch war, hatte noch nie jemand gefragt.

«Und warum interessiert dich das?», fragte er.

«Es sagt einiges darüber aus, was für ein Mensch man ist.»

«Ach, wirklich?»

«Ja.»

«Zum Beispiel?»

«Es würde zu weit führen, jetzt darauf einzugehen, aber mach dir keine Gedanken, es sind nur gute Dinge.»

«Ich war sowieso nicht besonders beunruhigt.»

Sie schwiegen. Die Seitenfenster hatten sie heruntergelassen, aber der Verkehrslärm des normalerweise stark befahrenen Valhallavägen zwei Straßenecken weiter war kaum zu hören. Auch Passanten waren in Östermalm nicht viele unterwegs. Offenbar hatte sich schon eine frühe Sommerruhe in der Stadt breitgemacht. Während Carlos und Lena dort im Auto auf der Kallskärgatan saßen und auf den grünen Tessinpark schauten, schlenderten die meisten Menschen gemächlich um die runde Fontäne in der Mitte. Vogelgezwitscher und vereinzeltes Insektengesumm drangen ins Auto.

«Hast du einen Hund?», fragte Carlos, als ihm aufging, dass dieses Gesprächsthema zu einer Gegenfrage einlud.

«Zwei. Beagles. Vier und sechs Jahre alt.»

Carlos nickte nur, damit schien sich das Thema wohl auch erschöpft zu haben. Das störte ihn aber nicht, das Schweigen, das sich hin und wieder zwischen ihnen einfand, war nicht unangenehm.

«Habt ihr denn keinen, der euch unterstützen kann? Bei euch zu Hause?»

Carlos warf ihr einen überraschten Blick zu.

«Was?»

«Wenn ihr einen Hund wollt. Du bist doch noch nicht so alt, hast du keine Eltern, die einspringen und euch helfen können?»

«Also zum einen will nur ich einen Hund. Und ...» Er zögerte, sollte er es ihr erzählen? Eigentlich sprach er nicht darüber, aber es war auch kein Geheimnis. «Zu meinen Eltern habe ich keinen Kontakt mehr.»

«Wirklich? Warum?», fragte Lena und wirkte aufrichtig interessiert. Carlos zögerte erneut. Nein, das musste fürs Erste reichen.

«Es würde zu weit führen, jetzt darauf einzugehen, aber es sind nur schlechte Dinge.»

Er lächelte sie an, und sie lächelte zurück, ehe sie ihre Aufmerksamkeit erneut auf ihr Observationsobjekt richteten. Carlos legte den Kopf in den Nacken und trank noch einen Schluck von seiner Cola. Sie war nicht so schrecklich wie befürchtet, aber Mango würde trotzdem nicht sein neuer Lieblingsgeschmack werden.

«Lebst du mit einem Mann zusammen?», fragte Lena plötzlich ins Blaue hinein, dabei ließ sie den Arm aus dem Fenster baumeln, und der laue Wind spielte leicht mit ihrem Haar. Carlos sah die Kollegin erstaunt an. Doch die richtete den Blick weiter geradeaus. «Ich habe einen gut kalibrierten Gaydar.»

«Ja, mein Partner ist ein Mann. Eric.»

Noch einmal, es war kein Geheimnis. Ganz und gar nicht. Er erwähnte es nur meistens nicht direkt, weil es einfacher war. Was Lena und ihren angeblichen «Gaydar» anging, konnte sie auch einfach im Internet recherchiert und gesehen haben, dass er mit einem Mann zusammenlebte. Wie gesagt, es war kein Geheimnis, und aus irgendeinem Grund traute er Lena Gutestam zu, dass sie so etwas im Internet recherchierte. Er mochte sie, aber er wurde nicht ganz schlau aus ihr.

«Du, guck mal ...» Lena richtete sich auf. Carlos sah nach vorn. Am Ende der Straße war ein Mann um die Ecke gebogen und kam auf ihrer Seite des Bürgersteigs auf sie zu. Er trug einen schwarzen Hoodie, hatte die Kapuze tief ins Gesicht gezogen, die Hände in den Taschen einer blauen Jeans vergraben und den Blick auf den Boden gerichtet, sodass sie sein Gesicht nicht sehen konnten. An den Füßen trug er Sneakers von Axel Arigato, wie Carlos feststellte. Nicht ganz billig. Jetzt saßen sie beide kerzengerade da und folgten dem Mann mit dem Blick, die Hände auf den Türgriffen, um schnell aussteigen zu können. Der Mann zog einen Schlüssel aus der Tasche und drückte darauf, der Audi blinkte. Er hatte den Wagen aufgeschlossen.

Dies war der Mann, den sie suchten.

Ohne sich abstimmen zu müssen, öffneten Carlos und Lena die Türen und stiegen aus. Mit schnellen Schritten bewegten sie sich auf den Unbekannten zu, der jetzt etwa einen Meter von dem Audi entfernt stand.

«Hallo, Sie!», rief Carlos und zog seine Dienstmarke aus der Jackentasche. Der Mann blieb stehen und warf einen hastigen Blick in ihre Richtung, senkte aber sofort wieder den Kopf, um sein Gesicht zu verbergen. «Wir sind von der Polizei, könnten wir Sie kurz sprechen?»

Der Mann zuckte lässig die Achseln und schob seine Hände in die großen Taschen seines Kapuzenpullovers. Das Gesicht noch immer verborgen, stand er vollkommen still da. Zu still. Das behagte Carlos nicht.

«Zeigen Sie Ihre Hände», sagte er, während sie sich weiter auf ihn zubewegten. Wieder zuckte der Mann nur mit den Schultern, und dann ging alles sehr schnell.

Er fuhr in ihre Richtung herum, und in seiner linken Hand hielt er eine Pistole.

«Waffe!», schrien Carlos und Lena gleichzeitig in demselben Moment, in dem der Mann mit dem Kapuzenpullover einen Schuss abfeuerte, woraufhin Lena mit einem Schrei zusammensackte. Carlos zog seine Pistole und warf einen Blick auf die am Boden liegende Lena. Ihr Gesicht war schmerzverzerrt, und sie keuchte. Aber sie lebte. Mit erhobener Waffe drehte sich Carlos wieder blitzschnell zu dem Schützen um, doch der war nach dem Schuss sofort losgerannt und bereits fast am Ende der Straße angelangt.

«Stehen bleiben! Polizei!», brüllte Carlos ohne die kleinste Hoffnung, dass er ihm gehorchen würde. Und so war es auch, der Mann rannte weiter, bog an der Kreuzung um die Ecke und verschwand außer Sichtweite.

Carlos steckte seine Waffe ins Holster und kniete sich neben Lena, während er gleichzeitig das Funkgerät hervorzog und Verstärkung rief.

Im Konferenzraum herrschte eine gedrückte Stimmung. Natürlich waren alle erleichtert, denn die Kugel hatte in Bauchhöhe die Schutzweste getroffen. Lena würde einen ordentlichen blauen Fleck bekommen, war ansonsten aber unversehrt geblieben. Sie war von einem Mann angeschossen worden, der nicht eine Sekunde gezögert hatte, von seiner Waffe Gebrauch zu machen, obwohl sie sich als Polizisten zu erkennen gegeben hatten. Das ließ die Mitglieder des Teams nicht unberührt. Auch wenn sie sich einer solchen Gefahr nicht so oft wie ihre uniformierten Kollegen aussetzten, erinnerte sie ein derartiger Vorfall doch daran, wie gefährlich auch ihre Arbeit war. Wie unglaublich schnell alles vorbei sein konnte.

Vanja hatte Sebastian angerufen. Er hatte gesagt, sie solle sich melden, wenn etwas sei, und dass auf ihre Kollegin geschossen worden war, fiel wohl unter «etwas». Er war sofort gekommen und wirkte ebenfalls erschüttert.

«Ab sofort nehmen wir vor allen Observationen und Besuchen erst Kontakt zur Spezialeinheit auf», sagte Vanja und sah die versammelten Kollegen eindringlich an. «Das darf nicht noch einmal passieren. Es gilt: höchstes Sicherheitsdenken!» Alle drei nickten. Ursula war nicht dabei, sie hatte sich zur Kallskärsgatan aufgemacht, um den Audi zu durchsuchen.

«Habt ihr ihn gesehen?», fragte Roger Hansson an Carlos gewandt, der den Kopf schüttelte.

«Ich habe ihn nur ganz kurz gesehen, aber ich könnte das

Phantombild nicht vervollständigen. Wir müssen hören, was Lena sagt, wenn sie wieder da ist.»

«Ich habe noch einmal über unseren Täter nachgedacht», warf Sebastian ein und hatte sofort die volle Aufmerksamkeit aller. «Dieses Bild von einem selbstsicheren Narzissten, das wir von ihm hatten – ich bin mir nicht sicher, ob es richtig ist.»

Er fasste seine wichtigsten Überlegungen zusammen und sah, wie der Mut der anderen mit jedem Punkt sank.

«Du glaubst also, wir suchen nach einem anonymen unscheinbaren Pedanten, der nicht viel Aufhebens um sich macht und sein mangelndes Selbstvertrauen durch intensive Recherche kompensiert?», fasste Roger seufzend zusammen, als Sebastian geendet hatte.

«Ja, so in etwa», bestätigte er.

«Na großartig», erwiderte Roger trocken.

«Du hattest ja auch den Verdacht, es könnte sich um einen Polizisten oder Ex-Polizisten handeln?», sagte Vanja.

«Das glaube ich jetzt nicht mehr. Er ist nur überaus gründlich, zielstrebig und geschickt darin, Informationen zu sammeln.»

Ein resigniertes Schweigen breitete sich im Raum aus und wurde erst unterbrochen, als Vanjas Handy brummte. Sie zog es hervor und warf einen Blick auf die Nachricht.

«Das war Ursula. Wir haben eine Fahrzeug-Identifizierungsnummer», sagte sie und sah, wie sich die anderen gespannt aufrichteten. Eine neue Spur, die sie hoffentlich weiterführen würde. Plötzlich stieg die Energie im Raum merklich.

«Darf ich mal sehen?», fragte Carlos, und Vanja schob das Handy zu ihm hinüber. Er warf einen Blick auf die kurze Nachricht und öffnete seinen Laptop. Man konnte von der

EU halten, was man wollte, aber die länderübergreifende Zusammenführung der meisten Register war eine große Hilfe. Die Kollegen beobachteten Carlos interessiert.

«Das Auto ist in Litauen auf einen Mann namens Gabriel Balchunas in Kaunas zugelassen», erklärte er eine halbe Minute später. «Ich werde sehen, ob ich ihn telefonisch erreiche.»

Vanja nickte nur, und Carlos eilte aus dem Raum.

«Wir haben also einen Audi Q5 aus Litauen mit falschen Kennzeichen», fuhr Vanja fort, nachdem Carlos die Tür hinter sich geschlossen hatte. «Bedeutet das etwas, haben wir noch andere Spuren, die in diese Richtung deuten?»

«Nein, vorausgesetzt, Sebastian hat nicht irgendwann einmal eine wilde Woche in Litauen verbracht, von der wir nichts wissen. Sonst deutet nichts an diesem Fall auf einen ausländischen Zusammenhang.»

«Ich war noch nie in Litauen.»

«Und du hattest auch nie näher mit irgendwelchen Litauerinnen zu tun?», fragte Vanja. «Heißt das überhaupt so, Litauerin?»

Sebastian schüttelte den Kopf und ahnte, dass Vanja mit «näher zu tun haben» eigentlich meinte, ob er mit Frauen von dort im Bett gewesen war. Möglicherweise. Wahrscheinlich. Wie sollte er das wissen?

«Nicht, dass ich mich erinnern würde», antwortete er ehrlich.

In dem Moment klopfte es leise an der Tür, und in der nächsten Sekunde kam Lena herein.

«Du bist wieder da?», fragte Vanja verwundert und stand auf.

«Ja, wie ihr seht», konnte Lena gerade noch sagen, ehe Vanja sie umarmte.

«Wie geht es dir?», fragte Roger und lächelte erleichtert.

«Gott sei Dank hatte ich die Weste», sagte Lena und verzog das Gesicht vor Schmerz, als sie sich gewohnheitsgetreu neben ihn setzte. «Es war, als hätte mich ein Pferd getreten, aber mir geht es gut.»

«Du brauchst heute nicht zu arbeiten, du kannst gerne nach Hause fahren, wenn du möchtest», bot Vanja ihr an.

«Danke, aber nein. Ich will alles daransetzen, diesen Typen zu kriegen!» Sie wandte sich Sebastian auf der anderen Seite des Tisches zu. «Ich hätte gar nicht gedacht, dass du heute kommst. Bist du meinetwegen hier?»

«Vanja hat angerufen, also ...»

«Wie lieb von dir, das weiß ich wirklich zu schätzen.»

«Du hast nicht viel verpasst», erklärte Vanja und unterbrach das Geplänkel, das zwischen den beiden im Gange war. Es gefiel ihr nicht. «Ursula hat mit der technischen Untersuchung des Autos begonnen und eine Chassisnummer gefunden.»

«Ja, ich habe Carlos draußen getroffen.» Lena nickte. «Wir sollten auch alle Kameras in der Gegend überprüfen.»

«Das ist schon angeleiert. Offenbar hatte der Täter nicht geplant, das Auto loszuwerden, das war ein Fehler. Wir müssen ihn weiter unter Druck setzen.» Sie stand auf, ging zu der Wand, an der das Material zu der Ermittlung hing, und zeigte auf das Phantombild. «Ich möchte, dass wir die Leute befragen, die rund um den Standort des Audi wohnen, und ihnen dieses Bild zeigen», sagte sie.

«Ich würde das noch breiter aufziehen. Geh an die Presse», schlug Sebastian vor. «Ohne Auto wird er vielleicht gezwungen sein, sich mehr unter Menschen zu begeben.»

Vanja überlegte kurz und nickte dann.

«So machen wir das.»

«Ich kann mich darum kümmern», bot Lena im selben Moment an, als Carlos zur Tür hereinstürmte.

«Meine Güte, jetzt kommt die Sache endlich ins Rollen», rief er aufgeregt und wedelte mit einem grünen Post-it.

Er eilte zu seinem Laptop und setzte sich. Die anderen warteten geduldig.

«Gabriel Balchunas hat das Auto vor einem knappen Monat an einen Schweden verkauft. Bei der hiesigen Verkehrsbehörde wurde der Wagen nie registriert, aber ...» Er machte eine Kunstpause und tippte etwas von dem grünen Zettel in seinen Laptop ein. «Balchunas hat sich seinen Pass zeigen lassen und glücklicherweise auch die Nummer notiert.»

Carlos drückte auf Enter und drehte den Laptopbildschirm zu Vanja, die sich hinter ihn gestellt hatte.

«Adrian Petterson, am 27. Juni 1993 geboren. Der Pass wurde vor einem knappen Monat als gestohlen gemeldet», las sie laut.

«Im Zusammenhang mit dem Autokauf in Litauen hat er also seinen Pass als gestohlen gemeldet», sagte Lena mit skeptischer Stimme. «Wie praktisch.»

«Haben wir ein Foto?», fragte Roger Hansson.

«Ja, einen Moment», sagte Carlos, und der Beamer an der Decke sprang surrend an. Kurz darauf erschien Adrians Passfoto an der Wand. Alle betrachteten es eingehend.

«Erkennst du ihn wieder?», fragte Vanja in Sebastians Richtung.

«Nein, und der Name sagt mir auch nichts.»

Aber es konnte definitiv ihr Täter sein. Dunkle Haare. Die Nase und der Mund waren zwar etwas anders geformt, als auf dem Phantombild, schmaler, mit fülligeren Lippen. Zudem hatte der junge Mann auf dem Foto einen Schnurrbart, aber den konnte man ja leicht abrasieren. Das Alter, die Gesichtsform und die Haar- und Augenfarbe passten jedenfalls.

«Er ist im Svartbäcksvägen 77 in Bagarmossen gemeldet.»

«Von da aus sind es mit dem Auto höchstens zehn Minuten bis zum Flatenbadet», stellte Roger fest.

«Dann wissen wir, was wir zu tun haben», sagte Vanja und blickte in die Runde. Alle im Team nickten.

Sie hatten einen Verdächtigen.

Der Svartbäcksvägen, eine u-förmige Straße, begann und endete auf dem größeren Rusthållarvägen, der sich durch das südöstliche Bagarmossen schlängelte. Dort, auf einer Kiesfläche, etwa vierhundert Meter von Adrian Petersons Adresse entfernt, hatte Vanja sich mit dem Chef der Spezialeinheit und seinen Leuten verabredet.

Ihr eigenes Team kam in zwei Autos.

Carlos und sie in dem einen, Roger und Sebastian im anderen.

Lena war im Büro geblieben. Gemeinsam mit dem Personal, das sie von der Abteilung für Schwerverbrechen geliehen hatten, koordinierte sie die Nachbarschaftsbefragung in Östermalm, verschickte das Phantombild und versuchte obendrein, so viel wie möglich über den Verdächtigen herauszufinden. Zwar war Lena nicht gerade begeistert darüber gewesen, im Präsidium zu bleiben, aber wenn man kaum vom Stuhl aufstehen konnte, ohne vor Schmerz zu stöhnen, gab es wohl nicht viel zu diskutieren.

Zwei Minuten nachdem sie geparkt hatten, bog eines der großen Fahrzeuge des Einsatzkommandos um die Ecke und bremste. Vier schwer bewaffnete Beamte in voller Schutzmontur sprangen heraus. Vanja ging ihnen entgegen, begrüßte den Einsatzleiter, der sich als Tavi vorstellte, und erklärte die Lage. Sie einigten sich darauf, einen Mann an jedem Ende des Svartbäcksvägen zu postieren, damit niemand unbemerkt entkam. Die beiden anderen Kollegen sollten die Reichsmordkommission zu dem Haus begleiten.

Sebastian durfte nur bis zur ersten Straßenecke mitkommen, aber nicht weiter. Nicht, ehe sie die Situation einschätzen konnten.

Sie machten sich in schnellem Tempo auf den Weg.

Der Svartbäcksvägen war eine schmale Wohnstraße mit Einfamilienhäusern in unterschiedlichem Zustand auf beiden Seiten. Alle sahen anders aus, verschiedene Farben, Materialien und Baustile, hatten jedoch gemein, dass sie nicht besonders groß waren und einen mehr oder weniger gepflegten Garten besaßen. Das Grundstück von Hausnummer 77 fiel in die letztgenannte Kategorie und war eher verwildert. Ein renovierungsbedürftiges zweistöckiges Wohngebäude mit einem schwarzen Schrägdach aus Blech. An einigen Stellen bröckelte der graue Putz von der Fassade, die Farbe an den Fenstern und Fensterbänken blätterte ab, und das Unkraut wucherte zwischen den Steinplatten hervor, die zur Haustür führten. Auf den ersten Blick wirkte es unbewohnt. Kein Auto stand in der Einfahrt, und hinter den gardinenlosen, schmutzigen Fenstern war es dunkel.

Vanja ertappte sich dabei, dass sie ganz kribbelig vor Erwartung war. In einer idealen Welt würde dieser Tag mit einer Verhaftung enden.

Fall gelöst, Reichsmordkommission gerettet, Sebastian weg.

Gleichzeitig bestand allerdings die geringe Chance, dass Adrian Petterson wirklich seinen Pass verloren und mit alldem überhaupt nichts zu tun hatte. Roger und ein Kollege von der Spezialeinheit umrundeten das Haus, um die Rückseite zu überwachen. Als sie über Funk meldeten, dass sie auf ihrem Posten waren, gingen Vanja, Carlos mit Tavi als Verstärkung zur Tür und klingelten. Im Haus war es still, keinerlei Geräusche. Sie drückte noch mehrmals auf den

Klingelknopf, aber die Tür wurde nicht geöffnet. Versuchsweise drückte Vanja die Klinke herunter. Abgeschlossen.

Mit einem enttäuschten Seufzer trat sie einige Schritte zur Seite. Sie stellte sich auf Zehenspitzen auf die schmale Steinkante, die das Beet unterhalb des einen Fensters umrahmte, und spähte hinein. Eine leere, dunkle Küche.

«Ist etwas passiert?», hörte sie plötzlich eine Stimme hinter sich fragen. Ein älterer Mann in beigen Hosen und einem verwaschenen Polohemd war vor das Nachbarhaus getreten und betrachtete sie neugierig.

«Wir suchen einen Adrian Petterson, der hier wohnen soll», sagte Vanja und ging auf den Mann zu.

«Ihr seid Polizisten», stellte der fest und deutete mit dem Kopf auf den Kollegen in Schutzmontur.

«Ja. Haben Sie Ihren Nachbarn heute schon gesehen?»

«Was hat er denn getan?»

«Wir müssten ihn im Zusammenhang mit einer Ermittlung sprechen.»

«Das ist ein komischer Typ», sagte der Mann und nickte vor sich hin. «Bleibt für sich, grüßt kaum. Ist zu seltsamen Zeiten unterwegs.»

«Wissen Sie, wo er sich aufhält?»

«Nein, ich habe das Auto schon seit ein paar Tagen nicht mehr gesehen.»

«Was hat er für ein Auto?»

«Einen braunen Audi. Ziemlich neu. Er hat ihn ungefähr vor einem Monat gekauft.»

«Wissen Sie, was für ein Modell es ist?»

«Nein, mit so etwas kenne ich mich nicht aus.»

Vanja spürte, wie das erwartungsvolle Kribbeln zurückkam. Das Auto hatte hier gestanden. Vor Adrian Pettersons Haus. Gestohlener Pass hin oder her, jetzt war er mehr als zu

Recht verdächtig, und sie hatte ausreichend Anhaltspunkte für eine Hausdurchsuchung. Vanja dankte dem Nachbarn für die Hilfe und kehrte zu den anderen zurück.

«Wir gehen rein», sagte sie zu Tavi. «Kümmerst du dich darum?»

Er nickte, trat ein Stück zur Seite, funkte den Kollegen auf der Kreuzung an, der den kürzesten Weg bis zum Auto hatte, und bat ihn, einen Rammbock zu holen. Während Carlos und sie warteten, rief Vanja bei Ursula an, denn sie konnte das Haus genauso gut von Anfang an so korrekt wie möglich durchsuchen zu lassen. Ursula versprach, so schnell wie möglich zu kommen, und Vanja beendete das Gespräch und meldete sich bei Lena, die bereits eine ganze Menge herausgefunden hatte.

Adrian Tomas Petterson war in Norrtälje geboren und hatte einen anderthalb Jahre jüngeren Bruder, Emanuel Rickard. Seine Eltern waren Schweinebauern in Syninge, etwas mehr als zehn Kilometer von Norrtälje entfernt.

«Da hätten wir also den Bezug zur Schweinefarm in Västerås», sagte Vanja.

«Scheint so.»

«Hast du irgendeine Verbindung zwischen ihm und Sebastian gefunden?»

«Noch nicht.»

Die Mutter, Lisa Petterson, war vor fünf Jahren an Krebs gestorben. Sein Vater Ingvar lebte noch, war aber nach dem Tod der Mutter nach Spanien gezogen. Lena hatte bislang erfolglos versucht, ihn auf seiner spanischen Handynummer und über die E-Mail zu erreichen, die er bei der Sozialversicherung angegeben hatte. In allen anderen staatlichen Registern war vermerkt, dass er aus Schweden ausgewandert war.

Vor seinem Umzug hatte er den beiden Brüdern seine Schweinefarm vermacht, die diese vor drei Jahren verkauft hatten. Das würde erklären, warum er die Leiche ausgerechnet auf einer Schweinefarm hinterlassen hatte. Ein Hinweis auf seine Herkunft. Konnte es wirklich so einfach sein? Ja, offenbar ging es hier um etwas Persönliches, eine Referenz auf Adrian Pettersons Kindheit, was Vanja noch mehr davon überzeugte, dass sie auf der richtigen Fährte waren. Die Bezüge zu Sebastian hatte der Täter dann über Susannes Leiche und den Ablageort in Västerås hergestellt.

«Er hat als Hausmeister für eine Wohnungsbaugesellschaft gearbeitet. Ich habe mit dem Chef telefoniert, Adrian war seit über einem Monat nicht mehr da, weshalb er dort auch nicht mehr willkommen ist.»

«Ungefähr zur selben Zeit hat er das Auto in Litauen gekauft. Anscheinend hatte er seither alle Hände voll zu tun.»

«Ja, seine Taten setzen ja einiges an Planung voraus.»

«Okay, dann such weiter», sagte Vanja, als sie sah, wie der Kollege von der Spezialeinheit mit dem richtigen Werkzeug zurückkam, um die Tür in Angriff zu nehmen. Fünfzehn Sekunden später konnten sie hinein. Vanja beauftragte das Spezialkommando damit, eine Runde durchs Haus zu drehen, um sicherzugehen, dass es auch wirklich leer war. Außerdem bat sie die Kollegen, nichts anzufassen, denn sie wollte nicht unnötig Ursulas Zorn auf sich ziehen.

«Polizei! Wir kommen jetzt herein!», schrien Tavi und sein Kollege, als sie mit den Waffen im Anschlag im Haus verschwanden. Inzwischen informierte Vanja telefonisch Sebastian, dass er jetzt kommen könne.

«Niemand da», sagte Tavi, als er einige Minuten später wieder aus dem Haus trat. «Ihr könnt hineingehen.»

«Danke», sagte Vanja und schickte Carlos los, um Roger zu holen, der noch hinter dem Haus wartete.

«Wir müssen los, kommt ihr zurecht?», fragte Tavi.

«Ja, bestimmt. Danke für eure Hilfe.»

Tavi funkte seine Kollegen an. Carlos kam mit Hansson zurück. Vanja erklärte ihnen das weitere Vorgehen. Carlos und sie würden das Haus durchsuchen, Roger sollte zu Emanuel Petterson fahren, dem Bruder, und mit ihm sprechen.

«Die genauen Daten kann dir Lena geben, sie arbeitet gerade daran.» Roger nickte und machte sich auf den Weg. Vanja forderte Carlos mit einem Wink auf, ihr zu folgen.

Sie zogen Handschuhe und Schuhüberzieher an, dann gingen sie hinein.

Das Gefühl, dass dieses Haus nicht besonders groß war, verstärkte sich noch, als sie es betraten. Ein Flur mit einer Tür auf der rechten Seite, die vermutlich in den Keller führte, ein paar Jacken an der Garderobe und darunter zwei Paar Schuhe. Nur Männersachen. Keine Frauenkleidung. Vermutlich wohnte in diesem Haus ein alleinstehender Mann.

Alles war sauber und ordentlich, und von innen wirkte das Haus ganz und gar nicht so heruntergekommen wie von außen, aber es fehlte ein gewisses Gefühl für Details. Alle Möbel im Untergeschoss schienen von IKEA zu stammen und aus rein funktionalen Gründen gekauft worden zu sein, nicht weil sich jemand ästhetische Gedanken gemacht hatte.

In einer Ecke des Wohnzimmers befand sich die Treppe zum Obergeschoss. Sie beschlossen, sich das Haus aufzuteilen. Vanja blieb unten, Carlos verschwand die Treppe hinauf. Vanja drehte sich um und betrachtete das L-förmige Wohnzimmer genauer. Nichtssagende Kunstdrucke an den Wänden, Ecksofa, Couchtisch, ein grün gestreifter Teppich auf dem Kunststofflaminat und auf einer Kommode ein großer Fernseher, die Fernbedienung dazu lag auf einer Sofalehne. Außerdem ein Bücherregal. Vanja ließ ihren Blick über die Buchrücken schweifen. Entweder hatte Adrian einen sehr breiten Literaturgeschmack, oder er hatte im Antiquariat einige Regalmeter Lektüre erstanden, weil es sich gehörte, ein Bücherregal zu haben. Und anscheinend auch ein bisschen Nippes.

Auf der gegenüberliegenden Seite des Raums führte eine Tür zu einer erhöhten Holzveranda mit ein paar Gartenmöbeln, denen genau wie dem übrigen Exterieur ein wenig Liebe und Fürsorge gutgetan hätten. Auf der Kommode mit dem Fernseher entdeckte Vanja einige wenige Fotos in zierlichen Metallrahmen. Familienbilder. Sie betrachtete sie eingehender. Das eine war vermutlich das Hochzeitsfoto der Eltern, das andere zeigte zwei als Cowboys verkleidete Jungen, wohl Adrian und sein Bruder, und dann gab es ein Foto von der ganzen Familie, als Adrian etwa neunzehn gewesen sein musste. Er hatte die weiße Abiturientenmütze auf dem Kopf und lächelte strahlend in die Kamera.

«Na, schon was gefunden?», ertönte es plötzlich hinter ihr, und Vanja schnellte herum.

«Mann, du kannst mich doch nicht so erschrecken!», rief sie und funkelte Sebastian an, der in der Wohnzimmertür stehen geblieben war. Zu ihrer Freude sah sie, dass er sowohl Handschuhe als auch Schuhüberzieher trug. Es gab also Hoffnung.

«Sorry. Ist das unser Täter?»

«Ich weiß es nicht, aber der Nachbar hat gesagt, er hätte gerade einen braunen Audi gekauft.»

«Das ist doch schon was.»

«Du kannst dich ruhig umsehen, ob es irgendetwas gibt,

was du wiedererkennst, was dir etwas sagt. Hier sind zum Beispiel ein paar Fotos.»

«Klar», antwortete Sebastian und ging zu der Kommode, während Vanja sich die Küche vornahm. Ein weißer Klapptisch mit einer Plastikblume in der Mitte und zwei Stühlen an der kurzen Wand. An der Längsseite des Raums befanden sich eine Arbeitsplatte mit Spülbecken, Herd und Mikrowelle sowie ein Kühl- und Gefrierschrank. Einfach und funktional. Auf der Arbeitsplatte lagen ein paar ungeöffnete Briefe. Vanja blätterte sie durch. Rechnungen, Kontoauszüge und Werbung.

Carlos kam zu ihr herunter und berichtete. Oben gab es ein Schlafzimmer, ein Badezimmer und ein kleines Büro. Dort standen auf dem Schreibtisch mehrere Ordner, und es lagen etliche Papiere herum. Ob sie auf Ursula und die Leute von der Spurensicherung warten sollten, ehe sie die Unterlagen durchblätterten? Vanja wollte einen Blick darauf werfen, ehe sie das entschied, und sie gingen gemeinsam die Treppe hinauf.

Sebastian hatte das Wohnzimmer schnell als uninteressant abgeschrieben. Die Fotos sagten ihm nichts, und das Haus war so unpersönlich eingerichtet, dass es für einen Profiler rein gar nichts zu holen gab. Er hörte Carlos und Vanja die Treppe hinaufsteigen. Also ging er in den Flur und öffnete die Kellertür. Ein schwacher Geruch von Moder und Schimmel schlug ihm entgegen, während er an der Wand nach dem Lichtschalter tastete und ihn betätigte. Eine nackte Glühbirne erleuchtete die Treppe, und im Raum darunter sprang blinkend eine Neonröhre an. Er stieg hinab.

Der Keller hatte niedrige Decken, und an einigen Stellen war der Mörtel abgebröckelt und hatte sich auf dem Boden verteilt. Stellenweise lag das Mauerwerk unverputzt frei. In der einen Ecke stand ein großer Ölheizkessel, der ausrangiert oder zumindest schon lange nicht mehr benutzt worden zu sein schien. Wie bei seinen Eltern damals in Västerås. Sebastian erinnerte sich noch genau daran, wie laut sein Vater jedes Mal über die Kosten geschimpft hatte, wenn der Öltank neu gefüllt werden musste.

Gegenüber dem riesigen Kessel, unter einem kleinen Kellerfenster, befanden sich eine Waschmaschine und ein Trockner. Im Wäschekorb daneben lagen einige Kleidungsstücke, alle in dunklen Farben. Unter anderem ein schwarzer Kapuzenpullover. Sebastian nahm ihn vorsichtig zwischen Daumen und Zeigefinger und drehte ihn so, dass er die Vorderseite sehen konnte. Dasselbe ovale weiße Logo, das sie auch auf dem Überwachungsfilm des Busbetriebshofs gesehen hatten. Nun sprach immer mehr dafür, dass sie am richtigen Ort waren und den Täter gefunden hatten. Doch was hatte Sebastian ihm getan? Er konnte sich nicht erinnern, je einen Adrian Petterson getroffen zu haben oder überhaupt einen Menschen, der auf einer Schweinefarm in der Nähe von Norrtälje aufgewachsen war. Er erkannte ihn auch nicht auf den Fotos wieder, und nirgends gab es eine offensichtliche Verbindung. Doch als er den schwarzen Pullover gerade wieder zurücklegen wollte, erregte noch etwas seine Aufmerksamkeit. Etwas Weißes, das weiter unten im Korb lag. Er beugte sich vor und schob die restliche Wäsche vorsichtig zur Seite, um besser sehen zu können. Als er ein T-Shirt anhob und entdeckte, was darunter war, hielt er verblüfft inne.

Vor ihm lag eine höhnische, selbstsicher grinsende Guy-Fawkes-Maske.

Wieder zu Hause.
Er hatte nicht viel zu tun.

Die Fahndung war herausgegeben, und IT-Leute durchforsteten Pettersons Computer. Daneben untersuchte das zusätzlich einberufene Personal alles, was das Team im Arbeitszimmer gefunden hatte, während die Spurensicherung in dem Haus in Bagarmossen jedes Staubkörnchen unter die Lupe nahm. Sie befragten Nachbarn, Freunde und Kollegen, ob sie wüssten, wo sich Adrian aufhalten könnte. Roger hatte mit dem Bruder gesprochen, der Adrian aber schon eine ganze Weile nicht mehr gesehen hatte. Man versuchte, sein Handy zu orten. Das Netz zog sich zu. Natürlich hätte Sebastian einen Stapel Papiere aus Adrians Büro mitnehmen und nach Hinweisen durchsehen können, aber das interessierte ihn nicht. Dies war Polizeiarbeit, und er war kein Polizist. Er würde sich wieder engagieren, wenn sie den Täter fassten. Würde bei den Vernehmungen dabei sein und versuchen, den Mann zu verstehen, sowie ihm zeigen, wer gewann, wenn man so dumm war, Sebastian Bergman herauszufordern.

Aber wie sollte er sich bis dahin die Zeit vertreiben?

Hungrig war er nicht, aber irgendetwas musste er zu sich nehmen. Er warf einen Blick in den Kühlschrank und die Abstellkammer, woraufhin im klar wurde, dass er sich die Nahrung mit dem geringstmöglichen Aufwand beschaffen müsste, sonst würde er gar nichts mehr essen. Also suchte er im Internet eines der Restaurants in der Nähe heraus, das er zumindest nicht direkt verabscheute, und bestellte bei einem Lieferdienst. Er wählte die Variante «Klingeln und vor der Wohnungstür abstellen», eine freundliche Umschreibung von «Gib mir mein Essen, aber erspar mir deine Visage». Diese Wahlmöglichkeit war während der Pandemie eingeführt worden, aber man behielt sie bei, nachdem immer mehr Leute begriffen hatten, wie bequem es war, dem oft dunkelhäutigem Mann, der einem bei jeder Wetterlage und Tageszeit für einen Hungerlohn das Essen brachte, nicht in die Augen sehen zu müssen.

Fünfundzwanzig Minuten später klingelte es an der Tür, und als Sebastian öffnete, stand die braune Papiertüte schon da, und die Schritte des Lieferanten hallten weiter unten auf den Treppenstufen. Er ging in die Küche und holte eine Gabel und ein Glas Wasser, dann nahm er das Essen mit ins Arbeitszimmer und setzte sich an den Schreibtisch. Vorsichtig öffnete er die kleinen Alubehälter mit Schollenfiletröllchen in Weißweinsauce, Frühkartoffeln und Krabben. Während er aß, überlegte er weiter, was er jetzt machen könnte.

Das Buch über Billy schrieb sich nicht von allein.

Seltsamerweise hatte er in der letzten Zeit kaum einen Gedanken an ihn verschwendet. Zuvor war er ihm wochenlang, im Grunde seit seiner Verhaftung, nicht mehr aus dem Kopf gegangen. Billy hatte die Reichsmordkommission und das Leben jedes Einzelnen von ihnen auf eine Weise erschüttert, wie es sich keiner hätte vorstellen können. Sebastian war überzeugt gewesen, dass viel Zeit vergehen müsste, ehe er wieder an etwas anderes denken konnte.

Doch dann war Adrian Petterson auf der Bildfläche erschienen – und vor allem Cathy Cunningham.

Er hatte sie nicht aufgehalten, sondern ans Ende der Welt reisen lassen. Warum? Schwerlich konnte er vergessen, was

Torkel gesagt hatte: dass es im Grunde ein egoistisches Verhalten sei, mit dem er jede Veränderung meide. Und dass er die Rolle des selbstzerstörerischen, trauernden Vaters so lange gespielt habe, dass er gar nicht mehr anders könne und es auch nicht wagen würde, selbst wenn er wollte. Die These war nicht ganz aus der Luft gegriffen, wie Sebastian zugeben musste. Torkel war schlau, und obwohl Sebastian sich wirklich darum bemüht hatte, ihn auf Distanz zu halten, konnte Torkel ihn gut einschätzen. Vielleicht besser als jeder andere Mensch.

Aber hatte er wirklich recht?

War Sebastians Verhalten nicht ganz einfach darin begründet, dass es vollkommen unangemessen war zu glauben, Cathy wäre Sabine, seine Tochter, und dass es viel zu schmerzhaft wäre, falls sich die Vermutung als Irrtum herausstellen und alle seine Träume platzen würden?

Warum sollte er sich das antun?

Und wenn er mit dem Gedanken spielte, dass das Unmögliche doch möglich war? Dass sie seine Tochter war. Dass das Ehepaar Cunningham sie bei der Suche nach ihrer eigenen Tochter gefunden und tatsächlich geglaubt oder sich eingeredet hatte, es wäre ihr Kind. Sabine wäre ihre Tochter.

Was wäre dann zu tun?

Zunächst wäre er gezwungen, ihr nach Australien hinterherzureisen, sie ausfindig zu machen, ihr zu beweisen, dass er nicht vollkommen durchgeknallt war, und sie dann von seiner verrückten These zu überzeugen. Und wenn ihm das wider Erwarten gelänge? Was würde dann passieren? Er hatte Jahre gebraucht, um ein halbwegs normales Verhältnis zu Vanja aufzubauen. Wenn Cathy in Australien bleiben wollte, müsste er dann dorthin ziehen? Das konnte er nicht. Sein Leben fand hier statt. In Stockholm. Wo Vanja und Amanda waren. Er wollte nichts von dem, was er hatte, für etwas aufs Spiel setzen, was er eventuell bekommen konnte.

Außerdem war es immer noch möglich, dass sie nichts von ihm wissen wollte. Auf diesen Gedanken war Torkel auch gekommen. Stell dir vor, sie will gar keinen anderen Vater als Tim haben und Cathy Cunningham bleiben. *Die sie vermutlich auch ist.* Das musste sich Sebastian stets vor Augen halten.

Je länger er darüber nachdachte, desto stärker hatte er seltsamerweise das Gefühl, dass es richtig gewesen war, sie nicht aufzuhalten. Schließlich war er sich keineswegs sicher, ob es denn wirklich angemessen war, aus dem Nichts aufzutauchen und ihr ganzes Leben auf den Kopf zu stellen.

Besser, er kontaktierte sie nicht wieder. Und vergaß das alles.

Das würde er schaffen.

Jetzt, da alles noch neu und schmerzlich war, musste er sich seine Erwägungen wieder und wieder durch den Kopf gehen lassen. Tim, Cathy, der Ring an der Kette um ihren Hals, doch diese Gedanken würden mit der Zeit verblassen. Er hatte jetzt fast zwanzig Jahre ohne Sabine gelebt. Sie war fort. Tot. Er würde sie nie zurückbekommen. Das Leben ging weiter.

Gut, dann hatte er das also beschlossen.

Nächster Punkt: Billy. Was war mit ihm?

Er suchte den Block mit seinen Gedächtnisnotizen von ihrem letzten Gespräch im Untersuchungsgefängnis, schlug ihn auf und dachte nach, wo er weiterarbeiten wollte, wenn sie sich das nächste Mal sahen. Bei den Jungen. Ob er sich mit dem Gedanken angefreundet hatte, sie zur Adoption freizugeben? Sebastian sollte sich wirklich die Zeit nehmen, My noch einmal zu besuchen. Bei ihrer letzten Begegnung schien sie in einer schlechten seelischen Verfassung gewesen zu sein. Er hatte sich sogar als ihren Freund bezeichnet.

Als er gerade überlegte, ob er sie anrufen wollte, gab sein Telefon einen Piepston von sich. Eine E-Mail. Er warf einen Blick auf den Absender und richtete sich auf.

MustDiGGIT@gmx.de

Ihr letzter Mailkontakt hatte rein gar nichts ergeben. Es war deutlich gewesen, dass Adrian Petterson, ihr Täter, dessen Namen sie da noch nicht gekannt hatten, von der Aufmerksamkeit geschmeichelt gewesen war, weil die Person, die er herausgefordert hatte, Kontakt zu ihm aufgenommen hatte. Doch ihre kurze Korrespondenz war enttäuschend gewesen. Sebastian hatte andeutungsvolle Fragen gestellt und provokante Behauptungen von sich gegeben, aber nur generische Antworten bekommen. Deswegen hatte er sich nicht einmal die Mühe gemacht, seinen Kollegen von der Reichsmordkommission zu erzählen, dass er Kontakt zum Täter gehabt hatte.

Jetzt meldete der sich wieder.

Sebastian entsperrte sein Handy, entschied sich jedoch anders und fuhr den Laptop hoch. Auf der richtigen Tastatur konnte er schneller schreiben, ohne sich ständig zu vertippen. Dann öffnete er die E-Mail.

«Wie geht's?»

Wie meinte er das? War er wirklich neugierig, oder verhöhnte er Sebastian, weil sie ihn noch nicht geschnappt hatten? Schwer zu sagen.

«Weißt du das denn nicht, du hast doch alles unter Kontrolle?»

Zu hart? Zu aggressiv? Egal, sie wussten, nach wem sie suchten, und es war nur eine Frage der Zeit, bis sie ihn fassen würden. Sich zu verstecken, war schwer. Schwerer, als es in Film und Fernsehen wirkte. Sebastian lehnte sich zurück, während er auf die Antwort wartete. Widerwillig spürte er, dass ihm diese Situation gefiel. Sie war greifbar. Konkret. Er kommunizierte mit einem Serienmörder. Das sollte er meistern. Es gelang ihm auch, solange sein Gegner tatsächlich Widerstand leistete und nicht nur Phrasen und Plattitüden von sich gab. Seit der ersten Mitteilung für ihn an der Wand der Schweinefarm waren Sebastians Erwartungen zwar ein wenig gedämpft worden, aber Adrian konnte das Team immer noch überraschen. Konnte sich einen Kampf mit ihm liefern, in der Situation, die ihre letzte Runde werden würde.

«Ihr glaubt, ihr hättet mich.»

Komm schon, dachte Sebastian und seufzte. *Gib mir etwas, womit ich arbeiten kann.*

«Wir wissen, dass wir dich nicht haben, aber es ist nur eine Frage der Zeit.»

«Im Grunde ist doch alles nur eine Frage der Zeit.»

«Wie meinst du das?»

Sebastian glaubte, dass er die Antwort kannte, aber es schadete nicht, sich ein bisschen dumm zu stellen. Dem anderen einen Vorsprung zu lassen, damit er sich entspannte. Vielleicht würde er sich verplappern.

«Zeit ist kein exaktes Maß, weil sie unendlich ist. Man könnte sagen, dass es nur eine Frage der Zeit gewesen wäre, bis die Neandertaler die Atombombe erfunden hätten, und würde damit nicht falschliegen.»

Was war das hier? Was wollte er eigentlich? Einen Wettkampf zum Thema pseudophilosophische Überlegungen? Das führte doch zu nichts. Jetzt musste er den Druck erhöhen.

«Wir wissen, wer du bist, das ist dir klar, oder?»

«Aber ihr wisst nicht, wo ich bin.»

No shit, Sherlock. Sebastian konnte nicht genau sagen, was er eigentlich erwartet hatte, aber das hier jedenfalls nicht. Er dachte an die Stunden zurück, die er mit Edward Hinde im Verhörraum verbracht hatte. Wie smart, kühl und analytisch er gewesen war, eine manipulative Naturgewalt. Verglichen damit spielte Adrian Petterson in der dritten Liga.

«Du langweilst mich. Wir wissen, wer du bist, und bald wissen wir auch, wo du bist. Wir haben nur noch nicht herausgefunden, was dein Motiv ist. Hast du dazu etwas zu sagen?»

Die Antwort ließ auf sich warten. Länger, als die bisherigen. Sebastian glaubte schon, dass Adrian ihre Konversation beendet hätte, und wollte das Mailprogramm gerade schließen, als erneut ein Signal ertönte.

«Das kann ich dir erklären. Morgen. Zeit und Ort teile ich dir noch mit.»

Jetzt hatte Sebastian das Gefühl, es würde definitiv keine weitere E-Mail kommen. Doch sicherheitshalber schickte er noch ein «Was meinst du damit?» hinterher.

Dann wartete er. Fast eine Viertelstunde, schließlich griff er zum Handy und rief Vanja an. Er erzählte ihr von dem Mailwechsel und dass morgen mit größter Wahrscheinlichkeit irgendetwas passieren würde. Vanja wollte die anderen informieren und dafür sorgen, dass sie Verstärkung bekämen.

«Heißt das, er will sich festnehmen lassen?», fragte sie.

«Ich habe keine Ahnung, was er vorhat», antwortete Sebastian ehrlich.

Nachdem sie das Gespräch beendet hatten, scrollte er noch einmal durch die E-Mails, doch sie waren alle uninteressant, bis auf Adrians letzte Nachricht, und danach hatte er den Kontakt abgebrochen. Sebastian schaltete den Laptop aus. Er sah auf die Uhr. Es war spät geworden, und sie mussten morgen in aller Früh startklar sein. Natürlich wäre es vernünftig, jetzt ins Bett zu gehen, aber Sebastian war schließlich noch nie für seine Vernunft bekannt gewesen. Außerdem konnte er sicher ohnehin nicht schlafen, obwohl es ein außergewöhnlich langer und ereignisreicher Tag gewesen war. In der leeren Wohnung zu sitzen und vor sich hin zu starren, war allerdings auch keine Alternative.

Er wollte hinaus.

Aber nicht allein.

Apropos unvernünftige Entscheidungen – es reizte ihn, jetzt eine weitere zu treffen. Er griff nach dem Handy, zögerte aber kurz. Es war dumm. Aber dumme Sachen konnten auch Spaß machen. Und all die anstrengenden Gedanken für eine Weile fernhalten. Rasch suchte er die Nummer heraus und rief an. Es klingelte, viermal. Dann dachte er, die Mailbox wäre angesprungen, aber da meldete sie sich.

«Hallo, Lena, hier ist Sebastian», sagte er fröhlich. «Hättest du Lust, ein Bier trinken zu gehen?»

Sie fand einfach keine Ruhe.

Der Jetlag war ein Grund, aber nicht der einzige. Auf dem Flug nach Hause hatte sie die Notizen gelesen, die Sebastian Bergman ihr gegeben hatte. Oder, was hieß nach Hause? Nach Australien. Sie war dort geboren, hatte in ihren knapp zwanzig Lebensjahren aber zusammengenommen nicht mehr als ein oder vielleicht anderthalb Jahre dort verbracht. Dennoch war es ihr erster Gedanke gewesen, dorthin zu fliegen, als sie plötzlich allein war. Ihr Vater wollte neben ihrer Mutter auf dem Melbourne Central Cemetery beerdigt werden, das wusste sie.

Tim Cunningham. Ihr Vater.

Der Mensch, den sie auf der ganzen Welt am besten zu kennen geglaubt hatte. Bis er gestorben war und Sebastian Bergman auftauchte. Cathys Lektüre im Flugzeug hatte ihr keine Antworten geboten, sondern nur neue Fragen aufgeworfen.

Warum hatte er seinen Therapeuten angelogen?

Einen gestorbenen Sohn erfunden?

Über den Tod ihrer Mutter gelogen?

Warum war er so besessen davon gewesen, nach Schweden zu ziehen und Bergman aufzusuchen?

Weshalb hatte sie ihn unbedingt treffen sollen?

Cathy dachte an ihre letzte Begegnung mit Bergman. Er hatte gesagt, dass sie vielleicht nicht die leibliche Tochter von Tim und Claire war und es sich dabei eventuell um ihre Lebenslüge gehandelt haben könnte.

Das war natürlich vollkommen wahnsinnig. Eine verquere Behauptung, die nur ein Verrückter von sich geben konnte. Cathy hätte diese Äußerung sofort abgetan, wenn all diese winzigen Details, die sie immer erfolgreich verdrängt hatte, jetzt nicht wieder an die Oberfläche geschwemmt worden wären.

Der Gedanke, dass Tim und Claire nicht ihre Eltern sein könnten, war ihr nie gekommen. Aber dass irgendetwas nicht stimmte. Irgendetwas Unausgesprochenes. Etwas, das zwischen ihnen stand, und von dessen Existenz Tim und Claire wussten, ohne je daran zu rühren. Nichts Konkretes, nur ein vages Gefühl, unmöglich greifbar. Mit dem sie ihre Eltern nie konfrontieren konnte.

Vielleicht hatte es ja tatsächlich eine Lebenslüge gegeben.

Was hatte Bergman gesagt? Dass an jenem Weihnachtstag in Thailand etwas passiert sein musste. Was konnte denn passiert sein? Was, das so groß war, so wichtig, dass es ihr Leben noch zwanzig Jahre später beeinflusste? Es wirkte vollkommen absurd.

Cathy ging in die Küche der großen Wohnung in der Queens Road. Zweihundertsiebenundfünfzig Quadratmeter. Sechster Stock. Drei Schlafzimmer. Drei Badezimmer. Große, bodentiefe Fenster zu drei Himmelrichtungen, mit Aussicht auf den Fawkner Park und das blaue Wasser des Albert Park Lake. Die gesamte Skyline von Melbourne war vom Wohnzimmer aus zu sehen. Ein Appartement, das auf künstlerische Weise zwischen anspruchsvollen architektonischen Stilen vermittele und gleichzeitig eine intuitive Verbindung zur Natur herstelle, hatte der Makler damals ihren Eltern erklärt.

Luxuriös war es in jedem Fall. Und teuer. Ihre Eltern hatten 1,7 Millionen US-Dollar dafür bezahlt. Beim eigentlichen

Kauf waren sie aber gar nicht vor Ort gewesen und hatten die Wohnung dann auch aus der Distanz eingerichtet.

Es war das zweite Mal, dass Cathy darin wohnte. Erstmals war sie vor sechs Jahren an Weihnachten für ein paar Wochen hier gewesen. Das Appartement war als das künftige Familienheim gedacht gewesen. Hierher wollten Tim und Claire ziehen, wenn sie aufgehört hätten zu arbeiten und nicht mehr in der Weltgeschichte umherreisen würden. Hier wollten sie zur Ruhe kommen und zusammen alt werden.

Doch daraus wurde nichts.

Ein neuer Gedanke ging Cathy durch den Kopf, während sie die Rauchglastüren des Hängeschranks über der dicken Marmorplatte öffnete, um ein Trinkglas herauszuholen. Was sollte sie mit der Wohnung machen? Sie wollte nicht hier wohnen bleiben, auch wenn sie es sich vermutlich leisten konnte. Heyman & Schroder würden ihr sicher dabei helfen, sie loszuwerden. Nach der Beerdigung. Die sie allmählich planen musste. Dabei wusste sie nicht einmal, was mit dem Leichnam ihres Vaters passieren würde, wenn er endlich nach Australien übergeführt werden würde. Wo kam er an, musste sie ihn abholen, oder wurde er direkt zu einem Bestattungsunternehmen gebracht und wenn ja, in welches? Als ihre Mutter gestorben war, hatte Tim sich um alles gekümmert, Cathy hatte nicht die Kraft dafür gehabt. Es war eine schwere Zeit für sie gewesen, bei der sich Trauer und Verlust mit Reue gemischt hatten. Das Klassische, alles, was nicht gesagt worden war, und alles, was gesagt worden war, beides war mindestens ebenso schmerzlich gewesen. Claire war kontrollierend gewesen und hatte starke Meinungen vertreten, die sie jedoch selten direkt geäußert hatte. Sie war der Inbegriff von passiver Aggressivität gewesen. Daher hatte sie das Verhalten und die Worte anderer Menschen gerne negativ interpretiert, aber selten ein klärendes Gespräch gesucht, sondern stattdessen die Freundschaft aufgekündigt, den Arbeitsplatz gewechselt oder die betreffende Person so lange ignoriert, bis der Kontakt von selbst im Sande verlief. Cathys gesamte Kindheit hindurch hatte sie nur über das gesprochen, worüber Claire sprechen wollte und das getan, was Claire getan hätte, auf ihre eigene Weise. Alles andere zählte nicht. Die Pubertät war für Cathy am schlimmsten gewesen. Große Auseinandersetzungen hatte es nie gegeben, aber viele Andeutungen oder auch deutlich gezeigte Unzufriedenheit. Ihr Vater hatte jahrelang und unermüdlich in ihrem niederschwelligen Krieg vermittelt. Cathy erinnerte sich immer noch an ihren Gedanken, als sie erfuhr, dass Claires Krebs unheilbar war und ihr nicht mehr viel Zeit blieb.

Gott sei Dank ist es nicht Papa.

Dies bereute sie bis heute.

Aber jetzt hatte es doch ihren Vater getroffen, und Cathy hatte keine Ahnung, was sie tun sollte. Mit der Beerdigung, der Wohnung, mit ihrem Leben, mit alldem. Sie war so verloren.

Nachdem sie einen Blick auf die Uhr geworfen hatte, nahm sie ihr Handy, zögerte kurz, suchte dann aber die Nummer heraus.

«Hallo, warst du noch wach?», fragte sie.

«Ja. Wo steckst du?»

«Zu Hause. In Melbourne.»

«Wie geht es dir? Ich habe viel an dich gedacht.»

«Es geht mir ... nicht so gut. Ich fühle mich seltsam.»

«Das verstehe ich. Du weißt, dass du immer zu mir kommen kannst, wenn du nicht allein in dieser grässlichen Wohnung bleiben willst.»

Cathy musste lächeln, ihre Großmutter mütterlicherseits war noch nie besonders von ihrem privilegierten Lebensstil beeindruckt gewesen. «Da fühlt man sich ja wie in einem Aquarium» und «So steril, wie es hier ist, könnte man ja fast Operationen durchführen», waren zwei der Urteile, die sie über das neue Zuhause gefällt hatte. Natürlich ohne dass Claire es hatte hören können. Ihre Beziehung war auch nicht immer konfliktfrei gewesen. Eher im Gegenteil.

«Danke, aber ich bleibe wohl erst mal hier. Jedenfalls vorübergehend.»

«Ganz wie du willst, aber versprich mir, dass du dich meldest, wenn du bei irgendetwas Hilfe brauchst.»

«Das mache ich. Oma ...»

«Ja?»

«Da ist noch eine Sache ...»

«Ja, was denn?»

Cathy zögerte. War es richtig? Nicht nur der Zeitpunkt, sondern allgemein, es anzusprechen? Hatte sie nicht beschlossen, diese Angelegenheit einfach zu vergessen? Auf die Fragen von Sebastian Bergman zu pfeifen, und zu ignorieren, worüber ihr Vater mit ihm gesprochen hatte. Anscheinend konnte sie es doch nicht.

«Erinnerst du dich noch an das Weihnachten, als wir in Thailand waren?», hörte sie sich selbst fragen. «2004. Der Tsunami?»

«Ja, natürlich. Es war furchtbar. Ich weiß noch, wie ich immer wieder versuchte, euch zu erreichen, ich habe mir solche Sorgen um euch gemacht.»

«Ist anschließend irgendetwas Merkwürdiges passiert?»

Ihre Großmutter antwortete nicht direkt. Cathy glaubte sehen zu können, wie sie fragend die Stirn runzelte.

«Was meinst du denn?»

«Ich weiß es nicht», antwortete sie ehrlich. Was hoffte sie denn zu erfahren? Am liebsten gar nichts. Damit sie in ihrer Entscheidung bestärkt wurde, keine weitere Zeit und Energie auf das zu verschwenden, was sie in den letzten Tagen in Stockholm erlebt hatte. «Hatte sich irgendetwas verändert, als wir uns wiedergesehen haben?»

«Aber mein Schatz, erinnerst du dich denn gar nicht?»

Cathy spürte, wie ihr für einen Moment innerlich ganz kalt wurde. Offenbar war da etwas, an das sie sich erinnern sollte. Doch sie tat es nicht.

«Nein, was denn?»

«Wir haben uns sechs Jahre lang nicht mehr gesehen. Als ich dich das nächste Mal wiedertraf, warst du zehn.»

Sechs Jahre. Waren sie jemals so lange von zu Hause weg gewesen? Nicht, dass sie wüsste. Sie selbst hatte keine Erinnerungen daran, was an diesem zweiten Weihnachtstag passiert war, aber es musste ein traumatisches Erlebnis für alle gewesen sein. Tod und Zerstörung. Sie wären fast gestorben. Reiste man nach einem solchen Ereignis einfach weiter durch die Welt? Wollte man nicht nach Hause zurückkommen und sich sammeln? Anscheinend nicht. Aber sechs Jahre?

«Hast du morgen etwas vor?», fragte Cathy.

«Nein, warum?»

«Ich komme vorbei.»

Es war nett gewesen. Richtig nett.

Er war ein Wagnis eingegangen. Eine Kollegin, um einiges jünger als die Frauen, mit denen er normalerweise ausging. Doch sie waren nicht im Bett gelandet. Sebastian hatte ausnahmsweise beschlossen, es gar nicht erst darauf anzulegen. Was ihn selbst zunächst ein wenig verunsichert hatte. Er konnte sich nicht erinnern, wann er sich das letzte Mal mit einer Frau getroffen hatte, ohne sie verführen zu wollen. Was tat man stattdessen? Wie benahm man sich? Wie hielt man das Gespräch und Interesse lebendig, wenn es gar kein Ziel zu erreichen gab?

Doch es stellte sich heraus, dass seine Sorgen überflüssig gewesen waren.

Lena Gutestam machte es ihm leicht. Sie wählte den Treffpunkt, eine Gastrobar in Vasastan, in der Hunde erlaubt waren. Sie brachte gleich zwei mit, Beagles, wie er erfuhr, aber die beiden rollten sich nur unter dem Tisch zusammen. Nachdem sie sich gesetzt hatten, legte er als Erstes sein Handy auf den Tisch.

«Nichts gibt einem so sehr das Gefühl, etwas Besonderes zu sein, wie ein Handy auf dem Tisch», hatte sie mit einem Augenzwinkern gesagt.

«Tut mir leid, aber ich warte auf eine Antwort von unserem Mörder.»

«Ich weiß, Vanja hat schon mit Rosmarie gesprochen und das Okay bekommen, das Nationale Sondereinsatzkommando hinzuzurufen. Ich wollte dich nur ärgern.»

«Das Nationale sogar.»

«Go big or go home.»

In dieser Art hatte sich der Abend weiterentwickelt, unbeschwert und lustig. Natürlich hatten sie auch das Berufliche gestreift, ohne dass es jedoch überhandnahm. Sebastian hatte zwar nicht den Eindruck, dass er Lena besser kannte, als sie sich gegen elf verabschiedeten, aber es war nett gewesen. Richtig nett.

Um kurz nach Mitternacht hatte er beschlossen, sich hinzulegen, um noch ein paar Stunden Schlaf zu bekommen. Er hatte das Handy an das Ladekabel angeschlossen und auf den Nachttisch gelegt. Mit dem Ton auf höchster Lautstärke, damit er die erhoffte Antwort nicht verpasste. Allein der Gedanke daran stresste ihn schon derart, dass er nur in einen leichten, unruhigen Schlaf fiel. Als es gegen zwei Uhr laut piepste, schreckte er sofort hoch, nur um eine Meldung darüber vorzufinden, dass ein neues Update bereitstand. Er versuchte, wieder einzuschlafen, bis er es leid war, sich im Bett herumzuwälzen, und aufstand. Frustriert beschloss er, stattdessen seine Tagebücher und Patientenakten durchzugehen. Hätte er einen Assistenten gehabt oder auch nur das geringste Interesse, sich selbst darum zu kümmern, wären sie längst digitalisiert, aber jetzt lagen sie gestapelt in einem Schrank im Arbeitszimmer. Er holte sie hervor und legte sie auf den Schreibtisch. Dann setzte er sich auf den Bürostuhl und schlug das erste Konvolut auf. Es durchzuarbeiten würde dauern, aber die Nacht war noch jung, und er hatte nichts Besseres vor.

Schließlich dämmerte es draußen, aber Sebastian las weiter. Nicht weil er wirklich glaubte, etwas zu finden, aber es sollte niemand sagen können, er hätte es nicht versucht. Am allerwenigsten er selbst.

Denn es gab eine persönliche Verbindung, das wusste er. Hätten sich ihre Wege nicht in irgendeiner Weise gekreuzt, würde der Täter nicht diese Besessenheit an den Tag legen. Sie hatten Hinweise erhalten, aber ihm war es nicht gelungen, den Bezug zu entschlüsseln. Das ärgerte ihn. Er machte eine große Sache daraus, der Beste zu sein. Jetzt musste er das verdammt noch mal auch beweisen. Entschlossen zog er den nächsten Notizblock aus dem Stapel zu sich heran.

Als es kurz vor acht war, streckte er sich auf dem Stuhl und gähnte. Er hatte nichts Verwertbares gefunden. Nichts oder niemanden von Belang für diesen Fall. Erschöpft verließ er das Arbeitszimmer und ging in die Küche, er spürte, wie steif er im ganzen Körper war. Schließlich war er nicht mehr der Jüngste und eine ganze Nacht durchzumachen, ging nicht spurlos an ihm vorüber. Da piepste sein Handy. Hastig zog er es aus der Tasche.

Eine SMS von Vanja.

«Hast du schon etwas gehört?»

Was dachte sie denn? Dass er auf eigene Faust handeln würde wie irgendein dämlicher Kalle Blomqvist? Rasch schickte er eine Antwort und musste sich beherrschen, seine Irritation nicht durchscheinen zu lassen.

«Nein, ich melde mich, sobald ich etwas höre.»

Er setzte Teewasser auf und ging ins Bad, um zu duschen. Dort legte er das Handy auf den Rand des Waschbeckens. Mit einem Handtuch um die Hüfte kehrte er in die Küche zurück, kochte sich eine Tasse Tee und schmierte sich lustlos ein Brot. Wieder warf er einen Blick auf das Handy.

Um 9.30 Uhr kam die E-Mail. Mit vor Erwartung zitternden Händen öffnete er sie.

«Komm in neunzig Minuten in die Snösätragränd. Allein. Niemand außer dir.»

Sebastian rief Vanja an, die sofort ans Handy ging. Er las ihr die kurze Mitteilung vor, und sie schickte einen Streifenwagen, um ihn abzuholen.

Ihnen blieb wenig Zeit.

Nachdem er gestern von Rosmarie Fredriksson kontaktiert worden war, hatte Jesse Rudmark, der Chef des Nationalen Sondereinsatzkommandos, sein Team in Bereitschaft versetzt, und sie brachen sofort auf, als der Anruf kam. Vor dem Präsidium in Kungsholmen sammelten sie Sebastian und Vanja ein, und die Kolonne mit den vier Polizeijeeps setzte sich in Bewegung. Die Sirenen und das Blaulicht wurden nur eingeschaltet, wenn sie über rote Ampeln oder Kreuzungen fahren mussten. Sie waren schnell aus der Stadt heraus. Die Snösätragränd lag etwa zwanzig Minuten südlich des Zentrums, eine Viertelstunde Fußweg von Susanne Nordmarks Wohnung in Rågsved entfernt.

Ihr Täter mochte den Süden der Stadt wirklich.

Snösätra lag ein wenig abseits der übrigen Bebauung und bestand lediglich aus einer einzigen langen, L-förmigen Straße, der Snösätragränd, die an einem Wendehammer endete. Das Industriegebiet mit den vielen Lagerhallen war Ende der Fünfzigerjahre angelegt worden, als auch die grüne Linie der U-Bahn nach Süden erweitert wurde. Heute war es vor allem für den Graffitipark mit seiner *Wall of Fame* berühmt und für die übrige Street-Art, die fast jeden Zentimeter der verlassenen und verfallenen Gebäude bedeckte. Firmen oder Mieter gab es hier nicht mehr, aber die Gegend war trotzdem gut besucht, vor allem am Wochenende. Ein lokaler Kunstverein kämpfte aktiv dafür, das Areal als Ort für Künstler und andere Kulturschaffende zu bewahren, und bisher war es tatsächlich gelungen, die Pläne der Kommune zu verhindern, das ganze Gebiet dem Erdboden gleichzumachen. Einige Gebäude hatten aus Sicherheitsgründen abgerissen werden müssen, aber die meisten standen nach wie vor und vermittelten das Gefühl einer farbenfrohen Geisterstadt. Für einen Polizeieinsatz war das Gelände jedoch nicht ideal.

«Gut ist, dass es nur einen Weg hinein und hinaus gibt», sagte Rudmark und zeigte Vanja und Sebastian eine Karte des Gebiets. «Alles andere ist schlecht.»

Er erklärte, dass die eingestürzten Mauern und abrissreifen Gebäude viele Möglichkeiten boten, sich zu verstecken oder im Hinterhalt zu lauern. Zudem würde ihr Täter es bemerken, wenn sie die anderen Leute fortschickten. Das sei ein ungünstiger Faktor. Unschuldige Zivilisten in der Gefahrenzone.

«Aber das Wichtigste ist, dass wir uns unmöglich annähern können, ohne dass man uns entdeckt», fügte Rudmark ernst an Sebastian gewandt hinzu. «Sie müssen ohne Hilfe zurechtkommen.»

«Das hat er bestimmt so kalkuliert, er wird diesen Ort nicht zufällig ausgesucht haben.»

«Er glaubt, dass du allein kommst», entgegnete Vanja.

«Da wäre ich mir nicht so sicher. Dafür ist er zu schlau, er rechnet bestimmt damit, dass ich irgendein Back-up habe.»

«Sollen wir eine Begegnung wirklich zulassen?», fragte Rudmark zweifelnd. «Wenn Bergman erst einmal dort drinnen ist, werden wir ihn nicht schützen können.»

«Er rechnet damit, dass ich komme. Das ist die Idee dahinter.»

«Aber er hat es auch auf Sie abgesehen», ergänzte Rudmark trocken und wandte sich an Vanja. «Das müssen Sie entscheiden, aber ich fühle mich nicht wohl damit, ihn allein dort hineinzuschicken.»

Vanja schwieg, nur das Geräusch der schweren Jeep-Reifen auf der Fahrbahn war zu hören.

«Was haben wir für Alternativen?», fragte sie nach einer Weile.

«Keine», sagte Sebastian und beugte sich zu ihr vor. «Ich muss das machen, Vanja. Und ich will es.»

Sie sah ihn skeptisch an, nickte aber schließlich.

«Aber ohne unnötige Risiken. Versprich mir das.»

«Wir müssen ihn aufhalten, ehe er weitermordet. Wenn das ein Risiko für mich bedeutet, müssen wir damit leben.»

«Wir sind fünf Minuten von unserem Treffpunkt entfernt», informierte Rudmark sie. «Sie müssen zu einer Entscheidung kommen.»

«Wir machen das», bestimmte Sebastian.

Vanja widersprach nicht.

Sie erreichten die Stelle, die Rudmark als Basisstandort ausgewählt hatte. Der Fußballplatz von Bäverdalen, ein Kunstrasenplatz, von Bäumen und vierstöckigen Wohnhäusern umgeben, die einen effektiven Sichtschutz boten, knapp fünf Minuten Fußweg durch den Wald von der Snösätragränd entfernt. Hier würde man sie nicht entdecken.

Die schweren Jeeps hielten neben dem Fußballplatz, und die Männer der Spezialeinheit strömten hinaus. Es waren etwa zwanzig, und sie arbeiteten schnell und effektiv. Einige holten Metallkoffer mit Ausrüstung und Waffen hervor, andere zogen sich schutzsichere Westen und Helme an. Ein paar etwa zehnjährige Kinder, die gerade den Hang herunterkamen, weil sie Fußball spielen wollten, starrten mit großen Augen auf das Szenario, das für sie wie eine Militäraktion aussehen musste. Rudmark versammelte die Gruppenleiter um sich herum. Vanja blieb in der Nähe stehen, kam sich aber überflüssig vor. Bei dieser Operation hatte sie nicht viel beizutragen.

«Sebastian soll in zweiundzwanzig Minuten dort sein», sagte Rudmark und warf einen Blick auf seine Uhr. «Ich möchte, dass er mit einer schusssicheren Weste, einem Mikro und einer Kamera ausgestattet wird.»

Der Kollege, der Rudmark am nächsten stand, nickte und ging zu einem Jeep, um die Ausrüstung zu holen, während Rudmark weiter die Gruppenleiter informierte und einen taktischen Plan mit ihnen entwickelte. Vanja hörte kaum hin, die Details gingen sie nichts an. Stattdessen lächelte sie Sebastian aufmunternd zu, der darauf wartete, dass man ihn vorbereitete. Dann sah sie, wie Carlos um die Ecke bog und ein Stück entfernt parkte. Er stieg zusammen mit Roger und Lena aus dem Auto, und Vanja winkte die beiden zu sich.

«Ich war noch nie bei so etwas dabei», sagte Carlos und beobachtete die ganze Aktivität beeindruckt.

«Stimmt, das ist schon etwas Großes.» Vanja ging zurück zu Rudmark und tippte ihm leicht auf den Arm. «Das sind Carlos, Lena und Roger, mein restliches Team. Und dies ist Jesse Rudmark, der Einsatzleiter», erklärte sie.

Rudmark nickte den dreien kurz zu.

«Willkommen.»

«Danke. Sagen Sie Bescheid, wenn wir etwas tun können.»

«Am besten, Sie bleiben hier bei mir. Dies wird unsere Kommunikationszentrale sein, Sie werden alles sehen und hören können.»

«Okay, gut.»

Lena ging lächelnd zu Sebastian hinüber, der immer noch wartete.

«Hallo, danke für den netten Abend.»

«Danke gleichfalls.»

Vanja verkniff sich einen Kommentar, sie hatten jetzt Wichtigeres zu tun, als zu klären, was Sebastian nun schon wieder trieb. Aber er konnte doch wohl nicht so bescheuert sein, ein sexuelles Verhältnis mit einer Kollegin anzufangen? Das musste sie allerdings zu einem geeigneteren Zeitpunkt herausfinden.

«Wie fühlst du dich?», fragte Lena.

Sebastian zuckte die Achseln.

«Es wird schon klappen. Es muss klappen.»

Der Kollege des Sondereinsatzkommandos kam mit einem kleinen Kopfhörer zurück und zeigte Sebastian, wie er ihn ins Ohr stecken sollte.

«Du wirst die ganze Zeit mit uns kommunizieren können», erklärte er, ehe er Sebastian bat, seine Jacke auszuziehen, und ihm eine schusssichere Weste reichte.

Rudmark ging zu den Kollegen, die eine ihrer drei Drohnen vorbereitet hatten. Carlos folgte ihm neugierig zu der schwarzen, etwa einen Meter langen Maschine mit vier Propellern an jeder Ecke. UAS stand für Unmanned Aircraft Systems, und dies war eines der modernsten Modelle mit Wärmebildkamera, GPS-Positionierung und einem fünfzigfachen Zoom.

«Können wir sie nach oben bringen, damit wir das Gelände schon im Blick haben?», fragte Rudmark ungeduldig. Der zuständige Kollege nickte, nahm die Fernbedienung, die er sich umgehängt hatte, und begann mit den Daumen an den Joysticks zu arbeiten. Mit einem surrenden Geräusch hob die Drohne vom Boden ab und blieb einige Meter über ihnen stehen. Dort schwebte sie eine Weile reglos, während der Pilot am Boden schnell kontrollierte, ob alles funktionierte. Carlos starrte auf das still in der Luft schwebende Fluggerät. Er hatte sich gerade für eine zweiwöchige Drohnenausbildung im Herbst angemeldet. Schließlich schadete es nicht, sein Können zu erweitern. Die Polizei setzte immer häufiger Drohnen bei Observationen oder der Ermittlungsarbeit ein. Sie waren deutlich billiger und diskreter als Hubschrauber, und seit der letzten Gesetzesänderung konnten die Einsatzleiter selbst bestimmen, ob und wann sie verwendet wurden. Es gab keinen Bürokram mehr mit den Genehmigungen für die Kameraüberwachung.

Der Pilot bediente den einen Joystick, und die Propeller drehten sich schneller, das hochfrequente Surren wurde lauter. Die Drohne stieg rasch nach oben, und bald war sie nur noch als kleiner Punkt am blauen Himmel zu sehen, zweihundert bis dreihundert Meter hoch.

«Sie können hier auf den Monitor schauen», erklärte Rudmark und drehte ihnen den Bildschirm zu. Sie sahen den Fußballplatz und die geparkten Polizeiautos in der Mitte des überraschend scharfen Bildes. Der Mann an der Fernbedienung stellte die Wärmebildkamera ein. Die Umgebung wurde schwarz-weiß, die Menschen verwandelten sich in helle gelb-rot-grüne Silhouetten, die aber immer noch leicht auseinanderzuhalten waren. Es war beeindruckend.

«Die Infrarotkamera funktioniert. Dann mal los.»

Die Drohne flog davon. Carlos folgte ihr mit dem Blick, bis sie hinter den Bäumen verschwunden war, und wandte sich dann wieder dem Monitor zu. Das Gerät flog über eine schmale, kaum befahrene Straße, und bald tauchte die L-förmige Snösätragatan auf. Ein Dutzend geparkte Fahrzeuge, niedrige Gebäude mit Wellblechdächern, einige davon eingestürzt oder teilweise abgerissen, und überall lag Gerümpel und Abfall herum. Der Kollege an der Fernbedienung schaltete die Infrarotkamera wieder ein, und mehrere Wärmefelder leuchteten auf. Rudmark warf einen genauen Blick auf den Monitor und zählte die bunten Punkte.

«Sie werden nicht allein sein. Ich zähle sechzehn Wärmequellen», sagte er. «Fühlen Sie sich bereit?», fragte er und drehte sich zu Sebastian um, der nickte.

«Darfst du eine Waffe tragen?», fragte Lena.

«Nein», antworteten Vanja und Sebastian gleichzeitig.

«Sollten wir nicht darauf pfeifen und dir trotzdem eine geben?», schlug Lena vor.

«Nein», wiederholte Vanja entschieden. Schon so behagte ihr dieser Einsatz nicht sonderlich, da wollte sie sich nicht auch noch Gedanken darüber machen müssen, ob eine Zivilperson, die Sebastian faktisch war, jemanden mit einer Dienstpistole erschießen könnte.

«Gut, dann testen wir jetzt ein letztes Mal Ihre Ausrüstung», meinte Rudmark. «Und dann kann es losgehen.»

Um 10.55 Uhr waren alle auf ihren Positionen. Rudmark hatte seine Truppe in vier Teams aufgeteilt. Die Führungsgruppe mit Rudmark und der Reichsmordkommission an der Spitze blieb auf dem Fußballplatz, zusammen mit einem Rettungswagen, der sicherheitshalber auch eingetroffen war. Die Gruppe Nord, bestehend aus drei Polizisten, hatte sich vorsichtig durch das Schrebergartengebiet nördlich des Industriegebiets gepirscht und sich dort im Schutz der kleinen Hütten und Geräteschuppen verteilt.

Die Gruppe Süd, ebenfalls drei Mann, war am entgegengesetzten Ende in Stellung gegangen und überwachte von dort aus das Industriegebiet. Niemand konnte die Snösätragränd ungesehen betreten oder verlassen.

Gruppe A war diejenige, die dem Gelände am nächsten

hinter einem Hügel gegenüber dem Eingang zur Straße versteckt lag. Diese Gruppe bestand aus fünf schwer bewaffneten Polizisten und war die primäre Eingreiftruppe, die auf Rudmarks Befehl direkt intervenieren würde.

Weit über ihnen schwebte die Drohne außer Hörweite und beobachtete alles. In diesem Moment fokussierte die Kamera ein einsames Individuum, das langsam auf dem schmalen, asphaltierten Weg entlangging, der zu dem Gebiet führte.

Sebastian Bergman.

Um ihn herum war es still, doch über den Sender in seinem Ohr hörte er, wie eine Gruppe nach der anderen meldete, dass sie auf ihrer Position eingetroffen und bereit sei. Obwohl er versucht hatte, die Situation herunterzuspielen, setzte sie ihm mehr zu als erwartet, und ihm brach der Schweiß aus. Er fühlte sich unwohl und von der schusssicheren Weste behindert, außerdem scheuerte der Riemen, der die Kamera an seinem Körper festhielt, und der Sender im Ohr juckte.

Auf der linken Seite tauchte eine Betonmauer auf, fast drei Meter hoch und mit verschiedenen Graffiti bedeckt. Sie waren weit entfernt von den Schmierereien, die man in den U-Bahn-Tunneln sehen konnte und in der Regel mit dem Begriff verknüpfte. Hier gab es richtige Motive, in die viel Zeit und Mühe investiert worden war. Kinder, Blumen, Sternenhimmel, Comicfiguren, die klassischen aufgeblähten Buchstaben, geometrische Formen und sogar einen beinahe fotorealistischen Leoparden. Dies war nicht Sebastians bevorzugte Stilrichtung, aber er musste zugeben, dass einige der Werke durchaus ansprechend waren und von künstlerischer Begabung zeugten. Da hörte er Vanjas Stimme im Ohr. Sie klang besorgt.

«Wie fühlst du dich?», fragte sie.

«Was soll dieses Gefasel über Gefühle», sagte Sebastian leise. «Spielt das irgendeine Rolle?»

Sein feindseliger Ton verbarg seine Unruhe und ließ ihn furchtloser klingen, als er war. Trotz des Unbehagens, das damit einherging, war er doch froh über die Elektronik, mit der sie ihn behängt hatten. Vor allem über den Sender im Ohr, mit dem er sich weniger allein fühlte.

«Sei vorsichtig», mahnte Vanja, und dann wurde es wieder still.

Der Weg mündete in einen Parkplatz, auf dem vier Autos standen. Linker Hand lag der Eingang zur Snösätragränd. Alles war ruhig und still. 10.57 Uhr. Noch drei Minuten, bis er am Treffpunkt sein sollte.

Als er weiterging, glaubte er, ein beharrliches Pfeifen zu hören, und fragte sich, ob es die Drohne oder der Wind war. Instinktiv wollte er aufschauen, um zu sehen, ob er das Fluggerät über sich erkennen konnte, beherrschte sich jedoch im letzten Moment. Das wäre ein dummer Fehler gewesen. Adrian rechnete damit, dass Sebastian nicht allein kam, davon war er überzeugt, da wollte er sich nicht schon vor dem Zusammentreffen verraten.

Sebastian blieb am Eingang stehen und blickte in das Areal hinein. Hohe Mauern auf beiden Seiten einer schmalen geraden Straße, die nach ungefähr hundert Metern in einer Neunzig-Grad-Kurve nach links abbog. Ringsum eine wahre Farbexplosion für die Augen. Auch hier war eindeutig Zeit und Sorgfalt bei der Wahl der Motive verwendet worden. Widerwillig musste Sebastian einräumen, dass der Ort ziemlich cool war. Wenn man dieses Wort überhaupt noch benutzte. Vor der linken Mauer stand ein Container, der ebenfalls bemalt worden war. Doch es war keine Menschenseele zu sehen. Sebastian ging einen Schritt auf das Gelände, und jetzt hörte er Rudmark in seinem Ohr.

«Da kommt ein Mann allein aus dem Gebäude, das zehn Meter hinter der Kurve auf der rechten Seite liegt.»

«Ist er das?»

«Unmöglich zu sagen, wir beobachten ihn nur über die Drohne.»

Sebastian sah auf die Uhr. 11.00 Uhr. Es wurde ernst.

«Jetzt hilft nur noch beten», sagte Sebastian und setzte sich in Bewegung.

«Nach der Kurve sehen wir Sie nur noch von der Drohne aus», erinnerte Rudmark ihn.

Sebastian beschleunigte seine Schritte, erreichte die Kurve und bog ab. Dann wurde er langsamer. Der Mann stand da und studierte eingehend einen silbergrauen asiatischen Drachen, dessen langer Schwanz sich über die Mauer erstreckte. Nach den Angaben aus dem Passregister war Adrian 1,90 Meter groß, wie auch der Mann dort.

«Adrian», sagte Sebastian und blieb stehen. Der Mann reagierte nicht. «Adrian», wiederholte er noch einmal. Lauter, fast wie eine Aufforderung.

Jetzt drehte sich der Mann zu ihm um. Er war Mitte dreißig und hatte eine entfernte Ähnlichkeit mit Adrian auf den Fotos, aber Sebastian war sich seiner Sache dennoch schnell sicher. Er war es nicht.

«Entschuldigung, ich habe Sie verwechselt», sagte Sebastian mit einer resignierten Geste. Der Mann wendete sich wieder dem Bild zu. «Er war's nicht», murmelte Sebastian seinen Mithörern erklärend zu.

«Es ist noch jemand in der Nähe, auf dem Weg zu der Maueröffnung links von Ihnen.»

Sebastian wandte sich um und sah, welche Stelle Rudmark meinte. Vermutlich war dort irgendwann einmal ein Tor oder eine Tür gewesen, denn für eine eingestürzte Mauer waren die Kanten zu gerade.

«Er ist stehen geblieben», sagte Rudmarks Stimme in seinem Ohr.

«Wo?»

«Ein Stück weiter hinten. Er ist allein dort.»

Sebastian seufzte und steuerte auf die Mauer zu, passierte die Öffnung und gelangte auf eine größere freie Fläche, die aussah, als wäre sie früher eine Art Verladeplatz gewesen. Auf der einen Seite befanden sich die Überreste eines größeren Lagers. Zum Wald hin war der Platz mit einem hohen Metallzaun abgegrenzt. Der Asphalt war rissig, an mehreren Stellen brach das Grün hervor. Löwenzahn, Gestrüpp und Haselsträucher. Ein Stück weiter links, vor einem alten Verteilerkasten, stand ein Mann ihm abgewandt, in einer gelben Jacke mit irgendeiner japanischen Figur auf dem Rücken. Darunter trug er eine Latzhose mit Farbflecken und einen schwarzen Kapuzenpullover, ebenfalls mit Farbe bespritzt. Neben ihm auf dem Boden sah Sebastian eine blaue Plastikkiste mit verschiedenen Spraydosen. Auch dies war nicht Adrian. Der Typ war jünger, langes blondes Haar, das unter der Baseballkappe bis auf die Schultern herabfiel.

«Nicht er», sagte Sebastian rasch und ging zu dem Mann, der sich zu ihm umdrehte, als er die Schritte hörte. «Hallo», sagte Sebastian und nickte dem Blonden zu, der ihn mit neugieriger Skepsis beäugte.

«Hallo.»

«Was machen Sie hier?»

«Warum?»

«Reine Neugier», antwortete Sebastian und zuckte beschwichtigend die Achseln.

«Ich habe vor, den hier zu sprayen», sagte der Mann und deutete mit dem Kopf auf den alten Verteilerkasten. Sebastian entdeckte ein altes Bild von einer Seejungfrau, die teilweise von einer Art Raumfahrtmotiv übermalt war.

«Der ist doch schon bunt», stellte er fest.

«Das Bild ist doch alt. Abgesehen von der *Wall of Fame* da draußen», der Mann deutete auf die Straße, aus der Sebastian gerade gekommen war, «verschwindet alles nach einer Weile. Nichts währt ewig», erklärte er mit einem schiefen Grinsen.

«Sind Sie oft hier?», fragte Sebastian.

«Ja, ziemlich oft.»

«Haben Sie diesen Typen hier schon mal gesehen?»

Sebastian zog das Foto von Adrian aus der Tasche und reichte es dem Mann in der gelben Jacke. Er nahm es nicht in die Hand, sondern fixierte Sebastian.

«Bist du ein Bulle?»

«So ähnlich», gab Sebastian zu.

«Was hat er angestellt?»

«Zwei Leute umgebracht. Und er wird noch mehr töten. Haben Sie ihn schon einmal hier gesehen? Vielleicht sogar heute?»

Der Mann starrte Sebastian noch einige Sekunden an, als würde er überlegen, ob er ihm glauben konnte. Dann schnappte er sich das Bild, betrachtete es und nickte vor sich hin.

«Nicht heute. Aber gestern war er hier.»

Sebastian spürte, wie sein Puls und seine Erwartung stiegen.

«Gestern. Sind Sie sicher?», fragte er aufgeregt.

«Ja, er wollte sich von mir eine Dose leihen. Silber.»

«Eine Spraydose?»

«Ja.»

«Wissen Sie, wofür er sie brauchte?»

«Nein, aber er ist dort drüben hingegangen und kam nach ein paar Minuten wieder.»

Der Mann deutete auf ein niedriges Gebäude mit zwei breiten, klaffenden Löchern, in denen früher Garagentore angebracht gewesen waren. Darüber hing noch ein altes Schild von einer Autowerkstatt, doch der Bau war beschmiert und zugenagelt. Der gesamte Ort strahlte eine postapokalyptische Aura aus.

Sebastian machte sich auf den Weg dorthin.

Vanja und die übrige Reichsmordkommission standen in einem Halbkreis hinter Rudmark, der mit einem Headset auf einem Klappstuhl saß und das Geschehen interessiert am Monitor verfolgte. Beinahe hatte Vanja das Gefühl, einem Computerspiel beizuwohnen. Die Graffiti-Mauern und den Schrott des Industriegebiets durch Sebastians Bodycam zu sehen, erzeugte ein realistisches Gefühl von Nähe, und daneben konnten sie dieselbe Situation aus der Vogelperspektive der Drohne betrachten. Rudmark hatte den Ton lauter gestellt, sodass man Sebastians Atem und das Knirschen des Kieses unter seinen Schuhen hörte.

Vanja blickte auf das Bild der Drohne, während der Mann an der Fernbedienung auf die Infrarotkamera umschaltete und über das Gebäude flog, auf das sich Sebastian gerade zubewegte. Keine Wärmequellen.

«Es scheint leer zu sein», informierte Rudmark ihn.

«Irgendetwas muss ich ja tun», hörten sie aus dem Lautsprecher und sahen, wie Sebastian seinen Weg fortsetzte.

Sebastian erreichte das halb eingestürzte Gebäude und blieb stehen. Adrian hatte sich also eine Spraydose ausgeliehen. Er betrachtete sorgfältig die Fassade vor sich. Es wäre leichter, wenn er eine Ahnung hätte, wonach er suchte. Hier war alles mit Farbe bedeckt. Langsam begann er, an der Wand entlangzugehen.

«Wonach suchen Sie?», fragte Rudmark in seinem Ohr.

«Nach etwas Silbernem.»

«Ihre Bodycam ist schwarz-weiß.»

«Das heißt, ihr könnt mir nicht helfen, oder?»

Er bewegte sich weiter seitwärts. Dann beugte er sich vor, um zu sehen, ob etwas unter dem herausragenden Wellblechdach stand, und untersuchte die kaputten Fensterrahmen. Es entdeckte einige Sterne, eine Metalldose und eine Medaille in Silber, aber nichts davon wirkte neu, alles verschmolz mit dem übrigen Kunstwerk. Also ging er durch eine der Garagenöffnungen hinein. Hier war es merklich dunkler, und er holte sein Handy hervor, schaltete die Taschenlampe ein und leuchtete die Wände an. Als Erstes fiel sein kleiner Lichtkegel auf einen riesigen behaarten Schwanz, der einen Bären mit einer russischen Flagge auf dem Rücken vögelte. Das konnte höchstens ein Jahr alt sein, tippte Sebastian. Die Russen waren in Schweden zwar auch vorher schon nicht sehr beliebt gewesen, doch seit dem Überfall auf die Ukraine waren sie definitiv untendurch. Er sah sich weiter in dem Raum um, wobei er aufpassen musste, nicht in die Abschmiergruben im Boden zu fallen, die ebenfalls mit Bildern und Buchstaben übersäht waren.

Doch da war nichts Silbernes.

Schließlich ging er wieder hinaus und um die Ecke. Vor ihm lag ein Ziegelgebäude, das einmal zwei große Fenster enthalten hatte, aber jetzt waren nur noch leere Fensterrahmen übrig, rechts und links von zwei Zementstufen, die zu einer Holztür mit einer erstaunlicherweise unversehrten Milchglasscheibe führten. Sebastian ging darauf zu, während seine Irritation wuchs.

Sie hatten eine Verabredung.

Eine Zeit und einen Ort.

Auch wenn er stets Zweifel daran gehabt hatte, dass sie sich hier wirklich gegenüberstehen würden – und den ganzen Aufwand mit dem Sondereinsatzkommando insgeheim für übertrieben hielt –, erwartete er zumindest, dass sie auf irgendeine Weise miteinander kommunizieren würden, anstatt von Adrian in irgendein mit Farbe beschmiertes Spielparadies für Erwachsene gelockt und versetzt zu werden. Was wäre passiert, wenn Sebastian den Mann mit der gelben Jacke nicht getroffen hätte? Wäre er dann einfach ziellos hier umhergestreift? Allmählich wurde er wütend, er hatte sich mehr von seinem Gegner erwartet.

Doch dann geschah scheinbar alles gleichzeitig.

Sein Handy piepste im selben Moment, in dem er das aufgebrochene Hängeschloss auf der obersten Treppenstufe liegen sah. In der nächsten Sekunde erblickte er den silbrigen Text auf der Milchglasscheibe.

«Was ist passiert?», fragte Rudmark. «Hast du eine Nachricht bekommen?»

«Ja», sagte Sebastian und holte sein Handy hervor.

Eine E-Mail. Von Adrian.

«Was schreibt er?»

Sebastian öffnete die kurze Nachricht und las. Er war froh, dass sich ihr Täter endlich gemeldet hatte, und gleichzeitig wuchs sein Gefühl, dass es ihm nicht gefallen würde, was ihn als Nächstes erwartete. Dass es keinem gefallen würde.

«Und?», fragte Rudmark ungeduldig.

«Jetzt beruhigen Sie sich. Da steht: ‹Hast du mein Geschenk an dich gefunden?›»

«Hast du mein Geschenk an dich gefunden?»

«Ja.»

«Was meint er damit?»

«Dass er etwas für mich dort drinnen hinterlassen hat», antwortete Sebastian und drehte sich um, sodass sie sehen konnten, was mit silberner Farbe an die Tür gesprüht worden war.

Joh 12,46.

«Nein, geh da nicht rein, Sebastian», hörte er Vanja in seinem Ohr beinahe schreien, als sie die drei Buchstaben und die vier Ziffern sah.

«Was? Was bedeutet das?», fragte Rudmark und versuchte, wieder die Kontrolle zu erlangen.

«‹Ich bin als Licht in die Welt gekommen, auf dass jeder, der an mich glaubt, nicht in der Finsternis bleibe›», sagte Sebastian und setzte seinen Fuß auf die erste Treppenstufe. «Mein Vater hatte das Zitat ausgesucht.»

Er fühlte sich merkwürdig ruhig. Jetzt war er sich ziemlich sicher, worin das Geschenk bestand. Er musste nur herausfinden, um wen es sich handelte.

«Das steht über dem Eingang des Palmlövska-Gymnasiums in Västerås», hörte er Vanja erklären. «Sebastians Vater hat es gegründet, und sowohl Sebastian als auch unser erstes Opfer haben diese Schule besucht.»

Sebastian war an der Tür angekommen und legte die Hand auf die rostige Klinke. Holte tief Luft.

«Gehen Sie nicht hinein!», rief Rudmark.

«Ich muss wohl», entgegnete Sebastian ruhig.

«Es ist nicht sicher. Wir wissen nicht, was Sie dort drinnen erwartet.»

«Er will mich seelisch verletzen, nicht körperlich», sagte Sebastian, öffnete die Tür und betrat das Gebäude. Wieder aktivierte er die Taschenlampe seines Handys und leuchtete rund um sich. Seine Augen begannen sich an das Halbdunkel zu gewöhnen. Er befand sich in einem kurzen Flur, der zu einem größeren Raum führte. Vermutlich das ehemalige Büro der Autowerkstatt, nahm Sebastian an.

Hier drinnen gab es keine Schmierereien oder Graffiti.

Das Hängeschloss hatte seine Funktion erfüllt.

Er ging weiter.

«Infrarotkamera!», befahl Rudmark am Bildschirm und schien sich kaum noch auf seinem Stuhl halten zu können.

«Da ist niemand, er ist allein im Gebäude.»

«Aber der Täter wollte ihn doch dort hineinlocken. Verdammt!» Rudmark drückte schnell und routiniert auf den Knopf seines Headsets, damit Sebastian ihn hörte. «Drehen Sie um. Verlassen Sie das Gebäude. Das ist ein Befehl.»

«Ich bin mir ziemlich sicher, dass Sie nur Polizisten Befehle erteilen dürfen», antwortete Sebastian und ging weiter. Vanja beugte sich zum Monitor vor, um besser sehen zu können, während Rudmark der Gruppe Süd, die am nächsten stationiert war, den Befehl erteilte, rasch vorzurücken und ins Gebäude zu laufen. Vanja hingegen konzentrierte sich auf den Monitor. Sebastians Körper wackelte beim Gehen, und das Bild war unscharf. Sie konnte nicht viel sehen, glaubte aber, dass er gerade einen größeren Raum betrat. Ein alter Aktenschrank aus Metall an der einen Wand. Ein umgestoßener Schreibtisch auf dem Boden. Das Licht von Sebastians Handy und die umliegende Dunkelheit brachten den Autofokus dazu, ständig zu wechseln.

Zu hell. Zu dunkel.

Fieberhaft versuchte Vanja zu erkennen, was passierte. Aus dem Lautsprecher hörte sie, wie die Gruppe Süd bestätigte, dass sie jetzt auf dem Weg sei. Kurz darauf waren die Männer als schwarze Gestalten auf dem Monitor zu sehen. Sie bewegten sich in einer Reihe auf das Gebäude zu, in dem Sebastian verschwunden war. Vanja wechselte wieder zu dem Bild von Sebastians Kamera. Er war stehen geblieben, um über ein umgestürztes Bücherregal zu steigen, das den Weg zu einem etwa anderthalb Meter hohen Tresen versperrte. Als er stolperte, schwenkte die Kamera zu einem alten Bürostuhl, der mit dem Rücken zu ihm hinter dem Tresen stand. Vanja glaubte, eine dunkle, vornübergebeugte Gestalt zu erkennen. Ein blasser Arm hing herunter, eine Armbanduhr reflektierte für einen Moment das Licht von Sebastians Handy.

Er war nicht allein dort drinnen.

Sebastian hatte das Bücherregal überwunden und ging langsam zu dem ehemaligen Kundentresen. Auf einem abgenutzten Bürostuhl dahinter saß eine abgewandte Gestalt. Er holte tief Luft und umrundete den Tresen. Ihr Ziel, Adrian festzunehmen, ehe er wieder mordete, war misslungen. Aber Sebastian schwor sich, dass die Person auf dem Stuhl die letzte sein würde, die der Täter in die Finger bekommen hatte.

«Verlassen Sie den Raum. Mein Team ist unterwegs, um sich darum zu kümmern», befahl Rudmark in seinem Ohr. Sebastian wollte gern gehorchen und rückwärts wieder hinausgehen. Er wollte keineswegs sehen, wer da saß. Aber er musste es wissen. *Ist es jemand, der mir nahesteht?* Mit einem Schlag fiel ihm auf, dass er Ursula den ganzen Tag nicht gesehen hatte. Auch sie hatte er zutiefst gekränkt, das wusste er immerhin noch.

Großer Gott, lass es nicht Ursula sein.

Er ging näher. Wer auch immer die Person auf dem Stuhl war – sie war tot. Ihr Arm hing schlaff in einem seltsamen Winkel herab und war viel zu blass, um noch durchblutet zu sein. An ihrem Handgelenk trug die Person eine große Herrenuhr mit einem schwarzen Kunststoffarmband. Vorsichtig ergriff Sebastian die Rückenlehne und begann, den Stuhl herumzudrehen.

Es war eine Frau, das sah er in der Sekunde, bevor er sie erkannte.

Dann taumelte er einen Schritt zurück.

Anna, Vanjas Mutter. Ihre blutunterlaufenen Augen waren weit aufgerissen, ihre geschwollene Zunge hing aus dem Hals. Und um ihren Hals saß eine Schlinge aus einem dünnen Seil. Sebastian versuchte, sich zusammenzureißen, und drehte sich schnell zur Seite, um die Kamera abzuwenden, doch es war zu spät.

Vanjas Schrei hallte durch seinen Sender.

Ursula sprang ins Auto, als der Anruf kam, und raste zur Snösätragränd. Anschließend würde sie sich nur noch vage daran erinnern können, wie sie dorthin gelangt war. Sie wusste lediglich noch, dass ihr Vanja fürchterlich leid tat. Diese fähige junge Frau, die alle Herausforderungen annahm, alle Probleme löste. Die erst in Torkels gewaltigem Schatten gestanden hatte, bis sie endlich Chefin geworden war, und dann, als sie sich allmählich in ihre neue Rolle einfand, mit aller Kraft gegen die Abschaffung der Reichsmordkommission kämpfen musste. Wegen Billy. Ihrem besten Freund.

Verdammter Billy.

Und dann auch noch Sebastian. Ursula wusste besser als jeder andere, welche Konsequenzen es haben konnte, ihn in sein Leben zu lassen. Er war in vielerlei Hinsicht eine wandelnde Katastrophe und hatte auch bei Vanja zunächst alles auf den Kopf gestellt, als er aufgetaucht war. Erst in letzter Zeit schien etwas Ruhe eingekehrt zu sein. Vanja hatte einen Freund und ein Kind, eine gute Beziehung zu ihrem Ziehvater und eine funktionierende zu ihrem leiblichen. Mit ihrer Mutter hatte sie jedoch gebrochen. Vielleicht waren sie auf dem Weg zu einer Versöhnung gewesen, aber ihre gemeinsame Zeit hatte nicht ausgereicht, um alle Wunden zu heilen. Denn jetzt war sie tot.

Es war alles so ungerecht.

Als hätte Vanja nicht schon genug Probleme.

Carlos empfing sie auf dem Parkplatz. Er war aschfahl im

Gesicht und erkennbar mitgenommen. Ursula hätte schwören können, dass er geweint hatte. Sie mochte Carlos und kannte keinen, dem es nicht ebenso ging. Er führte sie unter den Absperrungen am Parkplatz entlang und zwischen die hohen bunten Mauern, während er erzählte, dass nur noch er, Sebastian und Vanja vor Ort seien. Roger und Lena hatten sich zum Präsidium aufgemacht, um Rosmarie zu informieren. Was passiert war, würde sich wie ein Lauffeuer verbreiten, und es war besser, wenn sie es direkt vom Team erfuhr und nicht gerüchteweise, damit sie nicht auf die Idee kam, sie würden ihr Informationen vorenthalten.

«Mal sehen, was sie sich diesmal einfallen lässt», sagte Carlos abschließend, bog rechts ab und zeigte Ursula den Zugang über die Lücke in der Steinmauer. Ein Stück entfernt, auf der offenen Fläche mit dem rissigen Asphalt, stand Vanja gemeinsam mit Sebastian neben einem großen Polizeibus. Vanja hatte eine Decke über den Schultern und wirkte wie geschrumpft, dachte Ursula. So klein und blass machte sie einen verlorenen Eindruck, weit entfernt von der sonst so selbstsicheren Vanja, mit der sie jeden Tag zu tun hatten. Es schmerzte Ursula, sie so zu sehen. Sebastian hatte den Arm um Vanja gelegt und versuchte offenbar, sie zu trösten. Ursula ging zu ihnen.

«Vanja, es tut mir so unglaublich leid», sagte sie und zog ihre Kollegin und Freundin an sich. Eine Geste, wie man sie von Ursula gar nicht gewohnt war, aber sie war willkommen. Vanja ließ sich umarmen, und Ursula spürte, wie sehr sie zitterte. Nachdem sich Vanja wieder von ihr gelöst hatte, blickte Ursula Sebastian an.

«Wie geht es dir?», fragte sie.

Schon bei seinem Anruf hatte Carlos erzählt, dass Sebastian Anna gefunden hatte. Ursula glaubte nicht, dass

Sebastian große Gefühle für sie hegte, aber für Vanja. Und sie wusste, dass er sich lieber eine Hand abgehackt hätte, als Vanja in irgendeiner Form zu verletzen. Aber er hatte Annas Leben zerstört, und jetzt war sie tot. Auch wenn es irrational war, spürte Ursula, dass er eine Verantwortung empfand und dass sie an ihm zehrte.

«Ich habe ihr geordnetes kleines Leben vermasselt, das lässt sich nicht leugnen», antwortete er und bestätigte ihre Theorie. «Wenn ich das nicht getan hätte, würde sie jetzt noch leben.»

«So darfst du es nicht sehen», erwiderte Vanja leise und ging einen Schritt auf ihn zu. «Es ist nicht deine Schuld.»

Sie wickelte sich fester in die Decke, und ihre Tränen begannen zu strömen. Ursula sah sie warmherzig an.

«Meine Liebe, du solltest von hier wegkommen. Fahr nach Hause.»

«Ich habe Jonathan angerufen», warf Carlos ein. «Er ist auf dem Heimweg. Ich fahre dich hin, wenn du willst.»

«Danke», sagte Vanja nur und wandte sich an Ursula. «Wirst du hineingehen?», fragte sie und blickte zu der alten Autowerkstatt hinüber.

«Ja», antwortete Ursula und dachte, dass sie längst dort sein müsste, um zu überwachen, wie der Fundort durchsucht und katalogisiert wurde. In Schweden war sie eine der Besten auf ihrem Gebiet. Diesen Ruf hatte sie sich verdient, denn sie war genau und übersah nichts. Und dem musste sie nun besonders gerecht werden.

Einen Fehler zu machen, war undenkbar.

Es ging um den Mord an Vanjas Mutter.

Außerdem war es ein chaotischer Fundort mit viel Schmutz und Gerümpel, und auch wenn sie großes Vertrauen in das technische Team setzte, konnte ihnen leicht etwas entgehen. Aber zuvor musste sie sich um ihre Freundin kümmern.

«Eine Sache stimmt nicht», sagte Vanja und schüttelte den Kopf, sie war viel gefasster, als Ursula gedacht hätte.

«Was denn?»

«Das war nicht ihre Uhr.»

«Nicht ihre Uhr?», wiederholte Ursula verständnislos.

Vanja sah sie an und erklärte langsam: «Erst habe ich gedacht, es wäre gar nicht meine Mutter. Wegen der Uhr. Es war nicht ihre Uhr.»

«Die Armbanduhr?», fragte Carlos, der sie auch auf dem Monitor gesehen hatte.

«Genau. Es ist nicht ihre.»

Ursula blickte Carlos und Sebastian fragend an. Von welcher Uhr sprachen sie? Carlos erklärte, was sie über Sebastians Bodycam gesehen hatten, und Ursula bat sie zu warten. Dann ging sie zum Fundort, duckte sich unter den Absperrungen hindurch und trat durch die geöffnete Holztür. Der Raum war von zwei Flutlichtstrahlern auf einem Stativ erhellt. Ursula trug noch keine Schutzkleidung, deshalb rief sie nach einem der Techniker.

«Marco?!»

Einige Sekunden später tauchte der Kopf eines Mannes im Schutzanzug im Türrahmen des Bürobereichs auf.

«Ja?»

«Kannst du nachsehen, ob das Opfer eine Uhr trägt?»

«Klar.»

Sie blieb in der Tür stehen, wartete und hörte, wie ihre Kollegen den Raum durchquerten. Obwohl sie wusste, dass sie die Besten waren, brannte sie darauf, endlich in das Büro zu kommen und sich persönlich einen Überblick zu verschaffen. Diesen Fall musste sie lösen.

«Ja, sie trägt eine. Eine schwere Herrenuhr. Mit einem schwarzen Kunststoffarmband», sagte Marco, als er auf den kurzen Flur hinaustrat.

«Mach bitte ein paar Fotos davon und schick sie mir.»

«Ja, natürlich. Wann kommst du rein?»

«Sobald ich kann.»

Während Ursula wieder zu Vanja und den anderen zurückging, ertönte ihr Handy. Sie holte es hervor und blätterte die gesendeten Fotos durch. Dann suchte sie eines aus, auf dem das Display dominierte, und zoomte es näher heran, damit so wenig wie möglich von dem Unterarm zu sehen war. Es gab keinen Grund, Vanja etwas von dem kalten, wachsähnlichen Körper zu zeigen, der einmal ihre Mutter gewesen war. Als Ursula bei den anderen ankam, sahen sie sie alle neugierig an.

«Hier ist sie», sagte sie und hielt Vanja das Foto hin.

Carlos und Sebastian reckten die Köpfe, um auch einen Blick darauf zu erhaschen. Eine große schwarze Digitaluhr, wie für Extremsportler oder Männer, die den Anschein erwecken wollten, welche zu sein. Sie hatte eine Menge Knöpfe an der Seite, und auf dem Display fanden sich Informationen über Zeit, Datum, Temperatur, Aufenthaltshöhe und Luftdruck. Natürlich konnten auch Frauen so eine Uhr tragen, aber nach dem wenigen, was Ursula über Anna wusste, war es nur schwer vorstellbar, dass dieses Exemplar ihr wirklich gehörte.

«Nicht die Uhr deiner Mutter, oder?», fragte Ursula.

«Auf gar keinen Fall», antwortete Vanja.

Carlos beugte sich näher heran.

«Sie ist stehen geblieben. 16.03 Uhr am 12. April.» Er richtete sich auf und sah die anderen an. «Was ist am 12. April um drei Minuten nach vier passiert?»

Eine Viertelstunde später saßen sie in dem großen Polizeibus, um ungestört reden zu können. Vor ihnen lag die Armbanduhr in einer Beweistüte aus Plastik.

«Wir haben sie nach Fingerabdrücken untersucht, aber keine Spuren gefunden. Die DNA-Testung wird eine Weile dauern», erklärte Ursula leise.

«Und der 12. April sagt dir wirklich nichts?» Carlos sah Sebastian fragend an.

«Wann? Dieses Jahr? Nicht, dass ich wüsste, aber ich kann es herausfinden.»

«Dann tu es», sagte Carlos und sah ihn auffordernd an. Sebastian wurde klar, dass er eigentlich meinte: «Dann tu es *jetzt*», und machte eine bedauernde Geste.

«Ich habe meinen Kalender nicht im Telefon.»

«Wo hast du ihn denn dann?», fragte Carlos und sah vollkommen verwirrt aus, als könnte er sich gar keine Alternative vorstellen.

«Zu Hause. Ich habe einen richtigen Kalender. Ein Buch mit Datum ...»

Carlos warf ihm einen Blick zu, der verriet, dass Sebastian sich damit endgültig unter die Dinosaurier eingereiht hatte. Er richtete sich an Ursula.

«Darf ich mal etwas versuchen, sie ein wenig ausprobieren?»

«Solange du es durch das Plastik machst.»

Carlos nahm die Plastiktüte mit der Uhr und begann vorsichtig, die Knöpfe an der Seite zu betätigen. Dabei beobachtete er, was passierte, und drückte sie dann erneut, bis die Uhr wieder in der ursprünglichen Einstellung war.

«Wonach suchst du?», fragte Sebastian.

«Nach einer Jahreszahl. Er hatte den Tag und den Monat eingestellt, dann müsste es doch auch ein Jahr geben.»

Er arbeitete sich weiter durch die Knöpfe, und als er den obersten auf der rechten Seite drückte, passierte etwas. Das kleine Datenfeld, das vorher ein Datum angezeigt hatte, sprang auf eine Jahreszahl um. Carlos sah Sebastian an und hielt ihm die Uhr hin.

«2019. Freitag, der 12. April 2019. Was ist da passiert?»

Sebastian nahm Carlos die Tüte mit der Uhr ab und betrachtete sie, als könnte sie ihm die Antwort geben. So war es jedoch nicht, und er sah noch ratloser aus, als er sie zurückgab.

«Im Frühling 2019 war ich an der Uni.»

«An der Universität Stockholm?»

«Ja.»

«Die nachts die Endstation von Bus Nummer 50 ist», erinnerte Ursula. Sebastian nickte stumm. Alle Puzzleteile schienen an ihren Platz zu fallen.

«Und am Freitag, den 12. April, was war da?»

«Keine Ahnung.»

«Keine Ahnung, ich erinnere mich nicht ...», kam es leise von Vanja, die bisher mit verschränkten Armen und gesenktem Kopf dagesessen und geschwiegen hatte. «Wie oft hast du das jetzt schon gesagt?»

«Zu oft wahrscheinlich, aber was soll ich machen? Freitag, der 12. April, sagt mir nichts.»

«Warum hast du deinen Kalender nicht im Handy wie jeder normale Mensch?»

«Weil er kein normaler Mensch ist», antwortete Ursula, ehe Sebastian es tun konnte.

«Hebst du deine alten Kalender auf?», fragte Carlos und führte das Gespräch weg von dem verminten Gelände.

«Jeden einzelnen», antwortete Sebastian und stand auf. «Fahr mich nach Hause.»

Carlos kam auch auf die Beine, hielt jedoch inne und sah zu Vanja hinüber, die immer noch dort saß und auf ihre Knie blickte. Er drehte sich mit einem flehenden Blick zu Ursula um.

«Vanja, du solltest jetzt wirklich heimfahren. Lass uns andere weiterarbeiten», sagte Ursula sanft und legte die Hand auf ihre Schulter.

«Wir fahren auf dem Weg zu mir bei dir vorbei und setzen dich ab», schlug Sebastian vor und streckte die Hand aus, weil er ihr aufhelfen, sie aber auch trösten wollte. Zu seiner Verwunderung ergriff Vanja sie.

«Versprecht mir, dass ihr ihn kriegt», sagte sie und blickte Sebastian fest an. «Versprecht es mir.»

Sebastian war klar, sie wusste, dass man solche Versprechen unmöglich geben konnte. Sie würden alles in ihrer Macht Stehende tun, jeden Stein umdrehen, ununterbrochen arbeiten, aber versprechen, dass sie ihn fassen würden ... Das war unmöglich.

«Ich verspreche es», erwiderte Sebastian und spürte, wie sie dankbar seine Finger drückte. Sie stiegen aus dem Bus, und als Vanja zu der Autowerkstatt hinübersah, traten ihr erneut die Tränen in die Augen. Sie holte mehrmals tief Luft, um nicht zu weinen.

«Komm», sagte Sebastian und zog sie vorsichtig mit sich. Hand in Hand gingen sie zum Parkplatz.

Als sie im Auto saßen, schien sich Vanjas Schockstarre endgültig zu lösen. Sebastian, der neben Vanja auf der Rückbank saß, sah, dass ihre Unterlippe zitterte und sie schwer atmete. Sie kämpfte, gab dann aber auf und brach in ein untröstliches Schluchzen aus. Er konnte nicht viel mehr tun, als sie in den Armen zu halten. Carlos warf ihnen im Rückspiegel einen besorgten Blick zu.

«Soll ich anhalten?»

«Nein, fahr weiter, damit sie schnell nach Hause kommt. Das ist wohl das Beste.»

Carlos gab Gas, und Sebastian umarmte seine Tochter. Er wusste, dass es nichts zu sagen gab. Carlos reichte ein Päckchen Taschentücher nach hinten. Vanja nahm es, zog eines heraus und schnäuzte sich laut.

«Ich hatte gerade wieder angefangen, mich mit ihr zu treffen.» Sie starrte vor sich hin. «Sie hatte sich so darüber gefreut, Amanda zu sehen.»

Dann brach sie erneut in Tränen aus, doch als sich der Wagen dem Zentrum und der Wohnung in der De Geersgatan näherten, holte sie mehrmals tief Luft, nahm sich ein neues Taschentuch, trocknete ihre feuchten Wangen und putzte sich noch einmal die Nase. Sebastian konnte nicht umhin, von ihr beeindruckt zu sein. Er kannte niemanden sonst, der Schock und Trauer mit reiner Willenskraft unter Kontrolle bekam. Gleichzeitig beunruhigte es ihn ein wenig. Er hoffte, dass es Vanja gelingen würde, ihre Trauer zuzulassen und die Selbstdisziplin zurückzudrängen. Auf lange Sicht war es nicht gut, solch starke Gefühle zu verleugnen. Das würde sich eines Tages rächen.

Als sie quer über zwei Parkplätze vor Vanja Hauseingang parkten, befreite sie sich von Sebastians Arm, wischte sich ein letztes Mal die Augen, zog die Nase hoch, räusperte sich und fuhr sich mit den Händen durchs Haar.

«Ich bringe dich hoch», bot Carlos an.

«Das brauchst du nicht», erwiderte Vanja heiser.

«Ich weiß, aber ich mache es trotzdem. Hoffentlich ist Jonathan schon da.»

Carlos öffnete die Fahrertür und stieg aus. Vanja drehte sich mit rot geweinten Augen zu Sebastian um.

«Denk dran, was du versprochen hast.»

Sebastian nickte ernst und legte seine Hand ganz leicht auf die ihre.

«Sag Bescheid, wenn ich dir irgendwie helfen kann. Amanda nehmen, einkaufen gehen, was auch immer.»

«Finde einfach nur dieses Arschloch», entgegnete sie, öffnete die Autotür und ging zu Carlos, der auf dem Bürgersteig wartete. Sebastian wusste, dass er die Schuld an dem trug, was passiert war. Vanja hatte zwar behauptet, es sei nicht seine Schuld. Anna hätte einfach aufhören sollen zu lügen und die Wahrheit sagen können, so wie Valdemar es auch getan hatte. Sie selbst hätte sich alles kaputtgemacht, nicht er. Und trotzdem kam es Sebastian so vor, als wäre es seine Schuld. Als er Vanja zusammen mit Carlos durch den Hauseingang verschwinden sah, lehnte er sich zurück und schloss die Augen.

«Mach's gut», sagte er leise.

Er hatte das Gefühl, es würde eine Weile dauern, bis er sie wiedersah.

Nach einer halben Ewigkeit kam Carlos endlich zum Auto zurück.

«Hat das lange gedauert!», rief Sebastian, als sich der Kollege wieder hinter das Steuer setzte. «Da wäre ich ja schneller gelaufen.»

«Warum hast du es dann nicht getan?»

«Weil ich mich gerne von dir fahren lasse, es fühlt sich an, als hätte ich einen persönlichen schwulen Privatchauffeur. Können wir jetzt los?»

Carlos bedachte ihn im Rückspiegel mit einem äußerst missbilligenden Blick.

«Was stimmt eigentlich nicht mit dir? Die Mutter deiner Tochter wurde gerade ermordet.»

«Ich weiß, aber ob du es glaubst oder nicht, mit Geduld und Höflichkeit werden wir sie auch nicht wieder zum Leben erwecken. Na los!»

Schweigend fuhren sie zur Grev Magnigatan, während Sebastian überlegte, ob er Carlos um Entschuldigung bitten sollte. Er wusste genau, was er da machte, erkannte sein eigenes Verhalten wieder. Der Fall setzte ihn mehr unter Druck, als er es zugeben wollte. Bislang hatte er nicht zu einer Lösung beigetragen und keinem genutzt. Nicht einmal verhindert, dass Leute starben. Und irgendwo in seinem Hinterkopf rumorte die Geschichte mit Cathy und Tim. Der Mord an Anna, der alte Wunden zwischen Vanja und ihm wieder aufriss, brachte das Fass zum Überlaufen. Wenn er sich selbst nicht ertrug, ließ er es an anderen aus, so einfach war das.

Er sollte sich entschuldigen.

Aber es gab so vieles, was man sollte.

Bei Sebastians Wohnung angekommen, parkten sie und eilten hinauf. Sie gingen direkt ins Arbeitszimmer, wo er ungefähr eine halbe Minute lang fieberhaft suchte, ehe er das fand, weshalb sie gekommen waren. Seinen schwarzen Taschenkalender aus dem Jahr 2019.

«Der 12. April?»

«Ja.»

Er blätterte zur richtigen Seite und las.

«Disputation. Emanuel D. 15:00 Uhr.» Er blickte zu Carlos auf. «Ich erinnere mich daran. Ich war Opponent und habe seine Dissertation ziemlich hart kritisiert, ich war der Meinung, dass er nicht bestehen sollte. Die Prüfungskommission ist meiner Linie gefolgt. Anschließend ging es eine Weile hoch her.»

«Emanuel D...»

«Dolk, hieß er, glaube ich.»

«Adrians Bruder heißt Emanuel.»

«Denkst du, er ist es?»

«Er könnte einen anderen Nachnamen angenommen haben.»

«Das war das Einzige, was ich am 12. April 2019 gemacht hatte, das klingt also wahrscheinlich.»

«Warum wolltest du ihn durchfallen lassen?», fragte Carlos mit aufrichtigem Interesse.

«Es war eine unterdurchschnittliche Doktorarbeit, was allerdings nicht die Schuld dieses Emanuel war. Ich hatte schon lange vor der Disputation mit seinem Doktorvater gesprochen, er hätte ihn nie so weit kommen lassen dürfen.»

«Was ist anschließend aus ihm geworden?»

«Keine Ahnung», sagte Sebastian schulterzuckend.

«Das ist also alles, was du hast», stellte Carlos enttäuscht fest. Sebastian konnte ihn verstehen. Nachdem sie dem Hinweis in der Armbanduhr so schnell auf die Spur gekommen waren, hätten sie eine größere Belohnung verdient.

«Ja, leider.»

«Okay, immerhin ein Name, dann fangen wir damit an», hielt Carlos fest und ging zur Tür. Als er merkte, dass Sebastian ihm nicht folgte, drehte er sich um. Der Psychologe hatte sich an seinen Schreibtisch gesetzt.

«Kommst du?», fragte Carlos ungeduldig.

«Es scheint mir, als würde in der nächsten Zeit vor allem Polizeiarbeit anstehen.»

«Ja ...»

«Ich bin kein Polizist», entgegnete Sebastian und öffnete die Arme in einer Geste, die anscheinend alles erklären sollte.

«Nein, aber ein Arschloch», stellte Carlos fest und verließ das Zimmer.

Er fuhr direkt zum Präsidium und rief von unterwegs aus Ursula an. Ohne Vanja schien es naheliegend, dass sie die Führung und Verantwortung für die Ermittlung übernehmen musste, ob sie wollte oder nicht. Sie war mit Abstand die Dienstälteste und kannte die Abläufe und die Organisation in- und auswendig. So kamen Carlos selbst, Roger und Lena als Kandidaten nicht infrage. Doch stellvertretende Chefs wurden nun einmal nicht vom restlichen Team gewählt und eingesetzt, und Carlos nahm an, dass Rosmarie bald etwas zu der neu entstandenen Situation zu sagen hatte.

Doch bis dahin würde er wie gewohnt arbeiten.

Und hatte vor, an Ursula zu berichten.

Sie erkundigte sich nach Vanja, und er erzählte von der Fahrt zu ihr und der Begegnung mit Jonathan. Dann teilte er ihr den Namen mit, auf den Sebastian in seinem Kalender gestoßen war, und dass es sich vermutlich um Adrians Bruder handelte. Er selbst sei nun unterwegs nach Kungsholmen, wo er hoffentlich auch Roger und Lena antreffen werde. Ursula fand den Plan gut. Sie hatte gerade veranlasst, dass Annas Leiche an die Rechtsmedizin zur Obduktion überführt wurde. Noch sei es zu früh, um etwas Endgültiges zu sagen, doch aufgrund der vollständig eingetretenen Leichenstarre und der Tatsache, dass die Infrarotkamera sie nicht erfasst hatte, nahm Ursula an, dass sie vor zehn bis vierzehn Stunden ermordet worden war. Irgendwann letzte Nacht also. Außerdem war sie ziemlich sicher, dass der Mord auch diesmal nicht am Fundort verübt worden war.

«Als Nächstes sollten wir ihre Wohnung durchgehen, wir brauchen so viele Beweise wie möglich, wenn wir diesen Dreckskerl dann kriegen.»

«Ich kann Roger hinschicken, um die Wohnung zu sichern, wenn er im Büro ist, ansonsten haben wir nicht mehr viel Personal.»

«Nimm doch Sebastian. Selbst er müsste doch dazu imstande sein, vor einer Tür zu sitzen und aufzupassen, dass niemand hineingeht.»

«Der ist zu Hause.»

«Und macht was?»

«Jedenfalls keine Polizeiarbeit», antwortete Carlos säuerlich und spürte, dass seine Grenze dafür, wie oft er Sebastian Bergman an einem Tag ertragen konnte, heute definitiv schon überschritten war. Sie einigten sich darauf, dass Ursula eine Streife damit beauftragen würde, die Wohnung abzusperren, und sich mit ihrem Team dorthin begäbe, sobald sie in der Snösätragränd fertig wäre.

Carlos fuhr in die Tiefgarage und parkte. Er nahm den Aufzug hinauf zur Reichsmordkommission und betrat die offene Bürolandschaft. Roger und Lena waren beide dort.

«Hey, wo bist du gewesen?», fragte Lena, als er seinen Mantel aufhängte.

«Was hat Rosmarie gesagt? Wie wird sie auf die Situation reagieren?», fragte Carlos, statt ihr zu antworten, und bedeutete beiden, mit in die Küche zu kommen. Er brauchte Kaffee.

«Nichts Eindeutiges», antwortete Roger, stand auf und folgte ihm. «Das wird im Laufe des Tages entschieden, bis dahin sollen wir so weitermachen wie bisher.»

«Du weißt schon, so, wie man es eben macht, wenn man bei der Arbeit die Mutter der Chefin ermordet aufgefunden hat», bemerkte Lena spitz. Carlos holte sich einen Kaffee, ging zum Kühlschrank und gab ein paar Tropfen Hafermilch in seine Tasse, ehe er sich wieder seinen Kollegen zuwandte.

«Ursula wird noch eine Weile unterwegs sein, und Sebastian ... keine Ahnung, was mit dem ist, aber wir sind vorerst nur zu dritt.»

«Okay.» Lena nickte.

Sie gingen wieder ins Büro zurück. Carlos blickte zu Vanjas Raum hinüber und fragte sich, ob sie wohl zurückkommen würde. Und ob es dann überhaupt noch etwas geben würde, zu dem sie zurückkommen konnte. Lena setzte sich auf den einen Schreibtisch, Roger nahm auf einem der Bürostühle Platz und legte die Füße auf den anderen Schreibtisch. Beide warteten darauf, dass Carlos weitersprach.

«Ich weiß nicht, ob ihr es gehört habt, aber die Uhr, die Vanjas Mutter trug, hat ein bestimmtes Datum und Jahr angezeigt. Und an diesem Tag sorgte Sebastian dafür, dass eine Doktorarbeit nicht anerkannt wurde, die ein Emanuel Dolk an der Universität Stockholm verteidigen sollte.»

«Adrians kleiner Bruder», sagte Lena erstaunt. «Ich hatte ihn recherchiert, als wir draußen bei Adrians Haus waren.»

«Warum heißt er Dolk?», fragte Hansson.

«Er hat im Alter von neunzehn Jahren den Mädchennamen seiner Mutter angenommen», antwortete Lena. «Warum, weiß ich nicht.»

«Was hat er denn für einen Eindruck gemacht? Du warst doch dort und hast mit ihm gesprochen, oder?», fragte Carlos an Roger gewandt. Lena und er beobachteten beide, wie Roger sich unbewusst mit der Zunge über die Lippen fuhr und die Antwort hinauszögerte.

«Ich ... nicht direkt. Ich habe ihn angerufen», sagte er schließlich.

«Hatte Vanja nicht gesagt, du solltest hinfahren und ihn fragen, wo Adrian stecken könnte?»

«Das habe ich ja auch. Ich habe ihn gefragt. Aber am Telefon.»

«Du hast also nur mit ihm telefoniert?»

Roger leckte sich erneut über den Mund, kratzte sich an der Schläfe, und sein Blick flackerte.

«Um es ganz genau zu sagen, habe ich mit seinem Partner gesprochen. Aber die beiden hatten Adrian schon seit Monaten nicht gesehen. Um das herauszufinden, brauchte ich ja nicht den ganzen Weg bis dorthin zu fahren.»

«Na so etwas, und Sebastian hat gesagt, du wärst faul», meinte Lena und grinste.

«Es ist nicht undenkbar, dass die Brüder zusammenarbeiten», unterbrach Carlos die beiden. «Wir müssen sofort mit Emanuel reden.»

Er kann also gar nicht sprechen?»

Carlos und Lena standen in einem Raum, den man nicht in einer normalen Dreizimmerwohnung, sondern eher in einem Krankenhaus erwartet hätte. Er wurde von einem höhenverstellbaren Bett mit Metallstreben an der Seite dominiert. Eine Maschine am Kopfende versorgte Emanuel bei Bedarf mit Sauerstoff. Daneben stand ein Tisch mit verschiedenen Medikamenten, Cremes und anderen medizinischen Utensilien. An der Wand hing eine Hebevorrichtung aus rostfreiem Stahl, in der Ecke parkte ein Rollstuhl.

«Nein. Manchmal kann er durch sein Blinzeln Ja oder Nein signalisieren, aber auch nicht immer.»

Lucas Mattsson legte zärtlich eine Hand auf Emanuels Arm. Keine Reaktion. Die halb geschlossenen Augen bewegten sich nicht. Carlos sah von dem blonden jungen Mann zu Emanuel. Seine Theorie, die Brüder könnten die Tat gemeinsam geplant haben, war passé. Adrian war wieder ihr einziger Hauptverdächtiger.

«Wie lange ist das her ...» Lena vollendete ihren Satz nicht, sondern blickte zum Bett.

«Er hat vor zwei Jahren versucht, sich das Leben zu nehmen», sagte Lucas sachlich, als hätte er schon so oft darüber sprechen müssen, dass es ihm nicht mehr schwerfiel. Er setzte sich an die Bettkante und nahm Emanuels Hand.

«Ich weiß nicht, was Sie alles wissen, aber Emanuel hat wirklich gekämpft. Seine Eltern waren Schweinebauern, und keiner seiner Verwandten hatte studiert. Aber Emanuel wollte nach dem Abitur an die Universität. Das war allerdings ein harter Weg, denn von zu Hause hatte er gar keine Lernkompetenz mitbekommen, und sein Selbstwertgefühl war niedrig. Seine Familie meinte, er wollte sich nur aufspielen ...»

Lucas verstummte mit einer Miene, als hätte er sich bei etwas Unhöflichem ertappt.

«Können wir in der Küche weitersprechen?», fragte er und senkte seine Stimme. «Ich weiß nicht, was er hört und versteht, aber mir ist unwohl dabei, wenn ich *über* ihn spreche und nicht *mit* ihm.»

«Ja, natürlich.»

Lucas legte Emanuels Hand sanft wieder auf das Bett.

«Ich bin gleich wieder da. Ich gehe nur in die Küche und unterhalte mich mit unseren Gästen», sagte er und tätschelte Emanuels Hand ein letztes Mal, ehe er aufstand und Lena und Carlos in die Küche führte. Sie war sauber, ordentlich und gepflegt wie auch der Rest der Wohnung.

«Möchten Sie Kaffee? Oder Tee?», fragte Lucas.

Carlos schüttelte den Kopf. «Nein danke.»

«Ich würde eine Tasse Tee nehmen», antwortete Lena, zog einen der Stühle heran und setzte sich. Lucas füllte den Wasserkocher. Carlos nahm neben Lena Platz und warf einen Blick auf das Grün vor dem Fenster. Zwei so junge Menschen. Die das ganze Leben noch vor sich hatten. Die Situation war deprimierend.

«Wie gesagt, Emanuel kämpfte. Mit allem. Aber in erster Linie mit sich selbst. Seinem geringen Selbstvertrauen», fuhr Lucas fort, öffnete einen der Schränke über der Spüle und stellte eine Tasse auf den Tisch. «Aber er hat den ganzen Weg bis zur Disputation geschafft. Dann fiel er durch, und seine ganze Welt brach zusammen. Schwarzen oder grünen Tee?»

«Gerne schwarzen. Danke», antwortete Lena abwartend, ein wenig verwirrt über den abrupten Themenwechsel und den alltäglichen Tonfall. Lucas holte zwei Schachteln hervor, Earl Grey und Söderblandning.

«Zur gleichen Zeit starb seine Mutter, dann kam die Pandemie, und wir hatten eine Krise, er und ich ... alles wurde immer hoffnungsloser. Vor zwei Jahren hat er dann keinen Ausweg mehr gesehen und versucht, sich zu erhängen. Das Seil riss, und er fiel herunter und brach sich bei dem Sturz den Rücken. Aber da war sein Gehirn durch den Sauerstoffmangel schon irreparabel geschädigt.»

«Und Sie kümmern sich seitdem um ihn?», fragte Carlos.

«Ich bekomme viel Unterstützung von einem Pflegedienst und von meiner Mutter.»

«Aber das muss trotzdem eine enorme Verantwortung sein?»

Lucas zuckte mit den Schultern, öffnete den Kühlschrank, nahm eine kleine Milchpackung heraus und stellte sie auf den Tisch.

«Emanuel ist der beste Mensch, den ich je gekannt habe. Keiner von uns hatte es leicht, aber wir waren füreinander da. Immer. Wir gegen den Rest der Welt, so haben wir uns gefühlt. Ich liebe ihn, ich kann ihn nicht einfach verlassen, weil er sich das angetan hat.»

Carlos musste kurz an sich und Eric denken. Wenn es einer von ihnen wäre, der so wie Emanuel vor sich hin vegetieren müsste, in einem Zimmer bei ihnen zu Hause. Was täte der andere? Die bittere Wahrheit war, dass Eric nicht wie Lucas wäre, da war sich Carlos ziemlich sicher. Er vielleicht, glaubte er, aber was wusste man schon. Es war schwer vorstellbar.

«Aber ja, es ist nicht das Leben geworden, was wir uns vor

fünf Jahren vorgestellt hatten», sagte Lucas, und zum ersten Mal wurde der sachliche Tonfall durch eine leise Trauer in seiner Stimme abgelöst. «Wir hatten große Pläne. Arbeit, Hochzeit, Kinder ...»

Carlos und Lena schwiegen. Was sollte man dazu sagen? Carlos beschloss, das Gespräch auf den eigentlichen Grund ihres Besuchs zu lenken.

«Sein Bruder, Adrian?»

«Ja, was ist mit ihm?»

«Was hatten die beiden für ein Verhältnis?»

«Der Suizidversuch hat ihn schwer getroffen», sagte Lucas und schüttelte den Kopf, als er daran zurückdachte. «Sehr schwer.»

«Standen sie sich nah?»

«Nein, eigentlich gar nicht», antwortete Lucas und goss heißes Wasser in Lenas Tasse. «Zucker?»

«Nein, danke.»

«Adrian konnte es nur schwer ertragen, dass Emanuel studierte und sich nicht damit zufriedengab, Schweine zu füttern und Petterson zu heißen, und als er dann auch noch erfuhr, dass es mich gab, dass wir beide zusammen waren, da ...»

Carlos nickte nur. Das kannte er nur zu gut. Anstrengende Familienbeziehungen nach dem Outing.

Konflikte. Distanzierung. Wut.

Sogar die Frage, ob er denn nichts dagegen unternehmen könnte.

«Aber nach dem Suizidversuch ist irgendetwas passiert», sagte Lucas, nahm Lena gegenüber Platz und riss Carlos aus seinen Gedanken. «Vielleicht hat Adrian sich schuldig gefühlt, weil er nicht für seinen Bruder da gewesen war, weil er ihn nicht unterstützt hatte. All diese harten Worte, seine

Homophobie, der ganze Ärger wegen des Geldes und des Hofes und ... So etwas kann man leicht bereuen.»

«Und was ist dann geschehen?»

«Ganz ehrlich? Ich glaube, dass er einen Knacks wegbekommen hat.»

«Wie meinen Sie das?»

«Verzeihung», sagte Lucas und richtete sich ein wenig auf. «Sie sind hier, um mit Emanuel zu sprechen, und jetzt erkundigen Sie sich nach Adrian ... darf ich fragen, worum es eigentlich genau geht?»

«Adrians Name ist im Rahmen einer Ermittlung aufgetaucht, und wir müssen ihn sprechen.»

Carlos hoffte, dass Lucas sich mit dieser Antwort zufriedengeben würde. Es schien so.

«Er wohnt in Bagarmossen. Im Svartbäcksvägen.»

«Das wissen wir. Da ist er nicht.»

«Wissen Sie, ob er eine Freundin oder irgendeinen Kumpel hat, bei dem er wohnen könnte?», fragte Lena, während sie immer wieder ihren Teebeutel ins Wasser tauchte und herauszog.

«Nicht, dass ich wüsste, aber ich habe Adrian auch nur über Emanuel getroffen, ich kenne ihn eigentlich nicht.» Neugierig wandte er sich wieder Carlos zu. «Sie haben gesagt, sein Name sei im Rahmen einer Ermittlung aufgetaucht, was für eine Ermittlung ist das denn?»

«Sie meinten gerade, er hätte einen Knacks wegbekommen», sagte Carlos und ignorierte die Frage. «Können Sie das näher erläutern?»

«Er besuchte Emanuel immer öfter im Krankenhaus und danach auch hier, bei uns. Aber er war ... instabil. Wütend. Am Ende musste ich ihn bitten, nicht mehr zu kommen. Er war so wütend. Auf alles.»

«Hat er jemals von einem Mann namens Sebastian Bergman gesprochen?», fragte Lena.

Lucas zuckte zusammen und sah sie erstaunt an. Dann schien ihm aufzugehen, in welchem Zusammenhang er den Namen gehört hatte. Er riss die Augen auf und schlug sich die Hand vor den Mund, als wollte er einen Schrei unterdrücken.

«Um Gottes willen ... um Gottes willen.»

Carlos und Lena schwiegen. Lena nippte an ihrem Tee. Sie warteten ab, zu welchem Schluss Lucas kommen würde.

«Bergman war damals dafür verantwortlich, dass Emanuel durchfiel. Das ist er, in den Nachrichten ... um Gottes willen. Glauben Sie, dass Adrian etwas damit zu tun hat?»

«Sein Name ist im Rahmen der Ermittlungen aufgetaucht», wiederholte Carlos, was im Grunde einem Ja gleichkam.

«Nein. Nein, das ist nicht möglich. So ist Adrian nicht. Ja, er war wahnsinnig zornig auf Bergman und hat ihm vorgeworfen, er hätte Emanuel umgebracht. Aber er war wütend, wie man das eben manchmal ist. Und dann sagt man solche Sachen, aber das sind nichts als Worte.»

«Was denn für Worte? Erinnern Sie sich?»

Lucas verstummte. Er dachte nach, und auf seiner Stirn zeigte sich eine Falte, die immer tiefer wurde, je mehr er einzusehen schien, was Adrian eigentlich gesagt hatte und was es bedeutete.

«Er sagte, dass er ihn hasse», brachte Lucas langsam hervor. «Dass er sich rächen würde. Für das, was Bergman seinem Bruder angetan habe ...»

Carlos schwieg. Eine nicht bestandene Doktorprüfung, Sebastian Bergman, der einen schlechten Tag gehabt hatte. Steckte das hinter all diesen grässlichen Taten? Hatten deshalb drei Menschen ihr Leben lassen müssen?

«Ich glaube, er hat ihn sogar kontaktiert», fuhr Lucas nachdenklich fort und sah die beiden Polizisten auf der anderen Seite des Tischs abwechselnd an.

«Adrian hat Sebastian Bergman kontaktiert?», fragte Lena.

«Das hat er gesagt. Und dass Sebastian sich nicht einmal mehr an Emanuel erinnerte. Er erkannte den Namen nicht wieder. Als hätte er gar keine Bedeutung gehabt.»

«Wann war das?»

«Kurz vor Weihnachten.»

Carlos sah Lena an und verstand, dass sie dasselbe dachten. Ein halbes Jahr Planung. So viel brauchte man, um das zu vollbringen, was Adrian getan hatte. Mindestens.

«Wann haben Sie zum letzten Mal von ihm gehört?»

«Das muss ungefähr zur selben Zeit gewesen sein. An Weihnachten.»

«Und Sie wissen nicht, wo er jetzt sein könnte?» Lena unternahm einen letzten Versuch, ohne mit einer anderen Antwort zu rechnen als der, die sie auch bekam.

«Keine Ahnung.»

Sie gaben Lucas ihre Visitenkarten und baten ihn, sich zu melden, falls ihm noch etwas einfiel. Dann bedankten sie sich für den Tee und verließen die Wohnung. Kein bisschen schlauer als vorher.

Sie waren wieder im Konferenzraum versammelt. Das übrig gebliebene kleine Quartett. Ursula, Carlos, Lena und Roger. Carlos hatte angenommen und gehofft, jetzt, da Vanja nicht da war, würde Ursula einen Schritt vortreten und das Team führen, aber sie zeigte keinerlei Interesse daran. Also leitete er die Besprechung und begann mit einer Zusammenfassung dessen, was sie erfahren hatten und was hinzugekommen war. Es ging ziemlich schnell.

Sie hatten ein Motiv. Aber viel mehr nicht.

Durch die Aussagen von Lucas, den Nachbarn und früheren Arbeitskollegen ergab sich ein stimmiges Bild von Adrian, aber nicht viel Neues. Ein Mann mit einigen Freunden, aber keinen sehr engen. Einer der Befragten hatte sogar die Bezeichnung «Bekannter» verwendet, um ihr Verhältnis zu charakterisieren. Kein ausgeprägtes soziales Leben, kein besonderes Engagement und keine Hobbys, die seine Zeit in Anspruch nahmen. Ein früherer Kollege hatte ausgesagt, Adrian hätte teilweise wenig Selbstvertrauen gehabt, vor allem, wenn es um neue Aufgaben oder Situationen ging. Er sei trotz allem nur ein Bauer, der das Gymnasium geschmissen habe, habe er dann gesagt. Sorgfältig und organisiert sei er jedoch gewesen. Gab es etwas, das ihn interessierte oder das er neu lernen musste, stürzte er sich mit beinahe grenzenlosem Eifer in die Recherche. Alles, was sie erfuhren, stimmte mit Sebastians letztem Täterprofil überein. Auch wenn Sebastian einem unendlich auf die Nerven gehen konnte, seinen Job beherrschte er.

Allerdings wusste keiner, mit dem sie gesprochen hatten, wo Adrian stecken könnte. Er war spurlos verschwunden.

Die Frage war allerdings, ob er seinen Plan jetzt zu Ende ausgeführt hatte. War Vanjas Mutter das letzte Opfer gewesen? Leider gab es dafür keine Anhaltspunkte. Am ersten Fundort hatte Adrian Sebastian dazu aufgefordert, den Fall zu lösen, was wohl im Prinzip heißen sollte, den Täter zu fassen. Das hatten sie bisher nicht getan. Also gab es keinen Grund zu der Annahme, dass er das Morden beenden würde. Ein beängstigender und frustrierender Gedanke. So viele potenzielle Opfer, obwohl sie den Fall gewissermaßen schon gelöst *hatten*, sie wussten, wer der Täter war, und kannten sein Motiv.

Fehlte nur die Verhaftung.

Dieses kleine Detail.

Ursula hatte ihr Team in der Wohnung von Vanjas Mutter zurückgelassen. Dort hatte es Anzeichen einer Auseinandersetzung gegeben, ein umgestürzter Stuhl, ein zertrümmerter Blumentopf und ein verrutschter Teppich wie nach einem Ringkampf. Hoffentlich würden sie in der Wohnung genügend technische Beweise für eine Verurteilung sichern können. Wenn sie ihn denn kriegten.

«Also, was machen wir?», fragte Lena. «Wie finden wir diesen Typen?»

«Was ist mit seinem Telefon und seiner EC- und Kreditkarte?», fragte Roger.

«Bisher keine Erkenntnisse. Das Handy ist ausgeschaltet oder zerstört worden, und laut der Bank wurden die Karten nicht benutzt», erklärte Carlos.

«Also, was machen wir?», wiederholte Lena.

Noch ehe jemand antworten konnte, klopfte es kurz an der Tür, bevor sie geöffnet wurde.

Rosmarie Fredriksson.

Noch mehr schlechte Nachrichten.

«Hier verstecken Sie sich also», sagte sie mit einem Lächeln, das vermutlich den Eindruck erwecken sollte, sie wäre eine von ihnen, wofür sie aber viel zu steif war.

«Hier arbeiten wir», erwiderte Ursula trocken.

Rosmarie lächelte erneut, diesmal noch steifer, zog einen Stuhl heran und setzte sich.

«Ja, und wie Sie verstehen werden, müssen wir genau darüber sprechen. Über Ihre Arbeit.» Sie beugte sich vor und sah nacheinander jeden von ihnen an, als wollte sie ihnen den Ernst der Lage durch Blickkontakt vermitteln. Als wüssten sie nicht selbst ...

«Wir sind in eine sehr tragische und komplizierte Situation geraten», begann sie und schüttelte den Kopf, um zu unterstreichen, *wie* tragisch und kompliziert die Situation war. «Eine Angehörige der Chefin der Reichsmordkommission wurde ermordet, von einem Täter, der sich explizit an eine Person richtet, die früher hier gearbeitet hat, und das auch noch unter zweifelhaften Bedingungen.» Wieder ließ sie ihren Blick vom einen zum anderen wandern. «Ich brauche Ihnen nicht zu erklären, wie kritisch die Lage ist.»

«Nein, das wissen wir, aber was bedeutet das rein praktisch?», fragte Ursula in einem Ton, der Rosmarie deutlich machen sollte, dass sie nicht um den heißen Brei herumreden sollte.

«Wenn die Geschichte mit Billy Rosén nicht gewesen wäre, hätten wir das vielleicht überstanden», betonte Rosmarie.

Wie Carlos wusste, herrschte unter den Kollegen die Auffassung, dass Rosmarie, wenn schon keine dumme Kuh, dann doch zumindest eine Person war, die keine Ahnung von und keinen Respekt vor den ihr unterstehenden Abteilungen hatte. Doch er musste zugeben, dass sie nicht unrecht hatte. Solange der *Mörderpolizist* immer noch in den Schlagzeilen war, würde die Reichsmordkommission nicht noch einen Skandal in der Presse überleben.

Verdammter Billy.

Rosmarie richtete sich auf und holte tief Luft. Jetzt würde er kommen. Der Schlag.

«Wir werden gewisse Veränderungen vornehmen. Vanja ist auf unbestimmte Zeit beurlaubt, und während ihrer Abwesenheit übernimmt Roger Hansson interimsweise die Leitung.»

Die Überraschung war groß. Und die Stille, die nun im Raum entstand, nahezu greifbar. Alle sahen zu Roger hinüber, der beinahe entschuldigend die Achseln zuckte. Er bewegte die Lippen zu einem stummen *Sorry*.

«Roger Hansson wird Chef der Reichsmordkommission?», fragte Ursula ungläubig, als hoffte sie, sie hätte da etwas missverstanden.

«Nein. Sie anderen wechseln in die Abteilung für Schwerverbrechen und gehen darin auf», antwortete Rosmarie würdevoll.

«Was bedeutet das?»

«Rein praktisch bedeutet das, dass Sie und Carlos, die als Einzige bei der Reichsmordkommission angestellt sind, versetzt werden. Die Personalabteilung wird sich bei Ihnen melden und alle Details mit Ihnen besprechen. Und das heißt auch», sagte sie, ohne Luft zu holen und den anderen eine Chance zu Protesten oder Fragen zu geben, «dass jede Zusammenarbeit mit Sebastian Bergman mit sofortiger Wirkung beendet ist. Er darf sich nicht länger in den Räumlichkeiten der Polizei aufhalten, es sei denn, Roger Hansson und ich fordern ihn dazu auf.»

«Ausgerechnet Roger», murmelte Ursula und sah erneut zu ihm hinüber, der immer noch sehr unangenehm berührt zu sein schien.

«Das war einzig und allein meine Idee», erwiderte Rosmarie auf Ursulas Kommentar. «Es ist eine schnelle, einfache Lösung für ein Problem, das Sie verursacht haben, nicht ich.»

Carlos dachte erneut, dass er ihre Überlegungen verstand. Billy, Sebastian, Vanjas Mutter, die Situation war unhaltbar. Das Steuer einem Mann wie Roger zu überlassen, der viele Jahre Erfahrung bei der Polizei vorweisen konnte, war keine dumme Idee. Roger war ein anonymes Arbeitstier – wenn auch ein wenig faul –, das nicht für Schlagzeilen oder Kontroversen sorgte. So konnte Rosmarie die Dinge zur Ruhe kommen lassen und den Ball eine Weile flach halten.

«Aber wir arbeiten an unserem Fall weiter?», fragte er. Er hatte zu viel Zeit investiert, sie hatten zu viel erlebt, um den Fall jetzt abzugeben. Adrian Petterson hinter Gitter zu bringen war fast zu einer Besessenheit für ihn geworden.

«Ja, aber bei den Schwerverbrechen und unter Rogers Leitung», bestätigte Rosmarie.

«Nur, damit ich es richtig verstehe», sagte Ursula mit unterdrücktem Zorn in der Stimme. «Die Reichsmordkommission gibt es nicht mehr?»

«Nein», antwortete Rosmarie und sah sie an. «Die Reichsmordkommission gibt es nicht mehr.»

Abigails Wohnung war das genaue Gegenteil der geräumigen, aber unpersönlichen Wohnung in der Queens Road. Auf den ersten Blick schienen Möbel, Lampen, Bilder, Regale und Nippes beinahe zufällig verteilt, ja verstreut worden zu sein, aber wenn man genauer hinsah, steckte doch ein System dahinter. Cathys Großmutter hamsterte nichts, aber sie warf auch nichts weg, was eine Bedeutung für sie hatte, eine Geschichte. Das große Appartement der Familie dagegen erzählte kein Wort über seine Bewohner, außer dass sie Geld hatten.

Abigail hatte ihre Enkelin zur Begrüßung so innig und mitfühlend umarmt, dass sie weinen musste. Cathy wurde bewusst, dass sie sich keine Zeit zum Trauern gelassen hatte. Auch wenn sich die Firma um das meiste kümmerte, war so viel Organisatorisches zu regeln gewesen, und dann hatte diese Sache mit Bergman alles verdrängt.

Aber jetzt trauerte sie. Und vermisste ihren Vater.

Sie waren in die gemütliche Küche gegangen, und Abigail hatte ihnen einen Tee gekocht. Lange blieben sie am Küchentisch sitzen. Erzählten, teilten Erinnerungen und weinten. Abigail bot erneut an, ihr bei den Vorbereitungen für die Beerdigung zu helfen, und diesmal nahm Cathy dankend an. Es war ein schönes Gefühl, nicht mehr mit allem allein zu sein.

«Warst du an Claires Grab?», fragte Abigail.

«Nein, ich war seit der Beerdigung nicht mehr da», gab Cathy zu.

Sie beschlossen, dorthin zu fahren. Abigail glaubte, es wäre gut für ihre Enkelin, sich mit dem Ort vertraut zu machen, ehe es sozusagen ernst wurde. Deshalb stiegen sie in ihren alten Dacia Duster und fuhren in Richtung Friedhof. Durch die Stadt, in der Cathy leben wollte, obwohl sie immer noch damit kämpfte, sie als ihr zu Hause anzusehen. Oder mochte sie doch nicht hier leben? Sie wusste es nicht.

Sie hatte keine Ahnung, was passieren würde, wenn sie ihren Vater beerdigt hatte. Vielleicht würde sie doch wie ursprünglich geplant in Yale studieren. Amerikanerin werden. Jedenfalls eine Zeit lang. Bisher war sie nirgendwo richtig angekommen und hatte nie Wurzeln geschlagen, vielleicht konnte sie also auch einfach so weitermachen.

Abigail parkte vor den geöffneten riesigen Eisentoren, und sie stiegen aus. Cathy knöpfte ihre Jacke zu. Der Winter stand wirklich vor der Tür, das Thermometer kletterte nur mit Mühe über zehn Grad.

Seite an Seite wanderten sie zwischen den Gräbern entlang. Die meisten machten einen fast anonymen Eindruck, mit niedrigen Steinen am Ende eines glänzenden Marmorblocks, dazwischen standen mehrere Meter hohe Marmorkreuze, Obelisken und riesige steinerne Engel. Vor einer der blank polierten Marmorscheiben blieben sie stehen. *Claire Cunningham *1968 †2019*, stand auf dem Grabstein. Darunter war ein glattes Viereck für einen weiteren Namen frei geblieben. Den Namen von Cathys Vater. In zwei Vasen neben dem Stein standen Blumen.

«Ich versuche, wenigstens ein paarmal im Monat herzukommen», erklärte Abigail und zupfte einige vertrocknete braune Blätter ab. Cathy konnte sich nicht vorstellen, wie Abigail sich fühlte. Es war schlimm genug, seine Eltern zu beerdigen, aber sein einziges Kind ...

«Es ist schön hier», sagte Cathy und blickte auf das üppige Grün, hinter dem die Wolkenkratzer der Stadt in der Ferne aufragten.

«Ja, das ist es», stimmte Abigail zu.

Sie standen schweigend da und betrachteten den Stein, unter dem ihre Mutter und Tochter ruhte. Eine passendere Gelegenheit als diese würde es nie geben, dachte Cathy, deshalb konnte sie ihre Frage genauso gut gleich stellen und das Gespräch hinter sich bringen. Sie holte tief Luft.

«Ich muss etwas mehr über die Zeit nach Thailand wissen», begann sie zögernd. Abigail sah sie fragend an.

«Und warum?»

Cathy zögerte. Früher oder später musste sie es erzählen, vor allem, wenn sie irgendetwas erfahren würde, weswegen sie Tims Lügen und Bergmans Behauptungen nicht mehr würde abtun können. Aber nicht jetzt. Später.

«Das ist eine sehr lange Geschichte», sagte sie also nur. «Aber wir haben uns danach sechs Jahre lang nicht gesehen?»

«Nein.»

«Warum?»

«Um ehrlich zu sein, weiß ich es nicht», entgegnete Abigail mit einem Anflug von Trauer in der Stimme. «Tim war ja immer im Ausland, aber es war trotzdem ... speziell.»

«Inwiefern?»

«Ihr wart nicht einfach nur nicht hier. Ich habe dich nicht gesehen. Buchstäblich. Sechs Jahre lang.» Sie schüttelte den Kopf, als wollte sie sich von der Erinnerung befreien. «Keine Fotos, keine Videotelefonate, nichts. Es war so, als gäbe es dich gar nicht.»

Cathys Gedanken überschlugen sich, sie konnte es nicht verhindern. Sechs Jahre. Im Laufe von sechs Jahren verändert sich ein Kind sehr. Vielleicht hätte man sie nach einer so langen Zeit gar nicht wiedererkannt.

«Unsere Beziehung war schon immer kompliziert, es war immer ein Balanceakt», fuhr Abigail fort, die Cathys Schweigen anscheinend als Aufforderung verstanden hatte, mehr zu erzählen. «Ich bin davon ausgegangen, dass ich Claire mit irgendetwas vor den Kopf gestoßen hatte und sie mich bestrafte, indem ich meine einzige Enkelin nicht sehen durfte.»

«Was sollte das gewesen sein?», fragte Cathy aufrichtig interessiert. Ihre Mutter hatte stets sehr entschieden ihre Meinung vertreten und kein Problem damit gehabt, Leute aus ihrem Leben zu verbannen, wenn sie meinte, sie hätten es verdient. Vielleicht gab es also eine natürliche Erklärung für alles. Und dass Claire ganz einfach nur Claire gewesen war.

«Ich weiß es nicht. Deine Mutter fühlte sich so leicht auf den Schlips getreten. Oft wusste ich gar nicht, was der Auslöser war.»

Cathy nickte vor sich hin und fingerte unbewusst an dem kleinen Schmetterlingsring an der Kette um ihren Hals herum. Zu ihrer Verwunderung setzte Abigail sich auf den Marmorblock, holte eine Schachtel Zigaretten hervor und bot Cathy eine an.

«Nein, danke», sagte sie und setzte sich neben ihre Großmutter, die genussvoll den weißen Rauch ausblies. «Ich wusste gar nicht, dass du rauchst.»

«Tue ich auch nicht», erwiderte Abigail mit einem Lächeln. «Ein Päckchen hält mehrere Monate.» Sie nahm noch einen Zug, ehe sie weitersprach. «Dumm von mir, ich weiß, wenn die eigene Tochter an Krebs gestorben ist.»

Cathy schwieg. Sie hatte Claires Tod nicht einmal mit dem Rauchen in Verbindung gebracht. Ihre Mutter war nicht an Lungenkrebs gestorben. Und es gab sicher nichts zum Thema Gesundheitsvorsorge zu sagen, was ihre Großmutter nicht schon längst bedacht hatte.

«Weißt du, was ich jetzt gerne hören würde?», fragte Abigail und blies den Rauch aus, während sie den Blick in die Ferne richtete. «Eine sehr lange Geschichte.»

Cathy verstand sofort, was sie meinte: Warum interessierte sie sich so für die Zeit nach Thailand? Warum fragte sie nach Ereignissen, die so weit zurücklagen?

«Es ist verrückt», sagte Cathy und ihr war klar, dass es noch viel verrückter klingen würde, wenn sie ihre Gedanken aussprach.

«Jetzt will ich es erst recht wissen.»

«Es ist richtig verrückt, es ist ...» Sie beendete den Satz nicht, kein Wort reichte dafür aus. Also holte sie erneut Luft, und dann erzählte sie. Sie begann in Italien. Wie wichtig es für Tim gewesen war, nach Schweden zu ziehen. Einen Psychologen zu treffen, der Sebastian Bergman hieß. Dass sie sich unbedingt zu dritt sehen sollten. Wie sie diesen Bergman nach Tims Tod aufgesucht und von all den Lügen erfahren hatte, aber auch von seiner Theorie, dass irgendetwas in Thailand passiert sei, und wie seine letzten Worte vor ihrer Abreise lauteten, Worte, die sie nicht mehr losließen. *Ich glaube, Tim und Claire waren nicht Ihre leiblichen Eltern.*

Dann verstummte sie und wandte sich zu Abigail, die ihre Zigarette ausgedrückt und zugehört hatte, den Blick noch immer weit in die Ferne gerichtet.

«Ja...», sagte sie schließlich langsam und nachdenklich. «Das ist verrückt.»

«Habe ich doch gesagt.»

Jetzt sah Abigail sie direkt an. Aus ihren Augen sprach eine große Zärtlichkeit, als sie Cathys Blick erwiderte.

«Glaubst du, du bist ... eine andere?»

«Nein!», sagte Cathy mit Nachdruck. «Nein, das glaube ich nicht.»

«Dein Vater ist gestorben. Ihr standet euch sehr nah, und jetzt hast du erfahren, dass er sich untypisch verhalten hat.»

«Und das ist noch vorsichtig ausgedrückt», warf Cathy ein.

«In so einem Moment kann man leicht zurückdenken und zu zweifeln beginnen. An allem.» Abigail legte behutsam ihre Hände auf Cathys und blickte sie weiterhin liebevoll an. «Die Beerdigung und alles drum herum. Und all das, was danach kommt. Das wird schon schwierig genug. Also, wenn du so viel darüber nachdenkst, würde ich vorschlagen, dass du dir Klarheit verschaffst.»

«Und was?»

«Das klingt vielleicht auch verrückt», sagte Abigail. «Aber lass einen DNA-Test machen. Nimm mich als Referenz. Räum deine Fragen aus der Welt.»

ACHT TAGE SPÄTER

Räum deine Fragen aus der Welt.

Cathy klangen die Worte noch im Ohr, und sie erinnerte sich, wie sich ein Gefühl der Erleichterung in ihrem Körper ausgebreitet hatte. So einfach im Grunde. Nur ein Test, und die Sache wäre erledigt. Sie würde zwar nie erfahren, warum ihr Vater Bergman aufgesucht und warum er gelogen hatte, aber das brauchte sie auch nicht. Hingegen würde sie das Einzige herausfinden, was sie wirklich wissen musste.

Das war vor acht Tagen gewesen.

Fünf Tage später hatte sie das Ergebnis erhalten.

Die DNA-Profile stimmten nicht ansatzweise überein. Sie konnte unmöglich Claire Cunninghams Tochter sein, weshalb die Wahrscheinlichkeit, dass Tim ihr Vater war, vermutlich auch nicht besonders groß war.

Ihre Welt war noch einmal zusammengebrochen.

Einen Tag und eine Nacht lang hatte sie nur auf dem Designersofa zusammengekauert dagesessen, die Antwort des Labors neben sich auf dem Couchtisch. Sie war außerstande gewesen, irgendetwas zu unternehmen, und hatte keinen zusammenhängenden Gedanken fassen können.

Sie verstand, was sie gelesen hatte, und begriff es doch nicht.

Verstand die Bedeutung und erfasste sie doch nicht.

Es hatte also wirklich eine Lebenslüge gegeben. Und sie selbst, sie war diese Lüge gewesen. Cathy Cunningham war tot, in den Wassermassen ertrunken oder unter Trümmern begraben. Und sie war gefunden worden und hatte ihren Platz eingenommen.

Ein Betrug. Eine bewusste Täuschung.

Sie war gezwungen gewesen, ein Leben zu leben, das nicht das ihre war. Während ein anderes Paar vielleicht gezwungen gewesen war, den Tod seines Kindes zu verkraften. Und trotzdem weiterzuleben. So wie sie. Aber weit von ihr entfernt. Das war zugleich tragisch, unbegreifbar und unverzeihlich. Zwischendurch empfand sie einen so glühenden Hass auf ihre «Eltern», dass sie fürchtete, daran zugrunde zu gehen, nur um im nächsten Moment schluchzend das Zierkissen an sich zu drücken.

Dann hatte sie plötzlich genug. Sie wusste selbst nicht, wie sie sich wieder aufraffen konnte, aber sie musste etwas unternehmen. Sie erhob sich vom Sofa, buchte ein Ticket zurück nach Stockholm, und fünf Stunden später saß sie erneut im Flugzeug.

Jetzt stand sie ganz benommen von Schlafmangel, Hunger und Jetlag in der Grev Magnigatan und starrte auf den gegenüberliegenden Hauseingang. Doch sie hatte keinen Plan, sondern war mehr vor etwas davongereist als zu etwas hin. Instinktiv hatte sie gespürt, dass sie Melbourne verlassen musste, und jetzt war sie hier, aber was passierte jetzt? Nichts, wenn sie nicht mit Sebastian Bergman sprach. Also, worauf wartete sie noch?

Sie überquerte die Straße, gab den Türcode ein, den sie noch von ihrem letzten Besuch kannte, und ging ins Haus. Zwei Treppenstufen auf einmal nehmend, erreichte sie den dritten Stock und zögerte kurz. Sie wusste, was sie sagen wollte, denn sie musste Bergman von nichts überzeugen, schließlich hatte er die Theorie aufgebracht. Also, warum schob sie es hinaus? Weil es dann endgültig war. Wenn sie an der Tür klingelte und mit Bergman redete, gab es kein Zurück mehr. Dann müsste sie diesen Weg bis zum Ende gehen.

Sie klingelte an der Tür.

Es erklang ein leises Schrillen in der Wohnung, doch sonst war nichts zu hören. Die Tür blieb geschlossen. Sie klingelte erneut und schreckte vor Überraschung fast zusammen, als die Tür plötzlich von einer Frau geöffnet wurde, die vielleicht Mitte fünfzig war, vielleicht auch älter. Sie hatte rotblondes Haar, dem ein Friseurbesuch gutgetan hätte, und grüne Augen, das linke mit einem braunen Fleck in der Iris, wodurch es so wirkte, als würde die Pupille auslaufen.

«Ja?», fragte die Frau und ließ in diesem einen Wort unmissverständlich durchklingen, wie wenig sie den Besuch zu schätzen wusste.

«Hallo, ich heiße Cathy Cunningham», sagte Cathy und lächelte die Frau warmherzig an. Sie sprach langsam und deutlich. Ihrer Erfahrung nach verstanden fast alle Schweden Englisch, aber sie wollte kein Risiko eingehen. Irgendetwas am Blick dieser Frau vermittelte ihr ein seltsames Gefühl. «Ist Sebastian Bergman zu Hause?»

«Nein.»

«Wissen Sie, wann er zurückkommt?»

«Nein. Wieso?»

«Ich muss mit ihm sprechen.»

«Worüber?»

«Das ist ... kompliziert. Ich würde es gern mit ihm persönlich klären.»

«Ich heiße Ellinor, ich bin seine Freundin. Sie können gern hereinkommen und hier auf ihn warten.»

Jetzt lächelte die Frau, und ihre Gesichtszüge wurden weicher, aber Cathy erinnerte sich plötzlich an die Gedichtzeile *Komm in meine Stube, sagte die Spinne zur Fliege* und wich einen Schritt zurück, während sie das Lächeln erwiderte.

«Nein, danke, aber ich komme ein anderes Mal wieder. Vielleicht können Sie ihm ausrichten, dass ich da war?»

«Ja, natürlich.»

«Ich wohne im Hotel Diplomat, unten am Wasser», ergänzte sie und zeigte in die Richtung, in der sie die Nybroviken vermutete. «Er kann gerne vorbeikommen.»

«Das sage ich ihm», antwortete Ellinor, schloss die Tür und legte sofort das Auge an den Spion. Sie sah, wie sich die junge Frau auf dem Treppenabsatz mit fragender Miene noch einmal umsah, ehe sie die Treppen hinabzusteigen begann. Ellinor blickte ihr nach, bis sie nicht mehr zu sehen war, und ging wieder in die Wohnung.

Also war sie wieder da. Diese junge Frau. Ellinor hatte immer noch nicht herausgefunden, in welchem Verhältnis sie zu Sebastian stand.

Doch wenn die Frau ihm von der eigenen Freundin eine Einladung ins Hotel überbringen ließ, deutete das darauf hin, dass sie eine ziemlich kaltschnäuzige Schlampe war.

Ellinor war wohl gezwungen, etwas in dieser Angelegenheit zu unternehmen.

Als sie an ihrem Handy auf dem Küchentisch vorbeiging, ergriff sie es und warf reflexartig einen Blick auf das Display. Das tat sie alle drei Minuten, seit sie angefangen hatte, ihn zu tracken. Sebastian war auf Riddarholmen. Wahrscheinlich arbeitete er. Soweit sie den Ermittlungsunterlagen entnehmen konnte, die er mit nach Hause genommen hatte, jagte er wieder einen Serienmörder. Genau wie damals, als sie sich zum ersten Mal trafen. Dies hatte etwas zu bedeuten. Es war ein Wink des Schicksals, dass er an einem ähnlichen

Fall arbeitete, jetzt, wo sie sich bald wiedersehen würden. Erneut blickte sie auf das Display. Ihr Liebster hatte sich nicht bewegt.

Nachdem er vor einigen Tagen mittags in die Wohnung gestürmt war und sie sich unter dem Bett hatte verstecken müssen, hatte sie im Kaufhaus nach dem kleinsten und dünnsten GPS-Tracker gesucht, den sie finden konnte, und es geschafft, gleich zwei davon zu stehlen. Jetzt steckten sie in den Kleidungsstücken, die Sebastian am häufigsten trug. Bisher hatte er stets einen davon unbemerkt mit dabeigehabt.

Heute ebenso.

Er war auf Riddarholmen und rettete wahrscheinlich gerade wieder die Welt.

Ellinor legte das Handy wieder hin. So konnte es nicht weitergehen. Sie liebte es, sich in der Wohnung aufzuhalten und ein bisschen Ordnung zu schaffen, sich zu kümmern, seinen Duft einzuatmen. Aber sie wollte mehr. Wollte ihn berühren, ihn umschlingen, die Abende und Wochenenden mit ihm verbringen, Museen und Theater besuchen, gut essen und Gespräche führen. Bald würde es so weit sein.

Aber vorher war sie gezwungen, etwas gegen dieses Flittchen zu unternehmen, das hier ständig auftauchte. Danach stand ihrem Glück nichts mehr im Weg.

Er kannte jeden Winkel dieser sieben Quadratmeter. Das harte weiße Bett, das anonyme Bücherregal aus Holz über dem Kopfende an der Wand, der Schreibtisch unter dem vergitterten Fenster, ein kleiner Fernseher, der am Fußende des Bettes von der Decke hing, und an der anderen Schmalseite des Raums eine Toilette und ein Waschbecken. Das war sie, die Zelle, die in den letzten sechs Wochen sein Zuhause gewesen war und es auch auf absehbare Zeit bleiben würde, wenn es nach den anderen ging.

Am Vortag hatte es wieder eine Haftprüfung gegeben. Sein ziemlich unfähiger Anwalt und er in dem anonymen Besprechungsraum, der Staatsanwalt und der Richter auf einem Bildschirm. Es war eine schnelle Sache gewesen, mit dem erwarteten Ausgang. Billy Roséns Untersuchungshaft sollte um weitere zwei Wochen verlängert werden. Und so würde es wohl weitergehen, alle vierzehn Tage, bis das Prozessdatum feststand. Wo er dann erneut die Verbrechen gestehen sollte, die er bereits in den Befragungen gestanden hatte, und zu lebenslanger Haft verurteilt werden würde. Alle wussten, dass die Zukunft keine größeren Überraschungen für ihn bereithielt. Sein Weg war mittlerweile vorgezeichnet, er hatte das Spiel verloren. Nun war er der ehemalige Polizist, der gemordet hatte, jetzt aber reuevoll, demütig und zurückhaltend war, ein umgänglicher Mann, der sich vorbildlich verhielt. Mit ihm konnte man routiniert umgehen.

Billy saß im Schneidersitz mit dem Rücken zur Tür auf

dem einfachen Bett in seiner Zelle und arbeitete konzentriert, während er an die Ereignisse des heutigen Vormittags zurückdachte.

Sie waren wie immer um acht Uhr geweckt worden. Er hatte sich angezogen – seine private Kleidung, in der er sich wohler fühlte als in den Anstaltsklamotten – und gefrühstückt. Um zehn Uhr war er in den Fitnessraum gegangen und hatte eine Stunde lang trainiert. Er freute sich nie darauf, und Spaß machte es ihm auch nicht, aber er wollte in Form bleiben. Als er gerade auf das Ergometer gestiegen war, kam einer der Wärter und sagte, er habe Besuch.

Im Besucherraum hatte er Sebastian erwartet. Sonst besuchte ihn schlicht und ergreifend niemand. Doch vor lauter Verwunderung blieb er in der Tür stehen. Auf dem einfachen Plastikstuhl saß My, die Hände vor sich auf dem Tisch gefaltet. Sie trug eine geblümte Bluse, die bis oben hin zugeknöpft war, und einen cremefarbenen Reif, der ihr langes Haar zurückhielt. Ihr Make-up war diskret, und er glaubte, den Duft ihres Parfüms wiederzuerkennen. Sie wirkte gefasst, ein wenig schmaler und bleicher, als er es in Erinnerung hatte, aber sie war schön. Kaum dass er sie sah, spürte er, wie sehr er sie vermisst hatte. Er vergaß sich für einen Moment und machte einige schnelle Schritte auf sie zu, hielt jedoch inne, als sie mit erschrockenem Blick zurückwich und der uniformierte Wachmann schräg hinter ihr von seinem Stuhl aufsprang. Keine Berührung. Das wusste er ja. Er machte eine entschuldigende Geste und setzte sich seiner Frau gegenüber. Sie wirkte sehr befangen und konnte ihn kaum ansehen.

«Ich freue mich so, dich zu sehen», sagte er und musste den Impuls unterdrücken, ihr seine Hände entgegenzustrecken.

«Das wirst du bald nicht mehr tun», antwortete sie leise, noch immer mit gesenktem Blick.

«Wie geht es den Jungen? Wie geht es dir?», fuhr Billy fort und ignorierte ihren Kommentar. Ihm war klar, dass sie ihn nicht aus Höflichkeit besuchte, aber er wollte das Unausweichliche, Unschöne, so lange hinauszögern, wie es nur ging. My hob den Kopf und sah ihn an. Ihr Blick war finster und eindringlich. Er bemerkte, wie sie schluckte, wusste jedoch nicht, ob vor Wut oder ob ihr die Tränen kamen.

«Mir geht es nicht gut», antwortete sie gefasst. «Mir geht es überhaupt nicht gut, und ich weiß auch nicht, wie es je wieder gut werden soll.»

«Es tut mir leid, das weißt du.»

«Das hilft mir aber nicht besonders.»

«Ich liebe dich und die Jungen», beteuerte er und meinte es von ganzem Herzen. «Ich wollte euch nie wehtun.»

Er hörte selbst, wie platt das klang, als wäre er ein Protagonist in einer Krimiserie, deren Drehbuchautor nicht genug Talent oder Fantasie hatte, um sich etwas Originelleres einfallen zu lassen. Aber es war die Wahrheit. Er liebte sie und hatte sie nie verletzten wollen.

«Hast du aber», stellte My fest.

Sie hatte recht. Natürlich. Mehr gab es zu dem Thema nicht zu sagen. Daran konnte er nichts ändern.

«Wie geht es den Jungen?», fragte er erneut.

«Gut, glaube ich. Sie wohnen bei meiner Mutter.»

«Ja, das hat Sebastian gesagt. Hast du Fotos von ihnen?»

«Nein.»

Billy war sicher, dass sie log. Welche frischgebackene Mutter hatte keine Bilder ihrer Kinder auf dem Handy? Eine, die ihre Kinder hasste, vielleicht. Die vergessen wollte, dass sie überhaupt Kinder hatte. My richtete sich auf dem Stuhl auf und verschränkte die Arme vor der Brust, als wollte sie sich schützen, und er verstand, dass sie jetzt beim eigentlichen Grund ihres Besuchs angekommen waren. Instinktiv wusste er, dass dieser ihm nicht gefallen würde. Ganz und gar nicht.

«Du hast Kontakt zu Sebastian.»

Keine Frage, sondern eine Feststellung.

«Ja, aber der letzte ist schon eine Weile her.»

«Dann weißt du ja, dass ich vorhabe, die Jungen zur Adoption freizugeben», erwiderte My.

«Dazu wird es nicht kommen.»

«Ich möchte sie nicht haben, und du wirst für den Rest deines Lebens im Gefängnis sitzen.»

«Dazu wird es nicht kommen», wiederholte er ruhig, aber nachdrücklich. My nickte nur, als hätte sie schon geahnt, dass dieses Gespräch so verlaufen würde. Sie stand auf und schien zu überlegen, wie sie fortfahren sollte. Billy folgte ihr mit dem Blick, als sie sich an die graugelbe Wand lehnte und erneut die Arme vor der Brust verschränkte.

«Ich möchte mich scheiden lassen.»

«Das habe ich geahnt.»

«Ich habe vor, das alleinige Sorgerecht zu beantragen.»

«Auch das habe ich geahnt, aber es wird deine Probleme nicht lösen», entgegnete er sachlich. «Ich werde immer noch das Recht haben, die Kinder zu sehen.»

«Du bist ein Serienmörder.»

«Das spielt keine Rolle, und dir oder den Jungen gegenüber war ich nie gewalttätig.»

«Du hast die Kinder noch nie gesehen.»

«Das wird sich ändern.»

My verstummte, blieb an die Wand gelehnt stehen und schüttelte ungläubig den Kopf. Es wirkte fast so, als hätte jemand die Luft aus ihr herausgelassen. Langsam ging sie wieder zu ihrem Stuhl zurück und sank kraftlos darauf. Dann schwiegen sie beide. Als My ihn erneut ansah, hatte sie Tränen in den Augen.

«Kannst du dich nicht einfach darauf einlassen? Mir eine Chance geben, das alte Leben hinter mir zu lassen? Hast du nicht schon genug angerichtet?»

«Ich bin mit allem einverstanden, My. Das meine ich ernst. Mit allem, was auch immer, doch meine Kinder gebe ich nicht her.»

«Aber wenn du uns wirklich liebst, wenn du mich liebst, wie du es behauptest, dann tust du es.»

«Ich kann nicht.»

«Warum nicht?»

Billy holte tief Luft und beugte sich vor. Diesmal streckte er seine Hände über den Tisch, obwohl er sicher war, dass My sie nicht ergreifen würde.

«Was bleibt mir denn sonst noch im Leben? Ich habe alles zerstört. Keine Frau, keine Familie, keine Freunde. Aber ich habe meine Söhne.»

«Die dich nie kennenlernen werden.»

«Das kann ich nicht akzeptieren.» Er schüttelte den Kopf. «Wenn ich das annehme, gehe ich zugrunde.»

«So ist es aber.»

«Ich weiß, dass ich etwas Unverzeihliches getan habe», sagte er langsam und sachlich. Seinen Gefühlen freien Lauf zu lassen, die Geduld zu verlieren oder wütend auf sie zu werden, wäre jetzt kontraproduktiv. Er musste My dazu bringen, ihn zu verstehen. «Aber ich hoffe, dass ich eines Tages eine Beziehung zu den Jungen aufbauen kann, gerade deshalb, weil sie mich noch nie getroffen haben, mich nicht kennen und nicht wissen, was ich getan habe.»

«Ich habe aber vor, es ihnen zu erzählen.»

«Das ist dann doch nur eine Geschichte, es sind Worte, zu denen sie keine gefühlsmäßige Verbindung haben. Sie können mich kennenlernen als den, der ich jetzt bin. Sie können mich lieben.»

Erneut legte sich Schweigen über den anonymen Besucherraum.

Billy sah, wie My seine Erklärung verarbeitete, aber ihr Gesichtsausdruck verriet nicht, was sie darüber dachte. Dann schaute sie ihn an, und er spürte einen Funken Hoffnung. In ihrem Blick lag Mitleid. Jetzt war er sich sicher. Er hatte sie erreicht.

«Du bist wirklich vollkommen durchgeknallt», sagte sie schließlich und stand auf. Kurz vor der Tür wandte sie sich noch einmal um.

«Du kennst mich, Billy. Du weißt, dass ich meine Vorhaben auch umsetze. Ich werde bis zuletzt dafür kämpfen, und ich werde gewinnen.»

Mit diesen Worten gab sie dem Wärter einen Wink, verließ den Raum und nahm sein letztes bisschen Hoffnung mit.

Ja, es war ein ereignisreicher Vormittag gewesen. *Nützlich für mich*, dachte er, während er dort im Schneidersitz auf dem Bett saß. Mit beschäftigten Händen. Nach Mys Besuch war er wieder in seine Zelle zurückgegangen und hatte sein Mittagessen kaum angerührt, und als es Zeit für den Hofgang gewesen war, hatte er ganz langsam eine Runde nach der anderen gedreht, in Gedanken versunken. My hatte recht. Meistens bekam sie, was sie wollte. Sie besaß einen Tatendrang, wie er ihn sonst von keinem anderen Menschen kannte, nicht einmal Vanja kam an sie heran. Ihm hatte diese Eigenschaft an My stets gefallen, dass sie mit ihrem

Leben zufrieden war und sich trotzdem nie mit dem Vorhandenen zufriedengab. Sie wollte nicht, dass sie stehen blieben, stagnierten, sich nicht weiterentwickelten. Es gab so vieles, was er an ihr gemocht hatte, so vieles, wofür er ihr dankbar sein musste.

Auf dem Weg vom Hof zurück in die Zelle hatte der Wärter ihn an den Arztbesuch am Nachmittag erinnert. Billy hatte kaum zugehört, seine Gedanken, die nach Mys Besuch in Aufruhr gewesen waren, hatten sich mittlerweile geordnet. Er war zu einem Schluss gekommen. Sie hatte einen Fehler begangen, indem sie ihm das Einzige genommen hatte, was ihn noch am Leben hielt.

Die Hoffnung.

Menschen, die ihre Hoffnung verloren, hörten auf, lebendig zu sein, selbst wenn sie noch viele Jahre lebten, das hatte er irgendwo einmal gelesen. Jetzt konnte er diese Aussage nachvollziehen. Er verstand den Unterschied. Doch er musste lebendig sein. Nur zu leben, reichte ihm nicht. Vor allem wusste er besser als die meisten anderen, was es wirklich hieß, lebendig zu sein. Er erinnerte sich immer noch vage an seine Empfindung, wenn er seinen Opfern im Moment ihres Todes in die Augen geblickt hatte. Diese berauschende Macht. Diese überwältigenden Gefühle, die er auf keine andere Weise bekam.

Langsam ging er wieder in seine Zelle. Er durfte seine Tür nicht schließen, beobachtete aber genau, was draußen auf dem Flur vor sich ging, während er den kleinen 16-Zoll-Fernseher so weit wie möglich zur Wand drehte, um ihn zu untersuchen. Es gelang ihm, die Rückwand zu lösen. Als er das Teil aus dem Inneren des Fernsehers herausgenommen hatte, was er zu brauchen glaubte, setzte er sich wieder mit dem Rücken zur Tür und zog die Beine hoch.

My hatte nicht nur einen Fehler begangen, sondern zwei.
Sie hatte die Schlange geweckt.

Die ersten Tage in den Räumen der Abteilung für Schwerverbrechen waren seltsam gewesen. Dort gab es keine offene Bürolandschaft wie jene, die Torkel seinerzeit durchgesetzt hatte. Alle hockten in ihren eigenen kleinen Büros, was Carlos nicht gefiel. Er mochte das Gefühl der Zusammengehörigkeit, das entstand, wenn man im selben Raum arbeitete, den informellen Austausch, die ungezwungene Gemeinschaft. Ganz zu schweigen davon, wie einfach es war, eine Frage in den Raum zu werfen und eine Antwort zu bekommen. Jetzt saß er die meiste Zeit allein vor seinen Bildschirmen und schrieb den Kollegen E-Mails und SMS. Er hatte das Gefühl, das ginge schneller, als wenn er jedes Mal aufstand und bei den anderen anklopfte, um eine Idee zu diskutieren oder eine Angabe zu überprüfen. Und wenn die betreffende Person gar nicht in ihrem Büro war, ging die wilde Suche auf den Fluren los.

Ursula war die Situation schon nach einem Tag leid gewesen und verbrachte immer mehr Zeit unten bei den Kriminaltechnikern. Roger Hansson hatte sie in einem Einzelgespräch davon überzeugen können, dass er in keiner Weise daran beteiligt gewesen war, die Reichsmordkommission abzuschaffen.

Er wollte dort arbeiten, hatte es immer schon gewollt.

Aber leiten wollte er sie nie.

Auf die Personalverantwortung und die zusätzlichen Arbeitsaufgaben hätte er gut und gerne verzichten können. Schließlich räumte er ein, von Natur aus ein wenig faul zu sein, doch was Ursula dann wirklich überzeugte, war sein Eingeständnis, dass ihn ein möglicher Vergleich mit Torkel ängstigte – der in seinen Augen eine echte Polizeilegende war. Die größtmöglichen Fußstapfen, in die man treten konnte. Ursula hatte ihre Arbeit fortgesetzt und sich eingegliedert, doch die Gerüchte besagten, dass sie vorhatte, sich wegzubewerben, wenn dieser Fall abgeschlossen war.

Auch Carlos vermisste die Reichsmordkommission. Die alte Reichsmordkommission.

Aber vielleicht würden sie bald wieder zurück sein. Rosmaries Entscheidung, die Abteilung zu schließen, war durchaus kontrovers aufgenommen worden, wie er dem Flurfunk entnehmen konnte. Offenbar war die Meinung vorherrschend, dass Rosmarie überreagiert hatte. Einige sahen die Chance gekommen, sie endlich zu entthronen. Trotz der Turbulenzen des letzten Jahres hatte die Reichsmordkommission eine starke Unterstützung innerhalb der Organisation. Was Torkel Höglund aufgebaut hatte, riss man nicht ohne Weiteres ein, und viele stießen sich daran, wie Rosmarie ihn verleumdet hatte.

Doch die interne Politik und die Intrigen waren das eine. Ihre wichtigste Aufgabe bestand hingegen nach wie vor darin, Adrian Petterson zu finden, und damit waren sie keinen Schritt weitergekommen. Er schien wie vom Erdboden verschluckt zu sein. Die Untersuchung von Annas Wohnung hatte lediglich ergeben, dass sie vermutlich dort ermordet und dann weggebracht worden war. Ein Nachbar hatte am späten Abend einen dumpfen Schlag gehört, und die Techniker hatten Fasern gefunden, die zu der Schlinge um ihren Hals passten. Daneben gab es massenweise DNA-Spuren, aber keine des Täters. Ihre Theorie war, dass Adrian in die Wohnung gelassen worden war und Anna zu Boden gerungen und erwürgt hatte. Neben dem umgestürzten Stuhl hatte man eine große Menge an Speichel gefunden.

Doch nichts, was die Ermittlungen voranbrachte.

Nichts, was Aufschluss über Adrian Pettersons Aufenthaltsort gab.

Ihre Arbeit verlief nicht so wie in einem Fernsehkrimi. Dort wurde bei der Spurensicherung immer irgendein Samen einer seltenen Pflanze gefunden, die nur an einem einzigen Ort auf der Welt wuchs, oder eine kleine Made, die genau zu der Metzgerei führte, in der der Verdächtige arbeitete. Ursulas Team hatte nichts dergleichen entdeckt. Dass es Adrian gelungen war, die Leiche nach Snösätra zu transportieren, deutete darauf hin, dass er Zugang zu einem neuen Auto besaß. Doch auch darüber hatten sie nichts herausfinden können. Der Ort, an dem sie den brauen Audi gefunden hatten, lag nur wenige Minuten Fußweg von Annas Wohnung entfernt, also hatte er sie vermutlich gerade ausgespäht, als er auf Carlos und Lena getroffen war. Sie wussten, dass er sorgfältig plante und organisiert war.

Eigentlich wussten sie eine ganze Menge über ihn.

Abgesehen davon, wo er war.

Roger war frustriert und lief herum wie eine Gewitterwolke. Immer wieder fragte er, ob sie auch wirklich nichts Neues herausgefunden hätten. Carlos konnte ihn verstehen. Er wusste noch, wie sehr Vanja unter Druck gestanden hatte, nachdem sie Torkels Nachfolgerin geworden war. Roger folgte auf beide. Und alle Blicke waren auf ihn gerichtet.

Carlos lehnte sich auf seinem Bürostuhl zurück und rieb sich die Augen, die müde waren von der Bildschirmarbeit. Was sollte er machen? Er konnte das ganze Material noch einmal durchgehen, um zu prüfen, ob er etwas übersehen hatte. Aber laut Einstein war es die Definition von Wahnsinn, immer wieder das Gleiche zu tun und andere Ergebnisse zu erwarten.

Er setzte sich auf und streckte sich nach dem Telefonhörer, zögerte dann aber kurz. Nun griff er wirklich nach jedem Strohhalm. Aber dort waren sie jetzt eben angekommen: auf Strohhalmniveau. Seufzend wählte er die Nummer und stellte den Lautsprecher an. Es klingelte mehrmals, dann hörte er Sebastians Stimme.

«Habt ihr ihn?»

«Nein, noch nicht.»

«Was macht ihr denn den ganzen Tag?»

«Wir finden ihn einfach nicht.»

«Dann legt verdammt noch mal einen Zahn zu, inzwischen ist mehr als eine Woche vergangen, er wird nicht ewig stillhalten», polterte Sebastian.

«Das wissen wir», entgegnete Carlos und seufzte erneut. Die Tatsache, dass es ihnen aller Wahrscheinlichkeit nicht gelingen würde, einen weiteren Mord zu verhindern, war kaum zu ertragen. Für Sebastian musste es allerdings noch schlimmer sein.

«Hast du etwas von Vanja gehört?», fragte der jetzt.

«Nein. Du?»

«Keinen Mucks.»

«Sie braucht ein bisschen Zeit ...»

«Ihr anscheinend auch.»

Plötzlich schallte ein alles übertönendes Geräusch aus dem Lautsprecher. Carlos verzog das Gesicht.

«Wo bist du denn?», fragte er. «Was ist das für ein Höllenlärm?»

«Das war ein Zug, ich gehe gerade über die Centralbron, ich war im Verlag.»

«Deshalb rufe ich eigentlich an ...»

«Um zu hören, wie ich mit meinem Buch vorankomme?»

«Nein, dein Buch geht mir am Arsch vorbei. Aber wir waren bei Emanuel Dolk, um mit ihm zu sprechen. Oder besser gesagt mit seinem Freund ...»

Carlos fasste schnell das Wichtigste von seinem Besuch bei Emanuel Dolk und Lucas Mattsson zusammen und endete mit dem Anruf von Adrian.

«Adrian Petterson hat bei mir angerufen?», fragte Sebastian, als wollte er sichergehen, dass er sich nicht verhört hatte.

«Ja, kurz vor Weihnachten. Er hat nach Emanuel gefragt. Erinnerst du dich daran?»

Eine Weile war es still im Hörer. Carlos glaubte, Sebastians Atem und die Stadt im Hintergrund zu hören.

«Ja, vielleicht. Irgendwer hat mich gefragt, ob ich mich an einen Emanuel erinnern könne, und als ich zurückfragte, an welchen denn, antwortete er bloß noch einmal Emanuel, deshalb habe ich gesagt, dass ich mich an keinen verdammten Emanuel erinnern kann, und aufgelegt. Wieso?»

Jetzt reagierte Carlos nicht sofort. Er bereute, angerufen zu haben. Seine Idee war einfach nur dämlich. Aber er musste es versuchen.

«Ich dachte, falls du dich an das Gespräch erinnerst ...» Carlos unterbrach sich, es kostete ihn Überwindung, den Satz zu beenden.

«Ja?»

«Hast du vielleicht irgendein Geräusch im Hintergrund gehört, dass uns dabei helfen könnte, seinen Aufenthaltsort zu bestimmen?»

Carlos kniff die Augen zusammen, er spürte, wie er rot wurde. Dies hatte er aus einem Micky-Maus-Detektivfall, den er als Kind in einem *Lustigen Taschenbuch* gelesen hatte. Das war unter seiner Würde. Er widerstand dem Impuls, aus lauter Scham einfach aufzulegen.

«Meinst du das ernst?», fragte Sebastian mit einem höhnischen Lachen. «Was ist denn mit dir passiert? War die Voraussetzung dafür, dass du bei den Schwerverbrechen arbeiten darfst, eine Hirnamputation?»

«Es war nur ein Gedanke», sagte Carlos leise.

«Dann denk noch mal neu. Denk besser. Ich habe getan, was ich konnte, und außerdem bin ich nicht mehr willkommen, deshalb müsst ihr euch jetzt endlich zusammenreißen.»

«Ja, das wissen wir.»

«Gut. Melde dich, wenn dir etwas Vernünftigeres eingefallen ist.»

Damit legte er auf. Carlos blieb sitzen und holte tief Luft. Sein Handy piepste. Er war sicher, dass Sebastian doch noch unbedingt irgendeinen gemeinen und herabwürdigenden Kommentar nachschieben wollte. Carlos griff nach dem Handy.

Es war eine Nachricht aus der Sicherheitsabteilung der Swedbank.

Rasch setzte sich Carlos auf.

Sie hatten Adrians Finanzen schon früh unter die Lupe genommen, um zu sehen, ob sie irgendetwas finden konnten, um ihn aufzuspüren. An Geld fehlte es ihm nicht. Vor drei Jahren waren mehrere Millionen aus dem Verkauf des Bauernhofs bei ihm eingegangen, doch seit er das Haus in Bagarmossen erworben hatte, war er sehr sparsam gewesen. Bis zum Mai, als er eine größere Summe abhob, um das Auto in Litauen in bar zu bezahlen. Anschließend hatte er noch mehrmals größere Beträge abgehoben, vermutlich, damit er genügend Bargeld hatte, sobald er begann, seinen Plan in die Tat umzusetzen. In der Woche bevor sie Susannes Leiche auf der Schweinefarm gefunden hatten, war die Karte dreimal benutzt worden. Adrian hatte Schutzhandschuhe aus Plastik, Isolierband und ein Seil in einem Baumarkt gekauft, zudem ein Set mit professionellen Schlachtermessern bei einem Jagdspezialisten sowie einen Schutzanzug aus einem Verkleidungsgeschäft, beides im Internet.

Seither war die Karte nicht mehr verwendet worden.

Bis jetzt.

Mit Adrian Pettersons Kreditkarte war soeben eine Einzelfahrt nach Tallinn mit der Fähre *Baltic Queen* gebucht worden. Carlos sah sofort auf der Website von Tallink & Silja Line nach. Die *Baltic Queen* sollte in fünfunddreißig Minuten von Stockholm ablegen.

Mit Blaulicht und Sirenen fuhren sie zum Värtahamnen. Eine von Roger angeforderte Spezialeinheit war ebenfalls unterwegs. Zudem hatte er gerade ein Gespräch mit Frida Karlsson beendet, die Hauptkommissarin bei der Grenzpolizei war und trotz begrenzter Kapazitäten versprach, auch hinzukommen.

«Ist das nicht ein bisschen komisch?» Lena saß neben Roger im Wagen.

«Was ist komisch?», fragte Roger Hansson ungeduldig zurück und starrte auf die Straße. Sein Adrenalinpegel war so hoch, dass die Adern an seiner Stirn hervortraten.

«Dass er die Karte benutzt hat. Er hat Bargeld und muss wissen, dass wir seine Kontobewegungen überwachen.»

«Er will das Land in einer halben Stunde verlassen, wahrscheinlich denkt er, es bestünde kein Risiko und wir könnten ihn nicht mehr rechtzeitig aufhalten. Vielleicht braucht er das Bargeld für später.»

Ihr neuer Chef schien nicht diskutieren zu wollen, also ließ Lena die Sache auf sich beruhen.

Als sie sich dem Hafen näherten, gab Roger die Anweisung, alle Sirenen auszuschalten, um Adrian nicht auf sie aufmerksam zu machen. Er wollte das Überraschungsmoment, wenn möglich, nutzen. Sie waren auf dem Weg zu einem stark belebten Fährterminal, auf der Jagd nach einer Person, die schon einmal nicht gezögert hatte, von ihrer Schusswaffe Gebrauch zu machen. Um jeden Preis mussten sie verhindern, dass Zivilpersonen zu Schaden kamen oder es, schlimmer noch, zu einem Geiseldrama kam.

Zwölf Minuten vor der geplanten Abfahrt trafen sie vor Ort ein. Roger Hansson bat die Spezialeinheit, noch zu warten, damit sie sich zunächst ein wenig umsehen konnten. Die Helme, Westen und Maschinengewehre würden nur unnötig Aufsehen erregen. Zusammen mit Carlos und Lena eilte er in das moderne Terminalgebäude und die langen Rolltreppen bis zur Abfertigungshalle hinauf. Sie war so gut wie leer. Die meisten Passagiere waren bereits an Bord der Fähre gegangen, und vor der Ticketkontrolle warteten nur noch rund ein Dutzend Passagiere in zwei Schlangen. Adrian Petterson war nirgends zu sehen. Eine Lautsprecherdurchsage verkündete, dass die *Baltic Queen* in Kürze ablegen würde und alle Passagiere sich zum Gate begeben sollten. Roger sah sich fieberhaft um, als eine Frau in Grenzpolizeiuniform auf ihn zutrat und sich als Frida Karlsson vorstellte.

«Roger Hansson», entgegnete er und gab ihr die Hand. «Wie ist die Lage?»

«Es gibt einen Adrian Petterson, der vor ungefähr einer halben Stunde seine Bordkarte gescannt hat.»

Hansson nickte zufrieden und wirkte ein wenig entspannter. Jetzt wussten sie, wo er war, hoffentlich würden sie ihn diesmal schnappen.

«Wir holen die Spezialeinheit her, und wenn Sie noch ein paar Leute entbehren könnten, wäre das großartig. Dann bekommen alle ein Foto von ihm, und wir nehmen ihn fest.»

Frida Karlsson sah ihn verständnislos an.

«Wie meinen Sie das?»

Roger zeigte auf die verglaste Gangway, die zur Fähre führte.

«Wir räumen die Fähre. Die Passagiere sollen sie ruhig und geordnet der Reihe nach verlassen. Würden Sie das bitte mit der Besatzung abstimmen?»

«Sie können die Fähre nicht räumen», sagte Karlsson in einem Ton, als machte er Scherze. «Das erlaubt das Gesetz nicht.»

Roger starrte sie an, die Ader auf seiner Stirn begann erneut zu pulsieren. Er war so dicht an einem Zugriff, sie hatten jetzt keine Zeit für solche Sperenzchen.

«Wie, das Gesetz erlaubt das nicht? An Bord befindet sich ein Mörder. Er hat drei Menschen getötet.»

Frida zuckte die Schultern.

«Ich verstehe Ihre Frustration, aber wir können die Fähre nicht aufhalten oder die Passagiere zwingen, von Bord zu gehen.»

«Natürlich können wir. Wir müssen nur den Motor abstellen lassen und das verdammte Ding räumen.»

«Es können ja nicht sämtliche Passagiere unter Tatverdacht stehen, und dann haben wir keine gesetzliche Handhabe dafür. Ich bedaure, aber es gibt einen Parlamentsbeschluss dazu. Wir dürfen das nicht. Selbst wenn es um ein schwerwiegendes Verbrechen geht.»

Roger explodierte förmlich.

«Was ist das für ein Mist?», schrie er, dass ihm der Speichel aus dem Mund spritzte. «Sollen wir ihn einfach wegfahren lassen?»

«Sie können die Hilfe der estnischen Polizei anfordern, damit sie ihn fassen, sobald er in Tallinn an Land geht. Es wäre nicht das erste Mal, dass wir einen Fall auf diese Art lösen. Wir haben schon gewisse Routinen entwickelt.»

«Tut mir leid, aber damit kann ich mich nicht abfinden», sagte Roger und schüttelte nachdrücklich den Kopf. «Ich muss ihn kriegen.»

Durch die Lautsprecher schallte die letzte Aufforderung zum Einstieg für die *Baltic Queen*.

«Scheiße!», schrie Hansson. «Verdammte Scheiße!»

«Können wir denn nicht an Bord gehen?», fragte Carlos. «Die schwedische Polizei wird doch wohl an Bord Personen festnehmen dürfen?»

«Wenn Sie ganz sicher sein wollen, tun Sie es am besten, bevor Sie in internationalen Gewässern sind», riet Karlsson.

Carlos, Lena und Roger wechselten einen schnellen Blick, und dann rannten sie über die Landungsbrücke.

An Bord der Fähre wandten sie sich an den Sicherheitschef Vesa Kinnunen. Sie zeigten ihre Dienstausweise, während Roger Hansson erklärte, dass sie Hilfe brauchten, um eine verdächtige Person in Gewahrsam zu nehmen.

Adrians Bordkarte diente auch als Kabinenschlüssel, und sie erfuhren, dass er eine E-Kabine auf Deck acht gebucht hatte, ganz unten im Schiff, unterhalb des Autodecks. Die billigste Kategorie. Als sie wussten, wo sie suchen mussten, entdeckten sie ihn bald. Die Fähre hatte ein ausgezeichnetes Kameraüberwachungssystem, das die meisten öffentlichen Bereiche und die Kabinenkorridore abdeckte. Sie saßen vor den Monitoren, und kurz darauf sahen sie, wie ein Mann mit einem schwarzen Hoodie den Flur entlangging, die Kapuze tief ins Gesicht gezogen. Er schloss die Tür auf und verschwand in der entsprechenden Kabine. Sie spulten den Film vor. Seither hatte niemand den kleinen Raum verlassen, Adrian war also noch darin.

Bald standen Carlos und Lena rechts und links am Ende des Ganges, der zu der Kabine führte. Roger Hansson und Kinnunen hatten sich am Fuß der Treppe zum Eingang des Korridors postiert. Carlos verstand schnell, warum die E-Kabinen am billigsten waren. Kein natürliches Licht, außerdem war es zu warm – selbst für ihn –, stickig und laut. Die Motoren brummten monoton, und ihre Vibrationen breiteten sich vom Boden bis in die Wände aus. Eigentlich neigte Carlos nicht zu Klaustrophobie, doch hier fühlte er sich gefangen und eingesperrt und stellte sich vor, wie hoffnungslos verloren sie wären, wenn Wasser in die Fähre eindränge.

«Was glaubst du?», flüsterte Lena und schielte auf Adrians Kabinentür.

«Was meinst du?»

«Sein Vorgehen. Die Kreditkarte. Sofort in die Kabine zu gehen und sich einzuschließen. Das ist fast so, als wollte er gefunden werden.»

«Vielleicht wird er auf der Zielgeraden ein bisschen zu selbstsicher und schlampig.»

«Ja, vielleicht ... Wollen wir es herausfinden?»

Carlos nickte, und sie kontrollierten beide ihre Dienstwaffen und Westen, ehe sie Seite an Seite das letzte Stück den Korridor hinuntergingen. Vor der Tür gab Carlos über die Schulter Roger ein Zeichen, der daraufhin ein paar Schritte in den Gang trat. Er hielt sich auf Abstand, um freie Sicht und genügend Handlungsspielraum zu haben, falls Adrian Lena und Carlos entschlüpfen sollte.

Carlos sah Lena an, die streckte den Daumen hoch, um zu zeigen, dass sie bereit war. Sie zog ihre Waffe, hielt sie am Bein nach unten und stellte sich neben die Tür. Auch Carlos zückte seine Waffe und holte tief Luft. Dann trat er schwungvoll mit dem Fuß unter das Kartenschloss, und die dünne Tür flog auf. Lena stürmte mit ausgestreckter Waffe in die Kabine. Carlos folgte ihr.

«Polizei! Auf den Boden!», schrie sie und richtete die Pistole auf den Mann, der auf dem Sofa saß.

«Die Hände zeigen!», ergänzte Carlos.

Der Mann riss die Augen auf, als er die beiden mattschwarzen Pistolen auf sich gerichtet sah. Geschockt hob er die Hände über seinen dunkelhaarigen Kopf. Davon abgesehen wirkte er vor Schreck wie erstarrt und folgte auch nicht der Aufforderung, sich auf den Boden zu legen. Carlos sah auf den ersten Blick, dass Lena recht gehabt hatte.

Sie waren an der Nase herumgeführt worden.

Dieser Mann vor ihnen war nicht Adrian Petterson.

Er hieß Janis Kalnina und war ein estnischer Bauarbeiter. Jetzt saß er mit Roger und Lena in einem Raum auf der Fähre und gab in holperigem Englisch eine Erklärung ab. Er sei gerade auf dem Weg ins Terminal gewesen, als ein dunkelhaariger Mann auf ihn zugekommen sei und ihm fünftausend Kronen und eine kostenlose Fahrkarte angeboten hatte, wenn er ihm einen Gefallen tue. Er solle die Fahrkarte und den Personalausweis des Mannes nehmen und vorzeigen, wenn er dazu aufgefordert werde, und ansonsten einfach an Bord gehen. Janis wühlte in der Tasche und überreichte ihnen den Ausweis.

«Ich sage die Wahrheit», stammelte er und schien den Tränen nahe. «Ich sage die Wahrheit.»

Lena nahm den Ausweis entgegen. Natürlich gehörte er Adrian Petterson.

«Sie müssen sich doch gedacht haben, dass irgendetwas Zwielichtiges dahintersteckt», sagte Roger müde. Janis nickte, ja, habe er schon, aber er sollte lediglich einen Kapuzenpullover anziehen und so tun, als sei er jemand anders, und dafür habe er fünftausend Kronen und die Möglichkeit bekommen, kostenlos nach Hause zu fahren. Er habe nichts schmuggeln, nichts klauen und niemandem wehtun sollen. Nur etwas vorspielen. Das sei ihm nicht verboten vorgekommen.

Roger beendete die Befragung und sorgte dafür, dass der Mann in dem Raum eingesperrt wurde. Kalnina würde nicht nur die Fahrt nach Tallinn, sondern auch eine Rückreise geschenkt bekommen, und wenn sie wieder in Stockholm waren, erwartete ihn eine Anzeige wegen Missbrauchs von Ausweispapieren und eventuell auch Strafvereitelung.

Adrian hatte sie an der Nase herumgeführt, und sie hatten ihn so verzweifelt kriegen wollen, dass sie darauf hereingefallen waren. Sie hatten den Köder mit Haken und Senkblei geschluckt. Das war schlimm genug, aber noch viel schlimmer war, dass es so eindeutig ein Ablenkungsmanöver gewesen war.

Er wollte sie nicht in der Stadt haben.

Weil er etwas geplant hatte.

Blieb nur die Frage, was.

Cathy konnte gar nicht mehr zählen, wie oft sie schon überlegt hatte, wieder abzureisen. Einfach aufzustehen und alles hinter sich zu lassen. Ein verlockender Gedanke, nur leider war sie sich ziemlich sicher, dass es ihr auch dann nicht gelingen würde. Alles hinter sich zu lassen. Was sie in der letzten Woche erfahren und erlebt hatte, ließ sich nicht einfach abschütteln.

Aber war dies der richtige Weg?

Es gab keinen sinnvollen anderen. Natürlich könnte sie Stan Ludlow fragen, der Tim so nahestand, dass er über Tims Erkrankung und das Risiko eines plötzlichen Todes informiert worden war, was Tim seiner eigenen Tochter vorenthalten hatte. Obwohl, von wegen Tochter. Aber das Verhältnis zu Stan war vermutlich auch nicht so eng gewesen, dass Tim sich eines Tages beim After-Work-Drink vorgebeugt und gesagt hatte: «Übrigens, meine Tochter ist gar nicht meine Tochter, aber sie weiß es nicht, also behalte es lieber für dich.» Andererseits, was wusste sie eigentlich über den Mann, den sie fast zwanzig Jahre lang Papa genannt hatte? Er hatte alles Mögliche zu allen möglichen Leuten sagen können. Sie kannte ihn nicht wirklich, das hatte sie inzwischen eingesehen. Wenn er darüber hatte lügen können, wer er war und wer *sie* war, in all diesen Jahren, dann schien alles möglich.

Sie saß auf dem Rattanstuhl vor Storgatans Café & Bageri und sah sich um. Die Sonne schien, es herrschte eine angenehme Juniwärme. Ihr Latte macchiato und ihr Käsebrötchen standen unangetastet auf dem kleinen Tisch. Plötzlich erblickte sie ihn. Mit schnellen, eifrigen Schritten kam er auf sie zu, sein leichter Sommermantel flatterte um seine Beine. Als er sah, dass sie ihn entdeckt hatte, hob er die Hand zum Gruß. Sie winkte mit einem unsicheren Lächeln zurück.

Zu spät, um zu fliehen.

Jetzt musste sie die Sache durchziehen.

Sebastian erreichte den Tisch, und sie stand auf. Für eine Sekunde wirkte es fast so, als wollte er sie umarmen, doch dann streckte er ihr die Hand entgegen, und sie ergriff sie.

«Möchten Sie etwas trinken oder essen?», fragte sie, als sie sich gegenüber an den Tisch setzten.

«Nein, danke», sagte er, zog den Mantel aus und hängte ihn über die Stuhllehne. «Ich war ganz erstaunt, dass Sie angerufen haben.»

«Das verstehe ich.»

«Seit wann sind Sie wieder in Schweden?»

«Noch nicht lange.»

Sebastian nickte, und ein angestrengtes Schweigen breitete sich zwischen ihnen aus. Wieder wurde Cathy von Zweifeln gepackt. Als sie Bergman kontaktiert hatte, war es ihr richtig vorgekommen. In ihrem Hotelzimmer war sie allmählich verrückt geworden, mit diesem einen Gedanken, der ständig in ihrem Kopf kreiste. Sie hatte es nicht ausgehalten, noch länger zu warten. Vielleicht würde Bergman gar nicht kommen. Vielleicht hatte seine Freundin vergessen, es ihm auszurichten, oder er fand, ein Treffen sei nicht so wichtig und könne noch warten. Es konnte aber nicht warten.

Also hatte sie ihn angerufen.

Und jetzt saßen sie hier.

«Womit kann ich Ihnen helfen?», fragte Sebastian.

So hatte sie es formuliert, als er überrascht auf ihren Anruf reagiert hatte: dass sie seine Hilfe bräuchte.

Sebastian beobachtete, wie sie einen Schluck aus ihrem Wasserglas trank, das neben ihrem unangetasteten Kaffee stand, und bekam das Gefühl, sie wollte ein wenig Zeit gewinnen. Als überlege sie, wie sie sich ausdrücken sollte. Er sah sie erwartungsvoll an. Sie war schon nach rund einer Woche wieder zurückgekehrt. Was bedeutete das? Er bemühte sich, nicht zu viel in ihr Kommen hineinzuinterpretieren. Vielleicht brauchte sie Hilfe bei irgendetwas Praktischem, zum Beispiel mit der Villa in Bromma. Aber vielleicht hatte sie auch irgendetwas herausgefunden? Er wagte nicht zu hoffen.

«Ich habe über das nachgedacht, was Sie gesagt haben», begann sie zögernd. «Ehe ich losgefahren bin.»

«Aha.»

«Dass meine Eltern nicht meine leiblichen Eltern wären.»

Sebastian nickte nur, er spürte, wie sein Herz zu pochen begann. Mein Gott, sie war also wirklich deshalb zurückgekehrt. Offenbar deutete Cathy sein Schweigen als Aufforderung weiterzureden.

«Ich konnte nicht aufhören, darüber nachzugrübeln. Also habe ich in Australien einen DNA-Test gemacht. Und meine Großmutter als Referenz genommen.»

«Wirklich?», krächzte Sebastian. Seine Stimme versagte. Er räusperte sich. «Und was kam dabei heraus?»

«Wir sind nicht verwandt», antwortete Cathy traurig. Sebastian schloss die Augen, die Tränen brannten hinter seinen Lidern. Er öffnete die Augen wieder und sah Cathy an. Jetzt glaubte er, sie wiederzuerkennen.

Sabine.

Seine Tochter.

Jetzt spürte er, wie ihm die Tränen die Wangen herabliefen, und er konnte kaum atmen. All die Jahre, dieser unendliche Verlust. All die Sehnsucht nach seiner Tochter. Er stütze die Ellbogen auf den Tisch und verbarg das Gesicht in den Händen. Nun fühlte er sich einer Ohnmacht nahe. Nach einer Weile wurde ihm bewusst, dass Cathy aufgestanden und neben ihm in die Hocke gegangen war.

«Wie geht es Ihnen? Ist alles in Ordnung?»

«Ich ... es tut mir leid ...»

«Brauchen Sie etwas?»

Sebastian schüttelte den Kopf und rang nach Luft. Er richtete sich auf, lehnte sich zurück und spürte, wie sich seine Lunge wieder mit Sauerstoff füllte. Rasch ergriff er Cathys Wasserglas und leerte es in einem Zug. Dann riss er die Serviette unter ihrem Brötchen vom Teller und trocknete sich hastig die Augen und Wangen. Cathy hockte weiter neben ihm und betrachtete ihn beunruhigt.

«Es tut mir leid ...» Sebastian räusperte sich, holte tief Luft und atmete seufzend wieder aus. «Es tut mir leid. Setzen Sie sich wieder, es ist alles in Ordnung.»

«Sicher?»

«Ja, ganz bestimmt.» Er nickte und rang sich ein Lächeln ab. Cathy sah ihn zweifelnd an, stand dann aber auf und ging wieder zu ihrem Platz zurück. Sie wirkte etwas verwirrt, und er lächelte erneut, um sie zu beruhigen. Diesmal fühlte es sich natürlicher an, und er hoffte, es sah auch so aus.

«Erzählen Sie weiter», forderte er sie auf.

«Ich war ... nein, viel mehr gibt es nicht.» Die ganze Situation und sein seltsames Verhalten waren ihr eindeutig unangenehm. «Ich habe mich nur gefragt, woher Sie es wussten», sagte sie abschließend mit einem Schulterzucken, als wollte sie sagen, dass es nicht mehr so wichtig wäre.

«Ich wusste es nicht, ich habe nur geraten», entgegnete er. *Gehofft*, dachte er insgeheim.

«Sie haben geraten? Dass meine Eltern nicht meine Eltern waren?»

Er verstand ihren skeptischen Ton vollkommen. Natürlich klang seine Aussage vollkommen absurd. Er musste sie ihr erklären, das Band zurückspulen und ihr einen Kontext geben.

«Ich hatte eine Tochter, das habe ich erzählt, oder? Die bei dem Tsunami ums Leben kam.»

«Ja.»

«Sie hieß Sabine. Sie war damals drei Jahre alt.»

Er zögerte. Gab es wirklich eine Möglichkeit, diese Geschichte zu erzählen, ohne vollkommen verrückt zu wirken? Ohne dass Cathy einfach aufstehen und gehen würde? Er musste die Wahrheit sagen. Etwas anderes blieb ihm nicht übrig.

«Meine Tochter, Sabine, hatte genau den gleichen Ring, wie Sie ihn um den Hals tragen.»

Cathy runzelte die Stirn und begann beinahe unbewusst, den Ring an ihrer Kette zu befingern.

«Wir hatten ihn in Thailand auf einem kleinen Markt gekauft. An Heiligabend. Exakt so einen.» Er verstummte und beobachtete sie, wollte ihre Reaktion sehen, wenn sich alles in ihrem Kopf zusammenfügte. Falls es sich zusammenfügte.

«Wie dieser hier?», fragte sie zögernd und blickte hinab, um das kleine Schmuckstück kurz zu betrachten.

«Ja, und als ich ihn sah und an all das dachte, was Tim erzählt hatte ... warum er ausgerechnet zu mir kam, warum es ihm so wichtig war, dass wir beide uns treffen, Sie und ich ...» Er beendete den Satz nicht, denn er war sich nicht sicher, ob er es konnte. Seine Stimme versagte erneut, seine Augen füllten sich mit Tränen. Cathy sah ihn mit einem skeptischen Lächeln im Mundwinkel an, als wollte sie herausfinden, ob er sich einen Scherz mit ihr erlaubte.

«Sie glauben, dass ich sie bin», sagte sie schließlich.

«Könnte sein, ja.»

«Sabine? Ihre Tochter?»

«Ich habe sie nie gefunden.»

Jetzt kicherte sie, ein kurzes, humorloses, seltsames Lachen. Er wusste nicht, ob sie damit ihren Zweifel deutlich machen wollte oder ob es ein Abwehrreflex war, ein Weg, um das Überwältigende, Undenkbare von sich fernzuhalten.

«Ernsthaft?»

«Ja.»

Sie musterte ihn und erkannte, dass er es ernst meinte. Sebastian wich ihrem Blick nicht aus, und sah, wie sie zu verarbeiten versuchte, was in den letzten Minuten passiert war. Sie wirkte überwältigt und verwirrt. Er legte die Hand auf den Tisch, in die Mitte zwischen sie und ihn. Eine Geste, die sie leicht hätte ignorieren können. Doch sie ergriff seine Hand. Dann drückte Cathy sie fest, als müsste sie sich vergewissern, dass irgendetwas in ihrem Leben noch wirklich war. Greifbar.

Wie immer hatte Ellinor routinemäßig einen Blick auf ihr Handy geworfen und gesehen, dass Sebastian Riddarholmen verlassen hatte. Er war auf dem Weg nach Hause. Sie machte sich bereit, rechtzeitig die Wohnung zu verlassen, denn noch wollte sie wirklich nicht riskieren, ihm zu begegnen. Wenn sie sich endlich wiedersahen, sollten sie sich nicht einfach nur vor der Haustür in die Arme laufen. Es musste ein denkwürdiger, erhabener und vor allem romantischer Augenblick sein. In der letzten Woche hatte sie jeden Abend im Wohnheim in Solna damit verbracht, ihr Wiedersehen zu planen. Hatte viele gute Ideen gehabt, wusste aber, dass ihr die beste noch nicht gekommen war. Die ultimative. Die Idee, die sein Herz im Sturm erobern und all seine Vorbehalte davonwirbeln würde, die er womöglich noch dagegen hegte, wieder mit ihr zusammen zu sein. Die ihn davon überzeugte, dass es keine andere, keine Bessere gab, keine, die sein Leben so erfüllen würde wie Ellinor.

Auf dem Weg zur U-Bahn hatte sie auf ihrem Handy gesehen, dass er erneut stehen geblieben war, was ihre Neugier weckte. Auf der Storgatan, als er schon fast zu Hause war, was konnte ihn dort interessieren? Sie machte kehrt und war gezwungen, die beiden zu entdecken. Auge in Auge unter der grünen Markise des gemütlichen Cafés. Sie hielt seine Hand. Diese kleine Schlampe hatte anscheinend nicht warten können, sondern selbst ein Treffen mit ihrem, Ellinors, Sebastian vereinbart. Und jetzt saß sie da, blickte ihm tief in die Augen und hielt seine Hand. Es war ja klar, dass er sich nicht wehren konnte, wenn sich ihm eine so schöne junge Frau derart schamlos anbot.

Er war ein Mann.

Ein schlichtes Geschöpf.

Das meinte Ellinor nicht herabwürdigend oder geringschätzend, es war einfach natürlich. Evolutionsbedingt. Männer waren genetisch darauf programmiert, ihre Gene weiterzugeben. Natürlich konnte Sebastian mit der Zeit lernen, dieses Verhalten abzulegen. Wenn es nur sie beide gab, wenn er nur sie hatte, bräuchte er kein Bedürfnis nach oder Interesse an anderen Frauen zu haben. Doch er wusste ja noch nicht, dass sie wieder in sein Leben zurückgekommen war. Als alleinstehender Mann eine Frau abzuweisen, die sich so willig zeigte, wäre momentan geradezu unnatürlich. Sebastian trug keine Schuld.

Sie dagegen schon. Dieses Flittchen.

Ellinor hatte definitiv genug von ihr.

Zumal sie glaubte zu wissen, wo die beiden bald landen würden. In Sebastians Wohnung, die ja nur eine Viertelstunde entfernt lag. Und die sauber, ordentlich und repräsentativ war, dank ihr. Jetzt wurde ihr klar, dass sie vielleicht falsch gedacht hatte. Sich in einer Idee verstiegen hatte, ohne die Alternativen zu sehen. Dabei gab es andere Wege als eine überschwängliche Wiedervereinigung, um ihm ihre Liebe zu zeigen. Nämlich für ihn zu kämpfen und ihm zu zeigen, wie weit sie zu gehen bereit war, um eine Rivalin loszuwerden.

Auch das war Liebe.

Auch das machte Eindruck.

Mit einem letzten Blick auf die beiden Turteltauben auf der anderen Straßenseite beschloss sie, in die Wohnung in der Grev Magnigatan zurückzugehen und einen angemessenen Empfang vorzubereiten.

Er hielt ihre Hand. Die Hand, von der er damals, in den gewaltigen Wassermassen, geschworen hatte, sie nie wieder loszulassen. Ein Versprechen, das er hatte brechen müssen. Dieser Augenblick, als sie seinem Griff entglitt, der Augenblick, der ihn in seinen Träumen heimsuchte. Den er schon so viele Male durchlebt hatte. Der Augenblick, in dem sein Leben aus den Fugen geraten war. Er war vorüber. Jetzt hielt er ihre Hand erneut. Er spürte ihre Wärme, und so esoterisch es auch klang, er verspürte auch eine Ruhe, als ob er heilte. Als würde ihre Berührung ganz allmählich in ihm heilen, was so lange zerstört gewesen war.

«Also, was machen wir?», fragte Cathy mit schwacher Stimme, und der Griff um seine Hand lockerte sich ein wenig: Aber sie sah ihm nicht in die Augen, sondern zu Boden.

«Was würdest du gern machen?»

«Ich weiß nicht ... es ist alles ein bisschen viel.»

Sebastian verstand sie. Schon für ihn waren es umwälzende Minuten gewesen, mit denen er kaum umzugehen wusste. Aber Cathy hatte ihren Vater verloren und erfahren, dass ihr ganzes Leben auf einer Lüge aufbaute, und sie hatte einen anderen Mann kennengelernt, der behauptete, sie sei wahrscheinlich seine Tochter. Und das alles innerhalb knapp zweier Wochen. «Ein bisschen viel» war also auf keinen Fall übertrieben.

Er merkte, wie sie ihre Hand zurückziehen wollte. Für einen Moment verspürte er den Impuls, sie festzuhalten, sie nie wieder loszulassen, aber ihm war klar, wie merkwürdig und erschreckend das wirken würde. Langsam öffnete er seine Finger, und sie legte die Hände auf ihre Knie und verschränkte nervös die Finger ineinander. Er schwieg und ließ sie das Tempo bestimmen, auf keinen Fall wollte er sie unter Druck setzen.

«Bist du sicher?», fragte sie nach einer Weile und sah ihn jetzt direkt an, während sie erneut an ihrem Ring herumspielte.

«Zu fünfundneunzig Prozent.»

«Hast du mich wiedererkannt?»

«Ich dachte schon, aber das kann natürlich auch daran liegen, dass ich dich gerne wiedererkennen würde», antwortete er ehrlich.

«Also, was sollen wir jetzt tun?»

«Das bestimmst du. Ich unterstütze dich, wie auch immer du dich entscheidest.»

Cathy verstummte erneut. Sebastian überlegte, was sie wohl dachte. Er hoffte, sie würde nicht zu dem Schluss kommen, es wäre das Beste, nach Australien zurückzufahren und alles zu vergessen. Aber nicht nach diesem Treffen? Oder?

«Ich könnte ...», sagte sie und zögerte kurz. Sebastian hielt den Atem an. «Ich könnte noch einen Test machen lassen ... *Wir* könnten einen machen lassen.»

«Wenn es das ist, was du möchtest», sagte Sebastian und musste sich beherrschen, seine Freude nicht zu deutlich zu zeigen.

«Ich möchte es wissen», stellte Cathy fest. «Wenn es so ist ... wenn ich diejenige bin, für die du mich hältst ... Gibt es eine Mutter?»

«Nein. Sie ist bei dem Tsunami gestorben. Sie hieß Lily.»

«Geschwister?»

«Eine Halbschwester, älter als du. Vanja. Sie ist Polizistin.»

Mehr musste sie im Moment nicht wissen, fand Sebastian. Das ganze Hin und Her zwischen ihm und Vanja ließe sich in der Zukunft erzählen, wenn sie die denn in irgendeiner Weise zusammen verbringen würden. Ein Krankenwagen mit Blaulicht näherte sich. Als Sebastian aufblickte, nahm er plötzlich all die Menschen wahr, die auf dem Bürgersteig vorbeigingen, die Mopeds der Lieferdienste und die Autos auf der Straße, das Stimmengewirr der anderen Cafégäste.

«Wir können zu mir nach Hause gehen und dort weiterreden», schlug er vor. «Dort ist es ruhiger, nur wir beide.»

«Und deine Freundin.»

«Wer?», fragte Sebastian und glaubte, sich verhört zu haben.

«Deine Freundin. Ellinor. Sie war da, als ich vorhin bei dir geklingelt habe.»

«In meiner Wohnung?», er zuckte zusammen.

«Ja.»

Sebastian seufzte tief und spürte, wie ihn eine schwere Müdigkeit überkam. Er hatte keinen Gedanken mehr an Ellinor verschwendet, seit Ursula von ihrer Freilassung gesprochen hatte. Tatsächlich war er davon ausgegangen, dass er sie nie wiedersehen würde, doch weit gefehlt.

«Sie wird nicht bleiben», sagte er so ungezwungen wie möglich. Genau wie die Geschichte mit Vanja war auch die mit Ellinor etwas für später. Viel später. Oder besser für nie. Er stand auf und nahm seinen Mantel von der Lehne. Cathy blieb sitzen.

«Wollen wir gehen?», fragte er.

«Nein ... lieber nicht.»

«Ist es wegen Ellinor? Ich bin mir sicher, dass sie nicht mehr da sein wird», sagte Sebastian.

«Nein, nicht deswegen. Es liegt nicht an ihr.» Cathy sah zu ihm auf, ehe sie sich erhob und ihre Tasche nahm, die über dem Stuhl gehangen hatte. «Es ist ... es ist einfach so viel, ich brauche Zeit zum Nachdenken.»

«Ja, natürlich, das verstehe ich», sagte er mitfühlend und überlegte gleichzeitig, wie er sie dazu bringen könnte, ihre Meinung zu ändern. Er wollte, er konnte sie jetzt nicht gehen lassen. Nicht, nachdem sie sich nur so kurz getroffen hatten und es noch so unglaublich viel zu besprechen und zu klären gab.

«Ich melde mich. Bald», versprach sie.

«Versprich es mir», hörte er sich sagen und sah im selben Moment ein, wie sehnsuchtsvoll und verzweifelt er klang. Egal. Er hätte wirklich alles getan, um sicherzustellen, dass sie sich bald wiedersahen.

«Ich verspreche es», antwortete sie lächelnd.

Zu seiner Verwunderung umarmte sie ihn. Er musste sich

wirklich anstrengen, um sie nicht einfach festzuhalten. Also redete er sich ein, dass es diesmal etwas ganz anderes war, sie loszulassen.

«Wir sehen uns», sagte er und trat einen Schritt zurück.

«Ja, bis bald», entgegnete sie und ging los. Sebastian blieb auf dem Bürgersteig stehen uns sah ihr nach. Er vermisste sie schon. Nachdem sie nicht mehr zu sehen war, drehte er um und lenkte seine Schritte in Richtung Grev Magnigatan.

Ellinor.

Als er die Styrmansgatan überquerte, empfand er dennoch eine gewisse Dankbarkeit dafür, dass sie aufgetaucht war. Nach all dem, was in letzter Zeit passiert war, schien sie zumindest ein höchst konkretes und handfestes Problem zu sein, das er in den Griff bekommen und lösen konnte.

Sie musste verschwinden. So einfach war das. In dem neuen Leben, das er plante, gab es auf keinen Fall einen Platz für sie, und er würde dafür sorgen, dass sie sich fernhielt. Für immer.

Alles andere um ihn herum war gerade ein ständiges Auf und Ab.

Die Reichsmordkommission war abgeschafft worden. Ursula hatte ihn angerufen und es ihm erzählt. Ihr passte es gar nicht, dass sie ein Teil der Abteilung für Schwerverbrechen geworden war und jetzt unter Roger Hansson arbeiten musste. Aber was passieren würde, wenn sie Adrian Petterson endlich gefasst haben würden, wusste keiner. Vor allem für Torkel tat es Ursula leid. Erst hatten sie diese Schmutzkampagne gegen ihn geführt, und jetzt gab es die Abteilung nicht einmal mehr. Sein Lebenswerk. Dem er mehr oder weniger sein ganzes Dasein verschrieben hatte. Das seine Beziehungen und seine Gesundheit zerstört hatte. Einfach weg. Sie selbst machte sich keine großen Sorgen, sie musste nur noch ein paar Jahre arbeiten, bis sie in Rente gehen konnte, und ihre Expertise war nach wie vor gefragt. Carlos und Lena Gutestam waren jung und extrem kompetent, Lena noch dazu – im Unterschied zu Carlos – ehrgeizig und darauf eingestellt, Karriere zu machen. Keiner von ihnen würde ein Problem damit haben, sich eine Zukunft außerhalb der Reichsmordkommission aufzubauen.

Von Vanja hatte Sebastian nichts mehr gehört, seit Carlos und er sie von Snösätra nach Hause gebracht hatten. Ursula wusste, dass die ganze Familie verreist war. Wohin und wie lange, entzog sich ihrer Kenntnis. Vanja musste in doppelter Hinsicht trauern. Der Mord an ihrer Mutter hatte sie natürlich schwer getroffen. Aber auch die Tatsache, dass die Reichsmordkommission ein halbes Jahr nachdem sie die Leitung übernommen hatte, abgeschafft worden war, zehrte ebenfalls sehr an ihr. Sebastian glaubte zu wissen, dass Vanja ihre ganze bisherige Arbeit, all ihre Berufserfahrung, all die Jahre bei der Polizei, als Vorbereitung darauf gesehen hatte, einmal eine ganze Abteilung zu übernehmen – und am allerliebsten die Reichsmordkommission. Was sie jetzt erlebt hatte, war ein Misserfolg, und Vanja Lithner war nicht an Misserfolge gewöhnt und deshalb schlecht darauf vorbereitet, einen zu verarbeiten.

Und als wären Adrian Petterson, die Reichsmordkommission und Vanja nicht schon genug, war auch noch Cathy wieder aufgetaucht.

Sabine, erinnerte er sich. *Sie ist Sabine.*

Jetzt war er sich sicher, und der künftige DNA-Test würde zeigen, dass er recht hatte, aber es fiel ihm trotzdem schwer, die neue Situation vollständig zu realisieren.

Dass seine Tochter lebte. Dass sie erwachsen war.

Dass sie ihm doch aus seinem Leben mit Lily geblieben und nicht nur eine schmerzliche Erinnerung war.

Schon einmal hatte sich Sebastian einer erwachsenen Tochter angenähert, und es war nicht einfach gewesen und nicht unbedingt gut gelungen. Seine Beziehung zu Vanja war in Ordnung, aber nach all den Jahren hatte er nach wie vor das Gefühl, dass sie sich weiterhin vorsichtig vorantasteten. Sollte er sich beispielsweise jetzt bei ihr melden? Oder warten, bis sie wieder bereit war, Kontakt zu ihm aufzunehmen? Wie immer bei Vanja wusste er es nicht genau. Was er auch tat, es konnte falsch sein. Diesmal, mit Sabine, wollte er es besser machen und leichter.

An der Ecke Storgatan und Grev Magnigatan rief jemand nach ihm. Sebastian drehte sich um und sah einen jungen blonden Mann, der neben einem parkenden Auto stand und ihm zuwinkte. Verwundert blickte er sich um. Stand jemand hinter ihm, oder meinte der junge Mann wirklich ihn? Sebastian kannte ihn nicht.

«Sebastian!», rief der junge Mann erneut und bedeutete ihm, näher zu kommen. Um eine Verwechslung handelte es sich also nicht, aber Sebastian hatte eigentlich kein Interesse zu erfahren, wer dieser Typ war oder was er wollte.

«Meinst du mich?», fragte er in abweisendem Ton, als der Mann sich näherte.

«Ja», antwortete er nur knapp, grinste breit, legte den Kopf ein wenig schief und musterte ihn.

Was für ein Kretin, dachte Sebastian. Er war ihn jetzt schon leid.

«Und was willst du?», fauchte er.

«Das hier zum Abschluss bringen.»

Leise schrillten die Alarmglocken in Sebastians Hinterkopf, aber es war mitten am Tag, auf einer Kreuzung mit vielen Menschen, die sich ringsherum bewegten, also fühlte er sich wenig besorgt. Irgendetwas an der wortkargen Selbstsicherheit dieses Mannes weckte seine Neugier.

«Was heißt denn ‹das hier›?»

«Ich glaube, du weißt, wovon ich rede.»

«Adrian?», fragte er, obwohl der junge Mann vor ihm ganz und gar nicht wie Adrian aussah. Er war mindestens zehn Zentimeter kleiner und blond, mit einem niedrigeren Haaransatz. Seine Augenfarbe und die glatt rasierten Wangen waren das Einzige, was mit dem Phantombild und dem Passfoto übereinstimmten.

«Sehe ich aus wie Adrian?»

«Nein», antwortete Sebastian, registrierte aber gleichzeitig, dass der Mann vor ihm zu wissen schien, von wem er redete.

«Dann bin ich wohl auch nicht Adrian.»

«Wer bist du dann?»

«Steig ins Auto, dann werde ich es dir erzählen.»

Sebastian warf einen kritischen Blick auf den Wagen, auf den der Blonde deutete, ehe er ihn wieder ansah.

«Nein, eher nicht.»

«Ich bestehe aber darauf», erwiderte der Mann und machte eine kleine Geste mit der linken Hand. Jetzt sah Sebastian, dass er eine Waffe auf ihn richtete. «Ich werde dich hier auf der Straße erschießen, wenn du dich nicht ins Auto setzt.»

Sebastian hatte keinen Grund, ihm nicht zu glauben. Er erinnerte sich daran, dass er während seiner Arbeit am Täterprofil das Stichwort GEFÄHRLICH notiert hatte. Wenn er weitere Erinnerungen benötigte, dann konnte er daran denken, dass Susanne anscheinend ertrunken war, indem jemand auf ihrem Nacken gestanden hatte, und Persson Riddarstolpe – wahrscheinlich bei lebendigem Leibe – das

Herz herausgeschnitten worden war oder an die Inszenierung des Fundorts mit der Leiche von Vanjas Mutter.

«Sicher», sagte er nur, und der Mann öffnete die Beifahrertür. Er hielt die Waffe weiter auf Sebastian gerichtet, bis der sich gesetzt hatte, und schloss dann die Autotür. Schnell ging er um den Wagen herum und setzte sich hinter das Steuer. Die Waffe legte er beinahe lässig auf seine Beine, aber sie zeigte noch immer auf Sebastian. Dann startete er das Auto und fuhr los.

Drohen.

Ellinor musste sich daran erinnern, dass sie das tun sollte. Es war das Einzige, was sie tun durfte. Drohen, nicht schaden. Aber es fiel ihr schwer.

Vor ihrem inneren Auge sah sie, wie ihr Sebastian mit dieser Cathy Cunningham nach Hause kam – oder auch Cathy Cuntham, wie Ellinor sie getauft hatte, zufrieden mit ihren Englischkenntnissen und ihrem Erfindungsreichtum, Mösenschinken war ein lustiges und passendes Wort. Sie konnte sich genau vorstellen, wie kindisch die junge Frau kicherte, wenn Sebastian in seiner üblichen Reihenfolge etwas Originelles sagte, während er ihren Mantel aufhängte und dann vielleicht im Vorbeigehen ihren Arm streichelte.

Niemand konnte so streicheln wie ihr Sebastian. Beim Gedanken an seine Hände auf ihrer nackten Haut wurde Ellinor ganz warm.

Sebastian würde Cathy etwas zu trinken anbieten, aber sie würde dankend ablehnen. Viel zu erwartungsvoll, zu erregt, um mit ihm bei einem Glas Wein zu plaudern. Sie wollte seinen Körper. Vielleicht würden sie im Wohnzimmer landen, mit einem Wein auf dem Couchtisch, den sie schon in dem Moment vergessen hatten, in dem sie aufs Sofa sanken. Natürlich hätte sie weder ihre Hände noch ihre Lippen unter Kontrolle. Küssend und streichelnd würden sie einen schönen Moment der Zweisamkeit erleben, ein intensives Vorspiel. Cuntham würde aufgesetzt stöhnen, um ihm zu gefallen, seinen Hosenstall aufknöpfen und ihre Hand hineinschieben.

Ellinor liebte Sebastians Penis. Genau die richtige Größe, ein guter Geruch und Geschmack, und Sebastian wusste genau, was er damit anstellen musste, um ihr einen maximalen Genuss zu verschaffen. Er war ein fantastischer Liebhaber, ihr Sebastian. Sie schloss die Augen und öffnete, wo sie saß, unbewusst ein wenig die Lippen und Beine.

Sebastian würde Cuntham nach einer Weile unterbrechen und keuchend vorschlagen, woanders weiterzumachen.

In Sebastians und Ellinors Schlafzimmer.

In Sebastians und Ellinors Bett.

Dort würden sie Ellinor entdecken, am Fußende des Bettes sitzend, genau wie jetzt. Und das Messer erblicken, das neben ihr lag, genau wie jetzt. Cathy Cuntham würde aufschreien und einen halben Schritt hinter Sebastian zurückweichen, um Schutz zu suchen. Ellinor würde aufstehen. Sie würde Sebastians überschwängliche Freude darüber ignorieren, sie endlich wiederzusehen, und seine aufrichtigen Entschuldigungen dafür, dass er so eine schmutzige Hure in ihr gemeinsames Zuhause gelassen hatte. Sie würde zu Cathy gehen und ihr das Messer zeigen. Es ganz nah an ihre weit aufgerissenen Augen halten und ihr erklären, was passieren würde, wenn sie sich nicht ganz schnell aus dem Staub machte. Drohen, nicht schaden. Sebastian würde sich auf ihre Seite stellen und Cathy klarmachen, dass ihre Dienste nicht länger erwünscht waren, denn jetzt war seine Frau wieder da, und da brauchte und wünschte er keine andere.

Wenn dann die Haustür zugeschlagen wäre, würde Ellinor sich ihm zuwenden, seine Freudentränen trocknen, seine gemurmelten Entschuldigungen mit einem zärtlichen Kuss zum Verstummen bringen und ihn bitten, das mit ihr zu machen, was er mit dieser Schlampe vorgehabt hatte. Ja, so würde es vonstattengehen.

Sobald sie in die Wohnung kämen.

Falls sie in die Wohnung kämen.

Als Ellinor das letzte Mal auf ihrem Telefon nachgesehen hatte, waren sie an der Kreuzung Storgatan und Grev Magnigatan gewesen, nur wenige Minuten Fußweg entfernt. Wo blieben sie nur? Sie griff erneut nach dem Handy und bekam beinahe einen Schock. Sie waren irgendwohin unterwegs. In einer Geschwindigkeit, die nur bedeuten konnte, dass sie sich in irgendeinem Fahrzeug befanden. In Cunthams Auto? Wo fuhren sie hin? Ihr Hotel lag in der anderen Richtung. Hatten sie irgendwo ein Liebesnest? In das sie sich für ein ungestörtes Schäferstündchen zurückzogen? Falls ja, wäre es damit jetzt bald vorbei.

Ellinor griff nach ihrem Messer, stand auf und verließ mit energischen Schritten das Schlafzimmer und die Wohnung. Eine Minute später hatte sie auf der Straße ein Taxi angehalten und dem Fahrer gesagt, dass sie nach und nach eine Wegbeschreibung geben würde.

Sie fühlte das Filetmesser, das schwer in ihrer Tasche lag.

Das würde eine Überraschung werden.

Dann wird es jetzt Zeit.»

Zwei Vollzugsbeamte der Nationalen Transporteinheit standen in seiner Zellentür. Die normalen Gefängniswärter durften keine Häftlinge begleiten, sie mussten jedes Mal Personal von der NTE anfordern. Manchmal war es richtig albern, denn die NTE wurde auch hinzugezogen, wenn ein Gefangener nur von einer Etage in die andere gebracht werden sollte. Die Einheit hatte ihren Sitz nicht im Präsidium in Kungsholmen, wo sich auch das Untersuchungsgefängnis befand, sondern außerhalb, in Solna, deshalb mussten sich die Mitarbeiter in ein Auto setzen und in die Stadt fahren und blieben oft im Stau stecken, nur um jemandem für zwanzig Sekunden in einem Aufzug Gesellschaft zu leisten.

Billy nickte und erhob sich von seiner Pritsche. Den einen Beamten erkannte er wieder, Lauge, ein großer bärtiger Däne. Der andere war ein neuer Beamter. Nicht alt, vielleicht zwanzig. Schmal, beinahe schmächtig, er füllte die Uniform nicht aus, sie schlackerte an ihm. Zusammen mit seinem geschniegelten Erscheinungsbild und seinem etwas hilflosen Blick wirkte er nicht besonders respekteinflößend. Eine Ferienvertretung, vermutete Billy.

«Das ist Oscar, er ist neu», erklärte Lauge und betrat die Zelle. Billy nickte Oscar zu, streckte die Hände vor, und der Däne legte ihm Handschellen an. Das war alles. Es war nicht wie in amerikanischen Filmen, wo die Häftlinge Fußfesseln und Handschellen bekamen, die mit einer langen, an einem

Ledergurt um die Hüfte befestigten Kette verbunden waren, sobald sie irgendwo hingebracht wurden.

Gemeinsam gingen sie den Korridor entlang. Billy in der Mitte mit einem Beamten auf jeder Seite. Er spürte mehr, als dass er sah, wie Oscar zwischendurch zu ihm hinüberschielte. Neugierig? Beeindruckt? Vielleicht ein wenig von seinem Promistatus fasziniert. Immerhin war er der *Mörderpolizist*. Als sie an das Ende des Korridors kamen, winkte Lauge seinem Kollegen auf der anderen Seite des Panzerglases zu. Der Mann kontrollierte einen Monitor, der ein Bild von einer Kamera zeigte, die hinter Billy und seiner Eskorte hing. Als der Kollege sicher war, dass sich niemand in der Nähe der Tür versteckte, im von seinem kleinen Zimmer aus gesehen toten Winkel, hob er den Daumen und drückte auf einen Knopf. Kurz darauf summte es, und die Tür ließ sich öffnen.

Schweigend gingen sie weiter. Noch ein Korridor, die gleiche Prozedur an der nächsten Tür. Wieder ein kurzer Fußweg, und dann waren sie bei den Aufzügen. Lauge zog seine Karte durch das Lesegerät und drückte auf den Pfeil nach unten. Sie fuhren in die Garage hinab, Billy immer noch stumm in der Mitte. Alles war wie gewöhnlich. Er war kooperativ, hielt den Kopf leicht gesenkt. Das Schweigen seiner Bewacher interpretierte er nicht als Ablehnung. Vielleicht täte er es, wenn sie Polizisten wären. Wie er gehört hatte, verachteten viele seiner ehemaligen Kollegen ihn geradezu. Polizisten, die Verbrechen begingen, schadeten allen anderen. Und er hatte nicht irgendein Verbrechen begangen.

Er war ein Serienmörder.

Und noch dazu war eines seiner Opfer auch Polizistin gewesen.

Aber die Männer der Transportbegleitung waren bei der Justizvollzugsbehörde angestellt, sie waren keine Polizisten. Natürlich konnten auch sie einen Serienmörder verabscheuen, aber er hatte nicht ihren ganzen Berufstand in den Schmutz gezogen oder einen ihrer Kollegen getötet. Mitunter dachte Billy, dass er ganz im Gegenteil jemand war, der ihnen die Arbeit ein wenig erleichterte. Er machte nie Ärger und suchte keine Konflikte. Bescheiden, reuig und zerknirscht gab er sich. Die Arbeit mit ihm verlief routiniert.

Und Routine war gut.

Sie brachte die Leute dazu, ihre Alarmbereitschaft zu vergessen und zu entspannen.

Unten angekommen setzten sie sich in den weißen Minibus mit den zwei roten Streifen an den Seiten und dem Symbol der Justizvollzugsbehörde auf der Motorhaube und fuhren aus der Garage. Sie waren noch nicht weit gekommen, als Oscar sich umdrehte und Billy, der still auf der Rückbank saß, neugierig ansah.

«Wie fühlt sich das an?»

«Oscar!», mahnte Lauge scharf und vorwurfsvoll.

«Jemanden zu töten. Wie fühlt sich das an?», fuhr Oscar fort und schien den tadelnden Ton seines Kollegen gar nicht bemerkt zu haben. Billy erwiderte seinen Blick gelassen.

«Ich möchte nicht darüber reden.»

«Es muss Ihnen ja gefallen haben, wenn Sie weitergemacht haben», hakte Oscar nach, und Billy sah eine Mischung aus Neugier und Faszination in seinen Augen.

«Oscar, du hältst jetzt die Klappe! Wir reden nicht über so etwas», fauchte Lauge.

«Es hat mir nicht gefallen, ihnen wehzutun», sagte Billy langsam und deutlich, während er Oscars Blick erwiderte. Die Schlange in seinem Bauch bewegte sich langsam und träge, als wäre sie gerade aufgewacht. Hungrig. «Aber es hat mir gefallen, sie sterben zu sehen.»

«Jetzt haltet ihr beide das Maul», entschied Lauge, und sie hörten auf ihn. Stumm setzten sie die Fahrt fort und sagten auch nicht viel, als sie in der Idungatan 5 ankamen. Die Urologenpraxis lag ganz oben in dem großen Ziegelgebäude, das zwischen bedeutend bunteren und schöneren Häusern eingezwängt stand. Lauge parkte, öffnete die Schiebetür, und Billy stieg aus. Sie überquerten die Straße und gingen durch die Glastür und zum Aufzug.

«Welcher Stock?», fragte Lauge und drückte den Aufzugknopf.

«Ganz oben. Der fünfte.»

«Was haben Sie denn?», fragte Oscar.

«Meinst du den Grund dafür, dass ich im Gefängnis bin, oder hier?»

«Hier», antwortete Oscar.

«Also wirklich», sagte Lauge seufzend, als die Aufzugtüren aufglitten.

«Harnröhrenverengung. Probleme beim Pinkeln», verdeutlichte Billy grinsend, während sie in den Aufzug stiegen und Lauge den richtigen Knopf drückte. Die Türen schlossen sich wieder, und der Aufzug fuhr langsam nach oben.

Billy stand reglos da. Er konzentrierte sich. Eine Chance. Mehr würde er nicht bekommen. Es war Zufall, reines Glück, dass er sich jetzt in dieser Situation befand. Schon vor einem halben Jahr hatte er eine Überweisung erhalten, aber es dauerte Monate, bis man einen Termin beim Urologen bekam. Die Behandlungsgarantie in der Region Stockholm war ein Witz. Also hatte er geduldig gewartet, war zur Arbeit gefahren, war festgenommen und verhaftet worden und hatte den Arztbesuch vergessen. Bis eine Erinnerung gekommen war. Auch Häftlinge hatten ein Anrecht auf medizinische Versorgung, und dies war kein Fall für die

Krankenschwestern und Ärzte im Untersuchungsgefängnis, sondern für einen Spezialisten. Also war der Termin nicht abgesagt worden, man hatte einen Transport organisiert, und hier standen sie jetzt.

Billy blickte auf das kleine Display über der Aufzugtür. Es sprang gerade von Stockwerk eins auf zwei. Die Schlange wand sich erwartungsvoll. Sie ringelte sich, zischte und forderte.

Billy holte tief Luft und ließ sie dann zwischen seinen Zähnen entweichen. Jetzt ging es um alles. Er schrie auf, als hätte er plötzlich Magenschmerzen, und hockte sich gekrümmt auf den Boden. Lauge und Oscar reagierten beide wie erwartet. Verwundert. Sie hatten eindeutig nicht mit Problemen gerechnet. Also traten sie nicht zurück, tasteten nicht nach ihren Schlagstöcken. Stattdessen beugten sie sich zu ihm herunter und fragten ihn besorgt, was los war. Noch immer wimmernd, zog Billy unauffällig die beiden Metallstücke hervor, die er aus dem Fernseher in seiner Zelle gelöst und in seine Strümpfe gesteckt hatte. Sie waren klein und nicht sehr stabil, aber scharf. Sehr scharf.

Schnell und geschmeidig sprang er mit einer Waffe in jeder Hand aus seiner hockenden Stellung auf. Lauge zuerst. Er war der Größere und Erfahrenere. Möglicherweise verriet das Gesicht des Dänen ansatzweise, dass er etwas verstanden hatte, was hier vor sich ging. Aber er konnte nicht mehr reagieren, als Billys gefesselten Hände mit aller Kraft zu seinem Hals und seinem Gesicht hochschnellten. Das Metallstück glitt problemlos in den Hals direkt unter dem Ohr, während das andere in Lauges linkes Auge schnitt. Er schrie vor Schmerz auf. Billy zog seine Stichwaffe wieder heraus, drehte sich zu den Aufzugknöpfen um und drückte den Nothalt. Dann warf er einen schnellen Blick auf das

Display über der Tür, sie hielten zwischen dem dritten und dem vierten Stock. Blitzschnell wandte er sich Oscar zu, der panisch zurückwich. Seine Augen waren weit geöffnet, sein Mund bewegte sich stumm, er reckte flehend die Hände in die Höhe. Billy stürzte sich auf ihn, drückte ihn an die Wand, bohrte ihm die scharfen Metallstücke in den Bauch und drehte sie einmal herum. Oscars Gesichtsausdruck nach zu urteilen, hatte er derartige Schmerzen, dass er nicht einmal schreien konnte.

Billy ließ ihn los und wandte sich wieder Lauge zu. Er war verstummt und auf den Boden gesackt und versuchte, die starke Blutung an seinem Hals mit beiden Händen zu stoppen. Mit seinem noch vorhandenen Auge blickte er zu Billy auf, wobei er schwer und stoßweise atmete. Sein Blick war flehend. Billy kniete sich neben ihn und betrachtete die Wunde. Er hatte die Halsschlagader verpasst. Die Schlange kroch und gierte. Sie hatte noch nicht bekommen, was sie wollte. Was sie brauchte. Billy ignorierte sie und begann ruhig und methodisch, Lauges Taschen abzusuchen, und fand die Schlüssel zu den Handschellen und zum Auto. Er erhob sich, schloss die Handschellen auf und ließ sie zu Boden fallen. Dann drehte er sich zu Oscar um, der keuchend in der Ecke saß. Er kniete sich vor ihn. Die junge Ferienaushilfe stand unter Schock. Mit leeren Augen starrte der junge Mann vor sich hin und hyperventilierte. Billy tastete vorsichtig seinen Brustkorb ab, lokalisierte das Brustbein und wanderte ungefähr zehn Zentimeter nach links. Er nahm an, dass irgendwo dort das Herz sein musste. Dann beugte er sich vor, die Erwartung kribbelte elektrisch in seinem Körper. Mit einem gezielten Hieb stieß er das scharfe Metallstück so tief wie möglich in Oscars Brust. Die Schlange zappelte, sie wusste, dass die Belohnung nur noch wenige Sekunden entfernt war.

«Danke», flüsterte Billy und spürte das Adrenalin und die Erregung. Oscar gab ein letztes gurgelndes Röcheln von sich. Dann erloschen die blauen Augen. Wie jedes Mal verspürte Billy, dass das Leben, das den anderen Menschen verließ, nun auf ihn überging. Für einige schwindelerregende Sekunden lebte er doppelt so intensiv. Ein Gefühl, das er durch nichts anderes erlangen konnte.

Er schloss die Augen und genoss es.

Aber nicht zu ausgiebig.

Wie lange standen sie hier schon? Kaum mehr als zwei Minuten, schätzte er. Höchstens drei. Rasch kam er wieder auf die Beine, drückte auf EG, und der Aufzug setzte sich erneut in Bewegung. Abwärts. In Richtung Freiheit. Lauge atmete zwar noch, würde aber schnell Hilfe benötigen, um zu überleben.

Billy hielt seine beiden Waffen fester in den Händen, als sie das Erdgeschoss erreichten. Immerhin konnte jemand draußen stehen, wenn die Türen aufglitten. Doch der Eingangsbereich war leer. Er eilte zu der Glastür, stieß sie auf, rannte quer über die Straße, sprang in den Minibus und fuhr davon.

Bald würde jeder Polizist in Stockholm nach ihm suchen. Aber er hatte nur noch eine Sache zu erledigen, dann würde er verschwinden. Für immer.

Die Autofahrt dauerte knapp eine Dreiviertelstunde. Nach ungefähr zehn Minuten hatte Sebastian herausgefunden, mit wem er es zu tun hatte. Lucas Mattsson. Emanuel Dolks Verlobter. Dasselbe Alter, kleiner, aber mit einem ähnlichen Körperbau wie Adrian. Hätte er eine etwas dunklere Haarfarbe, sähen sie einander absolut ähnlich.

«Hattest du dir die Haare gefärbt?», fragte er ohne Umschweife. «Als du dich als Adrian ausgegeben hast.»

«Genau.»

«Wo ist er? Lebt er?»

«Noch ja.»

Sebastian rutschte unangenehm berührt auf dem Sitz hin und her, und Lucas erinnerte ihn sofort wieder an die Waffe, indem er sie auf ihn richtete. Sebastian rührte sich nicht mehr und schwieg. Er versuchte, sich an alles zu erinnern, was Carlos ihm von seinem Gespräch mit Mattsson erzählt hatte. Sie fuhren nach Süden, in Richtung Huddinge, bogen in Tullinge ab und drangen in die kleineren Waldwege beim Lida Friluftsgård vor. Nach einer Weile gelangten sie auf einen Forstweg, der aus zwei Wagenspuren bestand, das Auto schaukelte über den holperigen Boden, und auf beiden Seiten zerkratzten Zweige und Gestrüpp den Lack. Einige Minuten später erreichten sie ein kleines Wohnhaus, das schon bessere Tage gesehen hatte. Lucas bremste auf der verwilderten Wiese und stellte den Motor ab. Sebastian sah sich um. Die Hütte vor ihnen schien verlassen und war verfallen. An einigen Stellen fehlten Dachziegel, die rote Farbe blätterte ab, einige Holzlatten der Verkleidung waren verfault und die meisten Fensterscheiben zerbrochen. Hier hatte lange niemand mehr gewohnt. In der Nähe gab es keine anderen Häuser, nur Wald. Lucas öffnete die Autotür, stieg aus und richtete die Pistole auf Sebastian.

«Raus mit dir», sagte er entschieden.

«Du weißt, dass mein Team jederzeit auftauchen kann», sagte Sebastian in dem Versuch, Lucas zu verunsichern und abzulenken.

«Das glaube ich nicht. Die haben in Värtahamnen im Terminal gerade alle Hände voll zu tun», erwiderte er mit einem selbstsicheren Lachen. «Raus jetzt.»

Sebastian stieg langsam aus. Er hatte es nicht eilig. Die Zeit hielt ihn am Leben. Lucas hatte seine früheren Taten immer genau geplant. Den Ort, die Vorgehensweise, den Zeitpunkt, alles. Rigorose Planung vermittelte ihm ein Gefühl von Sicherheit und Kontrolle. Es musste Sebastian gelingen, ihm genau das zu nehmen, ihn aus dem Konzept zu bringen, ohne gewalttätig zu werden. Am besten wäre es, wenn er ihn zum Reden brächte.

Durch Gespräche gewann man Zeit.

Und die Zeit gab ihm die Möglichkeit, einen Ausweg zu finden.

«Warst du auch an der Uni?», fragte er möglichst beiläufig. «Habt ihr euch dort kennengelernt?»

«Das geht dich einen Scheiß an», antwortete Lucas nur und bedeutete Sebastian mit der Waffe, dass er weiter zum Haus gehen sollte.

«Ich muss schon sagen, ich bin ein bisschen beeindruckt. Du hast mich und die ganze Reichsmordkommission an der Nase herumgeführt, das schaffen nicht viele», sagte er und versuchte, einen neuen Weg einzuschlagen.

Lucas grinste stolz. Das war gut. Sebastian musste über seine Großtaten sprechen, ihn loben, um sein Vorgehen dann langsam Stück für Stück infrage zu stellen und ihn dazu zu bringen, an sich selbst zu zweifeln.

«Es war leichter, als ich dachte. Emanuel hat immer so respektvoll von dir gesprochen, er war überglücklich, als er erfuhr, dass du sein Opponent sein würdest. Ich glaubte also, du wärst schlauer», erklärte er und fuchtelte erneut mit der Waffe herum. «Geh weiter!»

«Tut mir leid, dass ich dich enttäuscht habe.»

«Das spielt keine Rolle. Du bist nur hier, um für deine Schuld zu bezahlen», sagte Lucas und stieß Sebastian leicht in den Rücken, damit er schneller ging. Sie näherten sich der Haustür. Sebastian beschloss, es zu wagen. Er blieb stehen und drehte sich langsam um, mit leicht erhobenen Händen.

«Welche Schuld? Emanuel gegenüber?», fragte er möglichst neugierig. «Würde er das hier wollen, bist du dir da sicher?»

Lucas bekam einen harten Zug um den Mund.

«Ich will das. Wir waren glücklich. Bis du aufgetaucht bist.»

«Aber du tötest in seinem Namen. Für Emanuel. Hattet ihr das besprochen, war er damit einverstanden?»

«Hör auf, über Emanuel zu reden. Du konntest dich nicht einmal an ihn erinnern», fauchte Lucas mit erhobener Stimme. Sebastian beschloss, vorsichtig weiter Druck aufzubauen, er hatte einen kleinen Riss in Lucas' Fassade gefunden.

«Vergessen worden zu sein, ist das schlimmer, als wenn man als der Typ bekannt wird, für den drei Menschen ermordet wurden? Möchte er auf diese Art in Erinnerung behalten werden?»

Lucas' Blick war finster und ein wenig müde.

«Halt die Fresse und geh rein», entgegnete er und hob seine Pistole.

«Ich möchte nur wissen, ob du wirklich glaubst, Emanuel würde das hier wollen», sagte Sebastian so ruhig wie möglich.

«Du kennst uns nicht», antwortete Lucas, schob die Tür auf und gab Sebastian einen Schubs. Der stolperte in das Häuschen, fing sich wieder und sah sich in dem kleinen Flur um. Wasserflecken auf den Tapeten, die sich von den Wänden lösten, eine Hutablage, die nur noch an einer einzigen Schraube hing. Etwas weiter hinten lag ein Raum, der wohl einmal das Wohnzimmer gewesen war. Dort standen noch die alten Möbel, und auch hier hatten sich einige der alten Tapeten gelöst und hingen wie welke Blätter von den Wänden. Eine Decke, ein paar Kerzenstummel, leere Flaschen und Essensverpackungen auf dem Boden verrieten, dass jemand diese Hütte irgendwann einmal als vorübergehenden Unterschlupf genutzt hatte.

«Was ist das für ein Ort?»

«Das ist der Ort, an dem wir dies hier beenden.» Lucas fuchtelte erneut mit der Pistole herum, damit Sebastian sich in Bewegung setzte. «Die rechte Tür.»

Sebastian begann zu gehen, er war eigentlich ziemlich zufrieden. Lucas war leicht zu entschlüsseln. Schlechtes Selbstvertrauen und ein großes Kontrollbedürfnis in einer pathologischen Kombination. Die Überzeugung, dass er aus Liebe handelte und seine Tat deswegen geschätzt werden würde, trieb ihn an.

Sebastian hatte von Anfang an die richtigen Schlüsse gezogen.

Er musste Zweifel säen.

Sie kamen in die kleine Küche. Die Schranktüren hingen schief oder fehlten ganz, die Regale waren leer. Jede Oberfläche war mit Staub und Schmutz bedeckt. Der Backofen stand offen, die Scheibe war kaputt, ein rostiges Blech lag auf dem Boden. Dort waren auch Schuhabdrücke zu erkennen, die zu einer Klappe im groben Holzboden führten. Lucas ging an Sebastian vorbei, beugte sich vor und öffnete die Luke, während er noch immer auf ihn zielte. Eine ziemlich steile Treppe führte in die Dunkelheit hinab. Lucas bedeutete Sebastian mit der Pistole, dass er hinuntergehen sollte. Im Keller roch es nach Schimmel und Feuchtigkeit. Unter der Decke saß eine Reihe kleiner Fenster. Durch die schmutzigen Fenster sickerte Licht herein, aber es war trotzdem ziemlich dunkel. Nachdem sich Sebastians Augen daran gewöhnt hatten, sah er am Ende des Kellers eine Stahltür, die offenbar neu eingebaut worden war. Ihre glänzende Oberfläche unterschied sich markant vom restlichen Haus. Lucas scheuchte Sebastian zur Seite, ehe er die Tür aufschloss und sie öffnete. Ein Dunst von Ammoniak und Exkrementen schlug ihnen entgegen. Sebastian verzog das Gesicht und legte in einem Reflex die Hand über Nase und Mund. Lucas schaute durch die Türöffnung.

«Du hast Besuch», sagte er und winkte Sebastian herbei.

Neben einem alten holzbefeuerten Heizkessel saß ein festgeketteter Mann. Er war abgemagert, schmutzig und blass, aber Sebastian erkannte ihn sofort wieder. Adrian Petterson. Auf dem Boden lagen die Verpackungen einiger Energieriegel, ein paar alte Pizzakartons und zwei Plastikflaschen, die zur Hälfte mit Wasser gefüllt waren. In der Ecke stand ein Plastikeimer, in den der Gefangene sein Bedürfnis verrichtete, daneben eine Rolle Klopapier. Der Gestank war kaum zu ertragen.

«Adrian – Sebastian. Sebastian – Adrian», stellte Lucas sie einander vor, während er Sebastian weiter in den Raum hineintrieb. Adrian blickte auf. Seine Augen leuchteten weiß in dem schmutzigen bärtigen Gesicht. Sein Blick war leer, der eines gebrochenen Mannes.

«Helfen Sie mir», bat er Sebastian flehend.

«Sebastian hilft anderen Menschen nicht», sagte Lucas. «Er macht sie kaputt. Das ist sein Ding.»

«Susanne hatte einen Bruder, dem sie sich wieder angenähert hatte, Håkan Persson Riddarstolpe eine Frau, die ihn liebte, Anna hatte eine Tochter und zudem eine Enkelin, die sie gerade erst kennengelernt hatte», zählte Sebastian ruhig auf.

«Was hat das damit zu tun?»

«Wenn du schon davon sprichst, was es heißt, das Leben unschuldiger Menschen zu zerstören ...» Er deutete auf den mitgenommenen Mann am Boden. «Adrian hat doch wohl auch nichts getan, um das hier zu verdienen?»

«Adrian ist ein ungebildeter kleiner Homophober, der seinen Bruder hasst.»

«Das stimmt nicht ...», widersprach Adrian schwach.

Lucas schüttelte den Kopf.

«Unsere Beziehung war dir immer ein Dorn im Auge, und du hast uns wie den letzten Dreck behandelt», entgegnete er.

Lucas drehte sich um und griff nach einer Papiertüte, die neben dem Heizkessel gestanden hatte. Er holte ein paar Plastikhandschuhe hervor und streifte sie über, ehe er ein ziemlich robustes Seil herauszog.

«Emanuel wäre so stolz auf dich», bemerkte Sebastian trocken. «Weiß er eigentlich, dass er mit einem Psychopathen zusammen ist?»

«Ich bin kein Psychopath, ich genieße das hier nicht. Ganz und gar nicht. Aber es muss sein.»

«Und du glaubst, Emanuel wäre derselben Meinung?»

«Wenn du Emanuel noch einmal erwähnst, knalle ich dich ab», sagte Lucas, und sein Blick sorgte dafür, dass Sebastian ihm glaubte.

Lucas ging zu Adrian, nahm dessen eine Hand, legte das Seil hinein, schloss die Finger darum und zog es einige Male hin und her. Dasselbe machte er mit der anderen Hand.

«Ich habe in der letzten Zeit viel über technische Beweise gelernt. Es ist faszinierend, wie entscheidend sie für die Lösung eines Falls sein können.»

«Du musst in letzter Zeit überhaupt viel gelernt haben», stellte Sebastian fest. «Du kennst mein Leben besser als ich selbst.»

«Man findet alles im Netz, wenn man weiß, wo man suchen muss», sagte Lucas und lächelte ihn an.

Sebastian sah sich um, er versuchte herauszufinden, was ihn erwartete und wie er es verhindern konnte. Dann erblickte er die kräftige Öse aus Metall, die an einem der dicken Deckenbalken befestigt war. Auch sie wirkte vollkommen neu. Der einsame, wackelige Stuhl, der ein Stück entfernt stand, dagegen nicht. Stuhl, Seil, Öse an der Decke. Es war nicht schwer zu erahnen, was passieren würde. Mit Adrians DNA-Spuren auf dem Seil konnte man sich auch leicht ausrechnen, wer gehängt werden sollte. Man würde Sebastian von der Decke baumelnd finden und, dessen war er sich ziemlich sicher, Adrian auf dem Boden davor, von eigener Hand gestorben. Also würde man davon ausgehen, dass Adrian seine Nemesis getötet hatte und, nachdem der Plan vollendet war, schließlich sich selbst. Die technischen Beweise würden diese These stützen.

Nicht schlecht, das musste Sebastian zugeben.

Es bestand die Chance, dass Lucas damit davonkommen würde.

Ellinor hatte das Taxi gebeten, ein Stück entfernt von dem Ort zu halten, wo der Punkt auf ihrem Handy schlussendlich stehen geblieben war. Das letzte Stück würde sie zu Fuß gehen.

Sie waren weit gefahren, die beiden Turteltäubchen. Die Reise mit dem Taxi dorthin war unerträglich gewesen. Ellinor hatte ihre Fantasien, wohin sie unterwegs waren und was sie dort tun würden, nicht zügeln können. Vor ihrem inneren Auge sah sie die beiden in ihrem Liebesnest.

Zärtlich umschlungen. Nackt. Einander verzehrend vor Lust.

Doch in gewisser Weise machten sie es ihr so leichter. Jetzt konnte Ellinor sie beim eigentlichen Akt überraschen. Glaubte Cathy Cuntham allen Ernstes, sie könnte einfach hereinstürmen und Ellinor den Mann ihres Lebens wegnehmen? Jener Frau, die wie Nelson Mandela für ihre Überzeugungen im Gefängnis gesessen hatte. Er für Gleichberechtigung und Menschenrechte und sie für etwas viel Wichtigeres, für die ewige Liebe. Und die war keineswegs unerreichbar. Sie war zum Greifen nah. Ellinor würde Sebastian den Weg dorthin zeigen. Seine Hand ergreifen und ihn in die richtige Richtung führen.

Sie erreichte das Haus, das nicht sonderlich romantisch aussah. Eigentlich ganz im Gegenteil. Dunkel, verfallen, verlassen. Sie hatte sich eher etwas in Richtung Bullerbü vorgestellt. Prächtige, gepflegte Blumenbeete, eine Fahnenstange mit einer flatternden schwedischen Flagge. Eine kleine Laube, in der Cathy in einem wogenden weißen Sommerkleid ein Mittagessen servieren konnte. Schwalben, die unter der Dachrinne nisteten. Doch was jetzt vor Ellinor lag, war ganz und gar nicht idyllisch. Es wirkte eher wie ein Geisterhaus. Würde das Auto nicht davorstehen, käme man nie im Leben darauf, dass sich überhaupt jemand dort aufhielt.

Ellinor tastete in der Tasche nach dem Messer. Es lag an seinem Platz. Warm und scharf. *Nur drohen, nicht mehr*, ermahnte sie sich erneut. Wahrscheinlich würde sie es nicht einmal brauchen.

Denn Ellinor war ihnen moralisch überlegen.

Sie verhielten sich falsch.

Cathy, korrigierte sich Ellinor. *Sie verhielt sich falsch.*

Sebastian würde reuevoll auf die Knie fallen, wenn er Ellinor sah. Er würde ihr nie etwas Böses zuleide tun. Wenn Cathy hingegen eine Szene veranstaltete, wäre das etwas anderes. Die schwedischen Gesetze zum Thema Notwehr waren ziemlich großzügig auslegbar. Das hatten die anderen Frauen in der Haftanstalt ihr erzählt, und Ellinor hätte einen sehr glaubwürdigen Zeugen an ihrer Seite.

Je mehr sie sich dem Haus näherte, desto weniger verstand sie, wie jemand diesen Ort für ein romantisches Stelldichein wählen konnte. Noch dazu stand die Haustür sperrangelweit offen. Ellinor ging darauf zu, betrat den Hauseingang und lauschte intensiv in das Haus hinein. Erst hörte sie gar nichts.

Aber dann ... waren da nicht doch Stimmen? Leise, gedämpft, als würden sie tief aus dem Inneren des Hauses dringen, durch Wände und geschlossene Türen hindurch.

Es schien ihr keine gute Idee zu sein, einfach hineinzustürmen, deshalb beschloss sie, erst durch die Fenster zu spähen und sich ein wenig umzusehen. Das Überraschungsmoment auf ihrer Seite zu haben, aber gleichzeitig ein wenig vorbereitet zu sein, wie es dort drinnen aussah. Sie schlich sich durch das hohe bleiche Gras an der Längsseite des Hauses heran. In der Mitte der Fassade gab es zwei Fenster, eines hatte noch eine Scheibe. Um hineinzusehen, musste sie sich auf die Zehenspitzen stellen. Eine verfallene Küche. Leer. Sie ging weiter. Auf Bodenhöhe befand sich eine Reihe kleinerer Fenster. Vorsichtig beugte sie sich herab und schirmte das Gesicht mit den Händen ab, um besser hineinspähen zu können.

Ihr erster Gedanke war, dass jemand in diesem Keller irgendeine bizarre Bondage-Fantasie auslebte. Ein angeketteter Mann auf dem Boden. Ein anderer, der gerade ein Seil an einer riesigen Stahlöse in der Decke befestigte. Daneben Sebastian, der ebenfalls auf dem Boden saß. Er wirkte blass und nervös. Cathy war nirgends zu sehen. Was war hier los? Dann sah sie, wie der Mann mit dem Seil eine Pistole auf Sebastian richtete. Ihr wurde innerlich ganz kalt. Sebastian war nicht freiwillig dort. Jemand hatte ihn mit einer Waffe bedroht und dort hingebracht und wollte ihm etwas antun. Während Ellinor von dem Fenster zurückwich und fieberhaft überlegte, was sie tun sollte, spürte sie für einen kurzen Moment dennoch Erleichterung. All ihre Unruhe war unnötig gewesen.

Ihr Liebster war nicht untreu.

Er war entführt worden.

Und sie würde ihn retten.

Lucas hatte das Seil an der Metallöse befestigt, zog mehrmals probehalber daran und schien zufrieden zu sein. Er sah zu Sebastian hinüber und begann, die Schlinge und den Abstand zu Boden und Stuhl zu justieren.

«Im Internet steht, du seist einen Meter achtundneunzig

groß, das Seil muss also ziemlich kurz sein», sagte er und betrachtete erneut Sebastian, dessen Gehirn auf Hochtouren lief. Irgendwie musste er Lucas entwaffnen. Das war der einzige Weg. Für eine andere Lösung blieb keine Zeit mehr.

«Apropos hängen ... du hast gesagt, ihr wärt glücklich gewesen, Emanuel und du. Warum hat er sich dann erhängen wollen?»

«Du weißt, warum», antwortete Lucas verbissen.

«Ich hatte seine Dissertation schon Jahre zuvor abgelehnt, und anschließend hat er jeden Tag mit dir verbracht. Wie glücklich war er eigentlich? So glücklich, dass er versucht hat, sich umzubringen?»

Sebastian sah, wie Lucas' Augen schwarz wurden und er heftiger atmete. Sebastian spannte seinen Körper an, er war auf alles vorbereitet. Eine Schussverletzung gehörte nicht zu Lucas' Plan, denn dann würde die Spurensicherung umfassender ausfallen, mit Winkeln, Abständen und Blutspritzern. Dagegen konnte Lucas ihn schlagen und misshandeln, und es hinterher so aussehen lassen, als hätte es eine körperliche Auseinandersetzung zwischen Adrian und Sebastian gegeben, bevor er ihn auf den Stuhl hinaufgezwungen hatte. Doch dafür musste er näher kommen.

«Ich habe dich gewarnt. Sprich nicht über Emanuel», herrschte Lucas ihn an und hob seine Pistole.

«Ich spreche nicht über ihn. Ich spreche über dich und was für ein erbärmlicher Freund du anscheinend warst.»

Lucas ließ die Schlinge los, sprang vom Stuhl und ging ein paar Schritte auf Sebastian zu.

«Hör auf», schrie er. Die Schlinge pendelte unheilverkündend hinter ihm. Er hob erneut die Pistole, kam näher und rammte Sebastian die Waffe ins Gesicht. Sebastian spürte, wie seine Augenbraue aufplatzte und das Blut zu strömen begann. Er grinste breit und nahm einen Eisengeschmack im Mund wahr.

«Das lief nicht wie geplant, oder?», fragte er und spuckte auf den Boden. «Dazu habe ich dich gebracht.»

«Halt die Fresse.»

«So gut durchdacht. Alles unter Kontrolle», sagte Sebastian provokant. «Und was passiert, wenn dir jemand die Kontrolle entzieht? Und nicht mehr mitspielt?»

Er begann aufzustehen. Das war dumm. Gefährlich. Möglicherweise sogar tödlich. Aber wenn er in dieser Bruchbude sterben sollte, wollte er zu seinen eigenen Bedingungen sterben. Doch dann kam ihm die Einsicht.

Er konnte nicht sterben.

Er *durfte* nicht sterben.

Gerade erst hatte er Sabine zurückbekommen. Aber wenn er nichts unternahm, waren seine Überlebenschancen minimal. Niemand würde kommen und ihn retten. Lucas herauszufordern und zu hoffen, dass er einen Fehler beging, war seine beste Chance. Er schielte zu Adrian hinüber, der vor sich hin starrte und offenbar kaum verstand, was vor sich ging. Ein gebrochener Mann, nachdem er seit mehr als einem Monat hier gefangen war. Schade, wäre er besser in Form, könnten sie sich gemeinsam gegen Lucas wehren. Aber so lag alles in seiner Hand.

«Du kannst mich ruhig erschießen», sagte Sebastian und starrte Lucas an, ohne auch nur eine Sekunde seinem Blick auszuweichen, während er sich weiter aufrichtete. «Aber dann gewinne ich, nicht du. Dann war es eben meine letzte Tat, die Kontrolle zu übernehmen. Es dir zu zeigen, du verdammte Null.»

Lucas sah gestresst und irritiert aus. Sein Blick flackerte, aber er schaffte es dennoch, wieder die Waffe zu heben. Er zitterte vor Zorn. Sebastian überlegte, wie er nachlegen sollte, um ihn weiter zu sich zu locken. Wenn Lucas nahe genug herankam, konnte er ihn angreifen und versuchen, ihn zu entwaffnen. Jetzt oder nie.

Plötzlich entdeckte er hinter Lucas' Rücken eine Person, die lautlos die Treppe zum angrenzenden Kellerraum hinabstieg. Es schien eine Frau zu sein.

«Weißt du, was ich glaube», sagte Sebastian schnell und mit lauter Stimme, damit Lucas die möglichen Geräusche hinter ihm nicht hören konnte. «Wenn Emanuel dich jetzt sehen würde, wäre er so beschämt, dass er gleich noch einmal versuchen würde, sich umzubringen.»

«Du Arschloch», fauchte Lucas ihn an, trat einen Schritt vor und richtete die Waffe auf seinen Kopf. Sebastian musste sich beherrschen, um nicht über Lucas' Schulter zu schielen, zu der sich nähernden Frau. Aus dem Augenwinkel besehen, konnte es sich um Ellinor Bergkvist handeln. Ausgerechnet Ellinor. Aber das konnte doch wohl nicht wahr sein?

Doch, sie war es, das erkannte er, als sie lautlos ihre Schritte beschleunigte, durch die Metalltür hereinkam und auf Lucas' Rücken sprang. Sebastian hechtete zur Seite, falls der Mann den Abzug drückte, doch es fiel kein Schuss. Im nächsten Augenblick sah er, wie Ellinor Lucas ein schmales Messer bis zum Handgriff in den Rücken rammte.

«Fass ihn nicht an, du Mistkerl!», schrie sie. Lucas wand sich vor Schmerz und versuchte, sie abzuschütteln, doch sie klammerte sich fest, indem sie den einen Arm um seinen Hals geschlungen hatte, und stach erneut zu. Einmal, zweimal, während sie weiterschrie.

«Er gehört mir! Er gehört mir!»

Lucas drehte sich um in dem abermaligen Versuch, sie abzuschütteln. Die zwei tanzten eine groteske halbe Runde durch den Raum. Da stach Ellinor erneut zu. Lucas brüllte schmerzerfüllt, kämpfte aber immer noch darum, sich zu befreien. Er versuchte mit der Pistole in der Hand den Arm so weit zu heben, dass er über seine Schulter schießen konnte, aber Sebastian trat blitzschnell einen Schritt vor, packte Lucas' Arm und entwand ihm die Waffe. Sie fiel zu Boden, und Sebastian kickte sie durch die Tür hinaus und in den Raum nebenan. Von den Schmerzen und dem Blutverlust geschwächt, sank Lucas auf die Knie. Er atmete flach und angestrengt und sah panisch und bleich zu Sebastian auf. Sein Blick war trüb. Ellinor wollte gerade erneut zustechen, als Sebastian ihren Arm packte.

«Es reicht. Es reicht jetzt.»

Sie nickte, und in ihren grünen Augen leuchtete etwas auf, das Sebastian leider als Erregung interpretieren musste. Lucas fiel röchelnd und mit einem dumpfen Schlag vornüber. Er schloss die Augen, als würde er gleich das Bewusstsein verlieren.

«Bitte gib mir das Messer.» Sebastian streckte vorsichtig die Hand aus. Plötzlich wirkte Ellinor verängstigt.

«Du bist mir doch wohl nicht böse? Er hat dich bedroht!»

«Nein, nein, ich bin nicht böse. Ich war noch nie so froh, dich zu sehen», antwortete er ehrlich.

«Ach, bist du goldig!» Sie lächelte ihn warmherzig an.

«Ich möchte nur nicht, dass er stirbt.»

«Warum denn nicht?»

«Ich möchte es einfach nicht. Also bitte, gibt mir das Messer», sagte er so ruhig wie möglich.

Ellinor nickte und reichte ihm die blutige Waffe.

«Ich dachte, du wärst mir untreu, deshalb bin ich dir gefolgt», erklärte sie. «Aber du würdest mich nie betrügen, oder? Mich nie im Stich lassen.»

«Nein», entgegnete er nachdrücklich, legte das blutige Messer auf den Boden und kniete sich neben Lucas. «Nie im Leben.» Es erschien dumm, etwas anderes zu antworten.

Ellinor kicherte wie ein kleines Schulmädchen, während Sebastian mit zwei Fingern an Lucas' Hals nach dessen Puls tastete, der schwach und unregelmäßig ging.

«Lauf hoch und ruf einen Krankenwagen und die Polizei, dann kümmere ich mich hier unten um alles», bat er. Er sah zu Adrian hinüber, der so weit zurückgewichen war, wie es seine Ketten zuließen, und unter Schock stand. Ellinor nickte. Sie machte sich auf den Weg, doch im Türrahmen blieb sie stehen und drehte sich noch einmal um.

«Ich habe dich so vermisst.»

«Ich dich auch. Und jetzt ruf an. Dann komme ich auch gleich hoch.»

Sie lächelte verliebt, warf ihm einen Luftkuss zu und ging zur Treppe.

Ich bin zu alt für so etwas, dachte Marianne Reding-Hedberg und sank auf das Sofa. Sie stellte das Babyphone auf den Couchtisch, knuffte sich ein Kissen auf der Armlehne zurecht, zog sich eine Decke über die Beine, streckte sich aus und schloss die Augen.

Nur zehn Minuten.

Wobei, warum sollte sie sich ein Zeitlimit setzen?

Sie konnte sich genauso gut ausruhen, so lange es möglich war. So lange sie es ihr erlaubten. Spülen, aufräumen, staubsaugen, all das konnte warten. Auf die protestantische Arbeitsethik pfiff sie jetzt. Immerhin war sie gerade sechzig geworden, und es gab Grenzen für das, was sie schaffen konnte. Dennoch war es nicht die körperliche Erschöpfung, die sie am härtesten traf, auch wenn sie manchmal so am Ende war, dass sie nicht wusste, wie sie auch nur einen weiteren Tag bewältigen sollte. Nein, am schwersten zehrten die Unruhe und die Ungewissheit an ihr. Nichts traf einen so hart wie das Leiden des eigenen Kindes.

Ihre Gedanken wanderten immerzu dorthin.

Die Sorge um die Zukunft mischte sich mit Erinnerungen. Sie zermarterte sich den Kopf. Hatte es irgendwelche Anzeichen gegeben? Hätte sie irgendetwas tun können, um ihrer Tochter all dieses Leid zu ersparen?

Doch die Antwort lautete jedes Mal Nein.

Billy Rosén war ihr als der perfekte Mann für My erschienen. Ruhig, freundlich, hilfsbereit – und noch dazu war er Polizist. Außerdem war nicht zu übersehen gewesen, wie sehr er sie liebte. Wie sehr sie einander liebten. My war die treibende Kraft in der Beziehung, sie wollte immer, dass etwas voranging, und hatte massenhaft Pläne. Manchmal konnte sie ziemlich fordernd sein, das musste Marianne sich eingestehen, doch mit Billy hatte es gut funktioniert. Er hatte ihr die Initiative überlassen und den Raum gegeben, den sie brauchte. In Gesprächen mit ihren Freundinnen hatte Marianne ihn mehrmals als Schwiegermuttertraum bezeichnet.

«Er scheint fast zu perfekt zu sein, man kann es kaum glauben», hatten die gesagt und sowohl ihr als auch My gratuliert.

Wie recht sie gehabt hatten. Denn jetzt war alles der reinste Albtraum. Billy hatte eine ganze Reihe an Morden gestanden. Lustmorde, hatte My sie genannt. Anscheinend hatte er auch seine Geliebte umgebracht. Es war unvorstellbar.

Der Mann, mit dem sie auf der Hochzeit ihrer Tochter getanzt hatte. Mit dem sie Mittsommer in ihrem Haus auf dem Land gefeiert hatten. Der ihr aller Leben lange Zeit glücklicher gemacht hatte ...

Nun hatte My vollkommen den Halt verloren. An manchen Tagen fürchtete Marianne, sie könnte sich etwas antun. Noch dazu begegneten sie sich momentan so gut wie nie. Die Jungen wohnten bei Marianne und waren immer mit ihr zusammen, und My konnte es nicht ertragen, die Kinder anzusehen. Sie telefonierten miteinander, manchmal sogar mehrmals am Tag, aber Marianne legte stets mit Bauchschmerzen auf.

Ihre Tochter war immer noch davon überzeugt, dass sie die beiden zur Adoption freigeben wollte, derzeit verwendete sie all ihre Energie darauf. Marianne hoffte, dass sie es sich doch noch anders überlegen würde. Die Wunden waren noch so frisch, und eine Adoption war etwas derart Endgültiges. Was wäre, wenn My ihre Entscheidung in ein paar Jahren bereute? Wenn sich die Tatsache, dass sie ihre Kinder weggegeben hatte, zu einem noch größeren Trauma entwickeln würde als die Tatsache, wer ihr Vater war?

Aber genug davon. Marianne zwang sich, ein wenig zu entspannen und ihre Gedanken zu verdrängen. Jeden Moment konnte einer der Jungen wach werden, und dann weckte er immer den anderen. Und mit der Ruhe wäre es sofort vorbei.

Sie zwang sich, tief und langsam zu atmen. Nebenan war es still. Allmählich spürte sie, wie der dringend benötigte Schlaf sie überkam. Ein kleines Nickerchen, um die Batterien wieder aufzuladen.

Da klingelte es an der Tür.

Marianne war sofort wieder hellwach. Wer zum Teufel konnte das denn jetzt sein? Es klingelte erneut. Fluchend warf sie die Decke beiseite und stand auf. Sie hörte ein leises Wimmern aus dem Babyphone, eilte in den Flur und hoffte, sie würde die Tür erreichen, ehe es ein zweites Mal klingelte. Doch vergeblich. Ein weiteres lautes, forderndes Schrillen hallte durch die Wohnung. Das Wimmern der Jungen wurde lauter, jetzt würden sie definitiv aufwachen. Verdammt.

Sie schloss die Tür auf und öffnete sie. Erst erkannte sie nicht, wer da vor ihr stand. Für eine Sekunde dachte ihr müdes Gehirn, es wäre Halloween und jemand, der eigentlich schon viel zu alt und zu groß dafür war, wollte ein paar Süßigkeiten einheimsen. Blut. Auf der Kleidung, im Gesicht und im Haar. Die Hände waren vollkommen damit beschmiert. Dann erkannte sie, wer auf der Schwelle stand, und schlug sich die Hand vor den Mund, um einen Schrei zu unterdrücken.

«Hallo, Marianne», sagte Billy und lächelte sie warmherzig an. «Ich bin gekommen, um meine Jungen abzuholen.»

Ein Krankenwagen und zwei Polizeiautos schafften es, sich den ganzen Weg bis zu der verlassenen Hütte vorzuarbeiten. Sebastian befreite sich von Ellinor, die darauf bestanden hatte, ihre Arme um seine Hüfte zu schlingen und ihn nicht mehr loszulassen, seit er aus dem Keller und auf die Wiese hinausgekommen war.

Er glaubte nicht, dass Lucas überleben würde.

Nachdem Ellinor hinaufgegangen war, um den Notruf abzusetzen, hatte er versucht, die Blutungen zu stillen, doch es waren viele und sehr tiefe Stichwunden. Das Blut floss in dunklen, gleichmäßigen Strömen daraus hervor. Nachdem Lucas so gut es ging versorgt war, hatte er sich zu Adrian umgedreht. Der wirkte seltsam unberührt, vielleicht hatte er aber einfach keine Energie mehr, um irgendwelche Gefühle aufzubringen. Sebastian redete in ruhigem Ton mit ihm, während er die Kette untersuchte. Stark, galvanisiert, keine Chance, sie zu zerstören. Sie war mit einem Vorhängeschloss am Heizkessel befestigt. Sebastian kehrte zu Lucas zurück und tastete seine Taschen ab. Ein Schlüsselbund. Nur ein Schlüssel daran war klein genug, um in ein Vorhängeschloss zu passen. Nachdem er Adrian befreit hatte, half er ihm auf die Füße und stützte ihn, während sie zusammen die Treppe hochgingen. Mit einer gewissen Anstrengung gelangten sie hinauf und gingen zur Haustür. Dort wurde Adrian so sehr von dem hellen Licht geblendet, dass er beschloss, sich in den heruntergekommenen Flur zu setzen.

«Sie kommen, so schnell sie können», sagte Ellinor und

begann, Sebastian gegen seinen Willen das Blut vom Gesicht zu wischen. Nachdem sie damit fertig war, küsste sie ihn zärtlich auf die Wange und umarmte seine Taille. Als er nicht reagierte, nahm sie seinen Arm und legte ihn um ihre Schultern. So standen sie in der Abendsonne. Wie ein altes Ehepaar, das vor seinem Sommerhaus auf Gäste wartete.

«Woher wusstest du, wo ich war?», fragte Sebastian.

«Ich habe GPS-Tracker in deiner Kleidung versteckt», antwortete Ellinor stolz.

«Wie lange warst du eigentlich in meiner Wohnung?»

«Ein paar Wochen. Hast du mich vermisst?»

«Nein.»

«Du Scherzkeks», sagte sie und boxte ihn freundschaftlich in den Bauch. «Natürlich hast du.»

Dann kamen der Krankenwagen und die Streifenwagen. Sebastian machte sich von Ellinor los und ging den Sanitätern und Polizisten entgegen. Schnell erklärte er die Zusammenhänge, dass es um den Fall der Reichsmordkommission gehe und der Täter schwer verletzt im Keller liege. Und dass es einen weiteren Mann gebe, der fast einen Monat im Keller angekettet gewesen sei und ebenfalls ärztlich versorgt werden müsse. Die Sanitäter bewegten sich schnell und routiniert auf das Haus zu.

«Warten Sie», rief Sebastian den Polizisten zu. «Mattsson war bewaffnet, die Pistole muss da unten irgendwo noch herumliegen.»

Die Beamten nickten und verschwanden mit den Sanitätern im Haus. Zwei weitere uniformierte Polizisten trafen ein, sie hatten ein Stück entfernt geparkt und kamen zu Fuß, und Sebastian erklärte ihnen noch einmal die Umstände. Einer der beiden begann, das Gelände abzusperren. Sebastian wunderte sich über den Sinn dieser Aktion, sie waren mitten im Wald, und es würde sicher niemand kommen und den Tatort kontaminieren. Aber sie wussten sicher am besten, was zu tun war. Der andere Polizist blieb stehen.

«Haben Sie schon die Neuigkeiten über Ihren ehemaligen Kollegen Billy Rosén gehört?», fragte er und spähte in die Sonne.

«Nein», antwortete Sebastian und spürte, wie sich sein Magen zusammenkrampfte. «Was ist mit ihm?»

«Er ist geflohen. Hat einen Mann vom Transportpersonal getötet und einen anderen schwer verletzt.»

«Ist seine Frau darüber informiert?»

«Ich weiß es nicht, ich habe es nur von den Kollegen gehört, ich war nicht involviert.»

Sebastian entschuldigte sich, ging ein paar Schritte zur Seite und holte sein Handy hervor. Sofort rief er My an. Sie ging nicht ans Telefon. Er versuchte es noch einmal. Vergeblich. Frustriert schloss er die Augen und bemühte sich, seine Gedanken zu ordnen.

Verdammter Billy.

Ellinor war ihm gefolgt.

«Ist etwas passiert?»

«Ja. Komm mal mit», sagte er verbissen und ging wieder zu dem uniformierten Polizisten zurück. «Das hier ist Ellinor», sagte er, als sie bei ihm angekommen waren. «Ellinor Bergkvist.»

Ellinor sagte, sie freue sich, ihn kennenzulernen, und streckte dem Mann die Hand entgegen. Der Uniformierte schüttelte sie und erwiderte, er heiße Åke.

«Ich bin Sebastians Freundin», sagte Ellinor.

«Nein, bist du nicht», entgegnete Sebastian und wandte sich an Åke. «Ich möchte, dass Sie sie festnehmen. Sie wurde auf Bewährung aus der Haft entlassen und hat Kontaktverbot, nachdem sie vor einigen Jahren bei mir zu Hause auf eine Kollegin geschossen hat.»

«Sebastian …?», sagte Ellinor in einem Ton, der ihm klarmachen sollte, dass es wirklich nicht lustig war, wenn er solche Scherze machte. Überhaupt nicht lustig. Åke wirkte in erster Linie verwirrt.

«Sie ist in meine Wohnung eingebrochen, hat GPS-Sender in meiner Kleidung versteckt, und dann kam sie mit einem Messer hier an, weil sie dachte, ich wäre mit einer anderen Frau unterwegs.» Er drehte sich zu Ellinor um, die ihn völlig niedergeschmettert ansah. «Sie ist von mir besessen, gefährlich und vollkommen durchgeknallt, und ich möchte, dass Sie sie hier wegbringen, damit ich sie nie wieder sehen muss.»

Tränen strömten über Ellinors Wangen, als Åke leicht die Hand auf ihren Arm legte.

«Wie kannst du nur?», flüsterte sie Sebastian zu. «Ich habe dich gerettet.» Sie wandte sich Åke zu. «Wir lieben uns.»

«Du bist eine komplett durchgedrehte Stalkerin, die jeden Bezug zur Realität verloren hat, und ich möchte dich nie wieder sehen», stellte Sebastian klar und nahm dabei im Augenwinkel wahr, wie die Rettungssanitäter mit Lucas auf einer Trage herauskamen. Er ging zu ihnen und ließ Ellinor schluchzend zurück.

«Wie geht es ihm?»

«Er ist lebensbedrohlich verletzt, wir haben ihn stabilisiert, aber … mal sehen.»

Sie liefen weiter zum Krankenwagen. Sebastian spähte in den Flur, wo ein anderer Sanitäter vor Adrian kniete und ihm etwas zu trinken gab. Er würde es schaffen.

Es wurde Zeit, von hier wegzukommen. Die Abteilung für Schwerverbrechen würde den Sack zumachen. Hoffentlich konnte ihn einer der Streifenwagen in die Stadt mitnehmen.

Die Polizisten kehrten aus dem Keller zurück, einer trug das blutige Messer in einer Beweistüte.

«Diese Pistole», sagte er im Vorbeigehen zu Sebastian. «Wir konnten sie nicht finden.»

«Sie muss irgendwo vor der Treppe gelandet sein.»

«Wir haben überall gesucht, sie aber nicht entdeckt.»

«Sebastian!»

Ellinor rief nach ihm. Er drehte sich um, und in derselben Sekunde verstand er, was die Worte des Polizisten bedeuteten.

Ellinor hatte die Waffe an sich genommen.

Als sie nach oben gegangen war, um den Notruf abzusetzen.

Sie hatte die Pistole.

Und tatsächlich. Breitbeinig und mit erhobenem Arm stand Ellinor da. Fast wie in Zeitlupe sah Sebastian, wie Åke versuchte, ihr die Waffe zu entreißen, die heute schon mehrmals auf ihn gerichtet gewesen war. Die Polizisten neben ihm reagierten auch, aber zu spät. Alles war zu spät, wie Sebastian einsah, als Ellinor den Abzug betätigte und er von der Kugel in die Brust getroffen wurde und rückwärts fiel.

Dunkelheit.
Undurchdringliche Dunkelheit.

Der Schmerz war grauenhaft gewesen. Von einem Schuss getroffen zu werden, war eine körperliche Qual, wie er sie noch nie auch nur ansatzweise verspürt hatte. Er erinnerte sich daran, wie er gefallen war, und wie teuflisch es wehgetan hatte. Jedes Atom hatte geschmerzt. Er wollte schreien, doch er konnte nicht. Er glaubte, dass er sich anpinkelte, doch er war sich nicht sicher. Nur seiner Schmerzen war er sich sicher, während er dort lag und in die Sonne starrte.

Dann kam die Dunkelheit.

Undurchdringliche Dunkelheit.

Er stand auf. War vollkommen unbeschwert. Spürte nichts mehr. Als wäre sein Körper Luft. Falls er überhaupt einen Körper hatte. Er war nicht sicher. In weiter Ferne glaubte er, jemanden schreien zu hören, Anweisungen zu geben. Doch das ging ihn nichts an.

Er stand nur da. In der Dunkelheit.

Nichts ging ihn mehr etwas an.

Dann geschah etwas. Ein grelles Licht zeigte sich wie aus dem Nichts. Vor einer Sekunde war alles pechschwarz gewesen und jetzt – gleißendes Licht. Ein Oval aus strahlendem, blendendem Licht. So etwas hatte er noch nie gesehen. Etwas, das so hell und klar leuchtete.

Damit hatte er nicht gerechnet.

Er glaubte an keinen Gott und auch nicht an ein Leben nach dem Tod. Wenn es zu Ende war, war es zu Ende. Er glaubte nicht daran, dass sich ein Oval aus Licht offenbaren würde, wie eine Art Tor.

Aber wie war das gleich?

Sollte man dem Licht entgegengehen oder nicht? Irgendwo hatte er schon einmal etwas darüber gehört, in einem Film vielleicht. *Walk into the light* oder *Don't walk into the light?* Er konnte sich beim besten Willen nicht daran erinnern.

So viele Jahre hatte er ständig falsche Entscheidungen getroffen, ohne an den Folgen interessiert gewesen zu sein. Aber dies war wohl der Moment, in dem man die richtige Wahl treffen sollte.

Dem Licht entgegengehen? Oder in die andere Richtung.

Wie war das noch?

Er traf seine Entscheidung. Alles oder nichts. Dann begann er zu gehen.

Hjorth & Rosenfeldt bei Rowohlt Polaris, Wunderlich und rororo

«Der Mann, der kein Mörder war»

«Der beste Schwedenkrimi des Jahres.» *Die Welt*

«Ein beeindruckendes Krimidebüt – psychologisch dicht, mit unerwarteten Wendungen und einem ungewöhnlichen Ermittler.» *3sat, Kulturzeit*

«Die Frauen, die er kannte»

«Ein Krimi, wie er besser nicht sein kann.» *NDR Info*

«Eines der intelligentesten und interessantesten Produkte, das in den letzten Jahren aus der schwedischen Thrillerproduktion lanciert wurde.» *taz*

«Die Toten, die niemand vermisst»

«Fesselnd bis zum Schluss.» *SAT.1, Buchtipp*

«Ein tolles Buch, mit einem eigenwilligen Protagonisten.» *Süddeutsche Zeitung, Buchhändlerin Monika Dobler*

«Das Mädchen, das verstummte»

«Das schwedische Autorenduo ist einmal mehr ein verdienter Senkrechtstarter ... Spannend, anspruchsvoll, mit unerwarteten Wendungen.» *Der Standard*

«Hjorth & Rosenfeldt auf der Höhe ihres Könnens. Starke Figuren, starker Plot und fast 600 Seiten Hochspannung.» *Bayerischer Rundfunk*

«Die Menschen, die es nicht verdienen»

«Hjorth & Rosenfeldt zählen mittlerweile zu den erfolgreichsten und zu den besten skandinavischen Krimiautoren.» *Hamburger Abendblatt*

«Der fünfte Band steigert das hohe Niveau der Reihe noch einmal. Clever konstruiert und spannend erzählt. Am Ende bewegt den Leser nur eine Frage: Wie geht es mit Bergman und Co. weiter?» *Rhein-Neckar-Zeitung*

«Ein absolutes Muss.» *WDR 4*

«Die Opfer, die man bringt»

«Wie man seine Hauptfigur in menschliche Abgründe stürzt, führt das Autoren-Duo hier meisterhaft vor.» *Gala*

«Hjorth & Rosenfeldt verstehen es einfach, ihre Krimis spannend und überraschend zu gestalten. Das gilt auch für die Porträts der Ermittler.» *Neue Westfälische*

«Dieses Duo hat einen Plan. Hoffentlich lassen sie uns nicht zu lange warten – Sie wissen ja, die Sucht!» *Nordkurier*

«Die Früchte, die man erntet»

«Endlich ist der langersehnte siebte Band der ‹Bergman-Reihe› erschienen. Und das Warten hat sich gelohnt!» *WDR 5, Der Buchhändler empfiehlt*

«Hjorth und Rosenfeldt sind Meister der Cliffhanger. Wieder sind es zwei. Und einer davon ist mit Fug und Recht genial zu nennen. So ist man nach ein paar Stunden richtig guter Krimilektüre am selben Punkt wie davor: Man wartet gespannt auf den nächsten Band.» *Freie Presse*

«Die Schuld, die man trägt»

Die Sebastian-Bergman-Kurzkrimis in Anthologien («Tatort Tannenbaum» / «Jul-Morde»), als E-Book only und in der Auszeit-Reihe

Feste feiern, wie sie fallen

Im Schrank